Anton Fuchs **DESERTEUR**

Das Buch: »Es handelt sich um ein deutsches oder vielmehr um ein österreichisches Gegenstück zu ‚Farewell to arms', denn der unheldische Held ist ein Wiener Sanitätsobergefreiter, der sich im September 1944 planmäßig von seiner Truppe absetzt. Es ist ganz einfach die Geschichte eines jungen Soldaten, der nicht für eine sinnlose Sache fallen will und deshalb desertiert, wobei er eine Art Odyssee im Schatten erlebt. In Holland tut er den entscheidenden Schritt, schlägt sich bis Wien durch, zu seinen Eltern, dann nach Mannheim, Heidelberg, mit gefälschten Ausweisen, von Freunden verborgen, dann nach Ulm, nach Memmingen und schließlich nach Bregenz, wo er beim Versuch, den Rhein zu durchschwimmen, angeschossen und arretiert wird.« — Kurt Kusenberg.

Der Autor: 1920 in Wien geboren, Matura 1938, im Krieg Soldat, zweimal verwundet. Dann Studium an der Universität Wien (7 Semester Medizin, 3 Semester Germanistik und Philosophie).
Von 1957 bis 1972 Angestellter der Internationalen Atombehörde in Wien.
Seit 1972 lebt er als Freier Schriftsteller in Klagenfurt und ist Mitglied des PEN-Clubs (Sekretär der Sektion Kärnten), der Europäischen Autorengemeinschaft KOGGE, des Kärntner Schriftstellerverbandes, der Internationalen Gesellschaft für Neue Musik (IGNM) und des Europahauses.
Bisher veröffentlichte er unter vielem anderen »Vom Morgen in die Nacht«, Roman, 1972, Molden; »Imaginäre Berichte«, Erzählungen, 1974, Europa-Verlag; »Flaschenpost«, Erzählungen, 1985, Salzburger Edition.

Anton Fuchs

Deserteur

Roman

ALEKTO
Alekto Verlag

CIP-Kurztitelaufnahme der Deutschen Bibliothek

Fuchs, Anton:
DESERTEUR: Roman/
Anton Fuchs. —
Klagenfurt: Alekto 1987.

DESERTEUR wurde im Alekto Verlag von Walter W. Peball lektoriert und von Gudrun Pressl in 9 Punkt Times gesetzt und korrigiert.
Der Umschlagentwurf des Bandes stammt von Georg Gratzer GGA.
Die Druckerei Röschnar in Klagenfurt hat mit einer KORD Offset-Druckmaschine auf 90 Gramm Werkdruck gedruckt (der Umschlag ist aus Astralux) und das Buch gebunden.

Der Hauptverband des österreichischen Buchhandels vergab für dieses Buch die ISBN 3 900743 27 4
Printed in Austria.

Besondere Vorkommnisse : *Um 4^{15} h wurde der Obergefreite Erich K a u f f bei dem Versuch den Rhein ca. 400 m ostwärts der Brücke zu überschwimmen, von den Posten Ehrenberger und Miklitsch angeschossen, festgenommen und auf der Grenzstation Höchst-Rheinbrücke eingeliefert.*

Verwundungen: Steckschuß re. Unterarm. Streifschuß re. Hüfte.

Abgeholt um 7^{45} h von Streife Nr. 11.

Verzeichnis der abgenommenen Gegenstände :

1 Brieftasche, 1 Rot-Kreuzausweis, einige Photo
zwei Briefe, Lebensmittel- und Reisemarken.
1 Geldtasche (Inhalt: RM 32.71 und SFr. 5.--).
1 Aktentasche, 2 P. Wollsocken, 1 P. Pelzhands
1 Ohrenschützer, 1 Taschenmesser, 1 Eßbesteck,
uhr, 1 Taschenlampe, 1 Schlüsselbund, Bleistif
gummi, 1 Stimmgabel, 1 Tabakdose, Streichhölze
riemen, 1 Päck. Sichhts.Nadeln.
Soldbuch nicht vorhanden.

Für die vollzählige Übergabe :
T e n g l e r

Übernommen am :
30.3.45, 7^{45} h
R e s c h k e , Uffz.
Streife 11, Bregenz

Munitionsverbrauch : *9 (neun) Schuß*

Dienst ordnungsgemäß übergeben:
T e n g l e r

Dienst ordnungsgemäß übernommen :
H a n i s c h

Außer diesen, in vorliegender Meldung angeführten, von mir als Diensthabendem am 30. III. 1945 eigenhändig in das Dienstbuch eingetragenen Gegenständen, hatte der Obergefreite Erich Kauff in seiner Aktentasche noch zwei Gasplanenbeutel gehabt. Sie waren damals, wie ich erst Tage später zu meinem Schrecken feststellte, bei der Abgabe seines Gepäcks versehentlich auf unserer Station liegengeblieben.

In dem einen dieser beiden grünen Leinensäckchen fand ich zerlesene Bücher und Zeitungsausschnitte mit angestrichenen Sätzen, eine Straßenkarte von Deutschland im Taschenformat und einen sorgfältig handgezeichneten Plan vom deutsch-holländischen Grenzgebiet; etliche Bleistifte, einen Kerzenstummel, einen kleinen Kunstführer durch das Stift Rot a. d. Rot, einen abgegriffenen Brief seiner Mutter (geschrieben im Winter 1941), und schließlich eine Familienphotographie, aus der er mich — mit seinen Geschwistern hinter seinen aufrecht sitzenden Eltern stehend — starr anblickte.

Die zweite Tasche enthielt Aufzeichnungen.

In flüchtiger, kaum lesbarer Schrift, manchmal auch nur schlampig gekürzt, waren sie in vier kleine Hefte, auf viele einzelne numerierte Zettel und Briefumschläge, ja sogar auf Ränder von Zeitungsausschnitten, Buchseiten und auf Rückseiten von Photographien niedergeschrieben. Hie und da war eine Stelle sorgfältiger ausgearbeitet, die meisten aber waren ohne Datum und anscheinend in großer Hast hingeworfen.

Aus der Befürchtung, wegen einer verspäteten Abgabe dieser beiden Gasplanenbeutel belangt oder gar in ein Disziplinarverfahren verwickelt zu werden, nahm ich sie damals mit nach Hause und versperrte sie ungelesen in einem Fach meines Kleiderschranks.

Etliche Monate nach Beendigung des Krieges zeigte ich sie einem Bekannten, Herrn Dr.phil. Jakob Grabher, der mir schon nach flüchtiger Durchsicht den Rat gab, diese Aufzeichnungen zu veröffentlichen. Einen Rat, den ich freilich erst nach meiner Pensionierung — vor zweieinhalb Jahren also — und da erst nach längerem Schwanken zu befolgen geneigt war.

Für die mühsame, wie ich mich wiederholt überzeugen konnte, gewissenhafte Entzifferung dieser Aufzeichnungen, sowie deren sinngetreue Anordnung, Kapiteleinteilung und Zusammenfassung zu einem verlagsreifen Manuskript, bin ich obgenanntem Herrn Dr. Grabher zu besonderem Dank verpflichtet.

Einige mit Tinte geschriebene Stellen waren allerdings bei dem Versuch Kauffs, den Rhein zu überschwimmen, naß geworden und so sehr verwischt, daß man sie nicht mehr entziffern konnte. Einige andere, die uns zu kraß oder zu abseits liegend erschienen, haben wir nach gemeinsamer Übereinkunft weggelassen.

T e n g l e r Albert
Grenzschutzbeamter i.R.

Das alte Gesicht eines Vaters,
der immer auf und abgeht und vor sich hinmurmelt:
Ich kann's nicht glauben!
Ich kann es einfach nicht glauben!

Doch zwischen Schneesturm
und glühendem Steppenwind
wachsen die Soldatenfriedhöfe in die Unendlichkeit.
In Afrika sahst du einmal
die Schulterklappe eines Generals im Sande liegen.
Und zur gleichen Zeit
verbrannten mit dem abgeschossenen Postflugzeug
zehntausend Worte Sehnsucht
im riesigen Wald westlich von Kalinin.

Staub- und Stahl- und Dreckfontänen
auf der rauchenden Rollbahn
von Ichweißnichtmehrwo nach dem Herzen der Erde.

Einen endlosen Panzergraben
habt ihr quer durchs Land geschnitten.
Quer durch Land und Schulterklappe
und Feldpostbrief und dein altes Gesicht.

1

DER ABSCHIED von daheim fiel dann doch noch übereilt aus, obwohl wir uns schon früh am Abend zusammengesetzt hatten. Wir hatten Wein getrunken und in jener bang vorgetäuschten Zuversicht über die kommende Zeit gesprochen: An welche Front es wohl diesmal gehen, wie lange dieser Krieg noch dauern und ob der Rest unserer Familie sein Ende gut überstehen werde?

Aber dann war's plötzlich höchste Zeit. Im Vorzimmer rollte ich noch rasch meinen Mantel und nahm das Gepäck auf, wobei mir mein Vater mit unbeholfenem Eifer in den einen Tragriemen helfen wollte. »Danke, es geht schon allein«, sagte ich. »Und ... auf Wiedersehen also!«

»Auf Wiedersehen!« Schulternschwer, mit frisch benagelten Stiefeln tastete ich mich neben meiner Mutter das dunkle, steinerne Stiegenhaus hinunter.

Ein kühler Wind blies durch die leere, mondhelle Alserstraße. Weit und breit keine Straßenbahn. Zwei Scheinwerfer suchten den hellen Himmel ab, rückten einander näher, überkreuzten einander, gingen wieder auseinander. Der eine erlosch, während der andere unbeweglich in den Himmel zeigte.

Da bog ein offener Polizeistreifenwagen in unsere Straße, fuhr langsam dicht an uns vorbei. Ich leistete meine Ehrenbezeigung und erschrak unwillkürlich, als ich die dunklen Augenhöhlen im ernsten, mondfahlen Gesicht des Beifahrers eine Weile auf mich gerichtet sah.

Doch da kam auch schon eine Straßenbahn. Und auf der Plattform stehend ging es durch die verdunkelte Stadt. Vertraute Straßen mit ihren geschlossenen Geschäften. Vereinzelte Ruinen. Litfaßsäulen. Hell schimmerte der Donaukanal im Mondlicht.

Als wir am Praterstern ausstiegen, kam mir der Abschied erst zu Bewußtsein. Bisher hatte ich noch im stillen gehofft, daß sich irgendwas ereignen würde. Man hätte ja noch ausgleiten und sich einen Arm oder ein Bein brechen können. Aber es war nichts geschehen. Wie eine riesige Kulisse lag der Nordbahnhof mit seinen Türmen und Zinnen vor uns, öde, wie alle Bahnhöfe, in denen Urlaube zu Ende gehen.

Im lärmenden Durcheinander der Vorhalle erwartete mich Kettner mit seiner jungen, hochschwangeren Frau. Wieso ich denn so spät käme, warf er mir vor. Er sei schon über eine Stunde hier und habe bereits einen Platz besetzt. Wir hatten uns vor einem halben Jahr bei der Genesendenkompanie kennengelernt und waren nun gemeinsam in Marsch gesetzt worden. Wenn ich schon früher seine anhänglich geschwätzige Gesellschaft gemieden hatte, flößte mir nun die Aussicht, vielleicht für längere Zeit mit ihm beisammen sein zu müssen, einen schwermütigen Widerwillen ein. Um wieviel lieber wäre ich allein gefahren! Ein Mensch, der mit einem reist, wird unterwegs gern zu einer Fessel, wenn es auch natürlich sein mag, sich bei der Abfahrt unüberlegt jedem nur irgendwie bekannten Reisegefährten anzuschließen.

In acht Minuten geht der Zug. Bahnsteigsperre. Also wird der Abschied von meiner Mutter kurz. Sie weint. Doch wir müssen uns beeilen, laufen die Stiege hinauf. Hastig die Papiere hervorgekramt, dem Sperrposten vorgezeigt. Und endlich hinaus auf den Perron. Lärm. Schwefliger Geruch. Der Zug steht auf dem zweiten Gleis, übervoll. Rotkreuz-Schwestern verteilen Kaffee. Leere Gepäckwagen rattern metallen auf dem steinernen Bahnsteig zurück. Vorn am Rande der Halle das große unerbittliche Zifferblatt der Uhr, und draußen pafft die Lokomotive weiße Wolken.

Wir laufen den Zug entlang. Nirgends Platz. Vielleicht komme ich gar nicht mehr mit. Dann könnte ich mir ja vom Bahnhofsoffizier eine Bestätigung schreiben lassen... »Macht mir bloß, daß ihr rein kommt!« brüllt eine scharfe Stimme. Da sind wir auch schon vor Kettners Waggon. Er zwängt sich die Stufen hinauf. Nein, hier geht's beim besten Willen nicht. Die bringen ja nicht einmal die Türe zu. Also zum nächsten Waggon. Wieder nichts. Weiter, von Tür zu Tür. Bis es mir endlich gelingt, auf eine Plattform hinaufzuklettern und stolpernd, vorbei an fluchenden Soldaten, an Tornistern, klappernden Kochgeschirren — »Verdammt noch einmal, so paß doch auf!« — quetschte ich mich so tief wie möglich in den dunklen, vollgestopften Gang hinein.

»Mensch, der hat's aber eilig! Hätte auch früher kommen können!« Ein Feuerzeug flammt auf. Erleichtert lege ich mein Gepäck auf einen Haufen zusammen. Ja, ich hätte wirklich früher kommen sollen! Aber daheim war's mir noch gleichgültig, ob ich einen Platz bekomme oder nicht. Ich drücke mich näher ans Fenster heran und grabe in meiner Manteltasche nach den Papieren, um sie wieder in die Brusttasche zu stecken.

Da setzt sich der Zug in Bewegung. Langsam, schwer, übervoll beladen mit Soldatenfracht schiebt er sich aus der großen Halle in die Mondnacht hinaus. Die hohe Signalbrücke über uns. Rote, blaue Lichter. Erloschene Bogenlampen pendeln blechern im Wind.

Dann schnauft die Lokomotive etliche Male kurz hintereinander. Ein ungeduldiger Ruck pufft klappernd bis zum letzten Waggon. Und nun beginnt der lange Zug über Weichen, an Stellwerken und Verladerampen vorbei, allmählich schneller durch den langgestreckten Fracht- und Rangierbahnhof zu rollen. Vorbei an ausgestreckten Armen von Wasserkränen, an Drehscheiben, an einem großen, halbrunden Lokomotivschuppen, in den sich gerade eine Maschine, langsam wie eine Schnecke, in ihr Gehäuse zurückzieht. Vereinzelte abgedunkelte Laternen, Unterführungen, leere Straßenkreuzungen im Mondlicht. Und drüben die lang aneinandergereihten Zinskasernen mit unzähligen verhängten Fenstern, wie eine Reihe hoher Schiffe vor Anker.

Im rascheren Vorübergleiten nehme ich jedes Bild, jeden Laut mit bestürzend deutlicher Einmaligkeit wahr. Sehe scharf jedes einzelne rußig verschlafene Eisenbahnergesicht unter mir vorüberfahren, sehe Lastwagen an einer Bahnschranke warten, spüre den Dampf, den beißenden Rauch am Fenster vorüberstreichen und schmecke seinen schwefeligen Geschmack am Gaumen.

Endlich wieder in einem Zug fahren. In Zügen fahren und den harten Räderschlag auf den Schienen spüren. Wieder reisen und am Fenster stehend in die vorbeiströmende Landschaft schauen. Alles riecht so gut nach Eisenbahn. Der dicke Ledergurt am Fensterrahmen, die kleinen Emailschilder in den drei Sprachen, die geheimnisvoll verbotene Notbremse der Kindheit.

Und im Abteil sitzt man mit fremden Menschen beisammen, die schweigsam beobachtend auf Gespräche warten, Zeitschriften lesen, hinausstarren oder hin- und herpendelnd zu schlafen versuchen. Und wenn man zum Waschraum will, muß man sich durch den langen Gang hindurch quetschen und über Koffer und die Beine Schlafender steigen.

Und rascher geht's durch die schlafende Vorstadt, rascher vorbei an Villen und Gärten, an Hütten, an Brücken, Fabriken und ausgedehnten Schutthalden. Die alte vertraute Strecke, die wir als Kinder jedes Jahr in die Ferien fuhren und die noch immer nach Ferne, Sonne, See und Abenteuer schmeckt.

Wie gut, daß ich noch in diesen Zug hereingekommen bin! Wenn ich mir vorstelle, jetzt wieder in der Straßenbahn heimzufahren... Es ist immer etwas Befremdendes um die Rückkehr an einen Ort, von dem man sich am selben Tag für lange Zeit verabschiedet hat.

Doch da haben wir die Stadt mit ihren letzten Ausläufen schon hinter uns. Weit dehnt sich der Wienerwald im Mondlicht. Mulden. Jähe Hänge dazwischen und unter uns die geschäftig nebenherlaufende Straße mit ihren Kurven und Stegen.

Immer schneller stößt der Zug in die Nacht. Bis endlich die Lokomotive, frei, erlöst einen langgezogenen Pfiff zu den Sternen schickt, den sie hastig abbricht, um nur ja nichts zu versäumen und jetzt ihr letztes herzugeben.

Und endlich ist der endgültig schnellste Schienenrhythmus da, der rasende Rhythmus der Räder, der rasende, packende, hämmernde Rhythmus auf stählernen Gleisen. Dieser tolle Takt des jungen, unersättlichen Fernwehs und Heimwehs.

Kommt her, ihr Hütten! Wachset rasch zu Häusern, zu großen, hell vorbeisegelnden Häusern! Und bleibt wieder zurück! Neue Häuser, Dörfer, Städte will ich haben! Und weit hinter uns zeigt noch immer ein Scheinwerfer in die unendliche Nacht.

Ein Bahnhof, den wir in unverminderter Geschwindigkeit, mit jähem Sprung über Weichen knallend, durchrasen. Der Stationsvorstand grüßt mit seiner Winkerkelle. Aus dem Wartesaal schimmert Licht. Eine Frau mit einem Rucksack über der einen Schulter geht eben hinein. Und wieder freies Land. Eine halbe Sekunde der Tunnel, und dann ein langgestreckter Wald ohne Ende.

In glücklicher Erregtheit schließe ich das Fenster. Im Gang ist's warm und verraucht. Die hängenden Gepäckstücke schaukeln. Kochgeschirre, Stahlhelme, Gasmasken und Waffen klopfen in gleichmäßigem Takt an die Wände.

Eisenbahnen. Flugzeuge. Schiffe.

Schiffe tuten in Le Havre, in Odessa und in Norwegens weißen Häfen. Zerstörer, Torpedoboote, Kreuzer, Schlachtschiffe, mit Panzerplatten und Kanonen schwer bestückt.

Und auf der Meeresstraße von Tunis versucht vielleicht in dieser Stunde ein Geleitzug heimlich zu entwischen.

Vorsichtig, denn obenauf liegt ja der gute gelbe Kuchen, setze ich mich auf meinen Rucksack und versuche, meine Beine irgendwo unterzubringen, zünde mir eine Zigarette an.

»Wart' einmal, laß mich auch anrauchen!« Der dicke Obergefreite neben mir beugt sich über mein aufflackerndes Feuerzeug. Und während er an seiner Zigarette zieht und sich dabei seine Lippen und Backen einige Male straffen, hallt einen Augenblick schwindlig hell eine Brücke unter uns hinweg.

»Na, wohin fährst du?« fragt er, als wir wieder im Dunklen sitzen.

»Vorläufig einmal nach Berlin«, erwidere ich. »Wohin es dann geht, weiß ich noch nicht.«

»Urlaub gehabt?«

»Ich war verwundet und dann eine Zeitlang a.v.«

»Das hab ich mir gedacht«, mischt sich sein Nachbar in unser Gespräch. »Was Urlaub betrifft, sind sie beim Kommiß verflucht sparsam geworden.«

»Es sind eben schon zu wenig Leute da«, sagt der Dicke. »Drum muß jetzt noch alles ran, was Arme und Beine hat und zumindest auf einem Auge sieht.«

»Willst du auch einen Schluck?« wendet er sich nach einer Pause an mich. »Eine Flasche haben wir schon ausgesoffen, aber ich hab noch eine zweite, größere da.«

»Du wirst sie doch nicht meinetwegen...«

»Kannst du noch einmal dein Feuerzeug anzünden!« Und während ich ihm leuchte, kramt er, die Zigarette im Mundwinkel, das eine Auge geschlossen, in seinem Wäschebeutel und holt eine in ein Kommißhemd eingewickelte Zwei-Liter-Flasche hervor. Grinsend entkorkt er sie und trinkt einen Riesenschluck.

Dann reicht er sie mir herüber. Durstig trinke ich den herben kühlen Wein und spüre, wie es prickelnd den Schlund hinunterrinnt, wie es wärmt, wie es köstlich belebt und mit einem Schlag wieder jene leichte Atmosphäre da ist, die das Leben um eine bestimmte Färbung, um eine neue Dimension reicher macht.

»Gut ist er! Ausgezeichnet!« sage ich. Und während der dritte lange stumm an der Flasche hängt, packe ich mit einem leisen Beigeschmack von Kameradgetue meinen zerquetschten Kuchen und die Flasche Slibowitz aus, die mir mein Vater beim Abschied in die Außentasche geschoben hat.

Der dritte hat Speckbrote und einige Päckchen jugoslawischer Morawa-Zigaretten. So hocken wir im Dunkeln beisammen, essen Kuchen und Brote mit jenem scharf geräuchertem Speck, der immer salziger und saftiger wird, je länger man ihn kaut, trinken dazu aus beiden Flaschen in maßlosen Schlucken und rauchen die dünnen, guten Zigaretten mit dem grünen Aufdruck.

»Was für eine Strecke fahren wir denn da?« fragen sie mich, mit vollem Mund.

»Keine Ahnung! Heute werden die Züge oft umgeleitet, wenn irgendeine Stadt bombardiert wurde. Normalerweise fährt dieser Zug auch nicht vom Nord-, sondern vom Westbahnhof ab.«

Sie erzählen mir, daß sie in Wien eine gemeinsame Braut haben, die sie abwechselnd besuchen. Dann sprechen wir von Frankreich, vom Winter 41 in Rußland, von Frauen und von der politischen Lage. Dazwischen höre ich das harte Hämmern des Zuges, und wenn wir Zigaretten anzünden, sehe ich den Widerschein der Flamme in ihren unternehmungslustigen Augen, bis ich den Alkohol spüre und erstaunt sehe, daß alles durcheinanderzugleiten beginnt und verzerrt und bedeutsamer wird, daß keiner mehr auf den andern achtet und jeder drauflosredet, in jener streitlustig-versöhnlichen Stimmung, in der man abwechselnd seine Betrunkenheit und seine Nüchternheit übertreibt, in der man ganz einer Meinung ist, obwohl jeder das Gegenteil vom anderen behauptet.

Der Dicke erzählt von seinem Sohn, was er alles aus ihm einmal machen werde. Er schlägt sich dabei immer wieder mit der Hand aufs gespannte Knie. Doch dann bricht er plötzlich mitten im Satz ab, rülpst dumpf, rutscht auf die Seite und versinkt in behagliches Schnarchen.

»Voll wie eine Tonne!« sagt sein Nachbar. Eine Weile fallen wir in jene ermüdete Leere, die auch in der angeregtesten Unterhaltung irgendwann einmal eintritt. Die Gespräche um uns herum sind verstummt. Nur am Ende des Ganges höre ich noch einen erzählen und dazwischen immer wieder verhaltenes Lachen. Über allen anderen liegt Schlaf. Erschöpfter Schlaf mit seinem Geschnaufe, seinem traumleisen Sichregen und schwebend vergessendem Überalldaheim. Und jetzt ist auch wieder hart und rastlos das Hämmern auf den Schienen zu hören.

»Willst du noch einen Schluck?« frage ich den anderen und halte ihm die Schnapsflasche hin. Keine Antwort. Auch schon versunken.

Ich aber kann noch nicht schlafen. Der ruhelose Nachtzug hält mich wach, das Wissen, daß vorn das feuerumflackerte Gesicht eines Lokomotivführers ebenso wacht und daß es hier drinnen warm rumpelt, klappert und alle Landser schlafen. Ich spüre die Nähe des groben Tuchs ihrer Uniformen, des Leders ihrer Stiefel und Koppel, den Geruch nach Männern, Alkohol und Rauch.

Im September 41 hockte der junge Ersatz auf den LKWs, die über Tschudowo nach Wyborg und weiter, das südliche Newaufer entlang möglichst rasch durch den Artilleriebeschuß in Richtung Schlüsselburg ratterten.

Verschüchterte Knaben, angespannt, lauernd, fremd, mit ihren nagelneuen Karabinern und Tornistern durcheinander gerüttelt im Halbdunkel der ächzenden Laderäume, eingelullt in den stickigen Qualm aus Staub, Auspuffgasen, Pulvergeruch.

Zwanzig Mann, zwanzig Herzen und Gehirne in jedem Wagen. Doch wenn man sie lange, drei Jahre lang anstarren könnte, so spürte man erschreckt, daß vier von ihnen tot und neun verwundet...

Ich schiebe die Schnapsflasche in den Rucksack. Jetzt, im dunklen, klopfenden Waggongang bin ich noch frei. Ich zünde mir eine Zigarette an und sehe mich unwillkürlich um, ob alle andern auch wirklich schlafen.

Da hocken sie, mit ihren kurz geschorenen Schädeln. Ich mag diese ruppigen Landser. Ihr rasches Vergessenkönnen, ihre betrunkenen Stimmen, die Oberflächlichkeit ihres stets bereiten Witzes. Die Mannschaft, nur die Mannschaft, diese verträgliche Mischung von Männern aller Alter und Schichten des Volkes.

So müssen sie auch drüben sein, in Frankreich, in Rußland und überall. So fahren sie in Züge gepfercht an die Front oder auf Urlaub. So schlafen sie in Bunkern, frieren und leiden Hitze, schreiben mit klobigen Händen Feldpostbriefe. So sind sie tapfer und bang, roh und ungewiß. Bewußtlos oder brüllend wie Tiere liegen sie auf Verbandplätzen, und die Toten werden in Zeltbahnen gepackt und verscharrt. Wer aber heimkommt, wird vom ersten Tage an in den Alltag der Nachkriegsjahre gestoßen. Und mancher von ihnen, von seiner Frau mit schlechtem Gewissen erwartet, wird enttäuscht fühlen, daß er sich umsonst auf ein Wiedersehen gefreut hat.

Verfluchter Krieg! Verwundet, tot, vermißt, oder freudlose Fronarbeit und Onanie in langer Gefangenschaft. Wie schwer faßbar, zufällig, sinnlos ist doch das Schicksal so vieler Soldaten, dieses nutz- und namenlose Vergessenwerden.

Jetzt hocken sie da und fahren schlafend hinaus. Ich selbst mitten unter ihnen, hellwach noch, das Hämmern des Zugs im Ohr.

Auf Nachtmärschen werde ich wieder mittrotten müssen, Staub im Haar, auf der verschwitzten Stirn und in den Augenwinkeln. Wenn ich hundemüde bin, werde ich noch den Befehl bekommen, auf Posten zu ziehen und werde zwei Stunden später auf dem harthalmigen Stroh neben den andern Schläfern in einen traumlosen Schlaf sinken können.

Hast du bei Demidow die Nebelwerfer gehört?

Und die Stalinorgel bei Welikije-Luki? Und bei Rostow und im Donbogen und an der Miusfront?

Ja, und damals am Assowschen Meer?

Unermüdlich hämmert der Zug durch die Nacht. Übernächtigt. Müde. Mensch, schnarch nicht so laut! Im alten holpernden, klappernden Takt bin ich schläfrig, so müde, so schläfrig, und schläfrig lange Gähnen...

Noch beunruhigt denken, daß man ja alles dicht bei sich hat, alle vier Gepäcksstücke, daß man auf dem Rucksack hockt und, mit dem Rücken an die hölzerne Wand gelehnt, im Takt an sie zu klopfen beginnt und leiser, noch leiser, Atemzug für Atemzug ins wohlige Geborgensein von Wärme, Rauch, Schweben versinkt.

Der Kopf kippt plötzlich nach vorn. Erschreckt richtet man sich halb auf — Ach ja, ich bin ja im Zug —, nickt nachgiebig und sinkt wieder willenlos und schwer. Schläfrig eingelullt in den Schlaf gewiegt werden. Schweben. Zusammenzucken. Gemurmel, irgendwas Unzusammenhängendes. Hinhorchen und verlegen fragen? Nicht mehr wiederholbar. Schlaf... Schlaf. Halbschlaf. Das blöde Knie. Und den anderen, der schwer auf meinen Fuß gerutscht ist, unwillig wegschieben. Auch von weit her hören, daß unser Zug nach langer Zeit langsamer wird und plötzlich erschreckend regungslos. Lärm. Stimmen. Leute steigen ein, drängen sich hart vorbei. Kalter Luftzug durchs offene Fenster. Dann ganz nah eine fremde Frauenstimme. Hast du Platz? Ach wo, alles pumvoll! Schreib gleich, wenn du draußen bist! Das Pfeifen der Lokomotive. Also schreib gleich... Und dräng' dich nirgends vor!

Und wieder den Zug hören und unter seiner sicheren Geborgenheit nicht mehr wissen, ob wirklich eine Station war oder ob man sie nur geträumt hat.

»Los, wach auf!«

»Ha? ...Uuaah...hh.«

»Schläft da wie ein Sack. So wach doch endlich auf, eine Streife ist da!« Träg richte ich mich auf. Steife Knie vor Kälte. Mein Rucksack ist auf die Seite gerutscht. Der Zug rumpelt im alten unveränderten Takt. Aber in die Leute ist Bewegung gekommen. Verschlafenes Geblinzel, Sichrecken, Rocktaschen-Aufknöpfeln. Am Ende des Waggons sehe ich im Schein einer Laterne zwei Unteroffiziere mit Stahlhelmen. Sie queschen sich eben zum nächsten Abteil durch, und der eine bleibt vor der Tür stehen, um die Leute auf dem Gang zu kontrollieren.

Eine Zigarette möchte ich rauchen. Aber ich verschiebe es besser auf später. Der Dicke neben mir lächelt verlegen, forsch. Dann sind sie endlich bei uns angelangt. »Soldbuch, Marschbefehl, Fahrschein.« Mit behandschuhter Hand blättert er im Scheine seiner Taschenlampe. Ich glaube, als Streife wirkt auch noch der femininste Mann erzern und unerbittlich. Vielleicht ist es der andere Klang der Stimme unterm Stahlhelm, das glatte riemenumspannte Kinn, das halbrunde Schild, das an zwei Ketten an seiner Brust hängt, die Pistolentasche... »Der nächste!« sagt er.

Während ich beruhigt meine Papiere einstecke, ist der Dicke dran. Ich habe diese Wehrmachtspolizisten nie gemocht. Wenn man sie nur sieht, kriegt man schon ein schlechtes Gewissen. Irgendwas können sie auf jeden Fall auszusetzen haben.

Kaum sind sie draußen, sind auf einmal alle gesprächig. Zigaretten werden angezündet, und einige packen etwas zum Essen aus. Mit steifen Beinen stehe ich auf und lasse das Fenster hinunter. Ein eiskalter Wind fährt mich an. Der Mond ist weiter hinüber gestiegen, das Tempo langsamer geworden. Es geht in bergiges Land. Mit verhaltener Kraft durchschneidet der Zug einen Hügel und kriecht jetzt knirschend um eine endlose Kurve. Die Lokomotive speit Rauch, glühende Kohlenstücke und faucht hohl ihr mühseliges:

SCH SCH SCH SCH SCH SCH SCH SCH

SCH SCH SCH SCH SCH SCH SCH SCH

So schieb doch an du fau-les Aas!

Ja! Heiz ihr ein. Heiz ihr doch ein, verdammt noch einmal! Eine Weile sind wir hoch oben auf dem Bahndamm. Ein schütteres Stück Wald windet sich eine Wiese entlang bis fast zu uns herauf. Und fällt in eine unerwartet steile Mulde hinab, springt über die Straße ins bodenlose Dunkel. Und jetzt klingt es ganz hell und hart:

SCH SCH SCH SCH SCH SCH SCH SCH

SCH SCH SCH SCH SCH SCH SCH SCH

Eine Reihe Strohtristen fährt langsam vorbei. Heuhafen. Ein Grenzstein. Auf einmal ist ein Zaun da, läuft mit winzig-schnellen Schritten ein kleines Stück nebenher, schlägt einen unvermuteten Haken und stürzt querfeldein zu einem hellen Haus hinunter.

SCH SCH SCH SCH SCH SCH SCH SCH

Und noch ein-mal Und noch ein-mal

SCH SCH SCH SCH SCH SCH SCH SCH

Bis endlich die Lokomotive mit langgezogenem Geheul in den Tunnel stößt. Fenster zu! Und minutenlang sausend, zischend und kreischend rasen die glatten schwarzen Wände vorbei. Der Qualm staut sich beengend und beengender. Und auf einmal spürt man aufhorchend, daß die Geschwindigkeit zunimmt.

Es geht wieder bergab. Bergab, bergab, schon höchste Zeit! Die Räder hämmern wieder schneller, und das pfeifende Sausen des Tunnels wird immer unerträglicher... Bis wir mit einem Satz ins Freie springen, hoch oben auf dem schwindligen Damm. Eine Wiese stürzt steil hinab, klettert drüben bis zur halben Höhe ausschwingend hinauf. Und nun mit raschem hellem SCH SCH SCH SCH SCH SCH SCH SCH SCH SCH SCH SCH SCH SCH SCH SCH jagen wir in wahnwitzigem Tempo ins Tal hinunter.

Ein schriller, langer, jauchzender Pfiff.

Wälder, Mulden, Einschnitte.

Ein Bahnwärterhäuschen. Im trüben Licht Gesicht des Bahnwärters, der gerade an einer Kurbel... Und wieder lange freie Hänge und weit drüben ein weißer unbeweglicher Berg. Ein Schwall Rauch und Dampf streicht den Zug entlang, flackert jäh auf. Bäume. Häuser. Eine Bahnschranke. Eine kleine, dunkelschlafende Haltestelle, und wieder das blitzschnelle Gemetzel über den Weichen. Dann wieder Land, Land und Wald. Und tief im Tal glitzert eine Flußwindung im Mondlicht. SCH SCH SCH SCH SCH SCH SCH SCH SCH SCH SCH SCH...

Und plötzlich sind zwei grelle Scheinwerferschlitze auf der Straße. Jeder Baum und Strauch blitzt einen Augenblick in ihrem Schein auf. Bald näher, bald weiter entfernt, verschwinden sie unvermutet im nächsten Wald, springen am anderen Ende wieder hervor, jagen schräg an uns heran, um uns ein Stück dicht unter uns zu begleiten. Ein Volkswagen. Deutlich sehe ich den aufgestützten Ellenbogen des Fahrers. Jetzt schneidet er eine Kurve, läuft weit weg, kommt nach einer Weile allmählich wieder heran, immer näher und höher und biegt endlich jäh über eine uns überspringende Brücke und ist für immer hinter uns gelassen.

Dann sind wir wieder mit dem Mond allein im Land. Bahnhöfe kommen, kleine, schläfrig verlassene, und irgendwo ist sekundenlang ein donnernder heimwehbeladener Gegenzug neben uns, reißt scharf ab. Und wieder Mond und weite, stille Stoppelfelder.

Wo sind wir? Der Zug dürfte schon einige Zeit stehen, denn der Gang ist halbleer. Mit schalem Geschmack im Mund stehe ich auf, beuge mich aus dem Fenster: REGENSBURG.

Ein Eisenbahner in einem verschmierten blauen Kittel beklopft mit einem langstieligen Hammer die Räder. Auf dem Nebengleis ein Lastzug mit Rungenwagen, auf dem die Geschütze und Fahrzeuge einer Batterie festgeklotzt sind.

»Sie soll sich zum Teufel scheren, hab ich ihr gesagt. Solche Weiber kann ich nicht brauchen!« höre ich eine heisere Stimme und entdecke zwei pfeifenrauchende Soldaten in Übermänteln, die auf dem Trittbrett eines verklotzten Kübelwagens hocken. »Und weeste, wat sie sagt, dieses verdammte Luder?«

Einige Soldaten mit Feldflaschen und Kochgeschirren kommen den Bahnsteig herauf. Unter ihnen der Dicke. »Mensch lauf, da unten gibt's Kaffee!« ruft er mir schon von weitem zu. Ich hake meine Feldflasche aus dem Brotbeutelring und lasse sie auch anfüllen. Dann trinke ich das bittere, herrlich heiße Gesöff und spüre seine belebende Wärme.

An sonnenroten Schornsteinen, an Fabriken und Zinskasernen vorbei, fahren wir aus der Stadt, die zu ihrem Alltag erwacht. Der Dicke schaut mit mir zum Fenster hinaus, ruft jedem hübscheren Mädchen irgend etwas zu und winkt eifrig mit beiden Armen. Doch von den Mädchen tun einige so, als ob es sie nichts anginge. Andere sehen erschrocken drein, manche lächeln auch und winken und sind auf immer entschwunden.

Nachdem die beiden ausgestiegen sind, finde ich in einem Abteil einen Platz an der Türe. Es ist warm geworden. Mit brennenden Augen versuche ich zu schlafen. Dazwischen esse ich wieder, ohne Appetit und rauche eine Zigarette nach der anderen. Heute ist alles ganz anders. Der nächtliche Rausch ist verflogen. Voll Langeweile sehe ich das Land vorbeifahren, sehe Städte mit langgestreckten, ausgebrannten Stadtteilen, steige in Bahnhöfen ohne Grund, nur von einer bedrückenden Unrast getrieben, auf den Bahnsteig und warte und hoffe, daß es bald weitergeht.

Wieder fahren wir durchs Land. Kiefernwälder. Ein Teich. Und weit drüben dreht sich ein dunkelrot gedeckter Kirchturm ganz ganz langsam um uns herum.

Berlin, Anhalterbahnhof.

Allmählich entleeren sich die Wagen. Ungeduldiges Gezwänge und Gestocke auf den Gängen und Plattformen. Dann schiebt sich der drängende, schlitternde Strom bepackter Soldaten, unter dem Dröhnen eines Lautsprechers, lärmend, laut schwatzend, immer breiter und dichter den Stiegen und dem Ausgang zu.

ROOOO SAAAA munDEEEEEEE
schenk MIIR dein Herz UUND dein Ja
ROOOO SAAAA munDEEEEEEE
Frag DOCH nicht erst DIE Mama

Noch am Bahnsteig treffe ich Kettner. Er fängt gleich an, von seiner Fahrt zu erzählen. Daß in seinem Wagen später noch Platz genug gewesen und daß er schon so gespannt sei, was nun mit uns geschehen werde. Ob man uns hier zu Fallschirmjägern umschulen werde? Oder ob sie uns gleich weiter? Und wenn ja, dann wohin?

Ein Gepäckwagen schiebt sich ununterbrochen hupend durch das zähe Gewühl, das hinter ihm sofort wieder zusammenschwappt.

ROOOO SAAAA munDEEEEEEE
schenk MIIR dein Herz UUND dein Ja

gellt eine neue Strophe. Ob ich schon einmal in Berlin gewesen sei, fährt er mit erhobener Stimme fort. Vielleicht wäre es doch am besten, gleich zum Fallschirmjäger-AOK zu fahren, um Gewißheit zu haben. Falls wir am Abend Ausgang bekommen sollten, könnten wir ja irgendwas gemeinsam unternehmen. Und was ich zu den Zerstörungen in den Städten sage, durch die wir gefahren? Aber die Schlote habe man überall rauchen gesehen. Denn das funktioniere alles noch. Das Volk sei den Gehorsam eben schon gewöhnt.

An der Sperre geht es umständlich zu. Und nachdem wir uns einzeln durchgequetscht haben, stehen wir endlich draußen an der Brandung des Verkehrs. Berlin! Altes, schnoddriges, quicklebendiges Berlin!

Im Vorraum des AOK stoßen wir auf zwei Soldaten, die, eben aus München angekommen, auf die gleiche Entscheidung warten müssen wie wir. Sie scheinen von jener selbstgefälligen Die-Ruhe-weg-haben-Krankheit befallen zu sein, werfen ununterbrochen mit Sprüchen wie: »Nicht ärgern, nur wundern!« oder »Es geht alles vorüber!« und ähnlichem herum. Mit jener Schreibstubenphilosophie, deren Stumpfheit weder mit dem stabilen Gleichgewicht des alten Orients etwas gemein hat, noch mit jener anderen, labilen spanischen Ruhe, die sich aus der Selbstbeherrschung eines schwer zu zügelnden Temperaments geformt hat.

Ein dicker, sonnengebräunter Obergefreiter in einer weißen Drillichjacke wie nach Maß verlangt unsere Papiere und teilt uns mit, daß wir noch eine halbe Stunde zu warten hätten, da der Chef gerade im Kasino beim Abendessen sei.

Wir spazieren zum See hinunter. Der warme, helle Abend, die spiegelnde Wasserfläche und der Sand, in dem unsere Tritte lautlos geworden sind, wecken in mir den schwachen Wunsch nach Ausruhen, am Rücken im Wasser liegen, Hierbleiben. Ich weiß noch von allem. Ich habe das Meer nicht vergessen, das alte brüllende Meer mit seiner schönen, kalten Einfachheit des Horizonts. Ich liebe jeden See und Strom und jedes Wasser.

»Jetzt ist es vorbei mit der Herumsitzerei in der Heimat!« schnauzt uns der Stabsarzt an, als wir ihm vorgeführt werden. »Macht bloß, daß ihr heute abend noch weiter kommt!«

Als Kettner zu fragen wagt, ob er noch Urlaub bekommen könne, da seine Frau knapp vor der Entbindung und doch jedem Soldaten laut Vorschrift ..., wird er scharf belehrt, daß niemandem etwas zustehe: »Urlaub kann gewährt werden. Merken Sie sich das, Sie dämlicher Schlappsack!«

Also hinüber in die Schreibstube. Der Obergefreite stellt uns Marschbefehle und Fahrkarten nach Köln aus, von wo wir weitergeleitet werden sollen. Trotz unserer Enttäuschung über den sofortigen Abmarsch sind wir froh, daß es wenigstens nach Westen geht. Der Zug ist voll Soldaten. Viele von ihnen schlecht ausgerüstet, kaum ausgebildet, sehr jung oder schon zu alt. Alle aber k.v.. Heiße, qualmende Dunkelheit. Endloses Gerumpel.

Am Vormittag fahren wir über die Rheinbrücke. Aus allen Fenstern schauen Soldaten, durch die Nähe des Stromes und der Stadt in aufgeräumter Stimmung. Langsam gleiten die schrägen, klobig vernieteten Traversen dicht an mir vorüber. Als der graubraune Strom tief unter unserem verlangsamten, hohlen Schienenschlagen liegt, fällt mir ein, daß ich einen wasserdichten Schwimmsack hätte mitnehmen sollen und daß dieser Strom beim Rückzug unter Umständen ein unüberwindliches Hindernis werden könnte.

In Köln trennen wir uns, da Kettners Marschbefehl nach Dellbrück ausgestellt ist, während ich mich in der Stadt bei Hauptmann Endreszewitz melden muß. Dort wird mir ein neuer Marschbefehl nach Eindhoven in Holland ausgestellt, mit dem ich noch am selben Tag weiterfahren soll.

Langsam gehe ich zum Bahnhof zurück, nur um zum Schein meine Pflicht zu erfüllen. Denn ich habe schon beschlossen, den Zug zu versäumen und hier zu bleiben. Zwei oder drei Tage. Jeder Tag gewonnene Zeit. Wer weiß, vielleicht fällt gerade jetzt irgendeine Entscheidung, bei der es besser ist, in Köln zu sein als in Holland. Wenn ich es jetzt nicht riskiere, so wird es mir später sicher leid tun. Wer wird das schließlich draußen schon feststellen können. So hinterlege ich auf der Gepäcksaufbewahrung meinen Rucksack. Dann hole ich Verpflegung und Zigaretten und schlendere durch die Stadt. Endlich allein. Die Zerstörungen sind gewaltiger, als ich es erwartet habe. Ganze Straßenzüge dem Erdboden gleichgemacht. Viele architektonische Kostbarkeiten vernichtet, vor allem in der Altstadt. Andere, schwerbeschädigte, haben doch noch den wunderbaren Reiz eines Torsos.

In der Nähe des Domes ein riesiger Luftschutzbunker. »Hier haben sie bei einem von den letzten Angriffen einige totgetreten«, erzählte mir ein alter Mann. »Wie immer stauten sich die Leute vor dem Eingang. Als aber die ersten Bomben herunterflatterten und ganz in der Nähe einschlugen, brach eine richtige Panik aus. Alle schrien und schlugen um sich und schoben sich in ihrer Todesangst wie eine wild gewordene Herde unter die Erde... Ja, und nach der Entwarnung, da lagen dann zwischen zertrampelten Koffern einige Leute vor dem Eingang. *Die* sahen aus! Wie blutige, staubige Säcke.«

Ich sehe mir die Stiege und den Eingang mit jenem eigenartig prickelnden Grauen an, dem ich mich beim Anblick solcher Orte nie ganz entziehen kann. Sicher alte Leute, Frauen, Kinder, denke ich im Weitergehen. Bei jeder Panik liegen die Kinder zuunterst.

»He! Sie!« Ein Oberleutnant steht vor mir. »Haben Sie keine Augen im Kopf! ... Gute Lust, Sie einsperren zu lassen.«

Ich schlage die Hacken zusammen und starre in sein rot angelaufenes Gesicht. Sperr mich ruhig ein! Jetzt, wo es wieder an die Front geht, bedeuten drei Tage Bau auf jeden Fall drei Tage Aufschub.

Beim Eintritt in den riesigen Saal des Soldatenheimes schlägt mir dickschwadiger Tabakqualm, Stimmenlärm und das Dröhnen eines Lautsprechers entgegen.
ALLE DURCHBRUCHSVERSUCHE DER BOLSCHEWISTEN WURDEN HIER AUCH GESTERN UNTER ABSCHUSS VON FÜNFUNDDREISSIG PANZERN VEREITELT...

An Stühlen, an Bänken vorbei, zwänge ich mich bis zur Theke durch und finde einen Platz an einem Tisch, an dem ein paar pfeifenrauchende Gebirgsjäger sitzen...
DIE BESATZUNG DER FESTUNG BREST SCHLUG AUCH GESTERN ALLE ANGRIFFE DER NORDAMERIKANER AB, DIE IHRE, VON DEN KÄMPFEN DER LETZTEN TAGE STARK ANGESCHLAGENEN VERBÄNDE DURCH NEU ZUGEFÜHRTE TRUPPEN ERGÄNZEN MUSSTEN. GERINGE

ÖRTLICHE EINBRÜCHE IM FESTUNGSVORFELD SIND ABGERIEGELT. DIE BLUTIGEN VERLUSTE DES FEINDES WAREN BESONDERS HOCH. ALLEIN VOR DEM ABSCHNITT EINER UNSERER KOMPANIEN WURDEN HUNDERTFÜNFZIG FEINDLICHE TOTE GEZÄHLT...

Die Kellnerinnen sind flink und freundliche, während sie bei uns gegen Soldaten meistens unwirsch... Da setzt man mir auch schon einen Teller Suppe, etliche Käsebrote und ein Glas Bier vor.

ZUM HEUTIGEN OKW-BERICHT WIRD ERGÄNZEND BERICHTET: IN DER ABWEHSCHLACHT ZWISCHEN BUG UND NAREW HAT SICH DIE WESTFÄLISCHE ZWEIHUNDERTELFTE INFANTERIEDIVISION UNTER FÜHRUNG VON GENERALLEUTNANT ECKHART BESONDERS AUSGEZEICHNET. DAS AUF ALLEN KRIEGSSCHAUPLÄTZEN BEWÄHRTE JAGDGESCHWADER ZWEIUNDFÜNFZIG ERZIELTE UNTER FÜHRUNG SEINES KOMMODORE, EICHENLAUBTRÄGER OBERSTLEUTNANT HRABAK, SEINEN ZEHNTAUSENDSTEN LUFTSIEG.

Tosend setzt ein Marsch ein. Vergeblich versuche ich in einer Zeitschrift zu lesen. Dieser wahnsinnige Lärm. Immer neue dröhnende Marschlieder. Man kann sich ihrer nicht erwehren.

Und doch habe ich beobachtet, daß der Soldat den Lärm liebt. Motorengedonner auf Flugplätzen und in Kraftfahrzeughallen, Kettengerassel von Panzern, lautes Singen, Stiefelnägel. Auch will er lieber angebrüllt als mit normaler Stimme angeredet werden. Vielleicht entspringt diese Sucht nach Lärm nur der Furcht vor der Stille, vielleicht ist sie ein beruhigender Ausgleich für die angespannte Lautlosigkeit so vieler Nachtwachen. Also Notwehr? Ohne recht zu wollen, bestelle ich noch ein Glas, lasse es aber stehen und spaziere wieder in die Stadt. Vor den Kinos stehen die Leute Schlange. Wurst-, Käse-, Margarineattrappen in Schaufenstern. An einer gesperrten Straßenkreuzung wird eine Kolonne langrohriger Geschütze durchgeschleust.

Eine Weile gehe ich unschlüssige hinter einem Mädchen her, hellblond gefärbtes Haar, klappernde Holzschuhe. Doch als ich sie eben ansprechen will, schnappt sie mir ein Feldwebel vor der Nase weg. Überall Soldaten, Volkssturm, SS, Streifen.

Durch eine schmale Ruinengasse komme ich zum Rheinkai. Ruhig gleitet das trübe, ölfleckige Wasser vorbei. Ein Dampfer mit tiefliegenden Schleppkähnen scheint machtlos stromaufwärts zu stehen. Schaumig umspülte Brückenpfeiler. Als ich hinaufsehe, entdecke ich zu meinem Schrecken eine Streife, die auf der Brücke jeden Wagen anhält. Es hat keinen Sinn länger zu bleiben, sage ich mir auf dem Rückweg. Die Stadt ist zerstört, ist ein von Dienststellen und Streifen übersätes Durchgangslager geworden, in dem es kam noch Zivilleben gibt. Als Fremder kannst du hier nur im Soldatenheim sitzen oder auf der Straße herumlaufen.

Spätabends, als die meisten Lichter abgedreht sind, lege ich mich auf vier zusammengestellte Stühle und decke mich mit dem Mantel zu. Am Nebentisch spielen einige Matrosen Karten. Sie rauchen Stumpen. Einer von ihnen schlägt jedesmal, wenn er ausspielt, mit der Faust auf den Tisch und sagt: Det isn Ding! Wat sagste!

5. September 1944

Ich werde doch schon heute abfahren. Verpflegung für drei Tage. Am Bahnhof hebe ich mein Gepäck ab und lasse meine Feldflasche anfüllen. Auf dem ersten Gleis steht ein Verwundetenzug. Unrasierte, apathische Gesichter. Schmutzige Verbände. Zwei Tote werden ausgeladen. Sie dürften unterwegs gestorben sein. Im Vorbeigehen schlagen mir aus einem offenen Fenster Eitergestank und Stöhnen entgegen. Die dumpfe, tierhafte Atmosphäre aller Verwundeten- und Gefangenentransporte.

Wie geschäftsmäßig das ist. Da schickt man Zug um Zug voll Soldaten an die Front, wo ihnen mit allen Mitteln nach dem Leben getrachtet wird. Die Getöteten verscharrt man an Ort und Stelle. Die Verwundeten aber werden zurücktransportiert, zusammengeflickt und wieder hinausgeschafft.

Durch weite Kartoffelfelder fahren wir der holländischen Grenze zu. Die Dämmerung bricht herein. Und als wir in Kaldenkirchen, der letzten deutschen Station, halten, ist es Nacht geworden.

Ein Mann mit einer Laterne geht durch den Gang. Dann stehen wir lange und rauchen im Dunkeln. Plötzlich hören wir draußen jemanden deutlich sagen: »Ja, der Zug kann nur bis Venlo fahren. Die Strecke nach Eindhoven ist unterbrochen.« Dann ist es still.

Wir horchen in die Finsternis und besprechen besorgt, was los sein könnte, lassen das Fenster hinunter, schauen nach Westen hinaus. Undurchdringliche Nacht. Vereinzelte schwere Regentropfen im kühlen Herbstwind. Irgendwo da draußen liegt wieder einmal die Front, von der man nie genau weiß, wie weit sie noch. Diese mühselig und sinnlos bewegte Grenze mit all ihrem angst- und tapferkeiterfüllten Leben, mit ihrer trügerischen Ruhe in der Nacht und lauernden tödlichen Waffen.

Langsam fährt der Zug an. Vorsichtig, wie in einen Bergschacht, tastet er sich durch die Nacht, die stumm, voll Geheimnis vor uns liegt. »Dabei ist diese Strecke am Tage sicher nichts Besonderes«, sage ich. Und wir müssen über die bange Stimmung lachen, in die wir unwillkürlich geraten sind.

In Venlo stürmen wir den Wartesaal und sehen im Schein unserer Taschenlampen holländische Plakate, die, wie die Plakate und Ladenschilder jedes Landes, in Strich und Farbe etwas typisch Fremdes haben.

»Hier bekommst du nichts, wenn du kein holländisches Geld hast«, sagt mir ein Eisenbahner, als ich am Morgen in der Bahnhofsrestauration Kaffee bestellen will. Woher soll ich nur Gulden beschaffen? Irgendwas verkaufen. Am besten meine Stiefel. Die Schuhe passen mir ohnehin besser. Man kann mit ihnen länger marschieren und, wenn's zurück geht, auch schneller laufen.

So warte ich einen günstigen Augenblick ab, schlage die Stiefel in eine Decke und schlendere harmlos, vorsichtig, mit schlechtem Gewissen in ein nahes Viertel winkeliger Gassen. Alles blitzsauber. Die Mauern, Türen, Fenster mit Blumentöpfen. Kleine gepflegte Vorgärten, von weiß gestrichenen Zäunen umgrenzt.

An einer Quergasse schrecke ich zurück. Vier Soldaten kommen in eiligem Gleichschritt. Rasch in den nächsten Hausflur. »... sind gleich da. Noch ne Straße und dann links um die Ecke«, schlägt eine unternehmungslustige Stimme zu mir herein. »Und is sie ooch tatsächlich in Ordnung, die Olle, oder gibst du bloß an? Mensch, ich sagte dir doch, Titten wie'n Ballong. Vorgestern hatte ...st...her...«, verhallt das Gemisch aus Gespräch und Stiefelnägeln.

Als ich wieder auf die Straße trete, sehe ich sie, nun schon laufend, eine Querstraße weiter um die Ecke biegen. Ich muß die Sache rasch erledigen. Da mir gerade ein Holländer entgegenkommt, spreche ich ihn an. Er erschrickt zuerst. Ich schlage die Decke ein wenig zurück, zeige ihm die Stiefel. Da versteht er endlich. Ängstlich sieht er sich um. Und führt mich in ein Haus und durch einen schmalen Gang, in dem es nach Bohnerwachs riecht, in eine weißgetäfelte Küche. »Sohn!« sagt er und zeigt auf einen jungen Burschen, der, die Hände in den Hosentaschen, eine Zigarette im Mundwinkel, am Türstock lehnt und mich kalt ansieht. Die beiden scheinen mißtrauisch zu sein. Da sie leise und holländisch miteinander sprechen, werde auch ich mißtrauisch. Was für einen Keil hat doch dieser Krieg zwischen uns getrieben!

Wieviel ich dafür haben möchte? fragen sie mich. »Sagen wir... zwanzig Gulden?« schlage ich unsicher vor. Zu meiner Überraschung sind sie sofort einverstanden. Vielleicht ist der Preis sonst höher. Unbeholfen schiebe ich das Geld in die Hosentasche. Sie bieten mir eine Tasse Kaffee an. Hoffentlich nicht vergiftet, denke ich einen Augenblick, während ich ihn trinke. »Du, Decke verkaufen?« fragt der Alte. »Nein, nein, die brauche ich unbedingt.« Plötzlich wird mir heiß. Ich habe es auf einmal eilig und bin froh, als ich endlich wieder unbehelligt im Bahnhof bin. Gerade zurecht. Denn alles ist im Aufbruch begriffen. Ein Oberfeldwebel ist da, um uns geschlossen abzuholen.

Die Weiterleitungsstelle liegt in einem Schulhaus aus rotem Backstein. Der Oberfeldwebel führt uns durch die hallende Einfahrt in den Hof, läßt halten, nimmt uns die Papiere ab und ordnet an, daß niemand das Gebäude verlassen darf.

Das ganze Haus voll Soldaten. Doch die Besetzung ist nie die gleiche. Fast täglich kommen neue dazu, täglich werden welche abgeschoben. Zum Teil sind es Versprengte aufgeriebener Einheiten, die sich entweder in Gruppen oder einzeln durchgeschlagen haben. Viele von ihnen haben nichts mehr außer ihrem Brotbeutel mit den allernötigsten Dingen.

Unter diesen Versprengten gibt es einige schlaue Burschen, die die Gelegenheit, im Trüben zu fischen, nützen und immer in dem Streifen Land zwischen der Front und den Weiterleitungsstellen herumvagabundieren. Sie sind nicht leicht zu fassen. Werden sie von einer Streife aufgegriffen, machen sie irgendeine unkontrollierbare Meldung und werden zu einer neuen Einheit geschickt, von der sie oft schon am selben Tag wieder versprengt sind, bevor sie jemand als »Neue« kennengelernt hat.

Im Speisesaal gibt es auch eine Kantine. Lärm. Biergläser. Verschiedenste deutsche Mundarten. Alles spricht von VORNE. An jedem Tisch ein paar Versprengte, die von der Front die tollsten Dinge erzählen, jeder umringt von zaghaft staunenden Zuhörern, die aus dem Hinterland kommen, viele Fragen stellen, nicht genug hören können und alles bis ins kleinste Detail wissen möchten.

Überall jene alte, prahlerische Rückzugstimmung. Jeder Versprengte ist, nach unglaublichen Heldentaten, der einzig Überlebende. Jeder trägt den Marschallstab im Tornister. »Mensch! Was haben wir nicht alles zurückgelassen! Was ist da nicht alles den Tommys und Amis in die Hände gefallen! Nie in ihrem Leben haben die solche Dinge gesehen!« »Und wie hinterlistige und undankbar sich die Zivilbevölkerung gegen uns verhalten hat! Doch wir kommen wieder zurück! Und dann geht's diesem Gesindel an den Kragen!«

Unfaßbar, dieser unsachliche Optimismus. Als ob es keine Wirklichkeit gäbe! Aber die Dümmsten sind ja immer am ehesten geneigt, einen Gegner zu unterschätzen.

Gegen drei Uhr nachmittag müssen wir im Hof antreten. Einige Leute werden in Marsch gesetzt. Wir kommen erst morgen dran und werden für diese Nacht auf verschiedene Klassenzimmer aufgeteilt. Die hallenden Gänge stinken nach verstopften Klosetts. Eine Abfalltonne. Aufeinandergetürmte Schulbänke. In den Klassenzimmern ist Stroh auf dem Boden ausgebreitet. An einer Wand unseres Raumes hängt ein langer Kleiderrechen mit vielen hölzernen Haken. Darüber einige Märchenbilder. Die große, grau verwischte Tafel ist mit obszönen Zeichnungen vollgekritzelt.

Kaum sind wir da, tritt hinter uns ein Unteroffizier ein. Alle sind auf einmal eifrig beschäftigt. Ich stehe ihm am nächsten. Zu dumm! Da brüllt er auch schon: »SIE hier!«

Ich höre nichts.

»HE!«

Verdammt noch einmal! Idiot! Unendlich langsam drehe ich mich um.

»JA SIE! Stellen Sie sich bloß nicht so stur an! Und noch der andere dort, HE! Ja, SIE! Kommen Sie nur!«

Also müssen wir eine Schulbank zur Feldküche hinuntertragen und dort zerhacken. Fluchend machen wir uns an die Arbeit. Die Willkür bei der Einteilung zu solchen Arbeitsdiensten hat mich oft wütend gemacht, ja, es gibt genug Soldaten, die sich allein aus diesem Grund lieber an die Front als in die Kaserne wünschen.

Als wir fertig sind, bekommen wir vom Koch, einem dicken Unterfeldwebel, einen Klumpen Kunsthonig und etliche Stumpen. Das versöhnt uns wieder ein wenig.

Am Abend lege ich mich angezogen in eine Ecke aufs Stroh. Das Zimmer ist schlecht verdunkelt, wie man es oft bei Soldaten findet. Aber Fliegeralarme sind hier kaum zu befürchten. »Du mußt dich nur immer an ein Dorf oder eine Stadt halten, wenn Flieger kommen. Da bist du sicher. Die schonen diese Brüder!« sagt mein Nachbar, während unsere nicht einmal die eigenen Leute...

Ein unerbittlich schriller Pfiff reißt uns aus dem Schlaf. »In zwanzig Minuten marschfertig im Hof antreten!« Fröstelnd, verschlafen hören wir die Verlesung der Namen und bekommen unsere Soldbücher zurück. Die Schreibstube hat über Nacht ganze Arbeit geleistet. Man hat uns in kleine Gruppen eingeteilt, die jeweils beisammen bleiben müssen.

In französischen Viehwaggons rollen wir aus dem Bahnhof in die fremde, windige Ebene. Rote Bauerngehöfte, Felder, Windmühlen. Ein Panzergraben, tief in die gelbe Erde geschnitten. Schnurgerade stille Kanäle, Hindernisse für später.

Dann hält der Zug auf freier Strecke, an der Stelle, an der der Bahndamm vorgestern von Partisanen gesprengt wurde. Von den hohen Waggons springen wir auf den schlackigen Schotter hinunter, nehmen das Gepäck, das uns der letzte heruntergibt, in Empfang und stolpern nach vorn. Dürres, verbranntes Gras. Ölige Schwellen. Die Lokomotive des verunglückten Gegenzuges hat sich tief in den Sand gewühlt. Zwei Waggons sind, völlig zertrümmert, gegeneinander getürmt und die folgenden zum Teil den Bahndamm hinuntergekollert.

Eisenbahner sind zusammen mit Pionieren an der Arbeit. Sie tun sehr fachmännisch und kommandieren fast alle. Sie haben ihre Mützen aus den Stirnen geschoben. Die strähnigen Muskeln ihrer braunen, tätowierten Oberkörper glänzen verschwitzt in der Sonne. Und als wir schon einige hundert Meter weit weg sind, hören wir noch immer ihr rhythmisches: »Zuuuu... GLEICH! Zuuuu... GLEICH!«

»Wie hat sich das zugetragen?« frage ich den Feldwebel, der unsere Gruppe führt, da ich ihn vorhin mit einem Eisenbahner sprechen gesehen habe.

»Sprengkörper haben sie gelegt«, erwidert er grimmig. »Ein Glück, daß es kein Personenzug war. Das ist auch das einzige, was diese feigen Banditen können: Sabotieren und sprengen, statt offen zu kämpfen!« »Na und, hat man sie erwischt?« »Eben nicht. Dafür hat die Feldgendarmerie einen Haufen Holländer zusammengefangen und erschossen. War ohnedies zu wenig. In Rußland hätten wir in einem solchen Fall das Zehnfache umgelegt.«

Ich sehe ihn von der Seite an. Riesiges Kinn, glattrasiert. Du empfindlicher Rohling, was für eine weiche Auffassung du vom Krieg hast! Gegnerische Partisanen nennt ihr leicht-fertig Banditen, während ihr den eigenen — Schlageter, Andreas Hofer etc. — großartige Denkmäler errichtet. Feindliche Kriegsmittel lehnt ihr ab, nicht aber den Krieg selbst. Und was ihr immer für Unterschiede zwischen den Slawen und den übrigen Europäern macht. Zehn Russen sind so viel wie ein Holländer oder ein Franzose.

Vor einem Bauernhof machen wir halt. »Seht mal zu, ob ihr nicht etwas Milch und Tabak organisieren könnt!« sagt der Feldwebel. Ich bringe es nicht über mich, jemanden um etwas zu bitten, noch dazu Holländer.

Nach der kurzen Rast marschieren wir wieder nach Westen in die Richtung Weert, wo unser Divisionsstab liegen soll.

Saftgrüne Weiden. Pappeln. Getreideseen wellen im Wind. Hier und da zweigt ein Karrenweg ab, führt ins weite Land. Sandige, vielspurige Wege, die uns fremd bleiben und die für die Leute hier die einzige unersetzbare Heimat sind.

Das ist also Limburg, das Land, aus dem der gute Käse kommt, den ich als Kind neugierig in Schaufenstern gesehen, ohne mir unter dem Namen ein Land vorstellen zu können. Ein kurzes Stück durch ein Dorf marschieren wir auf einer harten, roten Backsteinstraße. Doch gleich hinter den letzten Häusern beginnt wieder das zähe, klebrige Asphaltband.

Anfangs haben wir noch gesprochen und gelacht. Doch allmählich sind wir immer wortkarger geworden. Der Rucksack drückt schwer. Durst. Flimmernde Hitze. Am liebsten möchte ich mich in den Schatten legen! Dem Gefreiten vor mir zieht der Rucksack die Schultern schief nach hinten. Sein roter Hals nickt rhythmisch wie der eines Zugpferdes. Sein Kochgeschirr und der Trinkbecher an seinem schaukelnden Brotbeutel klappern im Takt seiner kurzen, festen Säbelbeine.

»Wenn doch endlich ein Wagen daherkäme!« knurrt einer. »Bloß kein Auto anhalten!« sagt ein anderer, ein Versprengter. »Zu Fuß ist es sicherer!« Und er erzählt uns, daß hier Autos fast nur noch bei Nacht fahren. Denn die scharfäugigen, wendigen JABOS kreisen am Tag in großer Höhe und peitschen oft blitzschnell die Straßen entlang, um direkt aus der Sonne über Fahrzeuge herzufallen, sie in Brand zu schießen und Augenblicke später wieder, weit und flach am Horizont wiegend, zu verschwinden. »Wir kommen schon noch zurecht«, schließt er. »Wäre doch ein Wahnsinn, sich jetzt noch eine Kugel in den Bauch jagen zu lassen!«

In Weert übernachten wir in einer Kaserne, in der die abgezogene Divisionsstabkompanie untergebracht war. Am Abend durchstöbern wir kahle Räume. Zurückgelassene Papiere, leere Konservenbüchsen, Gerümpel. Ein Berg Gasmasken, gute Fallschirmjägerschuhe, Gewehrreinigungsgeräte. Es hat keinen Sinn, etliche Paar Schuhe mitzunehmen. Man hätte bloß schwer zu tragen und würde sie beim Rückzug ja doch wegwerfen. So suche ich mir nur zwei wasserdichte Gasplanenbeutel aus, die zum Verpacken von Schreibmaterial und Büchern geeignet sind.

In einem anderen Raum, der offenbar früher Schreibstube war, ein Hitlerbild, einige Fotografien von Flugzeugtypen, durchwühle ich die Fächer der beiden Schreibtische, werfe Meldungsbögen und Wachbücher auf den Boden und finde zu meinem Erstaunen in einer Lade einen Stoß ungestempelter, unbeschriebener Marschbefehle und Fahrscheine, von denen ich, durch diesen unvermuteten Fund erregt, einige in meine Rocktasche schiebe. Dann hab ich auf einmal genug von der Herumsucherei.

Division, Regiment, Bataillon, Kompanie. Der alte Weg, den jedes kleine Rädchen der Kriegsmaschinerie zurücklegen muß, bis es an seinen Platz gelangt. Den stillen Noordervaart-Kanal entlang marschieren wir unter sonnigem, wolkenlosem Himmel in Richtung Loosen, wo unser Bataillonsstab liegt. Schlingpflanzen. Bemooste

Steine. Boote voll Wasser. Eine Zeitlang zieht links ein Wald mit uns, öffnet hie und da eine schmale, tiefe Schneise nach Süden. Präg dir alles ein! Wer weiß, was vielleicht schon in den nächsten Tagen...

Vom Bataillon werden wir sofort zum Verbandsplatz weitergeschickt, der in einem Gehöft am Ostrand des Dorfes untergebracht ist.

Ein Sanitäts-Unteroffizier erklärt uns an Hand der Karte die Lage der HKL: Unsere Kompanien liegen am nördlichen Ende des Zuid-Willems-Vaart-Kanals, wo dieser sich in einem anfänglich spitzen Winkel in den Canal de la Campine und den Noordervaart-Kanal gabelt.

»Die Bevölkerung von Loosen ist schon beunruhigt. Niemand weiß, wie er sich jetzt noch gegen uns verhalten soll«, sagt er, als wir in der Abenddämmerung auf Tragbahren vor dem Haus sitzen. »Sie lauern schon alle auf unseren Rückmarsch und fürchten sich doch davor, wie vor einer Operation. Jeder hofft, daß wenigstens sein Haus das Ganze gut überstehen möge. Man sieht hier auch nur noch alte Leute und Kinder. Die übrigen Männer, die Mädchen, das Vieh und die Fahrräder, werden versteckt gehalten.«

Zertrampelte Gemüsebeete vor uns. Ein Ziehbrunnen neben dem Schuppen. Weit draußen in der Ebene schwimmen vereinzelte Kugelbäume in flachen Nebelstreifen.

Nach Einbruch der Dunkelheit kommt der Unterarzt in einem Sanitätswagen angefahren und bringt vom Regimentsverbandplatz ausgeheilte Kranke und vier Medizinstudenten, die infolge nicht bestandenen Physikums vom Studium abgelöst, an die Front geschickt worden sind. Sie haben keinerlei Erfahrung, prahlen aber ein wenig mit ihrem theoretischen Wissen.

Wir bekommen Rot-Kreuz-Ausweise, Armbinden, Sanitätstaschen, Verbandsmaterial und jeder seine »Eiserne Ration«. Dann werden wir vom Unterarzt auf die Kompanien aufgeteilt: Ich mit einem der Medizinstudenten zur Dritten. »Wir haben hier keinen Platz für euch«, sagt der Unterarzt. »Ihr müßt also wieder ins Dorf zurück und euch bei euren Trossen melden.«

Der Troß der dritten Kompanie liegt mit seiner Feldküche und einigen Gepäckwagen in einer Geflügelfarm, in der es aber kein einziges Huhn mehr gibt, wie uns der Furier bei der Begrüßung erzählt. Lauwarmer Kaffee, Brot und Vierfruchtmarmelade, ehe wir uns auf der Schreibstube melden müssen. Der Spieß dürfte noch einer von jenen alten Soldaten aus dem Hunderttausendmannheer sein. Mit diesen Leuten hat es eine eigene Bewandtnis: Sie sind unglaublich zäh, werden nie krank und scheinen allen Situationen gewachsen zu sein. Mögen sie auch wie die Löcher saufen und um vier Uhr morgens sinnlos betrunken auf dem Boden ihrer Stube liegen, eine Stunde später sind sie wieder in der Lage, einen Tagesmarsch anzuführen, bei dem alle anderen eher zusammenbrechen als sie. Als Vorgesetzte sind sie meistens sehr scharf, aber unpersönlich gerecht und daher bei den Landsern beliebter als die zu weichen Vorgesetzten.

Noch in der Nacht werden wir geweckt. Ein Obergefreiter von unserer Kompanie ist da, um uns mitzunehmen. Die glatte Straße hallt unter unseren Schritten, als wir durchs dunkle, langgezogene Dorf marschieren. Dann geht es über eine Brücke, von der uns der Obergefreite sagt, daß sie, wie die meisten Kanalbrücken in Holland, verschiebbar sei, da eine Schleuse unter ihr liege. »Aha!« murmeln wir, nebeneinander übers feuchtkalte Geländer gebeugt, obwohl wir nichts sehen.

Dann tappen wir lautlos auf der Sandstraße einen Stausee entlang in einen Wald. Allmählich beginnt die erste zage Dämmerung die Stämme und das stille Geäst der Baumkronen nebliggrau zu umspinnen.

Der Obergefreite erzählt uns, daß man ihm gestern auf dem Regimentsverbandplatz zwei Zähne gerissen habe, obwohl sie bestimmt noch zu retten gewesen wären. »Dieser Hund von einem Zahnarzt!« sagt er immer wieder. »Wenn der mir im Frieden zwischen die Finger kommt! Alle Zähne würd ich ihm einschlagen!«

Wir wundern uns, wie regungslos die Front vor uns liegt. Doch der Obergefreite sagt, daß es erst seit einer Woche so ruhig sei, da sie drüben wahrscheinlich einen Großangriff vorbereiten. Tag und Nacht könne man Motorengeräusche herüberhören. Die ganze HKL sei daher schon mit wachsender Spannung geladen.

Noch in der Morgendämmerung treffen wir bei der Kompaniebefehlsstelle ein. Der Kompaniechef, ein junger, blonder Oberleutnant, rasiert sich gerade. Breitbeinig steht er in seiner Reithose da, nimmt kaum Notiz von uns und teilt uns, mit einem Taschenspiegel in verschiedene Richtungen deutend, zu den Zügen ein. Ich muß zum zweiten Zug, der etwa sechshundert Meter südlich von hier liegt. »Bleiben Sie nur ja in Deckung!« ruft er mir noch nach. »Sonst knallen die von drüben Sie ab wie einen Hasen!«

2

DIE ZUGBEFEHLSSTELLE liegt in einem Kiefernwäldchen gut gedeckt. Der Zugführer, ein untersetzter, sommersprossiger Oberfeldwebel, schreibt meine Daten auf und erklärt mir die Lage der Stellung. Sechzig Meter vor uns ist ein Damm. Dahinter der Kanal de la Campine, an dessen Westufer der Feind liegt.

»Wir kennen schon gegenseitig unsere Schützenlöcher«, sagte er. »Die MGs sind ganz darauf eingestellt. Kaum hebt einer den Kopf, schon fetzt einer von der Gegenseite drauf los. Deshalb werden Sie hier fast nur mit Kopf- und Halsschüssen zu tun haben.« Am Ende möchte er wissen, wie es zu Hause mit der Stimmung ist.

Soll ich ihm die Wahrheit sagen? »Na... nicht besonders«, Herr Oberfeldwebel, drücke ich verlegen herum. »Das hab ich mir gedacht. Die wollen wohl nicht mehr. Lüttjens!« ruft er dann. Ein Unteroffizier, der mit einigen anderen am Wegrand sitzt, erhebt

sich. »Das ist Unteroffizier Lüttjens, mein zbV. Er wird ihnen alles nötige erklären. Haben Sie sonst noch eine Frage? Ich muß jetzt zum Chef.«

Der Unteroffizier führt mich in den niedrigen Bunker und zeigt mir meinen Platz. Sauber gefaltete Decken. Ein Fernglas. Kochgeschirre auf einem Wandbrett. »Wo kommst du denn her?« fragt er mich, als ich, auf den Strohlager kniend, meinen Mantel vom Rucksack schnalle. »Aus Wien.« »Was? Aus Wien bist du? Mensch, da lag ich vor zwei Jahren im Lazarett. Kennst du da zufällig eine Familie Wessely?« »Wessely ist bei uns ein häufiger Name.«

»Mensch, die haben eine hübsche Tochter. Schreibt mir jetzt noch manchmal.« Wir kriechen wieder aus dem Bunker und setzen uns zu den anderen auf den mit braunen Kiefernnadeln übersäten Waldboden.

Ein rothaariger Obergefreiter bietet mir eine belgische Zigarette an. »Der Zugführer ist nicht so arg«, sagt er. »Der tut bloß so zackig.« Er zieht ein riesiges Feuerzeug in Bombenform aus seiner Hosentasche. Große flackernde Flamme. Dann lehnt er sich an einen Baumstamm zurück und fährt, beim Sprechen den Rauch von sich blasend, fort: »Also wieder einer, den man zum Fallschirmjäger gemacht hat.«

Ich erwidere, daß ich gar keine Fallschirmjägerausbildung bekommen und daß man mich ohne vorherige Schulung...

»Da kannst du ohne Sorge sein, die haben wir auch nicht.«

»Wieso?« frage ich erstaunt. »Seid ihr keine richtigen Fallschirmjäger?«

»Ach wo! Fallschirmjäger ist jetzt nur noch ein Name. Und eine Uniform. Du wirst noch staunen über unsere Luftwaffe. Nichts mehr da. Alles zur Infanterie gegangen.«

»Das habe ich schon in Venlo gehört«, sage ich. »Aber wozu macht man denn das? Da könnten sie einem doch gleich zur Infanterie überstellen, wenigstens die Neueingezogenen.«

»Man sagt, daß es die anderen abschreckt, wenn sie etwas von deutschen Fallschirmjägern hören«, meint der Unteroffizier.

»Was das *die* schon abschrecken wird!« sagt der Rothaarige. »Glaubst du, daß drüben die Mannschaft was davon erfährt? Und wenn schon, so greifen sie eben mehr mit ihrem Material als mit ihren Menschen an. Und dann gibt's Zunder und uns geht's wieder an den Kragen.«

»Die werden bald genug merken, was für einen zusammengewürfelten Haufen sie vor sich haben!« stimmt ein anderer bei. »Das eine kaputte MG wird nur noch zur Zierde herumgeschleppt.«

»Der Zugführer ist eben ein Arschloch. Uns gegenüber reißt er sein Maul auf, aber kaum kommt so ein junger Leutnant daher, macht er vor Ehrfurcht glatt in die Hose.«

»Dabei ist er im Gefecht nicht feige«, sagt der Unteroffizier.

»Ja«, lacht der Rothaarige auf, »da ist er sogar ein Draufgänger.« Und sie erzählen mir, daß dieser Zugführer auf ihrem Rückzug durch Nordfrankreich und Belgien selbst in den kritischsten Situationen sich wirklich bewährt habe.

Inzwischen dürfte es sich herumgesprochen haben, daß ein Neuer da ist, denn es sind noch einige andere vom Zug dazugekommen. Einer von ihnen möchte wissen, was in der Heimat los ist, was man im Radio über die Front hört.

Ich erzähle von den Bombenangriffen, von verschärften Rationierungsmaßnahmen, daß die Leute daheim schon recht kriegsmüde sind. »Und was die Front betrifft, war ich sehr überrascht, daß sie schon so weit zurückgezogen ist. Nach dem OKW-Bericht müßtet ihr nämlich noch mindestens fünfzig Kilometer weiter im Westen liegen.«

»Der ganze OKW-Bericht ist doch ein Schwindel!« sagt der Rothaarige mit einer wegwerfenden Handbewegung. »Die zu Hause haben keine Ahnung, was hier los ist, und wir wissen nichts vom Hinterland.«

Aber man ist nicht einer Meinung. »Man darf dem Volk nicht alles sagen«, meint Unteroffizier Lüttjens. »Es würde sonst gleich die Flinte ins Korn werfen.«

»Dafür hat aber niemand mehr Vertrauen zum Wehrmachtsbericht!« sagt der Rothaarige verärgert. »Die Leute müssen sich doch sagen: Aha, früher, als wir vormarschierten, sagte man uns die Wahrheit, aber jetzt, wo es zurückgeht, fängt man an zu lügen.«

»Du siehst das falsch. Das ist keine Lüge«, sagt Lüttjens bedächtig. »Es ist nur eine Art Notlüge. Man nimmt nämlich in der obersten Führung ganz richtig an, daß der Großteil doch dem Wehrmachtsbericht Glauben schenkt und daß die wenigen, die wissen, was wirklich los ist, auch begreifen müssen, *weshalb* man dem Volk nicht alles sagt. Deshalb wird auch das Auslandhören so streng bestraft.«

Der Rothaarige sieht ihn eine Weile an, als zweifelte er an seinem Verstand.

»Das gehört doch zur Taktik jeder Kriegsführung.«

»Aber die Dummen bei der Geschichte sind wir, das ganze Volk! Und deshalb wird's auch immer wieder Krieg geben.«

»Das ist klar, wir sind die Dummen dabei!« erwidert Lüttjens, als ob er stolz darauf wäre.

»Gruppenführer zur Zugbefehlsstelle!« Der Zugführer ist zurückgekommen. Mit ihm zugleich die Essenholer mit den zugeschraubten Kanistern und der Feldpost. Ich werde wohl noch lange keine Post bekommen. Von den Gruppen rücken sie mit ihren klappernden Kochgeschirren an. Es duftet nach Schweinefleisch und Bohnen.

Auf dem Wall eines Splittergrabens sitzend, das Kochgeschirr zwischen den Knien, löffeln wir unseren Eintopf und hören dabei dem Zugführer zu, der die vom Chef erteilten Befehle vorliest.

1. Daß man diese Nacht einen Angriff erwarte und daher erhöhte Aufmerksamkeit geboten und die Posten zu verstärken seien.

2. Daß der Chef in den nächsten Tagen persönlich kontrollieren werde, ob die Munition und die Panzerfäuste trocken gelagert seien, und daß man mit Munition sparen solle.

3. Daß bis auf weiteres keine Bekleidung umgetauscht werden könne.

4. Daß nochmals ausdrücklich auf das Verbot des Tragens von Halstüchern hingewiesen wird, da der Kommandeur es nicht dulde.

5. Daß sich die dringendsten Fälle beim Regimentszahnarzt zur Behandlung melden können.

Wie ernst er seine Aufgabe nimmt. Mit zusammengekniffenen Lippen streicht er jeden Punkt ab und stellt am Ende noch kurz einige Fragen.

Die Gruppenführer sind über die Postenverstärkung nicht erbaut. »Jede Nacht dieselbe Scheiße, die kommen ja doch nicht!« »Da wäre schon besser ein richtiger Angriff!«

»Ich kann euch nicht helfen. Befehl vom Chef!« redet sich der Zugführer heraus. Dann ruft er mich heran und stellt mich den anderen vor.

Die neue, noch fremde Gemeinschaft. Anbiederung und Ausfragerei. Kamerad hin, Kamerad her. Bestimmt wird wieder irgendeiner wissen wollen, was ich denn immer zu schreiben habe. Eine Frage, die mich verlegen macht. Man kommt sich vor, als wäre man von einer Krankheit, derer man sich schämen muß, befallen. Deshalb jetzt mein Tagebuch nicht mehr im Heft, sondern auf einzelnen Zetteln weiterführen. Sieht mehr nach Briefschreiben aus.

Von eins bis drei Uhr nachts stehe ich auf Posten. Der Wind knarrt im Geäst über mir. Jetzt trägt er von drüben fernes Motorengeräusch herüber. Doch als ich regungslos horche, ist es wieder still. Die Zeit will nicht vergehen. Eine Weile gehe ich im Dunkeln auf dem weichen Waldweg auf und ab, den Riemen der Maschinenpistole, die über meiner rechten Schulter hängt, in der Faust, das Losungswort im Hirn. Geruch nach Kiefern und feuchter Erde.

Das ist das Beste an solchen Nachtposten, daß man mit der Natur so eng beisammen ist, wie man es in normalen Zeiten nie sein könnte. Alle Mondphasen hab ich schon gesehen. Ich habe die nächtlichen Schneestürme heulen gehört, allein in einem verwehten Erdloch hockend, habe in Sommernächten den scharfen Salbeigeruch der ukrainischen Steppe gerochen und mit eigenen Augen beobachtet, daß der große Wagen wirklich um den Polarstern wandert.

Ruhig bleibe ich stehen und betaste die borkige Rinde eines Kiefernstammes. Sie hat etwas Gutes, Rauhes, Verläßliches. Der Rothaarige dürfte in Ordnung sein. Ein Kumpel aus dem Ruhrgebiet. Was er da über den Zugführer sagte? Überhaupt, was man so alles Tapferkeit nennt? Oft nur Selbsterhaltungstrieb. Oder Tollkühnheit aus Unkenntnis der Gefahr. Berechnung, daß der Gegner ebenso viel Angst hat. Oder, wie hier, noch größere Angst vor Vorgesetzten. Bei vielen aber nur Ehrgeiz: Jagd nach Orden.

Unteroffizier Pumpelmus wurde immer tapferer, tapferer von Tag zu Tag. Bis er schließlich so unglaublich tapfer war, daß man ihm das EK 1 verlieh. Von da ab war es aber schlagartig aus mit seiner schon sprichwörtlich gewordenen Plötzlich steigt eine Leuchtkugel mit nachfolgendem, leisem Knall in die lautlose Dunkelheit, bleibt einen Augenblick oben stehen — hell, regungslos liegt das Stoppelfeld vor mir, der Damm, schattiges Gesträuch —, fällt langsam, zischend, rot verrauchend hinunter und erlischt im Gras.

Aha, jetzt geht es los!

Doch es bleibt still. Und die Nacht ist stockfinster geworden. Angespannt warte ich. Und weiß, daß vorne die Posten bei ihren Maschinengewehren ebenso angespannt schauen und horchen. Und die drüben auch. Und so die ganze lange Front entlang. So aber auch an irgendeinem Fluß in Rußland, in Italien, im fernen Osten.

Aus dem Bunker hinter mir höre ich Strohgeräusch und irgendeinen verschlafen brummen.

»Ich werde auch gleich wieder drinnen liegen!« sage ich leise, voll Vorfreude auf den Augenblick des Einschlafens. Fünfundzwanzig Minuten noch. Am besten in der hohlen Hand eine Zigarette rauchen: Sind zehn Minuten. Und nach fünf Minuten Pause noch eine.

Um drei wecke ich Kersten. Er liegt ganz links und kriecht schlaftrunken heraus. Sein Haar zerzaust. Er riecht aus dem Mund nach Schlaf. »Is was los?« fragt er gähnend, während er seine Hosenträger anspannt und den Helm aufsetzt. Ich halte ihm den Mantel und erzähle von der Leuchtkugel und daß es möglich, daß sie diese Nacht angreifen.

Im Bunker, auf seinem vorgewärmten Platz liegend, höre ich noch, wie er draußen uriniert, unglaublich lange, und am Ende einen fahren läßt. Behaglich strecke ich mich, ziehe die Decke um meine Schultern, spüre den Plachenstoff des Rucksacks unter meinem Kopf. Neben mir Lüttjens, dann der Zugführer und die beiden Obergefreiten. Ich höre sie atmen, und wenn einer sich umdreht, raschelt das Stroh.

Diese paar Minuten vor dem Einschlafen ist man wenigstens mit sich allein. Und wenn man nicht zu müde ist, kann man sie ausdehnen, so lange man will. Und mir fällt ein, wie kostbar mir in der Rekrutenzeit diese armseligen Augenblicke im Dunkeln gewesen, wenn ich mich hundemüde auf meinem oberen Bett zurechtgelegt hatte.

»Irgendwas muß anders werden!« sage ich mir, als ich mich am Morgen in dem Tümpel am Waldrand rasiere. Schwere Artilleriebrocken orgeln über uns hinweg in die Richtung Loosen. Am Nachmittag flackert kurz MG-Geplänkel auf. »Irgendwas muß anders werden. Ich werde nicht mehr mitmachen wie bisher! Ich muß etwas unternehmen, noch bevor ich mich hier richtig eingelebt habe!« Ob man es so machen sollte wie einige von den Versprengten in Venlo?

Allmählich lerne ich alle kennen. Der Ehmeier ist der mit den rötlichen Haaren. Der kleine Schweigsame mit den zu weiten Stiefelschäften heißt Stadler. Herbert Kersten aus Bielefeld ist im Zivilberuf Lehrer. Er hat zwei Kinder und sagt oft: »Mensch, wenn ick wat zu reden hätte!« Diese drei bilden zusammen mit Lüttjens, dem Zugführer und mir den Zugtrupp.

Mit den übrigen Leuten geht es mir wie jedem, der in eine neue Gemeinschaft gerät. Überall gibt es ein paar, die einem am ersten Tag auffallen, und einige, die man noch eine Zeitlang dem Gesicht oder dem Namen nach verwechselt. Und es einen besonders Witzigen, wie den immer heiseren Dimböck von der dritten Gruppe. Er ist zugleich auch einer von den vier alten Obergefreiten, die schon im Frieden eingerückt sind und gerne von den Vormärschen in den ersten Kriegsjahren erzählen. »Mensch, das waren noch Zeiten, was es damals alles zu fressen und zu saufen gab!«

Alt sind sie allerdings nicht an Jahren, denn beim Kommiß wird das Alter ja nach Dienstzeit gemessen. So kommt es, daß ein fünfundvierzigjähriger Familienvater, der erst ein halbes Jahr dient, auf jeden Fall ein »junger Spritzer« ist und es so lange bleibt, »bis noch jüngere« dazukommen.

Es ist der gleiche Zug wie der, in dem ich schon einmal war. Dieselben Leute, die du überall triffst. Da ist ein Schlosser, ein Arbeiter in einer Lederfabrik, Bauernknechte, zwei Abiturienten, Beamte und ein Straßenbahnschaffner der Linie 11. Arbeiter in einer Bierbrauerei, in einer Autoreparaturwerkstätte, am Straßenbau, ein Bäckergeselle, ein Jusstudent, ein Dreherlehrling.

Der älteste von ihnen ist sechsundvierzig und die beiden jüngsten siebzehneinhalb Jahre alt. Und sie sind aus Grebenau in Oberhessen, aus Niederbreisig/Rhld., aus Zwickau, Georgenburg/Pr., St. Pölten, Berlin NW 87, Augsburg, Breitenau im Ostsudetenland und aus Ottenham, Post Mistelbach bei Wels, aus Wien, aus einem Dorf in der Nähe von Hamm und aus Gleiwitz, Mecklenburg, Karlsruhe. Und sie heißen: Roszinski, Pellater, Nissen, Görlich, Pruschka, Josef Edlinger, Winkler, Karl Hennek, Karl Duschnitz, Helmut Zemann, Fritz Sladky, Andrich, Haugk, Leskowitz, Steiner, Breuer, Stempfle, Ruppitsch, Heinz-Jürgen Woicikowsky. Ein zusammengewürfelter Haufen. Leder von Stiefeln, Koppeln und Tragriemen. Uniform, Metall, Blech. Eine Handvoll Männer, wahllos aus einigen Gegenden Großdeutschlands herausgegriffen und zu einer Einheit zusammengeschmissen. Verträglich, hilfsbereit, gesund. Aber auch verkrampft und gerne wilde Männer spielend.

Ohne zu ahnen, wie gefährlich es ist, über Menschenleben entscheiden zu dürfen, hocken sie jeden freien Augenblick beim Kartenspiel, beim Skatklopfen, Siebzehnundvier oder Mauscheln beisammen oder lesen 20-Pfennig-Romane. Jeder von ihnen ist für den Staat eine Wehrmachtsnummer und hängt doch einmaligen, unersetzbaren Erinnerungen und auswendig gelernten Briefstellen nach, in manchen Stunden in Träume verstrickt, die er keinem Menschen mitteilen möchte.

Wie sie um mich trauern würden, wenn ich gefallen wäre! Einer der heimlichen Gedanken mancher Soldaten. Dabei aber weiterleben. Die Trauer miterleben. Die eigene Todesanzeige aufsetzen helfen, und die Orden nicht vergessen. Für manchen Helden ist es schon ein genießerischer Ersatz, seine Angehörigen durch längeres Nichtschreiben in Sorge zu versetzen.

Nein, ich werde nicht mehr mitmachen.

Auf verlorenem Posten stehen wir hier und sollen jetzt noch ins Gras beißen, nur weil ein paar feige Banditen diesen sinnlosen Krieg nicht aufgeben wollen?

Ein Versprengter sein!

Oder, noch besser, so bald wie möglich in Gefangenschaft gehen!

Wieviele Landsergespräche habe ich im Laufe der Jahre gehört. Oft dreht es sich um rein praktische Dinge. Welche MP oder welche Handgranate die zuverlässigste, oder daß man auch die guten zehnschüssigen Gewehre haben sollte. Wie man im Nahkampf den Gegner am besten niedermacht. Daß man da und dort »feste mit dem Emmjee rinjerotzt« und daß »sie dem und dem eens vorn Latz jeknallt haben.« Daß die Jabos überall dort sind, wo sie nicht sein sollen, und daß sie so verflucht schnell und wendig, daß aber die Ratsch-Bum in Rußland auch kein Hund gewesen.

Dann die Gerüchte, die »Parolen«: Von neuen Waffen, vom Frieden, daß an der und der Sache irgendwas faul sei und daß sich in nächster Zeit irgendwas Besonderes ereignen werde.

Am meisten wird aber doch von unkriegerischen Dingen gesprochen. Von Frauen und von daheim. Erinnerungen werden immer wieder hervorgekramt und Zukunftspläne geschmiedet, so wie Hungrige gern vom Essen reden.

— Mitten im Satz wurde ich zur dritten Gruppe gerufen. Der Gruppenführer ist ein junger Unteroffizier, Gasmaskenbrille im schmutzig verschwitzten Gesicht. »Den Winkler hat's erwischt!« sagt er mit belegter Stimme und zeigt mir den Eingang ins Schützenloch.

Auf allen Vieren krieche ich durch den engen Stollen, der von der gedeckten Hinterseite durch den Damm zum Schützenloch nach vor führt, wo Winkler auf dem Boden kauert, regungslos, den Kopf tief zwischen den angezogenen Knien.

Ich versuche, mich zu ihm ins Schützenloch zu zwängen. Doch er füllt den ganzen Platz aus und der Stollen ist zu niedrig. so drehe ich mich halb auf den Rücken, schiebe mich noch näher heran und hebe dann behutsam seinen schweren Kopf, um ihm den Helm abzunehmen.

Da fällt sein Unterkiefer herunter und entblößt eine Reihe gelber Zähne. Einen Augenblick kommt es mir vor, als lächle schlaftrunken und wolle was sagen. Hinter mir höre ich die Stimmen der andern wie aus weiter Ferne. Und während ich, schwitzend vor Anstrengung, mit klammen, sandigen Fingern die Schnalle an seinem Kinnriemen zu lösen mich bemühe, tastet sich mein Blick schräg das hohe Schützenloch hinauf. Ein Patronenkasten in einer kleinen Erdnische, ein rundes Stück wolkenlosen Himmels über mir.

Ich kriege die Schnalle nicht auf. Hinausschaffen muß ich ihn, hier kann ich ohnedies nichts mit ihm anfangen. Aber ich bringe ihn nicht vom Fleck. Er ist zu schwer, und der Stollen zu eng. Außerdem habe ich, auf dem Bauch liegend, zu wenig Kraft. So krieche ich also wieder rückwärts hinaus.

Der Gruppenführer liegt mit Dimböck und zwei anderen vor dem Eingang in der grellen Sonne im Gras. »Was ist los mit ihm?« »Er lebt noch!« erwidere ich. »Aber allein bringe ich ihn nicht heraus. Einer von euch muß mir helfen dabei.«

»Ja, aber zwei können doch nicht durch«, sagt der Gruppenführer.

»Ich werde über den Damm springen müssen und von oben ins Schützenloch hineinsteigen«, sage ich.

Dimböck sieht mich von der Seite an. »Bei dir piepts wohl! Da kommst du niemals drüber. Die knallen dich ab, bevor du noch den ersten Schritt getan hast.«

»Es wird uns nichts anderes übrig bleiben, als die Dunkelheit abzuwarten«, meint ein anderer.

»Unmöglich!« sagt der Unteroffizier. »Wir müssen ihn jetzt herausholen!«

»Ich hoffe, auf einen Sani werden sie nicht schießen!« sage ich. Und ein flaues Gefühl in der Magengrube, spanne ich den weißen Überzug mit dem Roten Kreuz über meinen Stahlhelm. Ich weiß nur zu gut, wie leicht fast jeder Soldat aus Unüberlegtheit auf alles schießt, was in sein Blickfeld kommt.

Dimböck reicht mir einen Spaten herüber. Wir setzen den Helm drauf und heben ihn über den Damm. Blitzschnell peitschen einige Schüsse über den Kanal. Ihr Echo hallt wellig im Walde nach.

Dann ist es still. Wenn ich jetzt noch zögere, bekomme ich es nur noch mehr mit der Angst zu tun. Da springe ich auch schon mit drei Sätzen über den Damm, sehe eine Sekunde ganz scharf den Kanal überrraschend schmal vor mir, das andere Ufer, ein auf mich gerichtetes Scherenfernrohr wie die riesigen Fühler eines gefährlichen Insekts.

Doch ich kann nicht recht ins Schützenloch hinein. Winkler füllt den ganzen Platz aus. Muß schnell gehen! Also lasse ich mich, auf die Hände gestützt, mit hämmerndem Hals, behutsam auf seine Beine hinunter. Dann schiebe ich ihn ganz an die Wand, um für meine Füße Platz zu finden. Endlich geborgen, unsichtbar in der guten, kühlen Erde. Von der anderen Seite ist indessen Dimböck durch den Stollen gekrochen. Er zieht an Winklers Schultern und Armen, während ich seinen Körper und die Beine nachschiebe. Nur langsam, ruckweise kommen wir weiter und müssen etliche Male ausruhen, ehe wir ihn endlich draußen in der Sonne haben.

»Warum muß der auch so dumm den Kopf herausheben!« murmelt Dimböck. Ich nehme Winkler den Helm ab. Der winzige Einschuß liegt etwa zwei Zentimeter über der linken Braue und das Blut hat sich zu einem bläulichen Sack in der Augengrube gesammelt.

Während ich ihn verbinde, sehen mir die anderen von der Gruppe mißtrauisch zu. »Wieder einer ausgefallen!« höre ich den Unteroffizier sagen. »Jetzt muß jeder von uns noch länger Posten stehen!« Und er bestimmt einen, der an Winklers Stelle ins Schützenloch muß.

Inzwischen ist Kersten von der Zugbefehlsstelle gekommen, um uns tragen zu helfen. Wir kriechen zu viert mit Winkler über das eingesehene Stoppelfeld zurück. Ich spüre die schlaffe Schwere seiner baumelnden Beine, seine wachsende Bewußtlosigkeit. Wie unfaßbar, nie wieder rückgängig zu machen ist doch dieser Augenblick, in dem die Kugel seine Schädeldecke durchbrach. Ein ganz bestimmter Bruchteil einer ganz bestimmten Sekunde im Laufe des heutigen langen Tages. Nie werde ich die Zufälligkeit solcher Augenblicke begreifen können. Diese fremde, sinnlose Zufälligkeit, die vernichtend oder rettend jeden Tag so viele Male über jedem von uns hängt. »Auf dem Felde der Ehre, für Führer, Volk und Vaterland gefallen!« werden sie wieder schreiben. Und sein Nachruf wird so voll sein von Tapferkeit, sein Leben freudig hingeben, stolzer Trauer und anderen Schlagworten, bis ihn niemand mehr erkennen wird. Dabei war er doch sicher normaler, persönlicher, menschlicher. Und keuchend bemerke ich, daß von Kerstens linkem Stiefel, der sich vor mir ruckartig über Grasstoppel fortbewegt, daß Absatzeisen fehlt.

Wer von uns wird der nächste sein?

Das letzte Stück durch den Wald tragen wir Winkler auf den Schultern und legen ihn vor dem Zugführerbunker auf den Weg. Gut, daß zufällig der Kompaniesanitäter gekommen ist, um mir neues Verbandsmaterial und Dreieckstücher zu bringen.

»Den hättest du gar nicht erst verbinden müssen«, belehrt er mich, fachmännisch bei Winkler kniend. »Der ist ja schon tot.«

»Was? Tot? ... Ich hab gedacht...«

»Du weißt doch, daß man beim Kommiß nicht denken soll. Wir müssen Verbandsmaterial sparen. In den Lazaretten gibt es fast nur noch Verbände aus Kreppapier.«

»Er ... er muß unterwegs gestorben sein«, sagt Kersten heiser. Wir setzen die behelfsmäßige Tragbahre zusammen und legen Winkler vorsichtig drauf. Dann sichten wir den Rucksack, den Brotbeutel und die Uniformtaschen des Toten und legen eine Liste über sein persönliches Eigentum an.

Es sind die üblichen kargen Kleinigkeiten, die fast jeder Soldat mit sich herumträgt. Die Uhr, der Füllfederhalter, ein Feuerzeug, die Geldtasche, eine Pfeife mit zerkautem Mundstück und eine Tabaksbüchse aus Aluminiumblech, auf der ein Soldatenkopf eingraviert ist. Darunter steht: Kehr ich einst zur Heimat wieder.

Ich mache die Büchse auf. Zigarettenpapier, einige Stummel. In der aufgeplatzten Brieftasche finden wir einen kleinen Stoß zusammengebundener Briefe und Photographien von verschiedenen Mädchen, und im fettig verschwitzten Brustbeutel einen Ehering.

Der Zugführer bricht von Winklers Erkennungsmarke die Hälfte ab. Die beiden Verbandspäckchen behalten wir da. Ebenso einen kleinen Wehrmachtsspiegel mit einem Fach, in dem drei Präservative sind. Die übrigen Sachen packen wir in seinen Brotbeutel, den wir zwischen seine Knie legen. Dann nehmen wir die schwere Bahre auf und tragen sie in schwerem, langsamem Gleichschritt durch den Wald bis zur Straßenkreuzung, an der schon der Sanitätswagen wartet.

Am Rückweg setzen wir uns am Rande der Lichtung ins Gras. Wir zünden uns Zigaretten an. Und ich höre zu meiner Überraschung, daß Winkler erst vierundzwanzig Jahre alt war. Ich hätte ihn auf fünfunddreißig bis vierzig geschätzt. So alt macht der Tod die Gesichter.

Durch die Wipfel der Kiefern flimmern Sonnenstrahlen. Ich atme tief ein. Ich strecke meine Beine. Grillen zirpen im hohen, duftenden Gras. Eifrig schusseln rote Ameisen über den rissigen Weg.

Ich weiß noch von allem:

Vom Ätna und von Pinien. Von Theken in St. Pauli, Le Havre, Chalon sur Saóne, und von den unerschöpflichen Weinkellern Frankreichs.

Ich habe im überfüllten Wartesaal des Warschauer Bahnhofs übernachtet — und in Lille, besoffen im Puff.

Ich habe den Don gesehen —und eine Pontonbrücke über den Dnjepr.

Ja, und das Meer! Das Meer an den Kreidefelsen bei Etretat,

bei Syrakus, am Schießplatz Stolpmünde.

Und ich habe nachts Geschütze bellen gehört, im Walde bei Amiens, eingerollt in meinem Mantel, in die Decken und die feuchtkalte Zeltbahn.

Seit ich Winkler aus seinem Schützenloch herausgeholt habe, gehöre ich zum Zug. »Der Oberfeldwebel war weg über die Kaltblütigkeit, mit der du über den Damm sprangst!« erklärt mir Ehmeier beim Waffenreinigen.

Ich erwidere nichts. Wenn er wüßte, wie wenig kaltblütig ich in Wirklichkeit war. Ich lag nur in der Sonne, taub unter dem Helm, und merkte, daß mich die andern ansahen, und kam mir plötzlich wichtig vor: Jetzt oder nie! Dann sprang ich los.

In solchen Augenblicken bin ich mir selbst immer fremd und staune wie ein unbeteiligter Zuschauer über das Funktionieren meiner Arm- und Beinmuskeln, über meinen trockenen Rachen und mein Herz. Vielleicht, weil man etwas tut, was man aus freiem Willen niemals täte?

Noch etwas:

Daß mich die anerkennenden Worte unseres Zugführers, obwohl ich mich dagegen wehre, mit einer verhaltenen Freude erfüllen, ist bedenklich.

Du darfst nicht weich werden, darfst dich nicht durch Anerkennung einlullen lassen! Sonst haben sie dich schon in ein paar Wochen wieder so weit, daß du brav mittrottest wie bisher.

Tag und Nacht warten wir auf den Großangriff. Doch als Soldat ist man das Warten ja gewöhnt. Es füllt ein Drittel unserer Dienstzeit aus.

Von der Kompanie ist der Befehl gekommen, daß nun auch der Zugtrupp nachts Doppelposten zu stellen habe. Das ist überflüssige Vorsicht. Aber es bleibt uns nichts anderes übrig als fluchend zu gehorchen. Zur Erleichterung steht Unteroffizier Lüttjens auch mit. Jeder Posten dauert drei Stunden, und einer von den beiden letzten muß um halb fünf Uhr früh mit dem Rad zum Troß um den Morgenkaffee fahren.

Der Doppelposten hat aber auch Vorteile. Die Zeit vergeht schneller, wenn man zu zweit ist. Schon in der Kaserne war das Exerzieren in der ganzen Kompanie erträglicher als das Strafexerzieren, bei dem man ganz allein geschunden wurde.

Übrigens werden wir es nicht sehr genau nehmen. Einer von den beiden wird im Splittergraben schlafen. Vor uns im Damm hocken ja die andern in ihren Schützenlöchern, sodaß man schon rechtzeitig alarmiert wird, wenn etwas los ist.

Alte Komißmethode:

Ansprüche mit einem Male stark herunterschrauben, eine Stufe tiefer als notwendig. Dann ein wenig locker lassen und sagen: »Seht, was wir euch für Freiheiten gewähren. Wir sind ja keine Unmenschen!«

Wenn man um den Morgenkaffee fährt, muß man zuerst das Rad in der Dunkelheit durchs hohe, sumpfige Gras der Waldlichtung schieben. Dann geht es auf dem sandigen Karrenweg den Kanal entlang ein Stück nach Norden, im tiefen Sand schwer tretend. Dumpf hohl plumpern die filzüberzogenen Feldflaschen ans Radgestänge. Ich fahre gerne auf solchen holperigen Wegen. Man kommt sich dabei vor wie ein Geländewagen.

In einem Punkt hast du dich doch geirrt, und zwar mit der Behauptung, daß der Krieg nicht abzuschaffen sei. Irgend jemand hat ihn einmal mit der Blutrache verglichen:

Blutrache: Mord und Vergeltung unter Familien und Sippen.

Krieg: Mord und Vergeltung unter Völkern.

Und wie heute die Blutrache abgetan und die Sühne für einen Mord von einer höheren, affektfreien Instanz übernommen wird, so werden auch einmal Kriege von einer verantwortungsbewußten Instanz verhindert werden.

Kalt, von einer dünnen Nebelschicht bedeckt liegt der Stausee in der ersten Morgendämmerung neben mir.

Bestimmt wird es einmal keinen Krieg mehr geben. Das kann doch kein wirklichkeitsfernes Luftschloß sein. Es muß einmal erreicht werden! Dann wird man auf die bisherigen Kriege und den ganzen militärischen Kram zurückblicken wie auf eine endlich überwundene chronische Krankheit.

Wie vergeblich hatte man sich nach dem Ersten Weltkrieg um einen dauerhaften Frieden bemüht. Ein paar Holzköpfe begannen mit dem Säbel zu rasseln, und alle Warnungen gingen unter in diesem neuen gewissenlosen, verdummenden Rausch. Nur Vergeßlichkeit, bequeme Gedankenlosigkeit konnten es wieder so weit kommen lassen. Die Entwicklung des Verantwortungsbewußtseins ist mit dem gewaltigen Sprung, den die Technik gemacht hat, nicht mitgekommen. Man steht mit beiden Beinen im zwanzigsten Jahrhundert, während der Kopf noch leicht-sinnig in früheren Epochen verharrt. Man hat modernste Waffen, aber verstaubte Gehirne. So liegt heute eine Armee in der Hand eines Generals wie ein Gewehr in der Hand eines Kindes.

Dennoch haben sich die Begriffe schon ein wenig gewandelt. Man sieht nicht mehr viel Heldisches im Raufbold, mag er nun selbst die Waffen führen oder am Kartentische sitzen. Und die Entstehung des Begriffes Kriegsverbrecher ist eine positive Wortschöpfung, so sehr sich auch verschiedene Kreise in biederer Entrüstung dagegen auflehnen mögen.

An der Brücke beginnt die glatte, lockende Asphaltstraße, führt vorbei an stillen Gehöften ins Dorf. Um das Radfahren noch ein wenig auszukosten, mache ich einen Umweg. So weiterfahren können! Am Abend wäre ich schon hundertfünfzig Kilometer weit weg von hier.

Ein Belgier, eben im Begriff aus einem Scheunentor auf die Straße zu treten, zieht sich rasch wieder zurück. Vor *mir* mußt du dich nicht fürchten. Ich bin nicht dein Feind. Meine Feinde sind unter jenen, die *unsere* Uniformen tragen.

Aber was nützt alle tatenlose Auflehnung. Handeln muß man! Etwas tun! Sabotage, Zersetzung der Wehrkraft, gemeinsam in Gefangenschaft gehen! Man müßte — man müßte desertieren!

»Desertieren müßte man!« Was für ein verwegener Gedanke! Unwillkürlich fahre ich schneller, in einer seltsam erhitzten Beklemmung. Bis ich zu meinem Schrecken merke, daß ich das Dorf schon ein ziemliches Stück hinter mir habe. Nur jetzt keiner Streife in die Arme laufen!

In einer ausholenden Kurve kehre ich um, fahre hastig, als ob jemand hinter mir her wäre, ins Dorf zurück, und biege endlich erleichtert in den Hof der Geflügelfarm ein, in der unser Troß liegt.

Ein Unteroffizier von der ersten Kompanie ist da und erzählt unserem Koch von einem Vorstoß, den sie heute nacht durchgeführt haben. Er hat die Taschen voll Keks, Kaugummi und amerikanischen Zigarettenpäckchen. Er bietet uns von allem an und prahlt mit den Verlusten, die sie im Gefecht erlitten haben. Die Zigaretten schmecken ausgezeichnet, vor allem weil es Beutezigaretten sind.

Ich lasse meine Feldflaschen anfüllen und fahre dann zum Bataillons-Verbandsplatz, um frisches Verbandsmaterial zu fassen.

Auch hier wird aufgeregt vom Angriff gesprochen, freilich von einem anderen Standpunkt aus.

Ein Toter und etliche Verwundete der ersten Kompanie liegen auf Tragbahren in der großen Stube. Der Unterarzt operiert gerade einen von ihnen, der stöhnend auf dem Bauch liegt, die Hose über den weißen Hintern hinuntergezogen. Neben dem Backofen liegt ein anderer, mit geschlossenen Augen röchelnd, hellroten Schaum vor dem Mund.

»Der geht ex«, sagt mir der Sanitätsunteroffizier leise, »schon in ein paar Stunden.« Und als hätte es der Verwundete gehört, reißt er plötzlich weit seine Augen auf und stiert uns wortlos mit einem irren, angsterfüllten Blick an.

Von oben hört man das Schreien eines Säuglings, das immer wieder die Beruhigungen einer halblauten Frauenstimme kräftig durchbricht.

»Das ist bei den Belgiern im oberen Stock«, erklärte mir der Unteroffizier, als ich zur Zimmerdecke hinaufsehe. »Eins von den Weibern hat vor ein paar Tagen ein Kind gekriegt.« Er holt aus einer Truhe einen Stoß Verbandspäckchen und stopft sie in meinen Brotbeutel. Als er dazwischen einmal weggerufen wird, stecke ich, einer plötzlichen Eingebung folgend, einige Verwundeten- und Krankenzettel ein und dann noch rasch einen der Gipsverbände, die auf einer Kiste liegen.

Wie nahe dies alles im Frührot beisammen ist! Der stille, von einer Zeltbahn bedeckte Tote und das lüngige Schreien eines Neugeborenen. Und während ich dies beobachte, pocht unbeirrt mein Herz seine siebzig Schläge in der Minute, pochen die Herzen der anderen hier, die arbeiten oder schlafen, die Blut spucken oder heute noch sterben werden.

Doch weit von hier lassen verheiratete Frauen heimlich Soldaten aus ihren Haustoren hinaus. In morgenöden, nach kaltem Rauch riechenden Wirtshäusern stehen auf Stammtischen die umgedrehten Stühle, und auf frühtauigen Abhängen sind Bauern in Hemdsärmeln bei der ersten Mahd, während in einem übernächtigen Zimmer ein Vater nach einer schlaflosen Nacht im Auf- und Abgehen immer wieder vor sich hin murmelt »Ich kann's nicht glauben! Ich kann es einfach nicht glauben!«

»Jetzt fährst du wieder zurück!« sage ich mir, als ich hinter der Schleusenbrücke in den Karrenweg einbiege. Auf den Pedalen stehend trete ich wieder schwer durch den Sand. Grasbüschel zwischen den Wagenspuren. Die vollen Feldflaschen baumeln an der Lenkstange.

Der Gedanke, abzuhauen, läßt mich nicht mehr los. Ich muß es tun! Ich muß es tun!

Aber ich darf nichts übereilen. Mit aller Umsicht zu Werke gehen, Dreieckstücher, einen Gipsverband, Verwundeten- und Krankenzettel habe ich jetzt. Das nächste Ziel muß sein, an ein Dienstsiegel heranzukommen, um die Dienstausweise zu stempeln, die ich damals in der Kaserne von Weert gefunden habe. Ich werde es euch schon zeigen!

Graues Schilf an den Ufern des Kanals. Hoch über mir kreist ein Raubvogel, überblickt in gelassenem Gleitflug unsern Frontabschnitt. An der Stelle, an der unsere taktische Wegweisertafel steht, steige ich ab und schiebe das Rad durchs hohe Gras, das mir streifig den Staub von den Schuhen wischt.

Eine Erkundungsfahrt war es. Ein kleiner Seitensprung. Die Vorstellung, daß ich schon bald nicht mehr zu diesem Zug gehören werde, daß ich nur eine kurze Gastrolle hier spiele, die ich jederzeit abbrechen kann, erfüllt mich mit einer Befriedigung wie nach einer vollzogenen Rache. Und doch empfinde ich, als ich unser Wäldchen wieder vor mir sehe, beinahe ein Gefühle der Geborgenheit.

Einige waschen sich im Tümpel am Rande der Lichtung. Vergnügt schrubben sie ihre Hälse und ihre behaarten Körper. Einer taucht immer wieder den Kopf ins Wasser und schüttelt sich wie ein nasser Hund. Stadler steht barfuß im Gras und zieht ein frisches Hemd an, das jenen graufleckigen Farbton der von Soldaten selbstgewaschenen Wäsche hat.

»Kauff!« ruft er grinsend.

»Ja... Was ist los?«

»Wir dachten schon, du kommst nicht mehr!«

Man spricht auch von Gefangenschaft. Daß es bei den Engländern und Amerikanern angeblich ganz gut sei, daß man aber nicht bei den Russen sein möchte.

»Das liegt doch vor allem daran, wie wir die russischen Gefangenen behandeln«, wandte Görlich bei so einem Gespräch einmal ein, worauf man ihn sofort einen Kommunisten nannte.

Und man spricht von Verwundungen.

Daß so ein Heimatschuß nicht schlecht wäre. Und ob man sich nicht selbst... Doch diese Gedanken behält man besser bei sich.

Bei der Abendkostausgabe gibt es heute auch Marketenderwaren. Kersten hat die Schätze auf einer Decke ausgebreitet und ist mit ihrer Aufteilung beschäftigt. Am freudigsten werden natürlich die Zigaretten und der Schnaps begrüßt, von dem auf je drei Mann eine Flasche entfällt. Außerdem gibt es Zahnbürsten und einige Kämme, beides aus Holz, Rasierklingen, Briefpapier, Haarwasser.

Ich bekomme eine Flasche belgischen Obstschnaps zusammen mit Ehmeier und mit Görlich von der ersten Gruppe. Wir beschließen, sie erst in der Nacht, nach unserem Posten, auszutrinken.

»Weißt du, der Görlich ist am längsten beim Kommiß von unserem Zug«, erklärte mir Ehmeier, als wir im Dunkeln feierlich die Flasche entkorken. Er klopft dem andern auf die Schulter. »Dabei ist er immer noch Obergefreiter. Wahrscheinlich, weil er einer von den wenigen kameradschaftlichen und intelligenten Abiturienten ist.«

»Beim Kommiß verhält sich eben die Intelligenz umgekehrt proportional zum Dienstgrad«, erwidert Görlich ein wenig selbstgefällig und so, als ob er diesen Satz auswendig gelernt hätte.

Langsam lassen wir die Flasche im Dreieck wandern. Wie Feuer brennt es den Schlund hinunter und steigt jäh und brutal in den Kopf. Sei vorsichtig! Wenn du trinkst, redest du gerne zu viel, warne ich mich noch am Anfang. Doch dann gebe ich es auf, und voll Mutwillen sehe ich den herrlichen Trunk immer wieder in drei gemächlichen Sätzen auf meinen Mund zuspringen. Es gibt nur noch diese dämonische Flasche und uns drei unter dem reichbestirnten Himmel auf dem wunderbaren Stück Erde unter unseren Sohlen.

Görlich malt ein Bild vom »idealen Obergefreiten«, ein Idol, mit dem er sich, wie er sagt, schon lange beschäftigt. »Es müßte ein Obergefreiter mit achtjähriger Dienstzeit sein, der alle Vor- und Rückmärsche mitgemacht hat. Insgesamt dreieinhalb Monate Bau. Zweimal degradiert, doch mit der Zeit immer wieder zum Obergefreiten emporgedient. Außer dem goldenen Verwundetenabzeichen keine andere Auszeichnung, aller Verwundungen im Rücken.« Tief befriedigt über diese Zusammenfassung unmilitärischer Eigenschaften, beginnen wir über den Kommiß zu schimpfen und prahlerisch vom Frieden zu träumen. *Was* man dann alles vorhätte, *was* dann alles nachzuholen wäre, überhaupt sollte dann erst das eigentliche Leben beginnen. Denn jeder von uns sieht seine Dienstzeit als etwas Vorübergehendes an, als ein bloß halbes Leben, das man möglichst rasch und schmerzlos hinter sich zu bringen hat. Ja, müßte man auch zwanzig Jahre Soldat sein, so würde man doch noch immer glauben, daß das eigentliche Leben mit dem Einrücken zu Ende gewesen und erst mit dem Abrüsten wieder beginne.

»Mensch, könnt ihr nicht endlich eure Schnauze halten!« ruft Lüttjens aus dem Bunker. »Ich hab noch kein Auge zugetan.«

»Glaubst du, wir haben schon eins zugetan?« erwidert Görlich.

»Wir werden uns besser auf die Lichtung zurückziehen!« schlage ich vor und hole eine Zeltbahn aus dem Bunker. Doch als wir dann am Rande des Tümpels im hohen Gras beisammen sitzen, gibt Ehmeier unserem Gespräch noch eine unerwartete Wendung.

»Im Frieden kannst du schwer roboten, daß du nicht verhungerst«, sagt er. »Aber wenn's Krieg gibt, da kümmern sie sich auf einmal um dich. Da wirst du verpflegt, eingekleidet, bezahlt und, wenn dir etwas fehlt, auch noch gratis behandelt. Als Gegenleistung mußt du Ausländer umbringen oder über Kasernenhöfe kriechen.« Er trinkt einen kleinen Schluck. »Was mich so verbittert«, fährt er fort, ist die Tatsache, daß es im Frieden sofort wieder weitergeht mit der elenden Schufterei, vorausgesetzt, daß du nicht ein Krüppel oder blind bist, und daß es wieder die gleichen Leute sind, die uns unter ihrer Knute haben. Ja, und das ist der Unterschied zwischen uns beiden«, wendet er sich an Görlich. »Du wirst nämlich erlöst sein, wenn der Krieg aus ist. Du wirst den Betrieb deines Vaters übernehmen und dort sozusagen Kompaniechef sein, während wir Arbeiter auch in Zivil Obergefreite sind und es bleiben unser ganzes Leben lang... Natürlich wird es bei euch nicht so scharf zugehen wie beim Kommiß, aber dafür habt ihr ein viel schlimmeres Druckmittel in der Hand, nämlich die Entlassung.«

»Nein, da hast du nicht recht!« wehrt Görlich ab. »Ich gehöre zu euch. Und wenn ich auch den Betrieb übernehmen werde, einer von jenen berüchtigten Junkern und Kapitalisten werde ich nie sein.«

»Wart einmal ab!« erwidert Ehmeier mit einer schwerfälligen Geste. »Ein paar Jahre Wohlstand, und du bist einer von ihnen. Du wirst gar nicht merken, daß du deine Leute täglich ausbeutest. Im Gegenteil, du wirst glauben, ein besonders verständnisvoller Direktor zu sein, ähnlich unserem Kommandeur, der sich auch einbildet, daß wir Landser für ihn persönlich durchs Feuer gehen. Mit den Bauern ist das eine ganz andere Sache. Die werden von euch getrennt und leben wieder auf ihren Dörfern. Wenn es auch anfangs nicht so leicht sein mag, nach den Jahren in Frankreich und so weiter... Aber wir, wir bleiben mit euch in Berührung.«

Mit brummendem Schädel erwache ich im Morgengrauen. Granatwerferfeuer. Wenn's nicht zufällig einen Volltreffer gibt, bist du hier am sichersten. Ehmeier schnarcht. Säuerlicher Geruch nach Alkohol, Kotze und Schweißfüßen.

Daß zwei Dörfer hinter uns exerziert wird, erbittert uns. Doch das ist die sogenannte Beschäftigungstherapie. Kaum wird man abgelöst, geht es auch schon wieder los mit dem verfluchten Drill: Gewehrgriffe klopfen, Blickwendung, Parademarsch... Hier Tote und Verwundete, und sechs Kilometer hinter uns wartet die Ablösung auf den Oberst, um an ihm vorbei defilieren zu können. Ave imperator, morituri te salutant! Wie vor 2.000 Jahren.

Beim militärischen Drill rechnet man mit zwei Wirkungen, die den Soldaten für den Krieg geeignet machen sollen:

1. Im Kommandierenden werden sadistische Machtinstinkte geweckt, Regungen zur Anteilnahme verschüttet.

2. Der Geschliffene stumpft ab gegen Strapazen, Ungerechtigkeiten und dergleichen. Er verroht. Und wenn er kein Gedächtnis hat, so rächt er sich am Feind.

Jemand zerrt an meinen Beinen.

»Los! Macht, daß ihr rauskommt, verschlafene Bande!«

Gähnend richte ich mich auf, blinzle in eine abgeblendete Taschenlampe. Lüttjens neben mir legt seine Decken zusammen. Ach ja, Rückmarsch. Ich fahre in meine

Schuhe, suche mein Gepäck zusammen. Es sind nur noch die Zeltbahn und das Kochgeschirr festzuschnallen. Den Rucksack habe ich schon am Abend gepackt, und zwar in einer bestimmten Ordnung, wie man die Dinge nötigenfalls der Reihe nach wegwerfen würde.

Dann krabble ich aus dem Bunker. Stockfinster. »Haut hin!« zischelt der Zugführer. »In spätestens zehn Minuten müssen wir weg sein von hier!« Lüttjens und Stadler pumpen ihre Räder auf. Kersten flucht ununterbrochen. Er hat sein Handtuch an irgendeinem Ast aufgehängt und kann es nicht finden.

Die Melder kommen von vorne und berichten, daß alles marschfertig sei. Gleich darauf rücken die Gruppen mit leisem Kochgeschirr- und Helmgeklapper zwischen den Stämmen an. Man flüstert halblaut, macht Witze, lacht. Ja, es scheint eine beinahe vergnügte Stimmung über den bevorstehenden Rückmarsch zu herrschen. »Jetzt gibt's wieder mal ne Frontbegradigung«, sagt Dimböck, »also Gelegenheit die eisernen Ration aufzufressen.«

Der Zugführer erteilt den Gruppenführern noch die letzten Anweisungen: Kurzer Abstand. Dicht aufgeschlossen. Auf die Panzerfäuste achtgeben, während ich Stadler helfe, die Packtaschen festzuschnallen. »Verdammtnocheinmal!« murmelt er plötzlich. »Jetzt hab ich vergessen die MP-Munition einzupacken!«

»Ach was, laß sie liegen! Du wirst dich doch nicht abschleppen! Schreib nachher eine Verlustmeldung!« wird er beruhigt.

Im Gänsemarsch durchs Dunkel. Zweige knacken. Auf der Wiese ist es ein wenig heller. Wie ein erloschener Krater schläft der Tümpel. Wir stapfen durchs hohe, schwere Gras, kommen auf den Weg, auf dem man immer um den Morgenkaffee gefahren war, und stoßen an der Straßenkreuzung auf die Kompanie. Hinter uns kommt der erste Zug angerückt. »Zugführer sofort zum Chef!« wird es halblaut durchgegeben. Wir stehen um Dimböck herum, hören die scharfe Stimme des Oberleutnants und dazwischen mehrmaliges Absatzgeklapper und »Jawoll!«, wie aus einem Munde.

»Bestehen noch etwaige Unklarheiten? ...«

»Bestehen noch etwaige Klarheiten?« höre ich noch Dimböcks heisere Stimme. In lockerer Marschkolonne geht's den Kanal entlang, in weitem Bogen um den Stausee herum, und dann endlos, ohne Tritt über die Schleusenbrücke, auf der die dunkle, hohe Gestalt des Bataillonskommandeurs steht. Nervös treibt er uns zur Eile an, da die Brücke in einer halben Stunde gesprengt werden soll.

Dicht hinter der Brücke schwenken wir links ab und ziehen das Ufer des Noordervaart Kanals entlang nach Osten. Vor uns Kompanien mit ihren Trossen. Hinter uns Kompanien und Trosse. Die Luft ist erfüllt vom dumpfen Geräusch von tausend Stiefeln im Sand. Dunkles Herdengewoge und Geschwanke tornisterbepackter Schultern. Gewehrläufe und stumpfe Kegel von Panzerfäusten streichen über die wenigen Sterne. Wagenräder ächzen. Geklapper von Waffen und Geräten.

An geschlagene Heere muß ich denken, an den schweigsamen Trott endloser Gefangenenherden. Eine Stunde später wird für diese Gegend der Krieg zu Ende sein. Und schon am frühen Morgen werden Belgier und Holländer auf diesem Damm hier auf- und abgehen und es noch gar nicht recht fassen können, daß sie endlich wirklich frei sein sollen.

Uns aber treibt man an, da die Sprengung jeden Augenblick erfolgen muß. Unwillkürlich horchen wir alle im hastig schweigsamen Marschieren angespannt nach hinten. Gut, daß man bei solchen Märschen nicht singen muß. Das Singen beim Militär klingt nur für den Zuhörer frisch. Für uns Soldaten ist es oft eine lästige Mehrarbeit.

Wie bezeichnend ist es doch: In den Liedern, die wir im Frieden sangen, kam viel vom Sterben vor, von Morgenrot und frühem Tod. Vorbereitung auf den Krieg, in dem dann die lebenslustigen Soldatenlieder gesungen werden.

Jener sonnige Tag vor eineinhalb Wochen fällt mir ein, an dem wir auf derselben Straße marschierten, allerdings in die entgegensetzte Richtung. Mein Vorteil: Ich kenne diese Strecke. Ich weiß noch, daß im Wald, der finster rechts neben uns mitzieht, einige tiefe Schneisen nach Süden führen.

Dieser Rückmarsch wäre überhaupt die günstigste Gelegenheit in Gefangenschaft zu geraten. Man müßte sich nur in der Dunkelheit absetzen, müßte rasch in eine dieser Schneisen hineinlaufen. Und wieder gehen meine Gedanken den alten, verbotenen Weg. So weit ich mich erinnere, sind es etwa zweihundert Meter bis zum Wald hinüber. Breche ich also plötzlich aus der Kolonne aus und laufe los, so komme ich wahrscheinlich nicht weit. Sie würden sofort Alarm schlagen, Leuchtkugeln abschießen und mich mit ihren MGs abgeknallt haben, ehe ich noch den Waldrand erreicht hätte.

Wenn ich aber unter irgendeinem Vorwand zurückbleibe, so ist die Situation an jeder Stelle unseres langgezogenen Bataillons die gleiche wie hier. Ja, am Ende würde mich die Nachhut aufgreifen und vielleicht als besonders verdächtig...

Nein, ich muß es anders anpacken: Entweder an einer Stelle, an der der Wald dicht an die Straße heranrückt. Oder die erste Rast abwarten. Ja, das wird das Beste sein. Wenn wir rasten, trete ich einfach aus und mache mich sofort davon. Wenn ich Glück habe, merken sie es erst beim Aufbruch. Dann bin ich schon ein ziemliches Stück weit weg. So werde ich es machen. Auf später verschieben, auf einen Zeitpunkt, an dem die andern schon müde und unachtsamer geworden...

Dumpf zerreißt die heftige Detonation die Stille, fährt einem durch alle Glieder. Da wälzt sich auch schon in einer raschen Woge die entfesselte Wassermasse des Stausees unsichtbar heran und rauscht im Kanalbett an uns vorbei, schwappt gegen die Bohlen und Steine des Ufers. Gleichzeitig geht eine Welle der Erleichterung durch das ganze Bataillon. Jetzt ist man endlich rückenfrei. Und wenn es auch noch so weit gehen sollte, so wird es doch kein Zurück mehr geben.

»Ich habe eine viel heftigere Detonation erwartet«, sagt Kersten, der links neben mir marschiert.

»Die Brücke war ja nicht besonders groß«, erwidert Lüttjens.

»Da gab es schon tollere Sprengungen bei uns.« Und wir erzählten einander von früheren Rückmärschen. Von planmäßigen, von der Invasion und von der haltlosen Auflösung in jenem strengen Winter 41 in Rußland. Erzählen, wie einmal in Frankreich zwei Kasernen in die Luft geflogen sind und in Ichweißnichtmehrwo eine in den Fels gehauene Straße. Sprechen von Maschinen, die die Eisenbahnlinien zerstören, indem sie im langsamen Fahren jede Schwelle zerbrechen und die Schienen zu Spiralen, wie Korkenzieher, aufdrehen, und wie bei solchen planmäßigen Rückzügen oft jede Brücke, jede Telegraphenstange, ja, in Alleen sogar jeder Baum gesprengt wurde. Denn niemand könne so gut zerstören wie der Deutsche.

Doch hat man das aufgelöste Zurückfluten in angenehmerer Erinnerung. Denn dabei ist weniger Zerstörungsarbeit zu leisten. Man ist ungebundener, kann leichter unbequeme Ausrüstungsgegenstände verlieren oder gar auf ein paar Tage sich selbst. Da gibt es manchesmal zu essen, zu trinken, zu rauchen in Hülle und Fülle, da jeder für sich selbst sorgt. Da werden Depots und Magazine geplündert und Lebensmittel mitgeschleppt, bis sie einem zu schwer werden und man sie der Reihe nach wegzuwerfen beginnt, obwohl man weiß, daß wieder Zeiten kommen werden, in denen man bereuen wird, nicht mehr mitgenommen zu haben.

Ein Troßkarren vor uns ist steckengeblieben. »Los! Alle Mann anschieben!« Im Dunkeln neben Lüttjens mit der Schulter gegen die Hinterwand gestemmt, umfasse ich mit beiden Händen eine der schiefrigen Speichen und hebe sie an. Fährt schon wieder, und sein monotones Knarren klingt wie ein Bauernkarren, den ich als Kind einmal in einer Sommernacht lange an unserem Fenster vorbeifahren hörte.

Der Kanal ist endlich zur Ruhe gekommen. Rechts zieht die schwarze, undeutliche Kontur des Waldes still mit uns mit. Schweigsam zwischen Lüttjens und Kersten marschierend, rücke ich meinen Rucksack zurecht. Ich habe nichts gegen solche Nachtmärsche, bin immer gerne zu Fuß gegangen, mit langen, weichen Schritten, wortlos, genügsam wie ein Kamel. Ja, ich habe eine gewisse Ausdauer darin.

Eine der beglückendsten Beschäftigungen ist es aber für mich, wenn ich dabei inmitten der anderen Selbstgespräche führen kann, Gedanken und Bilder ausbaue, sie mir x-mal leise vorsage und im Geist für »gleich nachher« numeriere.

Einen Holländer will ich mir vorstellen. Drüben am Waldrand müßte er versteckt liegen und uns vorbeimarschieren hören. Noch vor einer Viertelstunde kam er uns, allein in der Dunkelheit kräftig ausschreitend, auf diesem Weg entgegen. Dann aber horchte er plötzlich auf, blieb stehen, witterte irgendwas Fremdes, Gefährliches, das langsam näherrückte.

Was es nur sein mag? Auf jeden Fall verschwinden! Mit hastigen Schritten stapfst du durchs Gras zum Waldrand hinüber, duckst dich ins Unterholz, legst dich in einer Bodenwelle zwischen den Stämmen zurecht und wartest. Hier kann dich niemand entdecken.

Doch nun zieht unser Bataillon an deinem Versteck vorbei. Unsere tausend Stiefel im Sand. Wagenräder ächzen. Gemurmel, Flüche, in einer Sprache, die du nicht verstehst. Geheimnisvoll und doch unfaßbar wirklich und nah schleppt es sich wie eine endlose Herde vorbei und läßt den Geruch nach Staub und Sand und Menschen hinter sich.

Nach einiger Zeit wirst du wieder zögernd, vorsichtig aus dem Wald hervorkommen, wirst uns noch eine Weile in der Dunkelheit nachhorchen. Und endlich beklommen deinen nun doppelt einsamen Weg fortsetzen.

Über dem Kanal, weit drüben in der horizontlosen Ebene, hat Artillerie zu schießen begonnen. In der Nacht erlebt man das in drei Phasen: Zuerst das lautlose Aufblitzen, dann der ferne Hall, und gleich darauf das Heranheulen der Granaten.

Wahrscheinlich haben sie nach der Sprengung der Schleusenbrücke unsere Marschrichtung errechnet. Denn sie setzen ihre ersten Einschläge einige Kilometer vor uns, während gleichzeitig die Salven anderer Geschütze ein Stück hinter uns einschlagen. Allmählich rücken sie von beiden Seiten, systematisch dem Lauf des Kanals folgend, näher an uns heran. Unwillkürlich ist alles auf der Lauer, obwohl man noch Gleichmut vortäuscht.

»Die finden uns ja doch nicht«, sagt Lüttjens. Und es scheint fast, als sollte er recht behalten. Das Feuer läßt nach. Ja eine Zeitlang ist es wieder völlig ruhig. Allmählich rückt der Wald näher an die Straße heran.

Jetzt ist es so weit. Jetzt muß ich es wagen! Oder soll ich noch ein wenig warten? Auf die Stelle, an der der Wald dicht neben der Straße? Nervös, ein Gefangener, der ausbrechen will, knete ich die Daumen in meinen Fäusten, sehe mich im Dunkeln um. Kersten. Lüttjens. Schweigsam marschieren sie links und rechts neben mir.

Verdammt! Wie schwer das ist, was für ein Mut doch dazugehört, allein in die ungewisse Nacht zu desertieren! Wie weit auch der Weg vom flüchtigen Gedanken bis zum festen Vorsatz sein mag, dieser eine Sprung über den Abgrund zur Tat hinüber, dieser Sprung hat etwas Entsetzliches.

Wenn wenigstens ein einziger von euch mit mir ginge!

Plötzlich blitzt es drüben überall auf, zischt gleich darauf scharf heran und — nur mich nicht! — aber die Granaten heulen dicht über uns hinweg und schlagen berstend in den Wald. Gut, daß ich jetzt nicht gerade drinnen. Da rast es schon wieder heran. Und wieder in den Wald. Doch in unser Aufatmen schlägt es hart am drüberen Ufer ein und eine der Granaten peitscht in den Kanal und überschüttet uns mit Wasser und Schlamm.

Ein hoher, gellender, langgezogener Schrei. Eine plötzliche Panik bricht aus. »Alle Sanis zur zweiten Kompanie!« höre ich rufen und stolpere betäubt im Dunkeln nach vor. Hier hat es tatsächlich einige erwischt. Während ich einen von ihnen verbinde, heult es wieder heran. Blitzschnell liegen wir auf der Straße. Zum Glück war es die letzte gefährliche Salve. Denn nun rückt das Feuer mit einem Sprung weiter nach Norden.

Ein Sanitätswagen ohne Licht kommt über Erdbrocken angerumpelt. »Fahrt besser nicht gleich los, sonst kommt ihr noch einmal ins Feuer!« höre ich einen sagen Aber die Verwundeten drängen zur Abfahrt. Denn wie alle Verwundeten glauben sie, jetzt ein besonderes Anrecht auf Rücksichtnahme zu haben. Als ob ihnen jetzt nichts mehr geschehen könnte.

Wir aber sammelten uns und marschieren wieder. Die Stimmung wird allmählich gereizter. Schweigsam, verdrossen rückt man immer öfter den Rucksack zurecht. Und schließlich wird alles zur Last: der Sand, der Wind und jedes Wort.

Am Stadteingang von Weert brennt prasselnd das große Barackenlager. Hallend ziehen wir durch die ausgestorbenen Straßen, halten Rast auf einem großen Platz, hocken auf dem Straßenpflaster, trinken an einem Hydranten Wasser, kauen trockenes Brot, drehen uns Zigaretten.

»Jetzt hab ick bald die Schnauze voll!« knurrt einer von der Gruppe neben uns, während er die Stiefel von seinen Beinen herunterzuzerren versucht.

»Mi könnens a bald am Oarsch lecken!« stimmt ein anderer bei. Eine richtige Meuterstimmung bricht hervor.

»Wenn's wenigstens heimginge!«

»Ja, da könnte man noch lang marschieren. Aber so, wo diese verfluchte Scheiße kein Ende nimmt!«

»Ick hau ab! Paß uff, bei der nächsten Jelegenheit verpiß ick mir von dem Verein, auf Nimmerwiedersehen!«

Ein Glück, daß der Zugführer nicht da ist. Die andern scheinen solche Vorsätze nicht ernst zu nehmen oder nicht zu hören. Einige Pferdewagen rumpeln vorüber. Verstaubte Stiefel baumeln. Ein Krad ohne Licht. Der Fahrer ruft irgend etwas Unverständliches herüber, worauf das Kommando zum Antreten durchgegeben wird. Fluchend rappeln wir uns auf. Die Fußsohlen brennen.

»Los, komm'se hoch! Komm'se in Bewegung! Schlappschwänze! Bewegung! Meiiine Fresse!« bellen die Gruppenführer durcheinander, während wir träge in die Kolonne humpeln. Und weiter geht's den Kanal entlang.

Im Damm gibt es Schützenlöcher, die man in der Dunkelheit kaum erkennen kann. Immer wieder fällt einer in so einen schmalen Schacht, schlägt sich hart an und arbeitet sich fluchend wieder heraus. Manchmal müssen auch eingebrochene Wagenräder gemeinsam hochgehoben werden. Widerliche Hindernisse, denn man versteht keinen Spaß mehr. Mit wunden Füßen und dem Wolf tappen wir erbost durch die Dunkelheit. Wenn der eine nachläßt, wird der andere stärker. Bis zu jenem Stadium, in dem jeder gerade noch mitkommt.

Den Gedanken, heute noch zu desertieren, habe ich längst aufgegeben. Zuerst war der Wald zu weit weg, dann, als er nahe genug war, schlugen Granaten ein und man brauchte mich. Und jetzt ist kein Wald mehr da.

Alles nur Ausreden! Pläne kannst du entwerfen, großartige Selbstgespräche, doch wenn's zum Handeln kommt, bist du zu feig! Kein Wunder, daß ihr lacht über unsere Gegnerschaft, wißt ihr doch genau, daß wir euch bis zum Ende gehorchen werden.

Immer wieder diese verdammten Schützenlöcher!

»Jetzt hab ich aber genug! Weg mit dem Dreck!« flucht einer. Klatschend fliegt etwas ins Wasser. Und als hätte man nur auf dieses Zeichen gewartet, beginnen die Leute unter schadenfrohem Gekicher lästige Ausrüstungsgegenstände fortzuwerfen. Ja, einmal klatscht es besonders schwer auf. »Das war ja ein ganzer Rucksack!« höre ich Dimböck sagen, während ich voll grimmiger Begeisterung meine Gasmaske in den Kanal befördere. Es ist das herrlichste Erlebnis des ganzen Nachtmarsches. Doch nichts hat Bestand.

Allmählich bricht die Morgendämmerung herein. Wir schwenken vom Kanal rechts ab und marschieren quer über Felder. Die Müdigkeit ist so groß geworden, daß man, wenn auch nur ein paar Augenblicke gehalten wird, sofort hinfällt und einschläft. Gleich wieder aufgeweckt rappelt man sich fluchend hoch und stolpert weiter.

Als endlich der kalte Morgen schummert, schleppt sich unser staubig fahles Bataillon schweigsam, endlos auseinandergezogen durch den Sand. Punkt sieben Uhr ziehen wir über einen Kanal und schwenken links ab. Eine halbe Stunde später wird die Brücke gesprengt.

LEVEROI

Etwa vierhundert Meter nördlich der Brücke beziehen wir unsere neue Stellung am Rande eines großen Waldes, der sich den Kanal entlang bis fast nach Niederweert erstreckt.

Diesige Nebelsonne. Erschöpft hauen wir uns ins feuchte Gras, schieben irgendwas unter den Kopf, versinken sofort. Müssen aber gleich wieder auf, da noch die Schützenlöcher zu graben sind. Fußkranke kommen angehumpelt. Es beginnt zu regnen, dünn, trüb, immerfort. Der Boden ist schwer, und die Spaten schneiden schlecht, große, lehmig-klebrige Klumpen.

Der Zugführer kommt angelaufen und teilt uns aufgeregt mit, daß Duschnitz fehlt. Ausgerechnet in meinem Zug muß sowas vorkommen! sagt er immer wieder. Hat denn niemand von Euch etwas davon bemerkt? Entgeistert starre ich ihn an. Duschnitz! Desertiert? Hätte ich es nur auch versucht! So eine günstige Gelegenheit vorbeigehen zu lassen! Ja, jetzt, im Nachhinein will es mir scheinen, als wäre es an jeder Stelle unseres langen Nachtmarsches ein Kinderspiel gewesen, abzuhauen.

Die Feldküche, verstaubt und taufeucht, ist bis zu einer Mulde am Waldrand vorgerückt. Kochgeschirre klappern. Es dampft aus dem Kaffeekessel. Bleiche, übernächtige Gesichter. Alles spricht über das neue Thema.

»Welcher war das eigentlich?« erkundige ich mich bei Stadler.

»Na der, der in Weert in der Gruppe neben uns so gemeutert hat«, erwidert er.

»Ja, ich hab's auch gehört!« bestätigt Ruppitsch.

»Ich schätze, er muß dicht hinter Weert abgehauen sein«, sagt ein anderer. »Er hat ja schon die ganze Zeit so herumgeredet.« Ruppitsch schüttelt den Kopf. »Mensch, ich kann so was nicht verstehen.«

Das sagt man bei so vielen Dingen, obwohl man sie recht gut versteht, hätte ich beinahe erwidert. Überhaupt klingt ihr Schimpfen, gestern mit und heute gegen Duschnitz gleich echt.

Die Verlustmeldungen müssen abgegeben werden. Es ist erstaunlich viel »im Gefecht« verlorengegangen. Wir reden uns alle auf das Ari-Feuer und die Dunkelheit aus. Der Zugführer droht zwar mit empfindlichen Strafen und mit Kriegsgericht, aber beim Kommiß bleibt es ja oft nur bei der Drohung.

Nissen, der alte Specker, hat tatsächlich seinen Rucksack in den Kanal geschmissen. Grinsend gibt er es zu, als Ehmeier ihn danach fragt. »Aber das da habe ich behalten!« Er holt aus seinem verdreckten Brotbeutel einen schweren Granatsplitter, der einmal irgendwo in der Normandie neben seinem Fuß in die Erde gerast war und den er seither mitschleppt. »Den muß ich später mal meinen Kindern zeigen!«

Am Nachmittag kommt zu unserer Überraschung auf einmal Duschnitz daher. Er erzählt irgendeine zweifelhafte Geschichte, von Austreten, Weg verloren, einem Panzerspähwagen der SS, der ihn mitgenommen. Und alle Aufregung war umsonst. Daß er zurückgekommen ist, stürzt mich in neue Zweifel. Aber vielleicht werde ich es gerade dann tun, wenn ich es schon selbst nicht mehr glaube?

Da es ununterbrochen regnet, bauen wir für diese Nacht keine Zelte, sondern schlafen in einem leeren Heuschober. Dumpfer Schmerz in den Füßen, Kniekehlen und Schlüsselbeinen.

Endlich ausruhen können! Schlafen.

Wenn die Posten kommen, um die nächsten zu wecken, dampfen ihre regennassen Helme und Mäntel im grellen Karbidlicht.

Ich habe einen Haufen T 34 anrollen gesehen, die zwei Züge Infanterie und leichte Flak zermanschten, dann die steckengebliebenen Troßkarren überfielen und sie mitsamt den Pferden zu einem blutströmenden, holzsplitterdurchsetzten Brei verquirlten.

Und wir sind einige Tage darauf, als wir im Urlauberzug hockten und in Kamenskoje aussteigen wollten, von einem fetten Stabszahlmeister angebrüllt worden:

»Wohl verrückt geworden? Wohl nen Forz jefrühstückt?« weil wir unsere Koppel nicht umgeschnallt hatten.

Ich habe Beine schwer wie Blei

Und schütteres Stroh unter mir.

Habe ein Stück ausgetrockneten Kommißbrotes und eine Scheibe Margarine in meinem Brotbeutel, der über mir an einem spinnwebigen Balken hängt.

»Diese verfluchte ewige Graberei!« knurrt Kersten, als wir am Morgen unsere Splittergräben ausheben.

Wir richten uns wieder einmal ein. Für wie lange diesmal wohl? Im Wald stellen wir nur die Zelte auf. Der Chef meint, daß es nicht nötig sei, Bunker zu bauen, da es ohnedies bald hinter die Maas gehen werde.

Schon am Vormittag meldet sich die amerikanische Artillerie. Sie beschießt zuerst das Dorf, das einige Kilometer hinter uns liegt. Dann aber springen die Einschläge mit einer plötzlichen unerwarteten Genauigkeit den Kanal entlang durch die Stellungen unseres Bataillons.

Ein Splitter zerfetzt ein Zelt der ersten Gruppe. Ein anderer reißt Breuer die Hand weg. In dickem Strahl schießt sein Blut hervor. Ich binde seinen Arm ab, wickle hastig alle Verbandspäckchen, die ich gerade da habe, um den Stumpf. Dazwischen schlägt es immer wieder ein. Splitter, Erdbrocken schwirren. Aber ich habe zu tun. Und das ist gut so, denn dabei achtet man kaum auf die Gefahr.

Kaum läßt das Feuer nach, setze ich Breuer auf die Stange des Fahrrads und fahre vorsichtig ins Dorf zurück. Unterwegs müssen wir einmal absteigen. Er ist ganz grün im Gesicht und erbricht sich an einem Baumstrunk.

»Ihr habt uns gerade noch gefehlt!« begrüßt uns der aufgeregt herumschießende Sanitätsunteroffizier, als wir endlich in den Verbandsplatz einbiegen. Ein Sanitätswagen voll Verwundeter ist eben eingetroffen. Der Unterarzt, eine Knochensäge in der Hand, blutbespritzte Gummischürze, erscheint in der Türe und spuckt aus.

Eine Granate hat in das Nachbargehöft eingeschlagen, einige Zivilisten verwundet und drei davon getötet. Sie liegen auf Matratzen im Hof. Sie sehen anders aus als tote Soldaten. Dem holländischen Arzt, der um Verbandsmaterial bittet, kann man nichts abgeben, da es für unsere eigenen Leute kaum reicht.

Ich habe auch nichts mehr. »Mensch, siehst du nicht, daß sie verbluten!« fahre ich den Sanitätsunteroffizier an.

»Ach was, sollen krepieren die Scheißholländer!« erwidert er.

Ich gehe ins Haus, um meine Meldung abzugeben. In der kleinen Kammer sehe ich mich plötzlich einem Dienstsiegel gegenüber. Aufreizend liegt es auf einem Stoß von Papieren. Jetzt es nehmen, rasch meine Scheine aus der Rocktasche, und es drauf drücken. Aber ich wage es nicht, obwohl ich ein paar Minuten allein bin. Und als ich gerade hinlangen will, kommt der Unterarzt herein. Er sieht mich einen Augenblick scharf an und holt dann eine Armschiene aus dem Sanitätskasten.

Als ich zum Zug zurückkomme, ist man gerade dabei, Bunker zu bauen. Der Chef hat nun doch den Befehl dazu erteilt, jetzt, nachdem es fürs erste zu spät ist. Das Loch ist schon ausgeschachtet, und einige fügen unter fachmännischen Kommandos ein Gerüst zusammen. Bei solchen Arbeiten mache ich am liebsten Wege oder Handlangerdienste, bei denen man nicht bei der Sache sein muß.

Vorgestern war der Regimentskommandeur angekündigt. Alles war aufgeregt und putzte wie besessen. Ja, in der zweiten Gruppe, deren Gruppenführer knapp vor der Beförderung steht, mußten sie sogar die Blätter und Kiefernadeln aus den Splittergräben herausklauben.

Aber er kam dann doch nicht. Dafür springt er heute morgen aus einem tarnfarbigen Kübelwagen, der unvermutet in der Stellung bremst. Er trägt einen Ledermantel und ein ledernes Gesicht, in dem ein Monokel klebt. Wie ein Hahn stelzt er in der Stellung herum. Um ihn kreisen dienstbeflissen sein Adjutant, auf der andern Seite unser Chef, und mit knappen Schritten, steif wie ein Stock und leichenblaß, unser Zugführer.

Der Herr Oberst springt eigenfüßig in eines der Schützenlöcher und schaut durch das Visier des MGs. Zeigt dann auf ein Gehöft am anderen Ufer, worauf unser Chef und der Zugführer auch durchs Visier sehen und beide nicken und in verschiedene Richtungen zu deuten beginnen.

»Was is los da vorne?« sagt Ehmeier neben mir. »Sind die alle vom wilden Affen gebissen.«

Der Oberst steigt wieder aus dem Schützenloch und kommt nun direkt auf die Zugbefehlsstelle zu. Wir stehen stramm. Doch er beachtet uns nicht. Er besieht sich nur die Splittergräben und richtet an den Zugführer einige Fragen.

Dann aber hat er es auf einmal eilig. Seine Wagentüre klappt zu und er fährt in Richtung zum vierten Zug davon.

Was für ein Übel ist doch der Mangel an Phantasie. Das holländische Gehöft am anderen Ufer muß niedergebrannt werden, da es unseren Schußwinkel einengt. Die Bewohner protestieren fassungslos und verlegen sich zuletzt aufs Bitten. Aber es hilft ihnen nichts. Sie werden mit ihren Kindern abgeführt, das Haus geht in Flammen auf und die Mauerreste werden gesprengt.

»War das notwendig?« sagt Ehmeier, als wir mit Hennek zu einer Heuhütte zurückstapfen, um Bretter und Balken für unseren Bunker zu holen. »Wegen der paar Tage, die wir noch hierbleiben? So etwas verbittert doch die Leute.«

»Aber geh, das haben die in einem halben Jahr vergessen! Und dann haben wir ja schließlich Krieg jetzt«, erwidert Hennek.

Dabei ist dieser Hennek ein Jusstudent. Den Kopf angefüllt mit Gesetzen, fehlt ihm doch die Fähigkeit, sich in andere hineinzudenken. *Er* freilich wird es schon in einer Woche vergessen haben. Denn der Stärkere vergißt immer, was er andern antut. Aber der Besiegte ist empfindlich.

»Ich möchte ja sehen, wenn *dir* ein Besatzungssoldat deine Uhr wegnimmt oder deinen Photoapparat«, sagt Ehmeier nach einer Pause. »Da wirst du wahrscheinlich schreien: Wir haben doch Frieden jetzt!«

»Aber die andern sagen doch auch: C'est la guerre!«

»Ja. Aber damit versuchen sie sich zu trösten, wenn sie flüchten müssen oder eine Granate in ihr Haus einschlägt, während wir uns damit rechtfertigen wollen, wenn wir ein paar Zivilisten umlegen, plündern oder ein Gehöft in Brand stecken.«

Die Besichtigung haben wir hinter uns. Nun kann der Stellungsalltag wieder beginnen. Untätig, langweilig mit seiner regelmäßigen Wiederkehr des Postenstehens, mit Morgenkaffee, Eintopf, Feldpost, Waffenreinigen, mit seinen blechernen Waschschüsseln und dem Chlorkalkgeruch über der Latrine und den Abfallgruben. Im Sommer gibt es unzählige fette Fliegen. Und nachts im Dunkeln des Bunkers summen Mücken heran und stechen in die Stirne und in die Handrücken.

Wir kennen einander gut. Wir drehen uns Zigaretten und rauchen zu dritt eine Pfeife. Mancher läßt sich stolz einen Bart wachsen. Allmählich werden Wege ausgetreten, wenn man immer wieder das gleiche Stück durch das hohe Herbstgras geht.

Der Alltag an der Front mit seinen Schüssen und seinem Sterben.

Der einförmige Alltag, in dem jäh der Frontkoller aufflackern kann.

Wenn Soldaten lange keine Frauen gehabt haben, greifen sie zu den übelsten Weibern und viele onanieren. Es ist wie beim Hunger: Wenn es nichts mehr gibt, ißt man Gras und Baumrinde, wird gewalttätig und greift zuletzt seinen eigenen Körper an.

»In Afrika oder in der Steppe am Don, wo du ein halbes Jahr kein Weib zu Gesicht bekommen hast, in den schwülen Sommernächten im Bunker, im Zelt, da konntest du manchmal hören, wie sich einer heimlich einen herunterhaute, wie er dabei unruhigen Schlaf vortäuschte und immer wieder ängstlich horchte, ob ihn auch wirklich niemand belauschte.«

Stundenlang kann man über die »Weiber« reden. Von hier aus gesehen, sind sie anders: verschönt, inniger, immateriell; oder voller und geschlechtlicher als in Wirklichkeit. Die Ehemänner unter uns glauben an die Treue ihrer Frauen und sind doch nicht ganz sicher. Denn wenn man von den Frauen in deutschen Städten erzählt, ist man allgemein der Ansicht, daß die Verheirateten am leichtesten zu haben sind. Sie kennen sich aus, genieren sich weniger und haben meist eine eigene Wohnung. Aber so gerne solche Dinge auch besprochen werden, wenn es zum Handeln kommt, hat der Soldat meistens wenig Zeit. Rasch in Uniform und Stiefeln auf einem harten Bretterboden, im Gras, auf einer Bank im Park oder im Stehen unter einem Haustor.

Und es gibt Bordelle, in denen sie Schlange stehen und die ersten ungeduldig an die Türe klopfen. »Was is los mit euch?« »Seid ihr nicht bald fertig?« »Hau doch hin Mensch, sonst krieg ich noch Plattfüße!« Wo die Huren nicht mehr nachkommen, obwohl
sie sich weder aus- noch anziehen, und nur so rasch rasch über der Bettkante.

Auf der hohen, harzigen, selbstgezimmerten Bank hocken wir und löffeln die dünne Erbsensuppe. Einmal pinkelnund der ganze Eintopf ist beim Teufel! murmelt Kersten.

-- -- -- wob -- wob -- wob -- wob trägt der Wind den Hall von Abschüssen herüber. Da heulen auch schon die ersten Granaten heran und schlagen krachend rechts von uns in der Gegend des vierten Zuges ein.

-- -- -- wob -- wob -- wob -- wob -- -- Und wieder schlagen Granaten so dicht hintereinander ein, als ob sie einander jagten, alle vier darauf versessen, möglichst schnell das gleiche Stück Erde umzupflügen.

Neue Abschüsse. Einschläge.

Abschüsse. Berstende Einschläge.

Systematisch rücken sie näher. Immer das gleiche, ferne

-- -- -- wob -- wob -- wob -- wob --

Plötzlich mischen sich erschreckend nah und dröhnend die Abschüsse einer anderen Batterie hinein.

-- -- -- WUAPP -- WUAPP -- WUAPP -- WUAPP

Und schwere Koffer orgeln gemächlich über unser geducktes Lauern hinweg, reißen das Land an der fünfhundert Meter hinter uns liegenden Straße in steilen Erd- und Staubfontänen auf.

-- -- -- WUAPP -- WUAPP -- WUAPP -- WUAPP

Und wieder orgeln... und dazwischen das ferne, kühle

-- -- -- wob -- wob -- wob -- wob

Scharfes Sausen. WAMMM! Diesmal hat es dicht bei unserem Zug eingeschlagen. Mit einem Satz sind wir in unsere Erdlöcher gesprungen. Splitter schwirren. Erdbrocken...

-- -- -- wob -- wWUAPP -- UAPP -- PP -- ob -- WUAPP

Da rast es jäh unter blitzschnellem Gezisch heran und heult zitternd nach wie ein Gong. Splitter, Erdklumpen, abgeschlagene Äste, blauer scharfer Pulverrauch.

»Diese Hunde, diese gottverfluchten!« Doch da ist es schon wieder, zieht einem das Herz zusammen, kracht wuchtig in die Erde, heult winselnd nach, Tinnnnn.

Wieder prasseln Splitter gegen den Waldboden und einer knallt laut auf den Tisch. Die nahegelegene Batterie hören wir kaum mehr. Dagegen ist unser Ohr unglaublich geschärft für die leisen windzerissenen Abschüsse der fernen Geschütze, die uns mitten ins Herz treffen.

»Haste gehört, da war ein Blindgänger dabei«, ruft Stadler, der mir am nächsten liegt, in mein Alleinsein.

»Ja!« sage ich zur Erde. Keine Lust, auch nur zu einem einzigen Wort.

Immer wieder in Bruchteilen von Sekunden das scharfe Bremsen, Entsetzen, WAMM -- WA -- WA -- WAMMMMMM, Splitter, Dreck, Moos, Äste, beißender Pulvergestank. Und eine heiße Welle: Gott sei Dank, der ist vorbei! Und zugleich die würgende Angst vor der nächsten Salve. Mensch, Kersten laufen Sie mal nach vor..., will der Zugführer in eine kurze Pause hineinrufen, und einen Augenblick sehe ich sein teigiges Gesicht fremd über dem Grabenrand. Da reißt es mit blitzschnell gewalttätigen Pranken den Satz entzwei. Mit aller Kraft an die Erde gepreßt, möchte ich tief drinnen sein, will nichts mehr wissen, und höre doch jedes Geräusch. Höre den Hagel kantiger Metallstücke, massige Erdbrocken, und spüre im Herzen das Klaffen von Wunden, das Sengen glühheißer Splitter in dürrem Gras und Menschenfleisch.

Allein, gelähmt vor Entsetzen, gibt es keinen Menschen mehr, keinen Kameraden und keine Mutter. Nur noch die Erde, die gute, alte, gute Erde, in ihrer schützenden Teilnahmslosigkeit. Mit dem jähen Sinken des Mutes ist alle Zukunft und Vergangenheit dicht an die Gegenwart herangerückt. Die Todesangst kennt nur den Augenblick. Nur noch diese Sekunde! Diesen *einen* Einschlag überleben!

»Warum bist du nicht längst desertiert? Warum, warum nur?« flüstere ich mir ununterbrochen zu. »Du Hund, du verfluchter Hund!« Und fluchend spüre ich die Machtlosigkeit meines Fluchens, immer quälender, immer verkrampfter an die Erde geklammert, ein Tier, das leben will, leben um jeden Preis.

Endlich eine erschöpfte Pause.

Meine Hände sind klamm.

»Ist alles in Ordnung?« fragt der Zugführer.

Nichts passiert. Nur Kersten meldet sich nicht.

»Er wird wohl wie befohlen zur Gruppe nach vor gelaufen sein«, sagt Lüttjens betroffen.

Auf die Ellenbogen gestützt, sehe ich ihre fahlen Gesichter. Erde in Stadlers schweißverklebtem Stoppelbart.

Warum bin ich noch nicht desertiert? Was für ein Wahnsinn, zu behaupten, daß man abgehärtet wird, wenn man öfters solche Angriffe erlebt. Im Gegenteil, je genauer man die Gefahr kennt, umso empfindlicher. Und jetzt, seit ich weiß wofür, jetzt will ich es nicht mehr ertragen!

Die nahegelegene Batterie schießt noch immer über uns hinweg, während ich mich steif aufrappe und geduckt die paar Schritte zu Kerstens Plitterloch hinüberlaufe.

Fast hätte ich ihn übersehen, so tief unten hockt er und sieht, den Kopf auf die rechte Schulter gelegt, mit einem sonderbar starren, trostlosen Blick an mir vorbei.

»Kersten! Herbert? ... Was ist mit dir?« Ich beuge mich zu ihm hinunter. Da baumelt sein Kopf mit einem dumpfen Laut nach vor. Ein roter Klumpen rutscht ihm von der Schulter. Um Gottes willen! Das rechte Ohr, der halbe Kiefer weggerissen.

»Los! Verbandspäckchen! Schnell!« höre ich mich rufen. In langsamen Stößen quillt das Blut aus der klaffenden Wunde. Der Zugführer ist aus seinem Graben gesprungen und hilft mir, Kersten herauszuheben, und ich merke, daß wir uns dabei unwillkürlich duzen. Behutsam legen wir Kersten auf den Waldboden.

-- -- -- wob -- wob -- wob -- wob

»Verdammt noch einmal!« Mit einem Satz sind wir wieder in unseren Löchern. Krachend schlägt es ein.

Als ich wieder bei Kersten knie und sein schlaffes Handgelenk ergreife, sehe ich, daß ihn jetzt noch ein zweiter Splitter in den Oberschenkel getroffen hat. Unwillkürlich denkt man in so einem Fall nur an die erste Verwundung und nicht daran, daß die zweite unter Umständen...

Der Puls: kaum zu fühlen: ganz schwach: unglaublich langsam:

Aus.

Tot.

Lautlos gestorben, ohne noch einmal das Bewußtsein zu erlangen. Seine Lider sind offen. Sand auf den Augäpfeln. Bin ich froh, daß ich weiter...

Wieder heulen Granaten heran, aber sie schlagen schon weiter links, in der Gegend des ersten Zuges ein.

Kerstens Beine in der weiten, blutigen Hose und den Fallschirmjägerschuhen liegen ausgestreckt auf dem Wall des Splittergrabens. Ein Lehrer warst du, hast gern ein wenig altklug getan und gesagt: Mensch, wenn ick wat zu reden hätte! Und bei der Vorstellung, daß er dieses Loch hier selbst gegraben, vor ein paar Tagen noch, schwitzend und fluchend in Hemdsärmeln, wird mir übel vor Entsetzen.

Wie leicht hätte es mich erwischen können!

DESERTIEREN!

ABHAUEN!

FORT VON HIER!

Viel zu lange habe ich es schon aufgeschoben! Was hab ich mir doch alles vorgenommen, damals in Loosen, ja, schon daheim in Wien, als ich noch beim Ersatztruppenteil war. Und doch bin ich in knapp drei Wochen wieder ganz in den alten, widerspruchslosen Trott geraten.

Aber dieser Angriff ist ja vorbei. Da hast du schon schlimmere Artilleriefeuer erlebt, sage ich mir einige Stunden später, als ich, einen Ballen Stroh auf den Schultern, kratzende Halme im Nacken, zur Stellung zurückstapfe.

Dann sind ja auch noch die andern da. Die Landser, mit denen du marschiert bist, verstaubt, verschwitzt, Blasen an den Füßen, die mit schlafverschwollenen Gesichtern zur Ablöse aus ihren Erdlöchern kriechen und füreinander Posten stehen. Die Landser, die ebenso schnell und unerwartet wie du verwundet oder getötet werden können. Die auch die Hölle mitgemacht haben. Von denen der eine mit einem Oberschenkeldurchschuß aus Stalingrad herausgekommen ist und ein anderer mit der Gelbsucht aus Wjasma. Und aus Owiniza, Mogilew, Woronesch. Vier Granatsplitter ins Kreuz. Verschüttet mit anderen, irrsinnig vor Entsetzen. Von kotigen Gedärmen ins Gesicht gepeitscht. Einen Fluß im Februar überschwommen. Auf eine Tellermine gefahren und als einziger mit dem Leben davongekommen.

Männer, mit denen man die gleiche Sehnsucht gemein hat. Nach den einfachsten Dingen im Leben: Ruhe, Essen, Trinken, Frauen und Tabak. Die Landser des flüchtigen Augenblicks, der Gegenwart, des Ich-weiß-nicht-was-morgen-Ist, nach uns die Sintflut.

Was mich noch festhält, ist die Angst, daß man mich erwischen könnte. Warum soll gerade *ich* es versuchen? Ich allein kann ja doch nichts ändern. Und wenn wir alle schön beisammen bleiben, wird man am ehesten durchkommen.

Doch da fällt mir wieder Kersten ein und die abgegriffenen Photographien, die er mir noch gestern gezeigt. Er mit seiner Familie. Er im Kreise seiner Schüler. Er im schwarzen Anzug, Arm in Arm mit seiner Braut aus dem hohen Tor einer Kirche ins Sonnenlicht tretend.

»Muß einem nicht...«, hätte ich beinahe laut erwidert, als mir Stadler auf dem Nachtposten erzählte, daß er in Stargard einmal ein Weib mit einem tollen Hängebusen gehabt, »muß einem nicht die Sinnlosigkeit eines Krieges am erschreckendsten zu Bewußtsein kommen, wenn man zu dem Volk gehört, daß ihn vom Zaun gebrochen?« Und es reizt mich fast, auf den Tisch zu steigen und eine aufwieglerische Rede zu halten.

»Vaterland! Mannespflicht! Soldatenehre! Was haben wir damit zu schaffen! Eine Weltanschauung als Irrtum erkennen, ihr weiter zu gehorchen und für sie zu fallen, ist nicht Tapferkeit und Treue. Wir müssen sie bekämpfen, auch wenn sie noch ein Stück guten Gewissens auf ihrer Seite hat, auch wenn sich dieses alte Kollektivgewissen in uns selbst regt. Wir müssen Deserteure sein! Die Vorhut einer Zeit, in der es keinen Krieg mehr gibt! Zerstört eure Waffen und haut ab mit mir!«

Und noch knapp vor dem Einschlafen — hoffentlich rede ich nicht im Traum! — und gleich wieder am Morgen, als ich mit zwei anderen zur Feldküche gehe und sie unterwegs besprechen, wie man beim Kartoffelbraten am besten Fett sparen kann; oder später, auf dem Balken über der Latrinengrube, oder von elf bis halb zwölf, als der Zugführer eine Belehrung über die sachgemäße Behandlung von Panzerfäusten hält; immer denke ich nur dieses *eine* Thema, in fiebriger Erregtheit abgekapselt, allein.

Konkret überlegen heißt es jetzt: Direktes Überlaufen unmöglich. Ich würde beim Versuch, den Kanal zu überschwimmen, sicher von beiden Seiten beschossen werden. Mich nach Hause durchschlagen zu wollen, erscheint mir fast noch aussichtsloser.

Da ich noch immer keinen Stempel auf meinem Dienstausweis habe, kann ich keinen Zug benützen. Ich müßte also die lange, unbekannte Strecke bis Wien zu Fuß zurücklegen, was bei völlig unsicherer Verpflegung und dem dichten Streifen-, Polizei- und Zivilspitzelnetz niemals gelingen würde.

Bis zum nächsten Rückmarsch bei der Truppe bleiben, und es dann versuchen? Doch daraus wird nichts werden. Ich würde wieder mittrotten und es verschieben, wie das letzte Mal. Wahrscheinlich werden sie diesmal auch schärfer aufpassen, nach der Geschichte mit Duschnitz. Auch könnte ich bis dahin schon längst gefallen sein.

Bleibt als letzte und sicherste Möglichkeit die, mich im Dorf bei Holländern zu verstecken, dort den Rückmarsch hinter die Maas abzuwarten und dann in Gefangenschaft zu geraten. Am besten das Gehöft, in dem unser Verbandplatz bis gestern lag. Die Leute kennen mich schon ein wenig.

Schon in den nächsten Tagen.

Nein! Morgen schon!

Alles ist auf einmal einfach:

1. Noch heute die nötigsten Dinge im Rucksack verstauen. Auf den Mantel und die Decken muß ich verzichten.

2. Trachten, nicht als fahnenflüchtig, sondern als vermißt zu gelten. (Hausdurchsuchungen daheim, Fahndungsliste, Sippenhaftung.) Ich werde daher Ehmeier einweihen. Er muß dem Zugführer mein Verschwinden durch einen möglichst glaubhaften Bericht melden. Noch genau überlegen.

3. Ob ich ihm raten soll mitzugehen? Vor- und Nachteile: Zu zweit mehr Kraft, aber auch mehr Hunger.

4. Eine Straßenkarte von Deutschland besorgen. Erlinger hat eine ausgezeichnete, vielleicht borgt er sie mir.

Was mache ich aber, wenn es bei den Holländern nicht klappt? Vielleicht werden sie mich für einen Spitzel halten. Dann muß ich mich eben allein durchschlagen! Und es wird mir gelingen. Ich habe immer an meine körperliche Unsterblichkeit geglaubt.

NACHTS

Eben habe ich meinen Rucksack, etwa zweihundert Meter von unserer Stellung entfernt, unter dürrem Reisig versteckt, heimlich, wie ein Dieb. Und nun, mit klopfendem Herzen, die kalte Hand am Riemen der Maschinenpistole, stehe ich auf Posten und blicke gelassen zu unserm Bunker hinüber. Da schlaft ihr alle und niemand, nur Ehmeier, der alte treue Kumpel, ahnt, was ich vorhabe. Mein letzter Nachtposten! Hoffentlich der letzte in meinem Leben! Sternenübersäte Himmelschneise hoch über mir.

Eine Sternschnuppe. Wünsch dir was. Schnell!

Aber es fällt mir nichts ein.

Dienstag, 26. September 1944

Spärliches Artilleriefeuer am Nachmittag. Granaten orgeln über den grauen Himmel und schlagen hallend in den Wald hinter uns.

Der Zugführer ist gerade beim Chef. Der Zeitpunkt günstig.

Wir melden uns bei Unteroffizier Lüttjens ab und stapfen zwischen den dichten Stämmen auf dem braunen, weichen Waldboden bis zu der Stelle zurück, an der ich meinen Rucksack versteckt habe.

Dann führen wir alles so durch, wie wir es besprochen haben. Zuerst muß Ehmeier noch einmal zur Stellung zurücklaufen, eine zweite Feldflasche holen und dabei, als Alibi, ein paar Worte mit Lüttjens wechseln. Kaum ist er wieder hier, ziehen wir den Rucksack aus dem Versteck und halten uns südlicher, um nicht in den Bereich der Artillerie zu geraten.

»Also, paß auf«, schärfe ich ihm noch einmal ein. »Wenn du in etwa einer Stunde zum Zug zurückkommst, meldest du, daß du mich nicht mehr angetroffen hast. Daß du gerufen und mich gesucht hast und schließlich zum Troß gegangen bist. Daß ich aber weder dort, noch auf dem Bauernhof, in dem wir Milch holen wollten, zu finden war. Du mußt sehr besorgt tun und vermuten, daß ich, während du um die Feldflasche zurückgelaufen bist, im Weitergehen durch Artillerie verwundet worden bin und sicher irgendwo im Walde liegen muß. Danach werdet ihr mich zu suchen beginnen. Da der Wald aber groß und dicht ist, braucht man mehrere Tage, ihn systematisch durchzukämmen. Daher werdet ihr, wenn dann der täglich erwartete Rückmarsch dazwischen kommt, die Suche abbrechen müssen und mich als vermißt melden.«

Am Waldrand sitzen wir noch in einer Bodenwelle.

Er fischt die letzte zerknitterte Zigarette aus seiner Rocktasche. Wir rauchen sie zusammen, da ich keine mehr habe. Dann schenkt er mir zu meiner Überraschung hundert Gulden und zwei Päckchen holländischen Tabak, den er heute morgen bei einem Bauern für mich eingetauscht hat.

»Mit der Raucherei wird's dir jetzt schlecht gehen!« sagt er. Und nach einer verlegenen Pause: »Vielleicht können wir uns nach dem Krieg einmal treffen... falls wir dann noch am Leben sind.«

»Du mußt nicht immer so schwarz sehen. Eines Tages kommst du in Gefangenschaft und dann ist der Krieg für dich vorbei.«

»Gefangenschaft!« lacht er auf. »Glaubst du, drüben sind sie keine Militaristen? Unsere Offiziere werden sie gut behandeln. Uns aber werden sie ihre Gewehrkolben ins Kreuz hauen, uns, die man von daheim weggeholt, in Kasernen schikaniert und immer wieder zur Schlachtbank geführt hat.«

Er reißt einen Grashalm aus und beginnt an ihm zu kauen. »Ich sehe ein, daß Gefangene arbeiten müssen«, fährt er fort, aber unsere Offiziere, deren Beruf ja der Krieg ist und die uns immer tiefer in diese Sackgasse geführt haben, die müßten schwerer arbeiten als wir. Sie dürften nicht in Flugzeugen oder Autos abtransportiert werden, während wir marschieren müssen. *Mit* uns müßten sie marschieren. Und wehe, wenn einer von ihnen dann noch sein Maul aufmacht. Ich würde ihm einen Tritt geben, von dem er sich nicht so bald erholt.«

»Aber eines Tages bist du dann doch daheim!« versuche ich ihn ohne innere Überzeugung zu trösten.

»Daheim? ... In meiner zerbombten Bude meinst du wohl!« Er spuckt ein angebissenes Stück Gras aus. »Am besten wäre man ein Bauernsohn. Die sind zwar wie wir draußen gelegen, aber ihre Höfe sind wenigstens verschont geblieben. Und nach dem Krieg wird es ihnen gut gehen. Du wirst sehen, die Bauern werden dann zusammen mit den Großindustriellen die Politik machen.«

Wir drehen uns noch jeder eine Zigarette.

»Ach was! Reden wir von was anderem!« sagt er, als er sein Riesenfeuerzeug wieder in die Hosentasche schiebt.

Ein Eichhörnchen huscht einen Stamm hinauf, sitzt einen Augenblick still, sieht angespannt zu uns herunter und springt mit einem wunderbaren Satz ... Als ob es keinen Krieg gäbe.

»Ich werde jetzt um meine Milch abhauen.« Er erhebt sich und streckt sich. »Also mach's gut, Kauff!... Mir scheint, du bist jetzt etwas entmutigt.« Er lächelt knabenhaft, trüb. Also nochmals: »Mach's gut!« Und er stapft davon.

Ich sehe ihm nach. Sehe seine rötlichen Haare, die unter der Mütze hervorquellen, seine abfallenden Schultern, sehe ihn jetzt über einen Graben springen und dabei mit der Hand die Feldflaschen halten, die an seinem Koppel hängen.

3

GRANATEN schlagen in den Wald. Los! Fort von hier! Sonst kommt es noch so, wie du es ihnen vortäuschen willst. In raschem Lauf erreiche ich die Straße. Kein Fahrzeug. Kein Mensch. Wieder zischt es heran. WAA WAMM! Erde, Rauch, Splitter. Auf *mich* braucht ihr doch nicht ... Mit drei Sätzen hetze ich über den Asphalt, mein Schatten flach vor mir, und weiter, geduckt im Schutz einer Hecke, zwei Gehöfte umgehend, in den nächsten Wald.

In einen Karrenweg einbiegend, schrecke ich zurück. Ein Posten mit Gewehr. Das fängt ja gut an. Zum Glück hat er mich nicht bemerkt. Wahrscheinlich ein Munitionslager. Sachte ziehe ich mich zurück und schleiche vorsichtig, kalt vor Aufregung, am Waldsaum bis an den Nordrand von Leveroi heran, wo ich mich in einem Haselgesträuch verstecke.

Zwischen den gezackten Blättern sehe ich das Gehöft vor mir, in dem unser HVP bis vor kurzem untergebracht war. Häuser, Bäume. Die Straße, die in weitem Bogen nach Niederweert führt. Artillerie wummert tief im Süden. Ein Mädchen mit einer Einkaufstasche geht endlos lang über die Felder einer fernen Hütte zu. Und plötzlich kommt es mir vor, als ob dies alles nicht ganz ernst zu nehmen wäre, als ob der Krieg weit weg und ich nur aufzustehen bräuchte, um hinzugehen wohin, ich will.

Nach Einbruch der Dunkelheit taste ich mich an einem Holzschuppen vorbei an den Hof heran. Rauhe, kalte Mauer. Eine aufgehängte Sense. Regentonne, naß. Dachrinnenrohr. Aus den Ritzen zweier verdunkelter Fenster schneiden dünne Lichtstrahlen heraus. Undeutliche Stimmen drinnen. Jetzt könntest du noch umkehren. Wie ein großer, fahler Klumpen liegt das Nachbargehöft in der nächtlichen, windigen Ebene.

Hoffentlich!

Kaum habe ich angeklopft, ist es drinnen still. Geräusch vom Stühlerücken. Nach einer Weile öffnet jemand mißtrauisch. Es ist die Frau des Bauern. Beim Eintritt in die leere, verrauchte Küche ruft sie irgendwas Holländisches, worauf aus dem Nebenraum, verlegen grinsend, der Bauer, zwei junge Burschen und die Magd hereinkommen.

Alles klappt unerwartet schnell. Da ich aus Wien bin, sehen sie in mir fast einen Verbündeten, ja, sie halten Österreich für ein ebenso besetztes Land wie Holland. Ich lasse sie in diesemGlauben. Wozu ihnen erklären, daß ihre Meinung nicht ganz richtig ist. Wozu vom »gewaltsamen« Einmarsch der Deutschen nach Österreich erzählen. Oder von unseren Feldzügen in Polen, Rußland, Jugoslawien, Länder, in denen unsere Soldaten von den Deutschen nicht zu unterscheiden waren.

Der Österreicher wird sich nie erheben, wird nie Partisan sein. Er hat es auch am schwersten; durch die gemeinsame Sprache, die reichsdeutsche Durchsetzung, vor allem aber, weil bei uns Patriotismus kein so eindeutiger Begriff ist wie hier. Das wäre alles zu umständlich zu erklären. Nach dem Krieg wird ein Strich durch die Rechnung gemacht, Österreich wird wieder selbständig sein und alles rasch vergessen.

Die Bäuerin stellt einen dickwandigen Krug heiße Milch, Brot und einen Teller mit Speck auf den Tisch. Und nach dem Essen stopfen sie mir eine Pfeife von ihrem selbstgebeizten Eigenbautabak.

Dann geht es los. Die beiden Jüngeren, Ber und Henk, führen mich durch die Eisentüre neben dem Herd hinaus. Blind durch den stockfinsteren Stadel tastend, stoßen wir an eine Leiter und klettern im Dunkeln steil hinauf. Der eine mit dem Rucksack dicht vor, der andere hinter mir. Man sinkt ein im Stroh. »Achtung, Kopf einziehen!« Und gebückt unter dem Ziegeldach schwankend, tappen wir bis zur kalten Hinterwand.

Sie geben mir zwei schwere, haarige Pferdedecken und sagen, daß sie zeitig am Morgen wiederkommen wollen, um mich woanders unterzubringen. »Gute Nacht!« Ich höre sie durchs Stroh davonrascheln, die Leiter hinunterrumpeln, ihre dumpfen Schritte auf dem Tennenboden und das Abklopfen der Schuhe. Eine Türe ächzt langsam und fällt zu.

Geruch nach Heu, Stroh, Spinnweben und den dicken Pferdedecken. Manchmal ein ruckendes Kettengerassel im Stall, der unter mir liegt. Gut, daß ich es nicht schon in Belgien versucht habe. Ich rolle mich in die kratzenden Decken und schiebe den Rucksack unter den Kopf. Sofort ist mir warm.

»Jetzt gibt es kein Zurück mehr«, sage ich leise zu mir selbst.

»In ein paar Tagen werden die Tommys da sein und dann ist alles vorbei.«

Wenn Ehmeier wüßte, wie es hier ist! In unserem Zuge werden sie jetzt alle von mir sprechen. Unglaublich, höchstens vier Kilometer von hier entfernt.

Und daheim sitzen sie jetzt um den Tisch, und meine Schwester erzählt, oder sie schreiben einen Brief an meine neue Feldpostnummer. Und niemand ahnt, wo ich bin. In Millionen Häusern sind sie noch auf, lesen, schreiben, stopfen Strümpfe oder gehen gerade schlafen. Doch hier weht Wind über das Ziegeldach, Septembernachtwind vom fernen Meer, von Kiefernwäldern und Kanälen.

Verwirrt schrecke ich auf. Sie sind schon wieder da. Ach ja, gestern ernst gemacht. Desertiert. Endgültiger Schritt über die Grenze. Kalte Morgendämmerung zittert durch die Spalten zwischen den Dachziegeln, während ich schlaftrunken in die Schuhe fahre. Wohin werden sie mich jetzt bringen?

Aber sie heben nur an der Längswand, wo das Stroh an das abfallende Dach gepreßt ist, einige Ährenbündel weg und machen einen Schacht frei, aus dem das Ende einer Leiter heraufragt. Erwartungsvoll klettere ich nach ihnen hinunter in einen kleinen Raum, dessen Wände, mit Ausnahme der backsteinernen Ecke des Gehöftes, aus Stroh sind. Er ist etwa drei Meter kurz und eineinhalb Meter schmal. Die am Boden liegende Strohschicht dürfte ungefähr einen halben Meter dick sein. Ein neues, glitzerndes Fahrrad hängt an den Deckbalken, die über uns das Stroh tragen.

Eines der typischen Verstecke unserer Zeit, wie wir sie oft auf unseren Vormärschen entdeckten und wie sie die Alliierten bei uns wiederfinden werden.

Den vierten Tag bin ich nun schon hier. Es gibt Augenblicke, in denen es mir ganz unglaublich scheint, daß ich desertiert bin. Gleich darauf kommt es mir wieder wie die alltäglichste Sache vor, fast so, als hätte sich nichts verändert.

In der Ecke habe ich mit einem Spaten einen Schacht frei gemacht und mit einigen Strohbündeln zugedeckt. Meine Latrine. Von Ber bekommen: einen dunkelblauen Overall, den ich über die Uniform gezogen habe, einen Kopfpolster, eine Steppdecke und ein großes rundes Tablett aus Blech als Aschenbecher. Zum Waschen wird er mir jede Woche einen Eimer Wasser herauftragen. Das Essen bringt er täglich dreimal. Es ist vorzüglich, vor allem das Frühstück, fette Pfannkuchen mit Speck und Birnenscheiben zu einer Flasche heißer Milch.

Da ich außer meiner Taschenlampe und einem kleinen Kerzenstummel kein Licht habe, ist die Nacht für mich sehr lang. In der ersten Morgendämmerung wache ich auf, klettere vergnügt die Leiter hinauf und schiebe einen Dachziegel ein Stück nach oben, sodaß Licht hereinfällt. Dann lese ich den ganzen Tag, langsam, mit dem Mund, Wort für Wort. Dazwischen stehe ich auf, strecke mich, stapfe im schaukelnden Seemannsgang im Stroh herum. Oder ich stelle mich auf den Querbalken und halte eine lautlose Rede. Männer! Des deutschen! Reichtags! Parteigenossen! Volksgenossen! und schneide wilde Grimassen dazu, immer wieder geschüttelt von Applaus und närrischem Gelächter.

Ich habe Zeit, so viel Zeit wie nie zuvor, obwohl sie mir jeden Abend zu kurz wird. Langeweile empfinde ich noch am ehesten, wenn Ber oder Henk kommen, mir die Zeit zu vertreiben.

In der engsten Höhle zufrieden sein, während ich manchmal noch im weitesten Raum bedrückende Grenzen verspüren konnte. Die Tage vor meinem freiwilligen Gefängnis scheinen mir jetzt so abgerückt, so irrsinnig, so krankhaft, wie ein Alptraum. Haben Kersten, Woiczikowski und Winkler wirklich gelebt? Für wen sind sie gestorben? Fürs Vaterland? Verfluchtes Vaterland! Zerfetzte Schädel, starre Augen voll Erde hast du aus ihnen gemacht.

Alles hüten wir deiner Grenze heiligen Saum,

unser blühendstes Leben für deinen dürrsten Baum.

Wie edel das klingt. Und ist doch nur Gerede. Denn niemals waren euch die Grenzen der anderen heilig. Ihr habt es immer verstanden, patriotische Stimmung zu machen, um uns, euer Kanonenfutter, zahm zu halten. Was habt ihr uns nicht alles vorgelogen. Über den Ersten Weltkrieg, über die Jungen von Langemark, und wenn wir nach diesem Kriege unachtsam und vergeßlich sind, werdet ihr mit dem

Wort Stalingrad unsere Kinder verführen. Niemals darf ein gefallener Freund ein Vorwurf für mich sein.

Meine eiserne Ration im Uhrtäschchen. Eine Phiole mit 50 Tabletten Luminal. Beruhigender Gedanke: Wenn ich die geschluckt habe, könnt ihr mir nichts mehr anhaben.

2. Oktober

Ein unverzeihlicher Fehler in meiner Berechnung. Ich habe meinen Rucksack mitgenommen, anstatt ihn bei unserem Zug zu lassen. Er wird ihnen sofort abgegangen sein und sie werden daraus richtig geschlossen haben, daß ich mit der Absicht zu desertieren...

Daß ich daran nicht gedacht habe!

Eben war Henk bei mir. wir saßen auf dem staubigen Balken und rauchten. Er erzählte aus seinem Partisanenleben. Von abgesprungenen amerikanischen Piloten, denen sie geholfen hatten, den langen Weg bis über die Pyrenäen zurückzulegen, von Gestapoleuten, die versucht hatten, sich in ihre Organisation einzuschleichen, von Sabotage, gesprengten Eisenbahnlinien, Schlauchbooten und von einer Flasche Gin, die sie schweren Herzens zerschlagen mußten, damit niemand von ihnen sich betrinken und Unheil anrichten konnte.

»Banditen nennen uns die Deutschen«, sagte er. »Aber unser Leben ist härter, ist unbedankter als das irgendeines Soldaten.« Er stützte des Kinn in beide Hände. »Noch heute denke ich mit Schaudern an einen jungen SS-Mann, den wir in einer Sandgrube erschlagen und verscharrt haben. Es gab keinen anderen Ausweg. Er hatte eines unserer Verstecke entdeckt, und wenn er uns verraten hätte, wären wir mitsamt unseren Familien umgebracht worden.«

Ich zündete meine erloschene Zigarette an. Unwillkürlich fiel mein Blick auf seine Hände. Kräftige, sommersprossige Hände, rötlich behaart.

»Fast hätte ich vergessen«, sagte er, als er sich erhob. »Ich hab dir was mitgebracht.« Er zog aus seiner Brusttasche einen amerikanischen Flugzettel und gab ihn mir.

Wie lange dieser Krieg noch dauern wird? dachte ich, als er gegangen war. Und wie wird sein Ende sein? Hunger, Diebstahl, Raubmord, Kannibalismus?

Tag und Nacht rasselten dröhnend die schweren Ketten der Panzer durchs Dorf. Vorbei an Ruinen, geborstenen Telegraphenmasten, an Menschen und Pferden, tot ineinander verknäult.

Vorbei an tausend staubigen Dingen.

Vorbei an dir.

Vorbei an einem unleserlich verwischten Schild.

So ruhig ist es hier, als wäre ich allein auf der Welt.

Manchmal streicht ein Windstoß übers Dach, klappert spielerisch über die Ziegel, wie über ein Xylophon. Wieder sitze ich auf meinem staubigen Balken. »Armes Deutschland!« habt ihr Unteroffiziere gesagt, wenn unsere Stiefel nicht spiegelnd geputzt waren. Wir glaubten euch damals und wußten noch nicht, daß *ihr* das arme, armselige Deutschland seid.

Weshalb desertiert man eigentlich?

Aus Selbsterhaltungstrieb? Aus aktiver politischer Gegnerschaft? Aus Vernunft?

Eitler Gedanke, daß ich mich nicht gerne mit einem anderen Deserteur verwechseln lassen möchte. Aber vielleicht liegt es bei mir daran, daß ich den Krieg nie ganz ernst nehmen konnte. Noch heute erscheinen mir die Kriege, die wir in der Schule spielten, ernster als der Krieg der Erwachsenen.

Diese groß aufgezogenen Nichtigkeiten. Da gibt es großartige Paraden. Wohin du blickst, ernste, entschlossene Gesichter. Und irgendein hoher General in Kriegsbemalung hält die graue Lederhand an den Mützenrand. Geschütze, Werfer, Pontons rollen und Regimenter marschieren vorbei, hunderttausend Hampelmänner.

Offiziere besichtigen mit unbegreiflichem Ernst Stellungen, geben mit ausladenden, eleganten Gebärden Anweisungen, messen vor Besichtigungen Splittergräben auf den Zentimeter genau nach, sprechen von Kuscheljelände, zwo-Daumensprünge-links-vom-Wasserturm, von Klamotten, Sprit, von besonderem Augenmerk und Schädigung des Ansehens der Wehrmacht, vom inneren Schweinehund und Sich-am-Riemen-reißen. Einige von ihnen tragen Monokel oder ein Reitstöckchen. Und wenn sie einander begegnen, fliegen ihre Hände hinauf. Bühnenverbeugung. Abgehackte Sprache, Handschuhkultur.

Und in Schreibstuben klappern Schreibmaschinen wichtige Befehle, und die Kompaniechefs sind abends immer erschöpft von ihrer schweren, verantwortungsvollen Tagesleistung.

Und an allen Fronten hängt man sich gegenseitig eiserne Kreuze und andere gefärbte Blechstücke an alle möglichen Stellen und freut sich darüber, wie andere Völker über Nasenringe und Lippenhölzer.

Man liebt die wilden Masken. Behelmte Köpfe. Staubige, stoppelbärtige Gesichter, prahlerisch Pfeifen zwischen den Zähnen. Und man liebt es, sich in solchen Posen photographieren zu lassen.

Nein, dieses Getue kann man nicht ganz ernst nehmen.

Und doch, wie ernst seine Folgen sind, spürte ich eben mit erschreckender Deutlichkeit, als ich auf Henks amerikanischem Flugblatt las, daß seit Kriegsbeginn im Durchschnitt stündlich hundertneunundzwanzig deutsche Soldaten gefallen sind. Bisher. Jetzt, wo es hart auf hart geht, werden es sicher schon wesentlich mehr sein.

Hundertneunundzwanzig in jeder Stunde!

Über dreitausend jeden Tag!

Vor ich weiß nicht mehr wievielen Tagen, kam Ber aufgeregt zu mir herauf. Einige deutsche Soldaten seien eben hier gewesen und hätten ein Fahrrad verlangt. Da er befürchtete, daß sie wieder kommen könnten, bat er mich, nicht mehr hinaufzuklettern, und deckte die Lücke über mir so dicht mit Stroh zu, daß es hier unten stockfinster wurde.

Schon am ersten Tag wurde mir die Zeit sehr lang. Nach dem Mittagessen packte ich dann doch den Kerzenstummel aus und ließ ihn auf dem Tablett brennen. Auf die Ellenbogen gestützt, starrte ich lange in die Flamme, bis der Docht aufflackernd sich zur Seite neigte und ertrank und erlosch. Und eine Weile sah ich noch sein Irrlicht, wohin ich mich auch wandte.

Dann brach die Dunkelheit endgültig herein. Da die Batterie meiner Taschenlampe schon schwach ist, darf ich sie nur benützen, wenn ich auf die Latrine muß. So werde ich jetzt nur noch an dem winzigen Spalt in der Backsteinmauer erkennen können, ob draußen Tag ist oder Nacht. Wenn man das Auge draufpreßt, erblickt man die Ecke von einem Dach, ein kleines Stück Wald und spürt den Hauch von draußen, von der anderen Welt, von Licht und Freisein.

Als das erste Mal das Stroh über mir raschelte, erschrak ich sehr. Aber es war bloß Ber, der eine Einkaufstasche mit dem Essen an einem Strick herunterließ und mir zuflüsterte, daß er es jetzt täglich nur noch einmal für den ganzen Tag bringen werde. Diese wenigen Augenblicke, in denen ich die Tasche in Empfang nahm und leise ein paar Worte wechselte, immer die gleichen, ob die Engländer noch nicht, ob es noch immer notwendig sei, daß ich im Dunkeln, diese Augenblicke und Worte erwartete ich jeden Tag mit quälender Ungeduld.

Aus einem Traum bin ich erwacht und räkle mich behaglich. Da fällt es wie ein Schatten auf mich. Ich darf ja nicht mehr hinauf. Immer hier unten. Immer im Dunkeln.

Wie spät es wohl sein mag? Ich zünde das Feuerzeug an. Meine Uhr ist stehengeblieben. Doch nach den Geräuschen draußen dürfte es noch sehr früh sein.

Bedrückt krieche ich auf allen Vieren die Wände entlang und lasse mich endlich schwer auf den Rücken fallen. Wenn man nur noch einmal einschlafen könnte!

Arme strecken, nach oben heben und langsam hinunter, mit den Handrücken aufs Stroh fallen lassen.

»Man müßte was unternehmen, sich irgendwie beschäftigen! Du mußt es doch fertigbringen, diese Zeit vernünftig zu vertreiben! Ruhig, ruuuhig weeerden. Grüüün...« Etwa sechshundert unterscheidbare Grün soll es geben, habe ich irgendwo gelesen. Für mich nicht einmal eines. Nur Nacht, Tag und Nacht: Nacht.

Aber dann richte ich mich doch wieder voll Unruhe auf und mache mich noch einmal auf den Weg zur Leiter. Wieder diese lachhafte, einzig mögliche Strecke, diese drei Meter ganz ganz langsam kriechen.

Vorgestern, da war's noch hell hier. Und oben konnte ich sitzen, lesen, schreiben. Auf allen Vieren taste ich mich durch die Finsternis. Hände. Knie. »Du mußt die Strecke lang machen!« »Ja, möglichst ausdehnen, Mister Erich, sonst ist zu befürchten, daß sie allzurasch an ihrem heißersehnten Ziel sind.« Und unterwegs Strohhalme zwischen die Finger nehmen, knicken, langsam, knisternd zerknüllen. Ist das Roggen? Oder Weizen?

Es rasselt unten. Kuhstall. Wie ihr stehe ich auf allen Vieren im Stroh. Eure runzeligen Stirnen. Der warme Duft eurer großen, feuchtglatten Nasenlöcher. Träge mahlen Kiefer, Kaugummi kauend. Und der Herr Stier? Abgesondert in seiner Hürde, massig, ernst, allein, den gelben, harten Hodensack zwischen den sehnigen Hinterbeinen. Vater aller Rinder.

Noch langsamer. Zentimeter für Zentimeter kriechen, drei Kilometer. »Stroh gibt's da, ne ganze Masse!« Stroh und Finsternis. Da stoße ich mit den Fingerspitzen an die Leiter. Ob man sie aus ihrer Lage bringen kann? »Los alle Mann anfassen! Zuu GLEICH!« Rührt sich kaum. Oben und unten fest verklemmt. Ich werde die Sprossen abtasten, alle Rauheiten und abgetretenen Glätten. Meine Fingernägel kratzen Holz. Feines Gescharre. Hier eingedellt. Wieviele grobe Bauernschuhe mögen da schon herumgestiegen sein? Die Halme, knollig, schieferig, langsam rauffahren. »Au, verdammt! Blöder Nagel!« Ob ich mir die Hand aufgerissen? Wäre so was, Blutvergiftung in diesem Loch hier.

Ob man nicht einfach hinaufklettern sollte? Wie herrlich muß es oben sein! Wieder dicht unter dem windigen Ziegeldach. Und wenn ich Ber höre, lasse ich mich rasch hinunter und schiebe die Strohbündel über mir zusammen.

»Gottverdammte Finsternis! Was für eine scheußliche Strafe ist doch die Dunkelhaft!« Und gebückt wieder die drei kurzen Schritte — Achtung Fahrrad, Kopf einziehen! — zurück auf meinen Platz.

Schlafen! Schlafen können, bis er mit dem Essen kommt! Beine langsam anziehen. So. Und jetzt ganz langsam strecken. An der Stelle, wo wir gebadet haben. Wo Faustmann und Rebnik Eierhandgranaten in den Fluß geschmissen haben. Fische treiben träg vorbei, weiße Bäuche nach oben. Ach ja, mit einem Weib wär's noch erträglicher. Könntest ununterbrochen.

»Diese elende Finsternis! Nichts kannst du tun! Gar nichts!« »So nimm dich doch endlich zusammen! Es ist doch ganz interessant hier. Oder nicht? Komme mir vor wie ein Grottenolm in stockdunkler Höhle. Tastsinn ausbilden. Formen, Oberflächen gründlich erforschen. Was würdest du erst tun, wenn du erblindet wärest?«

Mit einem Ruck drehe ich mich um, lege mich leise ganz flach auf den Bauch und spiele Horchposten. Starre in eine Ackerfurche vor mir. Mein Pullover rutscht immer hinten herauf. Ekelhafte Kälte in der Nierengegend. Daß die Zeit nicht vergehen will? So bist du schon oft auf Horchposten gelegen, und die Zeit ist nie vergangen. Es knackt. Atem anhalt...

»Blöde Kinderei!« Taschenlampe hervorkramen. Anknipsen. Und wieder diese feste Strohwand dicht vor mir. Immer das Gleiche!

Betäubt setze ich mich auf und lange nach Bers Tasche. Das letzte Brot von gestern. Eierbrot. Schmeckt im Dunkeln weniger gut. Ich muß das Essen heute unbedingt einteilen. Nicht wieder alles aus Langeweile vernaschen. Nach dem letzten Schluck Milch liege ich lange auf der Seite und starre den winzigen Lichtspalt an. Bis ich mich endlich voll Schwermut abwende, Licht aus, und zu schlafen versuche.

Eine Türe geht. BER? ... Nein, dürfte die Magd sein.

»Komm rauf, du feinslieb Mägdelein!« ... Hört mich nicht. Holzschuhe hallen im Stall. Scharren. Hufe. Wasser rinnt. Den Kopf in die Hand gestützt, höre ich sie mit den Kühen sprechen und beneide sie darum. Knarrend ächzt was über den Steinboden, rumpelt hart über die Schwelle, hinaus, ins Licht des hellen Tages.

Auf einmal ist es still unten. Was macht sie nur jetzt? Melken? Oder? Aufmerksam horche ich hinunter. Nach einer Weile raschelt es wieder. Eine Milchkanne scheppert hart. Holzschleppende Schritte. »Also entweder kommst du jetzt sofort herauf, oder ich ...« Krach! Türe zugeknallt. »Was ist los? Bist du vielleicht gar schon gegangen? ... Tatsächlich! Sicher wieder zu unhöflich gewesen.«

»Achgottachgott! Wann werde ich endlich aus diesem verdammten Loch herauskommen? Bewegen muß ich mich können! Licht muß ich haben! Sonst werde ich noch verrückt!« Qualvoll beengt springe ich auf und rüttle wütend an der Leiter. »Wo bleibst du, Ber? Du Hund, du ganz ge... Hergottnocheinmal, schon wieder dieser verfluchte Nagel!« Rieselt runter von oben, in meinen Hals. Ohnmächtig taumle ich zurück. Bumm! Schädel angehaut. »Verdammtes Fahrrad!«

Ob es einen Dynamo hat? Speichen, klingen leise. Felge. Mantel. Rauhes Profil. Hier ist einer. Einstellen. »Wieder eine Beschäftigung, gratuliere!« — »Danke bestens.«

Ah! Brummt schon. Drehen! Fester! Noch fester! Ja! Licht! Leben! Landstraße. Weißes, scharfes, surrendes Licht. Fasziniert, ein Forscher, nachts allein in seinem Laboratorium, starre ich die Mauer an, die ich noch nie so fremd, so eindeutig gesehen. Die streng gegliederten Backsteine mit ihren harten Schatten in den Rillen, die Holme und Sprossen der Leiter. Drehe meine linke Hand im Lichtkegel, betrachte die Adern, die Runzeln, die Linien meiner Handfläche. Und wenn ich sie ans Glas des Scheinwerfers halte, leuchtet es hellblutrot durch die Finger.

Und doch befällt mich, nur ein paar Minuten später, ermüdet ausgestreckt auf meinen alten Platz, eine reißende Trauer. Eine Nacht ist mir eingefallen, in der ich mit meinem Bruder über den Paß Thurn gefahren, eine Sommernacht vor vielen Jahren. Als wir die Paßhöhe erreicht hatten, war es zwei Uhr früh und ein kalter Wind wehte. Kein Mensch, kein Stern weit und breit. Fröstelnd holten wir unsere

Jacken und Handschuhe aus den Packtaschen. Dann fuhren wir hintereinander die langen Serpentinen hinunter, ließen die Räder laufen, und unsere Scheinwerfer tauchten weit in die Nacht. Bis wir im Tal in den Nebel gerieten und, nebeneinander unsere Pedale tretend, durch das stille schlafende Dorf fuhren.

Beine spreizen! Langsam anheben! Gut für deine Bauchmuskeln. U-nd sen-ken. anheben! Ja. Stillhalten. Noch ein bißchen. Noch ein. Und sen-ken. »Und gleich noch einmal!« »Was heißt hier noch einmal? Ich bin doch nicht besoffen.« »Halten Sie den Mund, ich hab Sie nicht gefragt. Los, anheben! ... Strengt an, gelt? So ist's recht. Du mußt dich anstrengen, müde werden. S'ist deine einzige Rettung.«

Dann Kniebeugen. Rumpfdrehen. Armekreisen. Fünfzehn Liegestütz. Nach dem letzten lege ich mich schweratmend auf den Rücken und schiebe die Hand durch den Overall. Feldblusenknopf auf. Hemd. Nackte Herzgrube. Klopft rasch. Hah, Hand aufs Herz. Wie toll das ist. Hat schon geklopft, als ich noch im dunklen Leib meiner Mutter wohnte, klopfte und klopft und wird klopfen. Und wird geklopft haben.

»Was sagten Sie eben?« Jetzt ist es wieder halbwegs erträglich. Der winzige Lichtstrahl aus dem Mauerspalt beleuchtet ganz schwach ein Stück Strohwand. Nicht hinsehen. Macht dich nur trübsinnig. Einschränken. Ein tägliches Programm. Sparsam sein mit Entdeckungsfahrten. So kannst du hier noch viel erleben. Nur nicht hastig. Gaar nicht hastig. Absoluuut nicht hastig.

Eine Zigarette werden wir rauchen. Tabakbüchse vorsichtig auf. Riecht nicht schlecht. Auf dem Schoß das Zigarettenblättchen zwischen Zeigefinger, Mittelfinger, Daumen nehmen und den Tabak verteilen. Zungenspitze. Dann ganz fest zusammendrehen.

»Na, was sagen Sie jetzt, Herr Kauff?« »Gut, sehr gut, sehr sehr gut!« Hosentasche: Geldbörse, Bleistift, Feuerzeug. Ob man den Rauch durch die Lücke sehen kann? Weiße Sterne. Stern. St... Flamme! Anziehen. Noch einmal. Flackert auf. Geblendet lasse ich es ein paar Augenblicke brennen. Die Räder glitzern über mir. Rechts die Strohwand. Was für ein Raum! Mein Raum, bist du. Ausblasen. Und über die große Blechtasse gebeugt, rauche ich mit behaglichen Lungenzügen.

Wenn ich ganz einfach hinunterginge in den Stall? Langsam wendest du dein behorntes Haupt, blickst mich verwundert an. Kuhäugige Hera. Amme der Menschheit, die wir mitsamt ihren hochbeinigen Kindern schlachten und auffressen. Auf unseren Vormärschen sahen wir euch liegen im rauchenden Land mit aufgeblähten Bäuchen, die hellen, großen Euter zwischen zum Himmel gespreizten Hinterbeinen.

Einen tiefen Zug an der Zigarette. Sich bequem im Klubsessel zurücklehnen. Rechtes übers linke.

»Na ja...« Mit dem Zeigefinger die Asche in die große Aschenschale aus Porzellan, Blech. »Verstehen Sie mich recht...« Listig mit dem linken Auge ins Dunkel zwinkern. »Sie sind eben, wie soll ich mich höflich ausdrücken...« Zigarette im Mund, mit beiden Armen eine großartige, einladende Geste. »Na, sagen wir vielleicht...« Noch einen hastigen Zug, »So eine Art — äh — Kalbskopf.« Und sich kichernd ducken, den linken Arm schützend vors Gesicht, um den Schlag meines rechten zu parieren.

»Was *das* für ein Trottel ist!« »Am besten schicken wir ihn wieder zur Leiter.« »Ja, wird gut sein. Soll endlich Manieren lernen, dieser Kerl!« Gehorsam drücke ich die halbe Zigarette aus und richte mich auf. Komme auf allen Vieren, im Paßgang, zögernd an den Rand der Steppdecke. Dann endlich hinaus in die Ferne, ins unbekannte Strohland. Halme. Halma? Schach? Keine Beschäftigung für mich. Besser noch, nichts tun, horchen, mein Rad drehen. Brummender Dynamo. Bist ein sympathischer Kerl.

Vorsichtig stehe ich auf. Reifen. Speichen. »Da bist du ja.« Glatt, drehbarer, gerillter Zylinder. »Behaupten immer, du seiest nur eine Maschine. Aber ich will dich nicht stören. Muß noch dringend zur Leiter. Wiedersehen!« »Heilitler!«

Wieder sachte in die Knie. Hände. Stroh. Und nun bringe ich es fertig, so unendlich langsam zu kriechen, mit winzigsten Fort- und Rückschritten, daß ich, nach etwa einer halben Stunde noch an der gleichen Stelle knie wie zuvor.

In einer Ähre finde ich zwei verlassene Körner. »Schlecht gedroschen, mein lieber Ber! Wieviele Körner sind denn noch hier? Los, meldet Euch!« »Wäre eine Aufgabe, sie zu zählen.« »Werden Sie nicht schon wieder blödsinnig, sie, sie... ach lassen Sie mich bloß in Ruhe!« »Rechten Arm strecken.« Was? Noch nicht da? Noch einen winzigen Schritt vor. Noch immer nicht?

Mit angehaltenem Atem horche ich in die Finsternis. Hand am Puls. Eins-Zwei-Drei-Vier-Fünf-Sechs-Sieben-Acht-Neun-Zehn-Elf-Zwölf-Dreizehn-.

Es klatscht unten im Stall. Aha, Kuhfladen. Kein Benehmen. Zwei-Drei-Vier-Fünf-Sechs-Sieben-Acht-Neun-Zehn-Elf-Zwölf-Dreizehn-Vierzehn-Fünfzehn-Sechszehn- »Puls in Ordnung. In drei Tagen werden wir ihn aufstehen lassen können.« Im Gitterbett liege ich, stehe auf allen Vieren in meiner dunklen Krabbelstube. Rechtes Knie ganz genau neben das linke stellen. Nun noch einmal den Arm strecken. Aha, also doch schon da. Vorsichtig auf. Leiterholme. Gib acht auf den Nagel! Diesmal soll er mich nicht wieder drankriegen. Wo ist er nur? Sprossenenden, kantig. Feine Spinnweben führen zur Mauer hin, den langen Weg über den Abgrund. Keine Angst, will dein Netz nicht zerstören. Da ist er schon. So ein Trumm Nagel. Der Kopf scharfkantig, hier leicht eingedrückt. Sicher von einem Hammer. Von welchem aber? Und wann? Vor sieben Monaten? Oder vor einunddreißig Jahren? Is ja egal. Rechten Fuß auf eine Sprosse stellen, Ellenbogen aufs Knie. Kinn. Handfläche. Einen Stoppelbart hast du schon.

Horch! Ist das nicht? ... Ja, es rattert. Ein Motorrad. Kommt schon näher. Wer da wohl oben sitzt? Vielleicht gar unser Kommandeur? Schon lauter. Laut. Lauter. Und jetzt dürfte er gerade an uns vorbeifahren, dreißig Meter an mir vorbei. Was für ein Witz, wenn es wirklich der Kommandeur wäre. Sitzt im Beiwagen, die Kartentasche auf den Knien. Sein ernster Blick geht über die Landschaft, über unsern Bauernhof und die Mauer, hinter der ich im Dunkeln stehe und ihm entgegensehe. Ich, den er sucht.

Langsam schwächer ... Plötzlich ganz leise. Wahrscheinlich gerade hinter einem Haus. Ja! Schon wieder lauter, fährt er davon. So sitze ich beinahe mitten unter meiner Truppe.

»Zustände sind das, Herr Kauff, muß schon sagen.« Und vom Klang meiner eigenen Stimme erschreckt, setze ich mich am Fuße der Leiter nieder und horche noch lange hinterher.

Im Verlies einer Burg. Feucht, finster, durch Monate, Jahre ...

Lumina ... »LUMINAL«! Daß mir das nicht schon früher eingefallen ist! Damit habe ich den Schlaf in der Hand. Eigenartig, wie ich, so sehr darauf eingestellt, diese fünfzig Tabletten nur als letzten Ausweg zu schlucken, ihre ursprüngliche Bestimmung vergessen konnte.

Die Backsteinwand entlang — Lichtstrahl verdecken! Stockfinster. Hand weg! Auch nicht viel heller — auf meinen Platz zurück. Jetzt muß alles anders werden! Jetzt erst werde ich Lust am Wachsein haben, denn jetzt bin ich mächtig. Zwei Tabletten Luminal und ich verschwinde von der Bildfläche. Aber ich darf es immer erst im äußersten Notfall. Versuchen, wie lange ich's ertragen kann, das differenzierte Register von Verzweiflung bis zu zeitloser Gelassenheit hinauf und immer wieder hinuntergeworfen zu werden.

Mit verschränkten Händen fahre ich die Schienbeine entlang bis zu meinen Schuhen. Schuhbänder, über Kreuz. Vier Häkchen. Zwei, vier, sechs Ösen. Wer mag wohl jetzt meine Stiefel tragen? Gut, daß ich sie damals verkauft. Eine Seitengasse mit Backsteinhäusern. Frisch gestrichene Türen und Fenster. Kieswege in den kleinen, gepflegten ...

Eine Tür knarrt. Die Stadeltür. BER!

Ja. Er ist es. Seine Schritte rumpeln über den Tennenboden. Jetzt schwer auf der Leiter. Und nun beginnt der Strohboden über mir zu zittern. Gebückt stapfe ich zur Mauer.

Die Erschütterung über mir hat plötzlich aufgehört. Es beginnt zu rascheln. Gut so, bohr dich durch, alter Freund! ... Endlich, endlich der erste schwache Lichtschein. Seine Hand. Hebt weg das letzte Bündel. Meingott, Tageslicht!

»Erik! Ich bin's mit dem Essen.«

»Gott sei Dank!« Ich blinzle in sein stoppelbärtiges Gesicht über mir. »Sag, wie spät ist es denn?«

»Halb zwölf vorbei.«

»Was, halb zwölf erst? ... Ich hab geglaubt, es ist schon mindestens zwei.«

Die Einkaufstasche baumelt herunter, schlägt an die Leiter. Ich knüpfe sie los, lehne sie an die Mauer und binde die andere mit dem leeren Geschirr an.

»Brauchst du sonst was? Zu rauchen hast du ja noch?«

»Jaja, danke, genug. Es ist ... es ist nur verdammt schwer hier unten. Manchmal denke ich, ich werd verrückt.«

Er sieht mich unsicher an. »Ich glaub's dir. Aber du mußt noch ein wenig Geduld haben. Die Tommys werden bestimmt bald da sein, vielleicht schon morgen.«

»Hoffentlich ...«

Er beginnt über mir wieder zuzudecken. Jedes Bündel Stroh fällt dunkler in mein Herz. Du hast's gut, du gehst jetzt in deine helle Küche und setzt dich an den Tisch, während ich in Nacht und Finsternis. Regungslos, mit einem Gefühl, für das ich kein Wort habe, stehe ich an der Leiter. Die Tür ist ins Schloß gefallen. Stille. Erst halb zwölf! Halbzwölf erst! Was soll ich jetzt? Wieder die Sprossen hinauf und mit den Fäusten gegen die Strohdecke trommeln? Wozu? Luminal werde ich jetzt gleich. Zwei Tabletten heraus und kurz entschlossen geschluckt. Dann stelle ich meine Uhr und ziehe sie auf, höre eine Weile ihrem feinen Ticken zu. Bis ich mich aufraffe, die Einkaufstasche aus dem Winkel hole und den Dynamo drehe. Bratkartoffel mit geräucherter Blutwurst. Da die Milch. Brote. Speckbrote.

Schmeckt ausgezeichnet. Die Flasche in der Linken, trinke ich dazu von der köstlich kühlen Milch. Muß dann aber endlich was Vernünftiges tun, nicht ewig dieses Geschwätz, dieser Selbstbetrug. Einen Brief werde ich aufsetzen, im Kopf zurechtfeilen, damit ich ihn später nur. Gute Idee, sehr gut! Ein offener Brief an einen Freund in der Schweiz. »Lieber Soundso! Nach fünf Jahren, in denen wir keine Verbindung miteinander ... Wart einmal, neununddreißig bis vierundvierzig, ja, fünf Jahre. Fünf Jahre sind es her, seit wir das letzte Mal voneinander. Nein, noch besser: Vor fünf Jahren ist unsere Verbindung abgerissen. Durch den Krieg abgerissen.«

Die angerauchte Zigarette vom Vormittag muß noch irgendwo auf dem Tablett liegen. Feine Asche. Hier ganz glatt. Wachs, Kerzenreste. Da ist sie schon. »Pfui Teufel!« Verkehrt in den Mund gesteckt. So. Feuerzeugflamme ... Und wieder für Augenblicke meine Zelle. Die alte, freundliche, widerliche Mauer. »Fort mit dir!«

»Also, noch einmal! Seit fünf Jahren sind wir ohne jede Verbindung ... Doch wozu eine lange Einleitung? Zuerst die Gliederung. Punkt eins: Die Verschiedenheit unserer Erlebnisse. A: Bei ihm: Ruhige Entwicklung, gefahrlos, alles da, angefangen von den niedrigsten Bedürfnissen bis zu kulturellen. Dann B: bei uns: Ständige Lebensgefahr. An manchen Tagen hätte man zwanzigmal tot sein können. Daher: Anspruchslosigkeit. Ein trockenes Erdloch genügte uns oft, eine Sammlung von Zeitungsausschnitten. Zuerst einmal überhaupt leben. Die Todesnähe verschüttet viel, bringt aber auch manches zu Tage. Das wäre Punkt eins.

Dann: Zweitens; Die Verschiedenheit unserer Erfahrungen. Wieder A: bei ihm: Ersparung primitiver Erfahrungen ... Was noch? Genügt vorläufig. B: bei uns: Gleichgültigkeit, Verständnislosigkeit gegen viele eurer Sorgen. Unsicherheit. Ja, Unsicherheit.

Zigarette sorgfältig aus. Langsam strecken ... Aaach! Immer nur dieses Entwerfen. Skizzen, Bruchstücke. Nie weit über den Anfang hinaus.«

»Reg dich nicht schon wieder auf.«

»Ich reg mich auf, wann ich will, verstanden?«

Tatsächlich schon ein wenig schläfrig. Wie viele andere jetzt in solchen Verstecken hocken? Allein, mit ungechriebenen Briefen? Das wird was werden, wenn ich endlich aus diesem Loch herauskomme.

»Was, so lange haben sie's ausgehalten? Da haben Sie sich aber janz jewaltig am Riemen jerissen!« »War nicht so arg. Bin Schlimmeres gewöhnt.« »Tatsächlich? Staunenswert!«

Dann im Triumphzug nach Haus. Allen verziehen, großmütig gegen die Besiegten. Die Hauptschuldigen allerdings ...

Schläfrig. Dunkel. Finster.

Hast du nicht vor langer Zeit einen Brief begonnen? Nix Brief. Brief fini. Aus. Papp aus. Hand herausheben. Rucksackriemen. Schnalle, kalt. Nichts für mich.

Sooo. Gut so. Und eingelullt, ganz warm, schwimmt, schwimmt's, dunkel, hinein ... in ... mhmmm ...

Mit einem Ruck öffne ich die Tür. Ein Mann in langem Mantel steht am Gang. Während wir zusammen die Stiege hinuntergehen, sehe ich ihn immer wieder verstohlen von der Seite an. Er kommt mir bekannt vor, doch ich weiß nicht, wohin ich ihn tun soll.

Da stehen wir plötzlich wieder vor unserer weit geöffneten Wohnungstür. Seltsam, habe ich sie nicht eben noch zugemacht? Beunruhigt gehe ich durch eine Reihe leerer Zimmer und kann nicht begreifen, daß das unsre Wohnung sein soll. Bis ich, beim Eintritt in einen halbdunklen Raum, zurückschrecke. Mein Vater sitzt am Fensterbrett. Er hat seine Brille abgenommen und schaut mich verwundert an. Langsam ziehe ich mich in die Ecke des Zimmers zurück, verkrieche mich in ein Gebüsch, und immer tiefer vordringend, stoße ich auf eine Lichtung, auf der ein Haufen neuer Rucksäcke liegt. »Ich muß den größten aussuchen«, überlege ich, »daß alle meine Sachen hineingehen.« Aber die Leute am anderen Ufer beginnen mit Steinen nach mir zu werfen. So nehme ich doch nur einen kleineren und mache die andern weit auf, damit die Steine hineinfallen können.

Auf dem Rücken. UUaah ... ganz ... hhh ... ganz strecken. Wo nur die kleine Lücke in der Mauer ist? Komisch das. Hat Ber sie zugestopft? Aber vielleicht liege ich bloß verkehrt. Schlaftrunken richte ich mich auf. Backsteine, rauh, kantig. Ein Stück weiter ... Hm? Ah, da ist sie schon. Klar, kaum zu sehen, weil es draußen Nacht ist.

Wie sehr habe ich gehofft, erst am Morgen zu erwachen.

Ich werde wieder Luminal nehmen. Laß mich doch nicht quälen.

Was war das? Hat da nicht irgendwo ein Hahn gekräht? Daß *den* unsere Landser noch nicht erwischt haben?

Noch tiefer unter die Decke kriechen. Wohlig warm. Steif. Aufknöpfeln. Langsam kommst du die Leiter runter, leise, daß uns niemand hört, die drei Schritte zu mir. Schlüpf rein unter die Decke. Auf der Seite hebe ich sie auf für dich, du, und sorgsam zieh ich sie über deine runden Schultern. Du zitterst ja. Will dich schon wärmen. Drück dich nur an mich. Schling die Arme um mich. Streichle dein Haar und deine Wangen, während ich mit der rechten Hand, langsam, runterschlüpfe und deinen Rock aufknöpfe. Küß mich doch! Küsse mich! Auf und ab. Ja. Deine Bluse. Brüste, prall an meiner Brust. Harte Brustwarzen. Und ganz verschleierte Augen. Ich tu dir ja nichts. Und mit der Hand langsam hinunter. Und du wehrst dich und hältst meine Hand. »So sei doch vernünftig.« Wegschieben. Hinunterzerren. Jaaa. Du. Wie weich diese Haut. Streicheln. Zärtlich. Zottelig feucht. Auf die Augen küssen, auf die Lippen, und langsam, ich tu dir wirklich nichts, krieche ich über dich. Jaaa. Mach mit mir, was du willst. Ja. Fest. Deine Arme um mich. Halt mich. Halten mußt du mich. Du. Duuu. Taschentuch. Hand. Ja. Ja. Hah. Ganz. Liebste. Du. Küß mich, küß mich doch. Du. Fest. Noch fester. Jaaa. Du. Ja. Ja. Hja. Hjaa. Duuu. Hjaa ... Hhhhh ... H.

Regungslos auf dem Rücken, »Hm hm hm. So ein Krampf!« Das nasse Taschentuch zusammenknüllen und in die Hosentasche schieben. Knöpfe zu.

»Hm, sowas!« Jutta. Vielleicht grad bei einem andern. Bei Heinz oder Herbert, während ich an sie. Ist ja egal. Warum nicht. Uhr aufziehen. Eine zweie dreie viere fünfe sechs sieben acht neun zehn elf. Bremst schon. Wie fein sie tickt. Das einzige Geräusch auf der Welt.

Im Lampenschein sitze ich mitten in der Nacht, die Fenster weit geöffnet, am Schreibtisch. Es raschelt, wenn ich Seiten umblättere. Faul leg ich mich auf die Seite.

Mußt übern Bahndamm klettern. Die Schienen werden immer mehr. Sag ihm nix. Glaubt sonst gleich, ich bin ein Drückeberg. Verstecken. Tiefer ins Abteil rein, hockt eine Alte, zahnlose, ganz verschrumpelte. Rutsche aus, fall nach rückw »HAH ... WAS IS?«

Im großen Saal des Hauptpostamtes stehn Männer in Gehröcken an einer langen Reihe von Pulten. Ich möchte wissen, was sie so ernst zu schreiben haben. Doch niemand gibt mir Auskunft. So gehe ich hinaus auf den Gang und komme durch eine schmale, endlose Gasse zum Votivpark.

Heinz und Herbert winken mir von drüben. Voll Freude lauf ich ihnen entgegen. Da stolpere ich über irgend etwas und gerate in einen Raum, in dem Männer Säcke in hohe Kisten leeren. Es staubt immer stärker. Entsetzt tappe ich die Wand entlang.

»Erik!« höre ich Herberts Stimme von weit her. »Ja!« will ich schreien, aber ich bringe keinen Ton hervor. Ich muß ersticken.

»ERIK!« Er sucht mich. Aber warum sagt er nicht Erich, sondern »ERIK«! ...

Um Gottes willen, das ist ja Ber!

»Ja!« fahre ich in die Höhe. Lichtschein. Leiter.

»Was ist denn los mit dir? ... Das Essen ist da.«

»Ich komm schon.« Decke mit einem Ruck weg, und die drei Schritte. »Au, verdammt! Schon wieder angehaut!« — zur Leiter hin.

»Hast du aber einen festen Schlaf,« sagt er grinsend.

Die Tasche schwebt dicht über mir. Geblendet blinzle ich hinauf.

Wie unfaßbar, daß ich, nur fünf Minuten später, wieder allein in der Finsternis stehe und ihm nachhorche. Bis die Tür ins Schloß gefallen ist.

»So, da hätten wir wieder einmal unseren Fraß.» Dynamo drehen. Licht ins Eßgeschirr. Ein schönes Stück gebratenes Schweinefleisch, Kartoffelpüree, mattweiß, ein wenig körnig. Fettschichte. Dynamo aus. Und im Dunkeln, das Kochgeschirr zwischen den Knien, tauche ich hungrig den Löffel ein.

»Keine Manieren hat der Kerl!«

»In der Tat? Das überrascht mich aber.«

»Es ist so, leider.« Bedauernd ziehe ich die Schultern hoch. »Ich bin weißgott der Letzte, der über andere den Stab brechen möchte, aber was zu viel ist, ist zu viel. Sehen Sie sich ihn bloß an. Das Messer steckt er ins Maul. Mit der Gabel kratzt er sich hinter den Ohren und stochert damit in den Zähnen herum. Und *das* Geschmatze, *das* Geschlürfe und Gerülpse. Diese ekelhafte Fingerabschleckerei. Dabei, wer weiß, was er alles vorher mit diesen Händen?«

Schieb rein, friß! Die unter dir fressen auch. Gras in den Rindermagen, Labmagen, Blättermagen, Netzmagen. Wie heißt der vierte? Wie heißt er nur schnell? Lab, Blätter, Netz? ... »Ach, kommst ja doch nicht drauf!«

Kauen brav wieder, Wiederkäuer.

NACH DEM ESSEN:

1. Luminal.

2. Liegen. Kriechen. Dynamo drehen. Dazwischen einige Male verzweifelt.

3. In der Ecke über dem Latrinenschacht. Licht aus. daß mich niemand sieht. Was die wohl sagen werden, wenn sie später das Stroh in der Ecke? Werden sich wundern über den Gestank.

4. Längeres, nicht besonders ergiebiges Gespräch mit dem Rucksack. Sagt, er wäre lieber bei unserem Zug geblieben; in meinem eigenen Interesse.

5. Patient allein, in heiterer Stimmung. Allerdings nur eine Weile. Dann, allmählich, in immer tiefere Schwermut versinkend.

Nur drei Meter länger! Drei Meter breiter! Einen Meter höher!

Ein helles Kommandohäuschen vor mir. Fenster weit geöffnet. Im Sonnenlicht geh ich übers glatte Schiffsdeck drauf zu und schaue hinein. Was ist denn da *los? Ein Mädchen kniet, den Rücken mir zugewandt, auf dem Boden und schlägt mit einem Hammer rhythmisch ... Steig rein durchs Fenster, tritt dicht hinter sie. Was macht sie nur? Aha, will einen Nagel durch ein Tau treiben.*

Immer fester schlägt sie zu. Das Tau wird dicker, härter, knolliger. Sie merkt nicht, daß ich mich an ihren Hüften anhalte, mich an sie presse und versuche, sie von hinten ...

Es rumpelt, ächzt draußen. Grad jetzt, diese paar Augenblicke zu früh. Ein Pferdefuhrwerk wird's sein. Im Dunkeln schläfrig strecken. Verfluchter Kerker hier!

»Wir werden uns am besten zur Mauer begeben.« »Ja, aber ...« »Kein Aber hier!« Gebückt steh ich auf, nicht zu hoch, und setze mich dicht vor die Lücke. Licht? Besser nicht. Rumpelt schon knirschend näher. »Was ist eine Mauer?« Backsteinig, rauhe Oberfläche, Rillen. »Nichts ist sie. Ich geh durch sie hindurch und steige auf deinen stoßenden Wagen. Glaubst, ich kenn dich nicht. Ich kenn dich gut, sehr gut sogar.« Ein Mörtelstück bröckelt raus. Zwischen den Fingern zerdrücken, zerbröseln, fallen lassen. Ich werde die Augen schließen, daß du mich nicht siehst.

CHRRR ... »Halt, was machst du denn da?« TSPFT! »Spuckt aus vor mir, da draußen. So ein Schwein! Wissen Sie überhaupt, wen Sie vor sich haben?«

Rum pumpum. Ja! Jetzt bist du direkt vor mir. Und mit Rumpum, gut so, stur vorbei kreischen, quietschen die Schleifräder. Iiiii. Zieh doch! Zieh du Gaul, bloß nicht so faul! Holzschiefrig-splittrig krach ins Schlagloch! Gottverdammte Finsternis!

Im Dunkeln Bart-Stoppel-Feld kratzen. Neben dir möchte ich sitzen. Übers weite Land schaun. »Wohin fahren wir eigentlich? Aufs Feld? Mist rausführen und mit kurzen, dickstieligen Gabeln abladen? Oder Hiefeln auflegen?«

Mit fernleisem Wagengeholper fährt er davon, mitten durch die weite, farbige Welt. Ein fremder, glücklicher Mensch. Gras. Erde. Frisches Gras. Barfuß darüberlaufen. Ein Bach plätschert. Wind weht übers Feld. Voll Schwermut krieche ich auf allen Vieren — ein Maulwurf, eine Schildkröte, eine Spinne — zurück auf meinen alten, uralten Platz.

Geländelauf:

In der Startgrube, dicht an der Hinterwand kauere ich. Startschuß! Los! Auf die Strecke. Die lange Langstrecke zur fernen Leiter hin. Allein, wie alle Kuriere, die sich in Nacht und Finsternis durch ein fremdes, gefährliches Stück Erde wagen. Wer weiß, was dir nicht alles unterwegs begegnet. Nach jedem winzigen Schritt eine Pause, immer eine lautlose Liedstrophe lang regungslos.

Kreuzschmerzen hab ich schon vom vielen Liegen und gebückten Herumtappen. Das Steißbein tut mir weh. Und die Ellenbogen. Und die Unterarme. Ich kann nicht mehr liegen, sitzen, stehen, nicht mehr kriechen. Ich will auch gar nichts mehr. Im Türkensitz starre ich angeekelt ins endlose Dunkel.

Hoffentlich kommt Ber bald! Ich muß mit ihm reden. Er muß es doch einsehen, daß ich nicht ewig in diesem Loch hier bleiben kann.

Am Nachmittag hab ich einen weiten Spaziergang gemacht. Bin an unserer Mauer hier vorbeigegangen, auf dem Karrenweg, der anfangs schnurgerade dem fernen Wald zu, allmählich ansteigend ins Hügelland führt. Hier und da blieb ich bei einem Baum stehen, zog einen Zweig zu mir herunter, betrachtete ihn aufmerksam — Blätter, frische Triebe, Rinde, feinrissig — und ließ ihn wieder hinaufschnellen.

Durch einen kühlen Hochwald, eine Schneise steil hinauf. Und endlich oben über einen sonnigen Kahlschlag. Unter mir dehnt sich das Salzachtal weit nach Süden. Der Fluß glitzert. Links die Ausläufer des Berglands. Rechts die Ebene, Po-Ebene. Masurische Seenplatte, groß und waldreich. Die ungeheure, baumlose Ebene östlich von Nowgorod. Geblendet steh ich da, die Hand schirmend über den Augen, und kann mich nicht sattsehen. Im Hintergrund, wo das Tal im fernen Dunst sich verengt, viele Kilometer von hier, schlängelt sich eine Straße winzig den Talengpaß hinauf.

Frei sein! Sehen! Gehen! Laufen und Springen! Spring übermütig über Gräben. Die vielen tollen Bergformen. Die Kuppen und Zinnen. Und weit drüben eine mächtige Gebirgskette, starr, steil, vergletschert.

Dabei hockst du hier in diesem verfluchten Loch. Du solltest nicht fortgehn. Dableiben. Auch mit deinem Kopf!

»Aber das hält er ja noch weniger aus. Er *muß* ja weg von hier, hinaus, ins Freie, ans Licht.«

Ich hab das Meer gesehen. Den frischen Seewind im Haar, steh ich auf den Kreidefelsen von Etretat und blicke nach Westen. Stehe im Hafen von Stralsund, wo das Wasser unablässig gegen die Bohlen klatscht. Der schaumige, schmutzig-ölige Rand des Meeres. »Ich muß das Meer wiedersehen! Das Meer am Abend, wenn die Fischerkutter ihre Schleppnetze auslegen!«

Gähnend die Augen reib ... Chhhh ... reiben. »Was sagen Sie dazu, Herr Dynamo?« Schläft schon wieder. Ach was. Ich brauch dich nicht. Auf die Seite werde ich mich legen. Hab die Sprache gern. Zum Beispiel das Wort STROM. Oder die SEE. Das MEER.

Kühl ist es schon. Und so ruhig heute abend.

Auf einem Schlitten fahren wir am Observatorium vorbei in die leere, verschneite Ebene.

Es dämmert schon. Und allein gehe ich immer weiter. Bis ich zu einer Mulde komme, in der ein runder Steinturm steht, stapfe im tiefen Schnee um ihn herum, klopfe an die Fensterläden.

Lange durch den schmalen Spalt hinaussehen. Der Himmel grau, ziemlich bewölkt. »Sieht nach Regen aus.« Darunter ist's grün, so voll, dunkel, satt. »Herrgottnocheinmal, das Schauen ist erst die Welt!« Wird alles größer, wenn man das Auge an die kalte Mauer preßt. »Aha, die Ecke von einem Dach.« Braunrote Ziegel, scharf umrissen. Zwei dunklere dazwischen.

Der obere Rand dieser Wolke sieht aus wie ein ...

Noch näher heranrücken!

Ja, wie ein Pantoffel.

Steig raus, vorsichtig, aufs schmale Fenstersims. Die Straße schwindlig tief unter mir. Halt dich an! Langsam, den Rücken an die Wand gepreßt, schiebe ich mich zu der Spielkarte am Rande des Simses. Jetzt bück dich. Langsam. Vorsichtig. Noch ein kleines Stück ... Da stoß ich mich mit dem eigenen Hintern ab. Umgotteswill. Glatte Wände. Kein Halt. Ooohh. Um umdrehen ... Hh ...

Sollen alle mit, wenn ich dir schon sag, ich dir schon, dir schon ... nnn ... PANSEN!

Mach den Schrank auf, nimm was raus, betrachte es genau. Da wird's auf einmal was ganz anderes, verflüchtigt sich im Dunst ...

Im Schein einer Petroleumlampe sitzen wir um den Tisch. Man erklärt mir ein Kartenspiel, ich versteh es nicht, versuche aber trotzdem mitzumachen. Auf einmal sind alle gegen mich, springen zornig auf, behaupten, daß ich gemogelt.

Ich will ihnen erklären, daß ich gar nicht ich. Doch da packen sie mich und führen mich in den Keller hinunter, öffnen eine schwere Türe, stoßen mich mit aller Wucht hinein. Im Umdrehen rutsche ich aus. Dumpf dunkel kracht's gegen meinen Schädel.

»Aaach ... verdammt!« erwache ich, auf dem Bauch in der gleichen Lage, wie sie mich hineingestoßen! Stockfinster. Mein Schädel brummt. Ob ich eine Beule habe? Stirne. Haaransatz. Verfluchte Eisentür. Hätte mich glatt erschlagen können.

Wo ist sie nur? Arme vorschieben. Mauer. Ein Holzpflock? Rund? Aufrecht stehend? Da, noch einer. Langsam taste ich mich hinauf. Eine Querleiste? Sprosse ... Meine Güte, das ist ja meine Zelle.

Betäubt setze ich mich auf und taumle auf meinen Platz, unter die Decke. Ganz zusammengerollt, noch lange benommen. Plötzlich fällt mir zu meinem Schrecken ein, ob ich vielleicht im Schlaf laut geschrien?

Wieder ein neuer Tag!

Endlos lang wird er wieder durch mich hindurchrinnen. Ein finsterer Alpdruck, Sekunde um Sekunde vertropfend. Wieder ein Tag, an dem du dreißigmal zur Leiter kriechst und wütend an ihr rüttelst, wieder den Dynamo drehst, am Rücken, am Bauch, auf der Seite liegst, lautlos Reden hältst, fluchst und bis zur Erschöpfung onanieren wirst.

Und doch wird es auch heute wieder Augenblicke geben, Minuten, Stunden vielleicht, in denen dir deine Gruft beinahe kostbar ist. Dann kommt eine kühle, hellwache Ruhe über dich, die glückliche Geborgenheit eines Embryos. Dann glaubst du, es noch lange so aushalten zu können, und bist im Türkensitz Zentrum der Welt.

»Ich will einen Bericht schreiben. Sind Sie bereit zum Diktat?« Sie rückt den Stuhl zurecht — Schreibblock, Bleistift — und sieht mich erwartungsvoll an.

»Also, beginnen wir.« Bequem zurückleg-lehnen. Stepp-Klubsessel, Beine über Kreuz, ins Dunkel auf das Blatt starren.

»Römisch EINS Punkt Doppelpunkt *Äußere Mißstände.*

A. Das Fehlen jeglichen Lichtes, vor allem auch des Tageslichtes gewöhnlichster Sorte.

B. Das Fehlen einer vorschriftsmäßigen, den primitivsten hygienischen Anforderungen gerecht werdenden Latrine.

C. Das Fehlen einer vorschriftsmäßigen Waschgelegenheit. Römisch ZWEI Punkt Doppelpunkt *Innere Mißstände.*

A. Der geistige Zustand der Versuchsperson, die seit Tagen...«

Eigenartig, wie hier der Tag erst mit dem Einschlafen beginnt, reichhaltig interessant zu werden. Denn da werde ich abgeholt und unter Menschen geführt, an Plätze, Flüsse und in die Orte meiner Kindheit. Bis mich das Erwachen wieder jäh in dieses finstere Loch zurückstößt, unter die Steppdecke, ernüchtert und grausamer allein als zuvor.

Kopf kraulen. Haut, unter den Haaren verschiebbar.

Wichtig vor allem; alle Möglichkeiten, der Verzweiflung zu entkommen: besonders in der Phantasie.

So stehe ich, in einer dunklen, engen Zelle sitzend, in einem weiten, hellen Raum, lehne am Kamin, an der Strohwand und halte lautlos eine laute Rede. Krieche auf allen Vieren und bilde mir ein, aufrecht schreitend unter tobendem Applaus Hermann Göring persönlich auf den Schultern zu tragen; unter den Kronleuchtern immer etwas rascher, sodaß er sich jedesmal kräftig den Schädel anhaut. Bis ich ihn am Ende aufs Fensterbrett hebe und ihn die vier Stockwerke, will sagen, einen halben Meter auf den Karrenweg, der an meiner Mauer vorbeiführt, hinunterwerfe.

»Gut, daß du seit vorgestern wieder schreibst.«

»Ja, das finde ich auch. Es macht mich ruhiger, schafft Abstand zu meinen Affekten, zumindest zeitweise.« Dabei sitze ich gewöhnlich im Türkensitz, den Rucksack auf den Knien, und schreibe langsam Wort für Wort, mit größeren Buchstaben. Halte mit dem linken Daumen den Rand der Seite und rücke sorgfältig mit jeder Zeile mit. Wenn einmal verschoben, neue Seite beginnen. Stenographie, sehr weitzeilig, Verstärkungen besonders fest niederdrücken. Dazwischen immer wieder zur Mauer und dicht vor der Lücke überprüfen, ob nichts übereinander. Doch das strengt die Augen sehr an.

All das werde ich meinen Eltern nach dem Krieg erzählen. An einem Winterabend werden wir beisammen sitzen. Mein Vater wird den Schürhaken hervorholen und lange den Rost rütteln.

Nichts habe ich vergessen! Unsere Wohnung sucht mich immer wieder heim, wie eine Fata Morgana.

Nicht dran denken! Wegschieben! Rauswerfen aus meiner Zelle, aus meinen Gehirnzellen! Denk nicht dran! Denk an was anderes, was ganz anderes, an nichts, nichts, nicht ...

Wieder kommt er mir entgegen. Ich habe Angst vor ihm, aber er geht Gott sei Dank dicht vor mir ins Haustor. Lauf schnell hin. Schau rein! Siehst gerade noch, wie er am Ende des dunklen Hausflurs verschwindet. Ich möchte ihm nachgehen, weiß aber, daß es nicht gut für mhh ...

»Sie schlafen ja schon wieder.«

»Ach was, keine Sekunde hab ich geschlafen. Bloß so getan, mir eingebildet, daß ich vielleicht allmählich ... Was heut nur mit mir los ist?«

Ich muß es anders anpacken! Mehr Energie! Vernunft! Nicht immer abschweifen! Nur *ein* Thema! Alles andere aufsparen! Und vor allem: *nicht* kurz fassen! Alles möglichst lang und ausführlich!

Strecken. Kreuz hohl ... Der Tag im allgemeinen: Vierundzwanzig Stunden: Das sind sechsundachtzigtausendvierhundert Sekunden. Schon x-mal im Kopf errechnet. Davon fällt, mit Luminal, über die Hälfte weg: sind dreiundvierzigtausendzweihundert. Sie zählen, wär sowas. Jede einzelne Sekunde ist kurz und ertragbar, man kann sie mit ihrem vollen Gehalt auskosten, eine hinter der andern.

Stumpfsinn! Hilft vielleicht zehn Minuten, sind sechshundert Sekunden, bestenfalls eine dreiviertel Stunde. Dabei immer bewußt, immer empfinden, denken, besonders intensiv und reizbar, kein Augenblick frei von dieser Fessel. Eine Fessel ist es, das merke ich hier zum ersten Mal. Was hast du davon, wenn du wieder alte Geschichten aufwärmst, du verschiebst damit doch immer nur den Zeitpunkt, die Zeit, den Punkt, an dem es wieder zu nagen beginnt, immer heftiger, bohrender, wie Zahnschmerzen.

»Dieses verfluchte Gehirn! Schlag es ein! Zerstöre diesen grausamen Mechanismus, der dich erst befähigt, soviel Qual zu spüren!« Voll Wut springe ich auf und — »Setz dich wieder hin. Hat ja doch keinen Zweck!«

»Gottverfluchte Schweine seid ihr! Alle miteinander! Ohne Ausnahme! Widerliche, ekelhafte, widerliche, ganz widerliche Schweine! Verkommene Schweine! Dreckige Mistköter! Verkommene, dreckige, verdammte, verdammte!«

»Verfluchtes, gottverfluchtes Gesindel! Niederschlagen: Alle miteinander, daß sie es spüren, diese, diese Hunde, diese elenden! Jeden einzelnen von ihnen sollte man hier hereinstecken, mit dem Kopf voran in dieses verfluchte, elende, finstere Loch und einen kräftigen Tritt hinterher! Dieses Hurengesindel, dieses verdammte! Zu Krüppeln schlagen werde ich euch! Krepieren sollt ihr, jämmerlich krepieren und vor die Hunde gehen! Solche Schweine! Glauben, sie können machen mit einem, was sie wollen! Verdammtnocheinmal! Verdammt, verdammt!«

»Was machst du denn da?«

»Das siehst du doch. Ich ziehe Strohhalme aus der Wand.«

»Na und?«

»Nichts weiter. Ich taste die Ähren genau ab und suche nach Körnern, die noch in den schützenden Hülsen heimlich versteckt. Löse sie einzeln aus, siehst du, so, wie ein Hamster, und lege sie auf das Häufchen links von mir. Dreiundzwanzig sind es schon. Die leeren Halme kommen auf die rechte Seite, sauber nebeneinander.«

Auf allen Vieren krieche ich durch einen Schacht, allmählich bergab, immer enger, bedrückender, überall stoße ich schon an. Aber was mache ich nur, wenn dieser Weg gar nicht ins Freie? Wenn ich hier wieder zurück? Verkehrt? Bergauf? Achwas, ist ja nur ein Traum, sage ich mir, zwänge mich zur Turmlücke und schaue hinaus.

Ein Marktplatz tief unter mir. Einige Männer in altertümlichen Gewändern stehen um den Brunnen herum und legen eine Leiter an die Statue. Aha, einer von ihnen versucht, daran heraufzuklettern.

Wann? Wo? Mit wem?

Durch einen Park gegangen. Hell. Rasengrün. Blumenbeete unter der flimmernden Mittagssonne. BETRETEN VERBOTEN.

Ich erinnere mich noch, daß wir uns auf eine Bank gesetzt und über Zugvögel gesprochen haben. Uralte, schattige Ulmen. Zwei Schwäne ziehen lautlos durch den Teich. Oder ist das alles nicht wahr? Nur erträumt?

Dem werd ich's hineinsagen! Abholen werd ich ihn und langsam mit ihm die Nußdorfer Straße hinunterspazieren. Unterwegs noch kein Wort. Bis wir endlich vor dem Café UNION angelangt sind.

Drehtüre. Ja. Jaaa. Und hinein in den hellen warmen Raum.

Der Ober kommt, hilft uns aus den Mänteln. Gepolsterte Bänke. Beine strecken. Zigarettenrauch. Zwei dampfende Tassen werden vor uns hingestellt, Kaffee-Ersatz mit Saccharin.

»Ja also«, werde ich beginnen und langsam umrühren. So schwer, den rechten Anfang zu finden. Trink zuerst einen Schluck. Dann aber werde ich beide Arme auf das Marmortischchen stützen. Und hineinsagen werd ich's ihm: Wie weit wir auseinandergekommen sind. Daß wir als Buben beide Nazis waren. Und daß er keinen Schritt weiter, jetzt Offizier, begeistert und blind. Und daß ich nicht das Geringste mehr mit ihm zu tun haben will:

Mit offenem Mund wird er mich anstarren. Er natürlich in Uniform. Ich, einfarbig grauer Flanellanzug. Vergnügt reibe ich mir die Hände, im Stroh, im finsteren, ewigen Stroh.

Eben war Ber mit dem Essen da. Diesmal stieg er sogar die Leiter herunter und brachte Tabak, Klopapier und mein frisch gefülltes Feuerzeug. »Im Westen nichts Neues«, sagte er stirnrunzelnd. Eine Zigarette lang saßen wir beisammen, die große Blechtasse auf meinen Knien, und wußten nichts Rechtes zu reden.

Warum habe ich ihm wieder nichts gesagt? Vergesse ich es jedesmal? Oder wird mein sehnsüchtiger Wunsch nach Licht, wenn ich sein Gesicht über mir sehe, nur zu einer überspannten Laune? Dabei fällt das Alleinsein, die Finsternis, die Verzweiflung nie so erbarmungslos über mich her, wie unmittelbar danach.

CAFÉ UNION (Fortsetzung).

»Und jetzt noch zum Kapitel Antisemitismus.« Er verzieht schon das Gesicht, bevor ich noch. »Ich will gar nicht näher darauf eingehen«, werde ich zur Einleitung sagen, »ich weiß ja, wie aussichtslos das bei dir ist. Dann aber Schlag auf Schlag. Daß ich den Antisemitismus beinahe für eine Krankheit halte, eine Dummheit, Mangel an Kritik. Woher kommt er denn überhaupt?« werde ich fragen und ihn ironisch ansehen.

Er wird herumdrücken, verlegen, wie alle Antisemiten auf eine so peinliche Frage. »Aber der Haß gegen die Juden liegt doch im Blut«, wird er schließlich...

»Einen Dreck liegt er im Blut«, werde ich ihn unterbrechen. »Es gibt keinen Haß, der im Blut liegt. Anerzogen, von frühester Kindheit an, durch Generationen anerzogen, meinst du wohl. Ihr habt ja nur Minderwertigkeitskomplexe vor dieser intelligenten und zähen Rasse.« Namen werd ich ihm aufzählen, beweisen, welch ungewöhnlich hoher Prozentsatz Juden unter den bedeutendsten Köpfen unseres Jahrhunderts.

Knie anziehen. Gesicht, Handfläche. Einen schauerlichen Bart hast du schon. Kannst so gar nicht ins Kaffeehaus.

Was gibt es sonst noch zu diesem Thema? Von wem stammt der Satz: »Jeder hat den Juden, den er verdient.« Von irgendeinem Franzosen, glaub ich. Ja, noch was: Die scheinbare Toleranz mancher Leute: »Was man heute mit den Juden treibt, das ist zu arg«, sagen sie. Aus dem Wort »zu« erkennt man ihre wahre Gesinnung. Es sind die gleichen Leute, die nach dem Krieg sagen werden: »Viel zu wenig Juden hat Hitler vergasen lassen.«

Dann: Daß jede Richtung mit antisemitischen Prinzipien abzulehnen ist, daß etwa der Kommunismus nicht antisemitisch, sondern gegen den Kapitalismus, folglich auch gegen den jüdischen Kapitalisten. Dann: Das Kapitel Zionismus. Eine verständliche Reaktion auf die Judenverfolgung. Und doch ein Nationalismus, ein Rückschritt, gerade deshalb, weil die Juden bisher am weitesten über jeden Nationalismus hinausgewachsen sind. Auch der Ausspruch: *»Einen* anständigen Juden hab ich allerdings gekannt«, gehört hierher. Nähme sich einer die Mühe, all diese anständigen Ausnahmen zusammenzurechnen, er käme auf mehr Juden als tatsächlich existieren.

So viele Punkte gäbe es noch zu diesem Thema: Ihre Tapferkeit im Ertragen von Leid, ihr Heldentum beim Warschauer Aufstand und in den Gaskammern der KZs. Ihr wachsamer Geist, ihr Esprit, ihre Musikalität. Doch wie soll ich ihm dies alles erklären? Zudem bin ich sicher, daß es nie zu so einem Gespräch kommen wird. Ja, es erscheint mir jetzt und hier geradezu überflüssig, über solche Themen zu reden, wenn es rassische Vorurteile für einen nicht mehr gibt.

»Bitte das Taschentuch benützen zu dürfen!«

»Ja, schneuzen Sie sich nur recht kräftig, mein Liebster!«

»Aber vielleicht«, sage ich mir, während ich das Taschentuch im Dunkeln wieder zusammenlege, »vielleicht entspringt der ganze Antisemitismus zuletzt doch der Kirche? Wenn es aber so ist, bestünde die vage Hoffnung, daß er allmählich mit dem Verschwinden der Konfessionen verschwindet.«

»Holla! Was ist denn los da unten, ihr blöden Rindviecher?«

Horuck! Tschinkrach! »Ja! Haut euch nur! So ist's recht!« Handgemenge. Horngemenge. Dumpf rasselt rumpelt's gegen Holz. »Halt! Halt!« Rrsss ...

»Einen Mief hat's hier schon, wie in einem Pissoir!« Auf, zum Dynamo! »Was, schon zwanzig nach zehn? Kannst wieder einmal nicht einschlafen, gelt?«

»Ja, es ist schwer, wenn man so hellwach ist.«

»Schon recht so! Quäl dich nur ein bißchen ab. Geht dir ohnedies viel zu gut, du faules Aas.«

Mondsüchtig müßte man sein. Könnte dann immer im Schlaf durch die Lücke hinaus, die Mauer vorsichtig runter, leise auf die Erde.

Nachtspaziergang, heimlich, allein.

Heller Tag. Schon wieder hab ich verschlafen. Hastig ziehe ich mich an und gehe ins Eßzimmer. Eine Frau sitzt verkehrt auf einem Stuhl, das Kinn auf die verschränkten Arme gestützt. Ist das nicht die Mutter von Heinz Rühle?

Ich streichle ihr übers Haar und sehe, daß es noch nicht grau, sondern tiefschwarz ist. Sie findet gar nichts dabei, daß ich sie mit dem Stuhl schaukle, weiter, fester. Wenn nur jetzt niemand hereinkommt ...

Rass. Rasselt ... Achja. Der Stall unter mir, immer noch.

»Und die einen sind im Dunkel,
Und die andern sind im Licht ...«

Meine Hände kleben schon vor Dreck. Wart einmal, heb sie an die. Ja, stinken auch schon. Verfaulst hier noch bei lebendigem Leibe.

»Achwas! Auf diese Dinge kommt's nicht an. Das wäre alles noch zu ertragen! Süchtig bin ich! Nach Licht! Nach Bewegung, nach Farben, Landschaften!« Wenn ich an meine Leselampe daheim denke, oder an das weiße, scharfe Licht der Karbidlampen in unseren Bunkern, wird mir ganz elend zu Mute. Ich liebe das Licht und seine rätselhafte Geschwindigkeit. An tausend Lichter kann ich mich noch erinnern, an die feinsten Nuancen vergangener Tage.

Süchtig bin ich nach dem Lied, das mein Bruder leise durch die Zähne gepfiffen, wenn er mit der Laubsäge bastelte. Nach unserem gedeckten Tisch an Sommerabenden. Nach dem Ernst, mit dem meine Mutter Briefe beantwortet. die Feder kratzt lange in der Stille. Süchtig nach dem Geräusch, mit dem unsere Pendeluhr zum Schlagen ausholt, und nach deinem Gesicht, wenn du, die Brille abgenommen, auf dem Sofa deinen Mittagsschlaf hältst. All diese alltäglichen Gewohnheiten, Gebärden, Mienen; wie kostbar sind sie mir hier geworden. Hier, wo es nichts anderes gibt als Stroh, Stroh und wieder Stroh! Elendes, stinkendes, abgedroschenes Stroh!

Wieder krieche ich auf allen Vieren. Weil ich krank bin, weil ich nicht mehr weiß, was ich tun soll, weil das Stroh mich allmählich erdrückt und erstickt.

Von 11h 28 bis 11h 44.

Eine Weile lag ich auf dem Rücken, ruhig atmend, ohne Gedanken. Da schlüpfte es rein, nebelig verschwommen.

Ich mußte lange über einen grobscholligen Acker gehen. Als die Abenddämmerung hereinbrach, kam ich an den Strom. Aber die Fähre war nicht mehr da. So packte ich Henks Schlauchboot aus. Und es ging ganz gut, bis ich, dicht vor dem anderen Ufer in einen Wirbel geriet, hinuntergezogen gegen Schlingpflanzen kämpfte und einen — Augenblick — für lange Zeit das Bewußtsein verlor.
Paul kam aufgeregt hereingestürzt und erzählte, daß die Küche voll Wasser sei. Wir liefen hinaus. Der Steinboden war voll von glitschigen Würmern, und Paul sagte ernst: Das sind die Fossilien.
Ich verstand nicht recht, was er meinte, drehte mich auf die Seite, spürte kalte Füße, setzte mich benommen auf, um sie zuzudecken, und schlief wieder ein.

Als ich erwachte, räkelte ich mich und zündete das Feuerzeug an.
»Was? Elf Uhr vierundvierzig? Ist das möglich? Da habe ich jetzt nur so kurze Zeit geschlafen?«

Ich ziehe das Buch aus dem Rucksack und krieche damit zur Lücke.
»Ich muß sehen! Ich *muß*, verstehst du! Vielleicht müßte ich mich nur genügend konzentrieren.«
Bis es auf einmal zu schmerzen beginnt, in den Augenhöhlen, in der Stirn, im Hinterkopf. »Licht brauche ich! Licht muß ich haben! Sonst werde ich noch wahnsinnig!«

»Was willst du mir über die Backsteine erzählen? Ich kenne sie alle. Ich hab sie studiert. Mit diesen Fingern hier habe ich jede Fläche, jede Kante sorgsamst abgetastet.«
»Reden Sie nicht lange um den Brei herum. Beweise will ich.«
»Gut! Wie Sie wollen. Da ist zum Beispiel, wenn man von der Lücke nach rechts, also ungefähr nach Westen vordringt und dabei, im Dunkeln auf dem raschelnden Stroh langsam mitgehend, einen Backstein nach dem andern hinter sich läßt, plötzlich ein Stein, es ist der neunte, dessen untere Kante stark abgeschlagen ist. Wollen Sie sich bitte überzeugen?«
»...!«
»Ein Stück schräg oberhalb dieses Steines ...«
»Können Sie mir vielleicht sagen: wie weit oberhalb?«
»Selbstverständlich. Und zwar vier Steine aufwärts, zwei nach links, finden Sie einen Stein, in dessen Oberfläche sechzehn winzige Gruben, wie von Schrotkörnern.«
Wieder erhebe ich mich und suche: eins, vier, fünf, sechs, neun, zehn, dreizehn, vierzehn. Na? ... Aha, da sind noch zwei. Sechzehn Stück. Ausgezeichnet!
»Oder noch ein Beispiel aus einer ganz anderen Gegend: Ich halte die vierte Sprosse der Leiter und führe die Hand ...«
»Schon gut, schon gut«, unterbreche ich ihn, das heißt mich, und ich, daß heißt er, verleiht mir, der ich mich höflich im Dunkeln verneige, feierlich das Doktordiplom der gesammelten Idiotie.

Eine Frauenstimme singt unter mir. Die Magd wird es sein. Irgendeine banale Melodie. Doch für mich ist sie warm, ist voll Leben. Kein einziges abfälliges Wort mehr über den Kitsch!

Aus ist es.

Herein sehen solltest du einmal, hier herein zu mir! Alles Singen würde dir vergehen. »Wer ist denn das?« würdest du sagen.» Blödsinnige Beschäftigungen hat der Kerl! Wie er da auf allen Vieren kriecht, so unglaublich langsam. Ist er denn eingeschlafen?«

Sie singt wieder. Ihre zweite Strophe. Und er? Er liegt auf dem Rücken. »Also sowas, merkt anscheinend gar nicht, daß wir ihn beobachten.«

Auf dein Wohl! Und lange ausdehnen werden wir's jetzt. Immer wieder abwechseln und rasten dazwischen.

Eine halbe Stunde wie erschlagen.

»Ja klar! Wenig aufschreiben können, zwingt dich zum Auswendiglernen, zum mühsamen Ordnen im Kopf, zum Abkürzen und Schematisieren, zum großartigen Gedächtnis der Analphabeten.«

... fällt mir plötzlich zu meinem Schrecken ein, daß ich ja als Deserteur hier ...

Wie schön es war! Gerade die letzte Zeit in Wien, vor der ich damals beinahe geflohen bin. Jede Einzelheit kommt immer wieder zu mir, um mich zu quälen. Alles möchte ich wiedersehen! Und doch nichts ein zweites Mal.

Nichts hilft dir mehr! Gar nichts! Gar nichts! Ich halte die Leiterholme in den Händen und fahre immer wieder auf und ab.

»Holpert denn nie mehr ein
Wagen vorbei?
Holpert denn, holpert denn,
holpert denn nie mehr ein
holpert denn nie mehr ein
Wagen vorbei?

Hergottnocheinmal! Mindestens dreißigmal diesen idiotischen Blödsinn! Stumpfsinnig, wie ein Stück Vieh.«

Ich halt's nicht mehr aus, laufe ohne Mantel im Regen in den Garten und treffe eine Frau, deren Namen ich vergessen habe. Sie führt mich über den Hietzinger Platz zu einem halbrunden Käfig, in dem ein alter Fuchs sitzt. Ich beuge mich tief hinunter. Und merke auf einmal, daß es gar kein Fuchs, sondern ein Mensch, ein besonders kleiner. Entsetzt richte ich mich auf. Irgendeine Gefahr. Weg von hier!

Durch dichtes Buschwerk.

Einen langen, eingesehenen Abhang hinauf ...

tszziiiiu - UAPP -- WUOPP -- PP -- -- UAPP Tsinnnnn

Um Gottes willen, Artillerie! Das hat uns gerade noch gefehlt.

Jäh bin ich hellwach. Da rast's heran, zischt scharf schneidend, schlägt k r A - C H e n d hintereinander ein.

»Nichts passiert, Gott sei Dank!«

»Endlich eine Abwechslung.«

»Hm, grausame Abwechslung!«

Ziijuu -- WUOUOWUAPP -- WUAPPP! Eine Salve nach der anderen. Den ganzen langen Vormittag nichts anderes mehr aufnehmen können. Lauernd, geduckt, unerträglich angespannt in meiner dunklen Zelle spüre ich jedes Geschoß so lang, so laut, so irrsinnig deutlich, daß ich jedesmal glaube, jetzt müsse es in unser Haus einschlagen.

Zziiiu -- wuapp wuou noch tiefer ins Stroh UAPP! Tsinnnn ...

Und noch einmal!

Noch einmal!

Immer wieder!

Als Ber mit dem Essen kam, war es gerade ruhig.

»Was ist denn los auf einmal?« fragte ich ihn.

»Sie schießen ins Dorf, weil wieder neue Truppen eingezogen sind.«

»Verdammtnocheinmal! Die werden ja immer mehr, statt weniger.« Ich knüpfte die Einkaufstasche vom Strick und band die andere an.

»Haben Sie schon was getroffen?«

»Ja, zwei Gehöfte, aber nicht in unserer Nähe.«

Bald darauf begann das Artilleriefeuer wieder. »Sie suchen dich, Dich ganz allein.« Angespannt horchte ich jeder Granate nach. Als aber die Einschläge immer näher rückten und mich ein lähmendes Gefühl völliger Wehrlosigkeit befiel, telegraphierte ich, nervös, voll Selbstironie und Aberglauben, auf einem Knopf meines Overalls unhörbare Morsezeichen hinüber.

b i t t e l i e b e e n g l ä n d e r h ö r t a u f z u s c h i e s s e n b z w s c h i e s s t w o a n d e r s h i n.

Und als das Feuer noch näher rückte:

b i t t e m e i n e l i e b e n h e r r e n e n g l ä n d e r ...

Am Abend hören sie endlich auf.

»War also doch nicht umsonst«, flüstere ich mir zaghaft zu, nachdem ich noch eine Weile mißtrauisch gehorcht.

Wie behaglich meine Zelle sein kann! In glücklicher Stimmung hole ich die Tabakbüchse hervor und drehe mir eine Zigarette. Das Feuerzeug flammt auf, blendet, Hand vorhalten. Backsteinmauer, im Winkel dunkler. Die Leiter. Das Fahrrad glitzert. Wie vertraut mir dieser Raum ist. Kein Stück der Erde kenne ich so gut. Nur kein Artilleriefeuer mehr! Nie wieder diese Angst, dieser angespannte Krampf. Und die schwere Erschlaffung in den Pausen. Aber sicher kommt es mir hier viel ärger vor, als es sich draußen anhört.

»Achwas, denk nicht dran! Ist ja vorbei!« Sorgfältig drücke ich die Zigarette aus. Milchflasche auspacken. Ein Brot, Speckbrot. »Sind schon feine Kerle, Ber. Und Henk. Ich war ja nie ernstlich bös auf euch.«

Wir kommen zu einem Kegelberg. Als wir geblendet zum Gipfel hinaufschauen, bemerke ich einige Kugeln, die den Hang herunterrollen. Ich mache die andern darauf aufmerksam. Sie erschrecken sehr und laufen davon.

Immer mehr Kugeln rollen den Berg herunter und in der Ebene mit hoher Geschwindigkeit auf mich zu. Immer wieder gelingt es mir noch im letzten Augenblick auszuweichen. Wieder springe ich zur Seite, doch bevor ich noch, stößt mich schon eine große Kugel nieder und huscht blitzschnell lautlos über mich hinweg.

Ich stehe auf, wische mir den Anzug ab und wundere mich, daß mir gar nichts geschehen ist.

Wälz dich wieder herum. Halb sechs erst. Das wird wieder ein endloser Vormittag werden!

Und wieder geht es los. Eine Salve nach der andern. Jede krampft dir das Herz zusammen, jede bringt dir eine neue Wunde bei.

»Verdammtnocheinmal! Verdammt, verdammt, verdammt! So eine Scheiße, eine verfluchte! Ber, du Hund! Wann holst du mich endlich heraus aus diesem widerlichen Loch? Krepieren werd ich hier noch!« Zziiiu ... entsetzt ans Stroh gepreßt, lasse ich die schweren Einschläge über mich ergehen, über zwei endlose Stunden lang.

Als es endlich vorbei ist, krieche ich unter die Decke, erschöpft von der Abwehr so vieler Geschoße, noch lange ängstlich angespannt. »Daß du so nervös bist?« Aber ich kann der Ruhe einfach nicht mehr trauen. Dabei rede ich mir immer wieder ein, daß es nun doch endgültig vorbei ist.

»Der wievielte Tag es nun schon sein mag?«

Doch es kommt wirklich nichts mehr.

Den weiten Weg in die Kindheit zurück, bis zu irgendeinem Ende. Wie begierig ich die alten Bilder erstehen lasse. Die Farben. Die Gesichter. Die Beschaffenheit längst abgegriffener Oberflächen. All die Stimmen! Wahrhaftig, manche Stimme, ja den genauen Klang unvergessener Worte und Wendungen kann ich hier deutlicher wieder hören als die Stimme Bers, die täglich einmal da ist und gleich danach unfaßbar verklungen.

»Was du hier schon alles erlebt hast? Beinahe mehr als draußen.«

»Aber muß sich nicht ...« richte ich mich überrascht auf, »muß sich nicht, wenn du hier eingesperrt bist und nirgends hin kannst, auf die andere Seite hin eine Türe nach der anderen öffnen? In den Traum? In Details deiner Kindheit?«

Nun schiebst du doch wieder die Pillen ins Maul.

»Sollte endlich aufhören mit der verdammten Luminalfresserei. Wird auch bald nicht mehr wirken.«

Backsteine nachzählen. Ob sich nichts verändert hat.

Versteckt in einem Strandkorb. Dicht hinter mir tritt eine Frau in einem altmodischen, gestreiften Badeanzug ein und setzt sich neben mich. Verwundert beuge ich mich vor, um ihr Gesicht genau ...

Jäh ausm Schlaf. »Was ist los?«

Hocke noch immer auf der Decke. ein Geräusch draußen. Ein eigenartiges gedämpftes rauschen. Klingt wie von tausend Schritten? Dazwischen klappert es blechern. Dürfte von der Straße her ... Der Rückmarsch!

Aufgeregt krieche ich zur Mauer und halte das Ohr an die Lücke. Ja das sind sie!Hauen endlich ab, Gott sei Dank! Jetzt draußen sein! In einem Gebüsch dicht an der Straße kauern und ihre Stimmen hören, ihre undeutlichen Gesichter in der Nacht. Görlich, Ehmeier. Das heisere Gefluche Dimböcks. Und Stadler, der alte, schweigsame Stadler, wird wieder sein Rad schieben. Wer weiß, ob sie alle noch am Leben sind.

Voll Übermut stapfe ich gebückt herum, boxe die Strohwand in die Rippen, steige auf die Leiter und versuche, die Strohdecke über mir zu stemmen. Geht nicht. Ach was, bis morgen halt ich's noch aus, jetzt wo der Krieg für mich zu Ende ist. Das wird ein Fest werden. Besaufen werde ich mich, blödsinnig besaufen!

Daß Ber nicht daherkommt? Ob er vielleicht gerade schläft? Wieder rücke ich zur Lücke. Sie marschieren noch immer. Wohin bloß? Klingt fast, als ob es nach beiden Richtungen ginge. Da würde ich jetzt wieder mittrotten, die Hände in den tiefen Manteltaschen. Aber nur »im Geist« Kameraden, »maschier im Geist in euren Reihen mit.« In Wirklichkeit werde ich jetzt einen Purzelbaum schlagen. Und noch einen! Dann drehe ich den Dynamo, so fest ich kann.

»Leutnant von Holzkopf von rechts!«

»Los! Los traben Sie an! Aufschließen! Oh pardon, patong wollte ick sagen, ick hab nich jewußt, daß Sie es sind, Herr Kauff. Herr Ka A U Doppel eFF persönlich. Jehört ja nicht mehr zu unserem Verein.«

Räder ächzen. Die Troßkarren. »Fahrt nur drauf los, meine Lieben, meine Allerwertesten!« Ich aber krieche unter die Decke. Wie am Abend vor dem Weihnachtsfest. Morgen! Morgen bin ich draußen aus diesem Loch. Aus diesem lieben, braven, scheußlichen Loch. Wie gut alles geklappt hat! Um das Gehöft herum werde ich gehen. Und mit Ber und Henk in unseren Wald am Kanal, um ihnen meinen Splittergraben zu zeigen.

Am späten Vormittag kam Ber endlich.

Kein Rückmarsch. Im Gegenteil, Verstärkung ist durchs Dorf nach Niederweert marschiert. Ich konnte es kaum glauben.

Aber dafür habe ich heute mit Ber gesprochen und darf nun endlich wieder ans Licht. Enttäuscht und doch glücklich bin ich die Leiter hinaufgeklettert und oben, auf hoher See, schwankend wie auf einem französischem Bett, herumgestapft. Ber hat einen Kübel Wasser und einen Spiegel gebracht. Erschreckend blaß und stoppelbärtig starre ich mich an. Während ich mich rasiere, kommt Henk und erzählt, daß im vier Häuser Treffer abbekommen haben, und wir können es einfach nicht begreifen, daß die Engländer und Amerikaner nicht schneller vormarschieren.

Den Schnurrbart lasse ich stehen. »Jetzt siehst du aus, wie ein holländischer Arbeiter,« sagt Henk.

»Ob ich nicht doch versuchen soll, mich nach Hause durchzuschlagen?« Aber sie raten mir beide ab. Ich solle noch warten. Die Deutschen würden bestimmt bald zurückgehen.

»Wer weiß, wie lange das noch dauert«, erwidere ich. Und als ich ihnen von meinem Dienstreiseausweis erzähle, daß ich ja ohne weiters mit der Bahn fahren könnte, wenn ich nur einen Stempel hätte, meint Ber, daß es doch nicht schwer sein könne, ihn nachzuahmen.

Wieder allein, wälze ich mich auf dem Stroh, klettere in den Giebel, schiebe einen Dachziegel hinauf. Er klirrt leise. Und wieder liegt das vertraute Stück Straße unter mir. Ich spüre den Wind und höre Stimmen von irgendwo links, ohne jemanden sehen zu können.

Ich muß fort von hier! Vielleicht ist es gar nicht so schwierig mit dem Durchkommen. In Salzburg würde ich die Elisabethstraße und dann die Salzach entlang nach Norden gehen, ganz harmlos, wie einer, der dort stationiert ist. Und in Wien nur in kleinen Gassen, parallel zu den Hauptstraßen.

Kinderei! Zuerst an die Maas denken. Und an die Grenze. Und die wochenlange, unbekannte Strecke, die dann noch vor mir liegt.

Immer wieder krame ich das Heft hervor, in das ich im Dunkeln geschrieben habe. Die Buchstaben sind größer, die Zeilen weiter auseinander, manchmal auch etwas schief. Eigenartig diese Schrift, so unbeholfen, fremd, fast wie von Kinderhand gemalt.

Da, ein Fingerabdruck. Vom Daumen wahrscheinlich.

23.

Henk hat vom Lehrer ein Stempelkissen, Papier und eine Manikürschere ausgeborgt. Für den Stempelkreis verwenden wir den Deckel einer Rasierseifendose. Der Adler wird aus Papier fein ausgeschnitten, mit einer Nadel gefranst und das Hakenkreuz sorgfältig eingeritzt.

Während wir arbeiten, erzählen sie, daß die Feldgendarmerie in den letzten Tagen viele Holländer nach Deutschland zum Panzergrabenbau verschleppt hat. »Am Sonntag haben sie sich sogar vor der Kirche aufgestellt und, als die Messe aus war, die Männer zusammengefangen. Die mußten mit, so wie sie waren, ohne sich von ihren Angehörigen verabschieden zu können.«

Nachdem wir alles sauber ausgeschnitten und Probeabzüge gemacht haben, stempeln wir zuerst den Kreis, drücken dann den Adler aufs Stempelkissen und behutsam der Reihe nach auf die Scheine und deuten schließlich, vorsichtig, um nichts zu verwischen, mit der Nadel die Schrift, die ja bei den meisten Scheinen kaum zu lesen ist, im Kreise an.

Fast zwei Stunden haben wir dazu gebraucht. Aber wenn ich jetzt die gestempelten Scheine dicht unter der Dachziegelöffnung genau betrachte, entdecke ich so viele Fehler, daß ich völlig verzagt bin. Doch Ber und Henk halten mir immer wieder die Stempel in meinem Soldbuch unter die Nase und meinen, daß man sie kaum von unseren unterscheiden könne.

Was gibt es sonst noch zu berichten?

Am Nachmittag habe ich wieder einmal lange die Karte von Deutschland studiert. Was für ein Vergnügen ist es doch, auf dem entfalteten Bogen Papier Hunderte von Kilometern überspringen zu können.

Der November steht vor der Tür. Es hat ganz den Anschein, als wolle man hier überwintern.

Es wird schon früh dunkel und kühl am Abend. Ber hat mir eine zweite Decke gebracht. Wenn ich die Leiter hinunterklettere, ziehe ich sorgsam die Strohbündel über mir zusammen. Wie oft noch?

Ein Mann flüstert mir im vorbeigehen zu, daß der Krieg zu Ende. Ich wundere mich, daß sich gar nichts verändert hat. Bis ich auf einmal merke, daß es nur eine Finte war, um mich abzulenken. Da will ich mich unbemerkt davonmachen. Laufe durch die Wipplingerstraße, biege in eine Seitengasse. Um Gottes willen, ein Panzer! Entsetzt kehre ich um, haste die Stiege zum Festungsberg hinauf. Aber der Panzer klettert hinter mir her. Immer näher, immer dröhnender rasseln seine schweren Ketten und der Motor schüttert anschwellend ...

Jäh fahre ich aus dem Schlaf. Motorengerassel. Wirkliches Motorengerassel. Die Engländer?

Nein! Deutsche Kommandos. Ächzend wird das Tor geöffnet. Verdammtnocheinmal, weisen anscheinend einen schweren LKW in die Stadeleinfahrt ein. Oder eine Zugmaschine? Regungslos höre ich, wie es sich langsam, dröhnend, ruckweise hereinschiebt, wie es endlich zitternd zum Stehen kommt, der Motor noch schüttert. Und plötzlich abstirbt.

Jetzt sitze ich richtig in der Falle.

Wieder knarrt das Tor. Stimmen und erddumpfe Schritte entfernen sich. Einer rumort noch eine Weile herum. Dann ist es still. Sicher hat er sich im Wagen niedergelegt.

Was soll ich jetzt tun? Warten, bis er schläft, dann leise übers Stroh hinunter, an seinem Wagen vorbei?

Ich werde doch besser hierbleiben, bis Ber oder Henk kommt. Noch lange liege ich wach und horche in die Finsternis. Wenn ich mich nur nicht im Schlaf bewege!

4

Laak, Roggel, 28. Okt.

NOCH IM Morgengrauen mußte ich von Leveroi fort. Am Tag zuvor war aus dem Hinterland Verstärkung ins Dorf marschiert, lange Kolonnen, wie Henk flüsternd berichtete, als er um fünf Uhr früh plötzlich bei mir war. Während ich hastig packte, erzählte er, daß am Abend noch Zugmaschinen mit Geschützen angekommen seien und der Kommandant den Befehl erteilt habe, das Dorf zu räumen.

Wer hätte das gedacht! Mein ganzer Plan über den Haufen geworfen. Ich muß unbedingt hinter die Maas, sonst laufe ich noch irgendwo meiner eigenen Truppe in die Arme. Ob es mir gelingen wird, mich nach Hause durchzuschlagen? Mit *dem* Stempel?

Eine Weile standen wir regungslos im Dunkeln. Als wir den tiefen Atem des Fahrers hörten, machten wir uns mit langsamen, großen Schritten übers Stroh, durch die Dachlücke an der Hinterwand hinaus, eine Leiter hinunter.

Erde. Wind. Geruch nach Erde. Und der Mond tief und fremd überm schwarzen Wald.

Im Schuppen hinter dem Haus erwartete uns Ber. Proviant, Tabak, ein Fahrrad und ein kleines englisches Schlauchboot. Das Rad ist total verrostet und ohne Lichtmaschine. Statt der Pneus haben sie Vollgummistreifen aus einem Autoreifen geschnitten und in die Felgen gezwängt. Umso besser, gibt's keine Panne!

Die Holländer werden dir alle helfen, sagte Henk, als wir mit hastigen Fingern den Rucksack festschnallten. Dann hat mich ein junger, rothaariger Pater abgeholt und, als Lotse mit seinem Rad ungefähr hundert Meter vor mir fahrend, auf Feldwegen, vorsichtig Dörfer und Häuser umgehend, bis hierher zu Bers Verwandten geführt.

Nach dem Monat in der engen, finsteren Zelle ist alles neu, die Farben, das Licht, der Wind. Als ob man nach langer Krankheit das erste Mal auf den Beinen steht.

Auch hier nur Frauen und Kinder. Die Männer halten sich tagsüber in den Wäldern versteckt, um nicht nach Deutschland verschleppt zu werden. Gut, daß ich den Overall verpackt habe. Vorläufig ist es in Uniform sicherer.

Wenn ich nur morgen an Roermond vorbeikomme!

Ich hab mir für alle Fälle einen Krankenzettel ausgefüllt: ulc. duod. marschfähig, weitergeleitet nach Lazarett: Roermond.

Wenn ich nur schon an Roermond vorbei wäre!

Das Rad quietscht jedesmal, wenn ich mit dem linken Fuß trete. Den Rucksack auf den Gepäckstrāger geschnallt, die pelzgefütterten Fäustlinge an der verrosteten Lenkstange, fahre ich von Roggel zurück nach Heithuizen und links ab durch einen Wald. Wie gut, daß Ehmeier nicht mit mir gegangen ist. Er dachte an den Weg und nicht ans Ziel. Fröstelnde Stoppelfelder. Eine Flakstellung. Der Posten hebt langsam sein Fernglas zu mir herüber. Ob ich ihm verdächtig bin? Fünfzig Meter weit weg. Nicht nervös werden, nur schneller fahren, sonst ... Doch da setzt er sein Glas wieder ab, streckt sich, schiebt die Hände in die Manteltaschen.

Wieviele solcher Posten hab ich noch vor mir! Wieviele Dörfer und Städte, Brücken über Flüsse und Kanäle, tausend gefährliche Klippen. Und als ich die Kirchtürme von Roermond vor mir sehe, befällt mich eine unüberwindliche Angst. Niemals wird es mir gelingen, über die Maasbrücke zu kommen. Besser allein mit dem Schlauchboot, sage ich mir, und biege im letzten Dorf rechts ab.

Auf schmaler, sandiger Straße zwischen Häusern, vorsichtig den Weg überschauend, noch vorsichtiger um jede Kurve, und plötzlich ohne Ausweg geradeaus, schnellschnell an einer unvermuteten Dienststelle vorbei. Soldaten im Drillich, Kochgeschirre an den Händen, lachen über irgendwas und stellen sich gegenseitig das Bein. Zwei Frauen tragen einen Wäschekorb. Zäune. Häuser. Und endlich an den letzten verstreuten Hütten vorbei ins Freie. Vor mir das Ried. Die hohen Bäume der Au und irgendwo dahinter die Maas: das erste Hindernis.

Schwer durch den Sand treten und ein Stück das Rad auf einem sumpfigen, schilfumrandeten Weg schieben. Mein Gott! Mehr als zweitausend Kilometer bis nach Haus! Zweitausend lange Kilometer durch ein Netz von Streifen und Spitzeln. Einen Augenblick fühle ich mich so verlassen, wie nie zuvor in meinem Leben. In der Schweiz sollte man sein! Oder in irgendeinem anderen Land, das nicht in diesen Krieg verwickelt ist.

Der dünne, feuchte Oktoberwind zerrt an den Kleidern, an den Haaren, fährt in jähen Stössen in die Bäume und stülpt ihr Geblätter um wie Mädchenröcke. Wie gerne wäre ich hier geblieben. In diesem Land mit seinem weiten Himmel, seinen Kanälen, Kiefernwäldern und sandigen Wegen. Mit seinen Zuckerrüben- und Tabakfermentierfabriken, mit seinem ruppigen Henk und dem schweigsamen, blinzelnden Ber.

Um bei der Überfahrt nicht zu weit abgetrieben zu werden, halte ich mich südlich und stoße erst bei Einbruch der Dämmerung zur Maas vor. Am anderen Ufer zwei Gehöfte. Links, etwa dreihundert Meter stromabwärts, verschwindet der Fluß hinter einer Krümmung. In einem Weidengebüsch kauernd, packe ich das Schlauchboot aus und setze das kurze Paddel zusammen. Amerikanische Jabos tollen in großer Höhe herum, ziehen Kurven, verschwinden in den Wolken. Und fallen plötzlich wie besessen herunter. Was für ein schönes Spiel, wenn sie keine Maschinengewehre an Bord hätten!

Nach Einbruch der Dunkelheit pumpe ich das Boot mit dem Handblasbalg auf und hebe es ins Wasser. Behutsam das Rad auflegen, den Rucksack. Gut so. Der Mond steht hinter Wolken.

In der Kombüse blakt

das Tranlicht trüb und schwer.

Jetzt abstoßen! Das Boot zittert, schwankt, aber es hält dicht. Sacht beginne ich zu rudern, rasch, verhalten, in einer kribbligen Erregtheit über diesen ersten Erfolg. Wenn alles so klappt. Die Maas in der Nacht. Das Wasser rauscht, das Wasser schwoll. Voll Abenteuerlust spüre ich, daß mir warm wird, daß ich Kraft habe in den Armen und Schultern. Es wird doch gehen! Alles wird gut werden! Alles wird gut!

Über der weißen Nacht

steht hell der große Bär.

Schaukelt die Dünung sacht

ein Schiff auf weitem Meer.

Allein in der Nacht, mitten auf dem Ozean, höre ich auf zu rudern. Ein eisiger Wind bläst mich an und bringt aus der Richtung Roermond einen dumpfen, unheimlichen Ton. Leise schwappt das Wasser an die Gummiwand. »Mein Boot, mein braves. Und mein braves, zuverlässiges Rad. Wir werden einander weiterhelfen, wir drei.« Plötzlich in einen Strudel geraten, reiße ich das Boot herum und rudere es nun, rasch und mächtig ausholend, ans andere Ufer, wo es mir, immer wieder abgetrieben, endlich gelingt, mich an einem Gebüsch festzuhalten.

Im Gras kniend lege ich das naßkalte Boot zusammen und schiebe das Rad übers Stoppelfeld dem ersten Gehöft zu. Lauter Holländer. Sie raten mir, über Montfort und Putbroeck zu fahren. Hendriks, ein von den Deutschen eingesetzter Hilfsgendarm, sei eben im Nachbarhof auf Besuch. Er könne mich sicher mitnehmen, da er noch heute in diese Richtung zurück müsse.

Während wir nebeneinander durch die Dunkelheit treten und sein Dynamo vertraulich surrt, erzählt er mir, daß er genau wisse, wo unterwegs Posten stehen und daß ich in Montfort am besten bei einem bestimmten Bauern, einem Freund von ihm, übernachten solle.

Wir fahren an einigen Häusern vorbei. Blinde, erloschene Fenster. Zaunlatten. Ein Hund kläfft uns zornig hinterher.

»Haben Sie auch eine anständige Karte?« fragt er, als es wieder durch Felder geht.

»Ja, aber nur eine von ganz Deutschland.«

»Ich habe leider auch nur eine Spezialkarte, die ich unbedingt brauche«, erwidert er. »Aber vielleicht kann ich Ihnen noch in der Nacht unser Grenzgebiet abzeichnen.«

Sein Scheinwerferkegel langt nach Ausschnitten der Landschaft und läßt Sie wieder los. Die staubigrissigen Stämme der Allee. Gestrüpp, grau zusammengeballt. Grasrand der Straße. Steine. Schlaglöcher.

Als wir auf die Asphaltstraße einbiegen, rät er mir, nun dicht hinter ihm zu fahren. Der Mond hat sich durch die Wolken gebohrt. Die Straße und die Felder ringsum sind leer wie Niemandsland. Nur einmal hetzen uns zwei knatternde Motorräder entgegen. Dicht dahinter wischt ein großer, dunkler Personenwagen an uns vorüber. Wahrscheinlich ein höherer Offizier. Dann sind wir doppelt einsam auf unserer Fahrt.

An einer Wegkreuzung halten wir. Er sagt, daß ich nun die linke Straße weiter müsse, während er geradeaus. »Morgen früh bringe ich Ihnen den abgezeichneten Plan. Und wenn ich Ihnen noch einen Rat geben darf, kratzen Sie Ihren Bart herunter.« Dann bin ich allein auf der schlaglöcherigen Dorfstraße. Der Mond hell, hoch über mir. Eine Katze. Huscht mir über den Weg.

Was den Bart betrifft, hat er natürlich recht. Unter Soldaten sind Bärte nicht Brauch, ja sie sind, glaub ich, sogar verboten. Überhaupt trachten, so wenig wie möglich aufzufallen. Zweitens: Nicht leichtsinnig werden, wenn es eine Zeitlang gut gegangen ist. Und drittens: Unter keinen Umständen krank werden.

An einigen zerbombten Häusern vorbei, was war denn hier los?, komme ich ins stille, mondhelle Dorf, biege beim Spritzenhaus rechts ab und fahre einen Weiher entlang. Die Holländer nehmen mich auf wie einen alten Bekannten. Montfort ist vor kurzem durch falsche Orientierung von amerikanischen Bombern angegriffen worden und das ganze Dorf daher voll Erbitterung gegen — die Deutschen. Wir besprechen den morgigen Weg, trinken Rübenschnaps auf sein Gelingen und auf das Ende des Krieges. Sie schenken mir ein warmes Hemd und zwei Paar Strümpfe.

Bevor ich unter die kalte Decke krieche, hole ich noch den Krankenzettel hervor, radiere im Kerzenlicht Roermond aus und trage Heinsberg ein, die erste deutsche Stadt. Wenn ich einer richtigen Streife in die Hände fiele, würde es mir zwar kaum etwas nützen, aber es gibt ja auch harmlosere Straßenposten. Den Dienstreiseausweis werde ich erst später ausfüllen, wenn es mir gelingt, an eine Schreibmaschine zu kommen.

Wie überraschend gut alles bisher geklappt hat! Betrunken und glücklich blase ich die Kerze aus.

Ein Mann in dunkler Polizeiuniform weckt mich: Hendriks. Der Plan übertrifft alle Erwartungen. Unschätzbar. Jedes Haus, jeder markante Punkt im Gelände, jeder Ort, in dem Militär oder holländische Polizei liegt. Dazwischen, ein roter Faden, alle Klippen umgehend, meine Strecke bis zur Grenze.

Wie lang mag er gestern noch daran gearbeitet haben! Doch er wehrt, verlegen lachend, jeden Dank ab und sagt, daß er gleich in den Dienst müsse.

Unter dem nieselnden Himmel fahre ich auf glitschigen Wegen vorbei an Hütten, Wiesen, aufgerissenen Feldern, wo Männer und Frauen, auf der rötlichen Erde kniend, die derben Rübenstrünke ausgraben. Zäune, Sümpfe, Feldraine entlang. Verstreute Gehöfte. Zwei Windmühlen mahlen auf einem fernen Hügel.

It's a long way to Tipperary
It's a long way to go
It's a long way to Tipperary
to the sweetest girl I know,

trompete ich zwischen geschlossenen Zähnen, glücklich über jeden Kilometer, den ich der Grenze näher komme.

Bis mir eine plötzliche Steigung den Atem nimmt. Schwer bergauf tretend erreiche ich die Anhöhe. Doch als ich das Rad durch ein kleines Kiefernwäldchen bergab laufen lasse und sich wieder weit die Felder auftun, sehe ich zu meinem Schrecken zwei deutsche Soldaten, etwa fünfzig Meter vor mir.

Verdammtnocheinmal! Kommen mir entgegen. Zum Glück nur Obergefreite. Und zu Fuß. Die werden bestimmt denken, daß ich ... Unsinn! Woher sollen sie etwas wissen? Ich werde einfach an ihnen vorbeifahren.

Warum ich aber, trotz meines Vorsatzes, bei ihnen stehenbleibe und sogar ein Gespräch beginne? Ich weiß es nicht. Sie erzählen, daß ihre Einheit seit gestern in Putbroeck und daß sie sehen wollen, ob sie nicht Tabak und ein paar Eier organisieren können. Sie lachen, sehen mich schlau an, fragen, wo meine Truppe liegt. Und während ich sicher merkwürdig fahrig und auffällig antworte, denke ich ununterbrochen: Sie durchschauen dich, bestimmt durchschauen sie dich! Ruhig bleiben! Ganz ruhig! Und starre ihre Halsausschnitte an und die gebleichten Nähte ihrer Kragenbinden.

Endlich wieder allein, fahre ich den Hang hinunter und wage erst nach einer Weile einen Blick zurück. Sie sind im Wald verschwunden. So ein Wahnsinn. Von zwei einfachen Landsern läßt du dich so erschrecken! Doch das kommt vom vielen Alleinsein.

Putbroeck unter mir, weit auseinandergezogen. Drüben, jenseits des Tales, ein bewaldeter, langgestreckter Bergrücken. Dort muß irgendwo die Grenze liegen. Aber wenigstens weiß ich jetzt, daß hier Militär liegt, wovon weder Hendriks noch die Leute in Montfort eine Ahnung hatten. Ich werde also die vorgezeichnete Strecke fallen lassen, sage ich mir, und biege beim nächsten Feldweg ab. Sorgsam umfahre ich das Dorf in weitem Bogen und halte erst am Ostrand des flachen Tales bei einem alleinstehenden Gehöft.

Außer den Holländern ist auch eine deutsche Familie hier. Sie sind, als man sie drüben in Richtung Rhein evakuieren hatte wollen, nachts heimlich über die Grenze hierher zu ihren holländischen Verwandten geflohen, wo sie das Kriegsende abwarten und an die Amerikaner angeschlossen bis zu ihrem Hof mitziehen wollen.

»Der Grenzübertritt ist nicht schwierig«, meint der Familienvater, während wir beim Mittagessen sitzen und das Feuer im Kamin prasselt. »Es sind nur einige Feldgendarmen da. Der frühere Grenzschutz ist zum Großteil zur Wehrmacht eingezogen worden und der Rest an die Schweizer Grenze versetzt.« Bedächtig kauend beugt er sich über meinen Plan und zeigt mir mit einer Zinke seiner Gabel den Weg. »Übrigens, wenn Sie heute noch bis Kirchhofen kommen, könnten Sie bei meinem Bruder übernachten. Es ist nicht weit, etwa sechs Kilometer über der Grenze.«

Um vier Uhr breche ich auf, um noch vor Einbruch der Dämmerung hinüberzukommen. So ging es schon oft über Grenzen. Nach Polen, Belgien, Frankreich, Rußland, jedesmal schwer bewaffnet und eingereiht zwischen Panzern und Infanterie — unter donnernden Flugzeugstaffeln. Doch diesmal bin ich allein. Keuchend schiebe ich das bepackte Rad an einer Schottergrube vorbei durchs Dickicht bergauf und komme in einen hochstämmigen Wald. Herbstlaub rauscht unter meinen Schritten, viel zu laut.

Nach einer halben Stunde hole ich die Karte hervor. Meiner Schätzung nach müßte ich die Grenze schon passiert haben, kann es aber nicht recht glauben, da ich bisher nicht das geringste Anzeichen dafür entdecken konnte.

Allmählich geht es bergab. Und als sich endlich der Wald lichtet, bleibe ich zwischen den letzten schütteren Stämmen stehen. Ein Dorf unter mir. Ob es schon deutsch ist?

Wie ausgestorben und doch voll versteckter Gefahren scheint es auf mich zu warten, während ich mit angezogenen Bremsen einen steinigen Hohlweg hinunterfahre. Es dämmert schon. Vom verhangenen Himmel beginnt es zu tropfen. Vorsichtig an zwei Holzstadeln vorbei. Da reißt die Kette. Das hat mir gerade noch gefehlt. Da ich aber kein Werkzeug bei mir habe, bleibt mir nichts anderes übrig, als das Rad liegen zu lassen.

Wie still das Dorf. Kein Mensch. Kein Hundegebell. Doch zu meinem Schrecken sehe ich, daß das Tor des ersten Hauses, an dem ich vorbeikomme, mit Kreide beschrieben ist: LANDWACHE 10 Mann. Ebenso das nächste Haus. Dann ein größeres Gebäude. MILCHGENOSSENSCHAFT. Also doch schon auf deutschem Boden. Ich wundere mich, daß ich keinem Menschen begegne. Bis mir einfällt, was mir der Alte in Putbroeck erzählt hat: daß nämlich die Grenzdörfer bis auf einige Mann Landwache evakuiert und die leeren Häuser für jeweils soundsoviele Soldaten bereitgestellt sind.

Am Ende des langgestreckten Dorfes ist es Nacht geworden. Immer heftiger beginnt es zu regnen. Anfänglich hab ich noch versucht mich zu schützen. Doch jetzt macht es mir beinahe Freude, bis auf die Haut naß zu werden. Was für ein köstliches Gefühl, in die Dunkelheit zu entwischen! Böig prasselt der Wind gegen meinen Rucksack. Meine Uniform ist vollgesaugt. Ich habe Regen im Hals, in den Augenbrauen und den salzigen Geschmack meiner aufgeweichten Feldmütze auf den Lippen. Es gibt nur noch Schemen, Baumkronenfetzen, gespenstige Stümpfe. Und unter den Nägeln meiner Schuhe knirscht weich die feinkörnige Straße.

Zwischen Schneesturm und glühendem Steppenwind sind wir der Schlammperiode entronnen. Und damals versanken mit dem abgeschossenen Postflugzeug zehntausend Worte Sehnsucht im schweren, triefenden Regengetrommel.

Ein schwaches Irrlicht vor mir. Was ist das? Ein Wagen? Kein Laut. Nur das einförmige Rauschen des Regens. Zögernd komme ich näher. Es ist ein Haus etwas feldeinwärts, aus dessen Fenster ein Pyramidenstumpf Licht herausragt. Wie nasser Schnee glitzern Regentropfen auf. Im Vorbeigehen sehe ich einen breiten Männerrücken, die Arme auf einen Tisch gestützt, regungslos wie eine Statue, und einen zweiten alten Mann, der sich aufrichtet vom flackernden Herd. Er bewegt seine Lippen, tritt jetzt ans Fenster, läßt langsam die Verdunklung herunter.

»Elende Finsternis und Kälte hier draußen!« Wie zum Hohn heult auf der Wind und wirft mich beinahe zu Boden. Die Straße ist verschwunden. Blind, grimmig entschlossen taumle ich in die Nacht wie in einen Tunnel, den Rhythmus meiner Beine unsichtbar fremd unter mir.

K...I R C. KIRCHHOFEN. Immer wieder bläst der Wind mein Feuerzeug aus, ehe es mir endlich gelingt, die Ortstafel zu entziffern, an der ich um ein Haar vorbeigegangen wäre.

Doch dann sitze ich in einer hell warmen Küche, umsorgt von einer rundlichen Frau und ihrem stoppelbärtigen Mann in einem Rollkragenpullover und Filzpantoffeln. Mein nasses Zeug habe ich über den Herd gehängt. Heißer Tee mit Rum, Wurstbrote, Pfeifenrauch und behagliche Wärme.

Ich weihe sie gleich ein. Was können sie mir tun, hab ich doch ihren Bruder in der Hand. Sie erzählen mir, daß es eigentlich auch nur dem Mann als Straßenwärter erlaubt sei, zu bleiben, und daß sich die Frau hier bei ihm versteckt halte, da sie zusammen im eigenen Haus das Kriegsende abwarten wollen.

»Ist denn Kirchhofen auch schon geräumt?« frage ich.

»Klar! Alle Dörfer in der Umgebung«, erwidert er. »Und *wie* geräumt! Schauerlich, sag ich ihnen. Unseren Nachbarn, den alten Ranke, einen Schwerkriegsbeschädigten aus dem Ersten Weltkrieg haben sie zu Boden geschlagen, weil er nicht von seinem Hof weg wollte. Lauter Feldgendarmen aus Mitteldeutschland hat man hierher kommandiert. Die sind natürlich schärfer vorgegangen, als unsere eigenen, die mit der Bevölkerung vielleicht Mitleid gehabt hätten.«

Draußen rüttelt der Sturm immer wieder an den Fensterläden. »Wir sind selbst auch einmal Nazis gewesen«, fährt er fort, »aber jetzt ist es aus damit. Übrigens, würden Sie nicht lieber hier im Ort bleiben, als den weiten Weg zurück?«

Das wäre eine Möglichkeit, überlege ich. Doch was wird sein, wenn hier einmal die Front drüberrollt? Wenn diese Leute hier fortmüssen, wie Ber und Henk? Wo soll ich dann hin? »Nein, ich werde doch lieber versuchen, mich nach Hause durchzuschlagen«, erwidere ich. »Mir fehlt ja nur eine Schreibmaschine, um meinen gestempelten Dienstreiseausweis auszufüllen.«

»Wissen Sie was«, sagt er nach einigen Zügen an seiner Pfeife, »geben Sie mir Ihre Papiere. Ich habe zwar selbst keine Maschine, aber vielleicht gelingt es mir, morgen bei einer Bekannten fünf Minuten ungestört zu tippen.«

Auf dem Krankenzettel fülle ich als nächste Station Erkelenz statt Heinsberg aus. Ob ich es nicht doch besser mit dem Gipsverband und einem Verwundetenzettel versuchen sollte?

Spät nachts hören wir unablässig Wellen schwerer Bomberverbände über uns. Sicherheitshalber gehen wir in den Keller. Sie fliegen wieder ins Land. Wohin nur? Nach Köln? Ins Ruhrgebiet? Nach Berlin? Und in einer halben Stunde ist wieder irgendwo das Grauen, Zerstörung, Feuersbrunst, und Menschen sterben eines gewaltsamen Todes.

In meinem herrlich breiten Bett werde ich noch durch ihr donnerndes Zurückfliegen aus dem Schlaf gerissen und horche ihnen nach. Manchmal sollen sie ihre übriggebliebenen Bomben auch auf kleinere Dörfer abwerfen.

Am Morgen rasiere ich meinen Schnurrbart ab. »Jetzt sehen Sie viel deutscher aus«, begrüßt mich der Mann. Er war schon im Dorf und ist eben mit meinem ausgefüllten Dienstreiseausweis zurückgekommen. Voll freudiger Erwartung überfliege ich ihn. Abfahrtsort: M. Gladbach, Fahrtziel: Wien.

»Toll haben Sie das gemacht!« sage ich und setze eine unleserliche Unterschrift darunter. Doch dann kommen wieder die alten Zweifel. Mit *diesem* Stempel wird es mir nie gelingen. Jeden Punkt, jeden Fehler an ihm kenne ich schon auswendig. Mögen auch die anderen Stempel in meinem Soldbuch manchmal verwischter sein, *ich* weiß, daß sie echt sind. Was nützt es, wenn die beiden, wie damals Ber und Henk, immer wieder behaupten, daß er doch phantastisch gelungen sei und außerdem keine Streife so genau hinsehen werde. Ich höre ihnen begierig zu, aber überzeugen können sie mich nicht.

Mit frischem Proviant breche ich auf. Es ist klar und kalt. Von einem kahlen Hügel zeigen Flakrohre schräg in den bewölkten Himmel. Der Mann begleitet mich noch, fährt langsam auf seinem spiegelnd geputzten Rad ein Stück vor mir, um mich rechtzeitig warnen zu können, falls eine Streife käme.

Am Ortsausgang kommt er mir entgegen. »Viel Glück! Und auf Wiedersehen nach dem Krieg!« Dann bin ich allein auf der fremden Strecke, unbekannte Dörfer, Kurven, Brücken vor mir.

Was werde ich heute noch alles erleben?

Nach einer Stunde Marsch trete ich am Rande eines Feldes aus. Ein Motorrad rattert auf der Straße. Vorsichtig richte ich mich auf. Mit Beiwagen. Eine Streife. Hinter Maisstauden versteckt sehe ich ihre glatten Stahlhelme davongleiten. Der Schreck ist mir in alle Glieder gefahren. So ein Zufall!

Am liebsten würde ich nachts auf Wald- und Feldwegen alle Ortschaften umgehen und tags in Wäldern schlafen. Aber das ist undurchführbar. Ich würde viel länger brauchen, müßte wegen Verpflegung und im Winter wegen Nächtigung doch auch Häuser aufsuchen und würde, wenn ich auf einem verlassenen Wege jemandem in die Hände liefe, ganz besonders verdächtig erscheinen.

Also marschiere ich doch wieder auf der Straße. Marschiere mit zaghaftem Fatalismus der Sonne entgegen ins Ungewisse. Verpflegung, Nächtigung, möglichst rasches Weiterkommen. Die drei Punkte, die ich stets sorgsam, aber auch nicht zu ängstlich bedenken muß. Die Verpflegung, die ich jeweils bei mir habe, sparsamst einteilen: am besten nur zwei Mahlzeiten am Tag: um etwa elf Uhr vormittag und um sechs Uhr abends. Wo mir Essen geboten wird, mir einen möglichst großen Vorrat »anessen«.

Vor einem Gasthaus wartet ein hochbeladener Lastwagen. Etliche Frauen und Kinder, eingehüllt in dicke Mäntel und Kopftücher, werden eben von zwei Männern hinaufgehoben und zwischen Kästen und Stühlen verstaut. Nein, sie hätten leider keinen Platz mehr, das könne ich doch selbst sehen.

Am Ortsausgang, wo die Straße rechts abbiegt, sehe ich unerwartet eine Brücke vor mir, auf der ein grüner Posten mit Gewehr ... Hat mich schon bemerkt.

Soll ich umkehren und auf einer anderen Brücke versuchen, über den Fluß zu kommen? Wer weiß, wo die nächste ist. Und bewacht ist sicher jede. Oder die Nacht abwarten und mit dem Schlauchboot?

Nein, ich muß jetzt über diese Brücke. Ich habe ja meinen Dienstreiseausweis. Dies soll seine Generalprobe sein. Und während ich näher komme, nehme ich mir vor, ganz ruhig an dem Posten vorbeizugehen und ihn nicht weiter zu beachten. Oder soll ich ihm in die Augen sehen? Was kann er denn schon anderes sein, als ein gewöhnlicher Spießbürger. Aber wenn ich ihn ansehe, werde ich ihn wahrscheinlich auch ansprechen, und das könnte ihm verdächtig ... Doch da gehe ich auch schon harmlos an ihm vorbei, gehe eigenartig verkrampft und sehe ihm blind ins Gesicht. Ein akromegales Gesicht mit bläulichem Bartschimmer. Augen. Buschige Brauen. Und als ich, ohne mich umzudrehen, schon erleichtert und unwillkürlich rascher über die Brücke gehe, spüre ich noch seinen Blick im Nacken.

Mein altes braves Fahrrad, wie rasch könntest du mir jetzt weiterhelfen!

Ein Lastauto! Dicht hinter mir. Bevor ich noch winke, bremst es schon. Hinter der Windschutzscheibe Gesichter von Männern und einer Frau. Der Fahrer dreht das Seitenfenster herunter.

»Nach Erkelenz? ... Los, hinten rauf! Wir haben's eilig.«

Den Rucksack über die hohe Bordwand gestemmt. Kaum bin ich hastig nachgeklettert, fährt er auch schon mit einem Ruck an, der mich beinahe wieder hinunterwirft.

Im Halbdunkel des rumpelnden Laderaumes hocken nickend Männer auf Ballen, Koffern, Reserverädern, alle ängstlich wegen der Jabos. Deshalb rasen wir jetzt in einem solchen Höllentempo über die holpernde Straße. An der hinteren Bordwand auf meinem Rucksack sitzend, sehe ich durch Wolken schwarzen Auspuffqualms das Asphaltband wellig unter mir davonrinnen. Bäume, Felder, zwei ausgebrannte LKWs. Immer häufiger halbfertige, langgestreckte Panzergräben, an denen Gruppen von alten Männern und Buben unter dem Kommando von herumstehenden Uniformierten arbeiten. Wer weiß, ob nicht mancher aus Leveroi dabei ist?

Ein Gespräch fällt mir ein, daß wir vor etwa eineinhalb Monaten in unserem Zug geführt hatten. Seltsam, wie lange das nun schon zurückliegt. Irgendeiner, ich glaube Henneck, hatte damals behauptet, daß diese Schanzkommandos freiwillig und daß die Angriffe der amerikanischen Jabos, die, von Zeit zu Zeit die Panzergräben entlangstreichend, mit ihren MG-Garben diese wehrlosen Kinder und Greise niedermähen, die weit und breit keine Deckung finden, daß diese Angriffe ein Verbrechen gegen jedes Kriegsrecht seien. Aber liegt das Verbrechen nicht eher bei jenen, die aus Angst um ihr eigenes Leben diesen verlorenen Krieg nicht aufgeben wollen? Sie sind doch vor allem schuld an den vielen sinnlosen Opfern dieser unfreiwilligen Schanzkommandos, an beschossenen Zivilzügen und bombardierten Städten.

Immer belebter wird die Straße. Einmal halten wir noch. Ein ganzes Rudel Evakuierte und Flüchtlinge mit Koffern, Bündeln, Säcken, umdrängt den Wagen. Die Bordwand wird hinuntergeklappt. Aufgeregt krabbelt alles herauf, rücksichtslos, streitsüchtig, ängstlich wie Hennen ihre Gepäckstücke bewachend.

»Finger weg!« brüllt der Fahrer und hakt die Bordwand wieder zu. Schwarzer Auspuffqualm. Und schwer beladen ächzt der Wagen unter den vorüberwischenden Bäumen. Mit angezogenen Beinen hocke ich auf meinem alten Platz, quer über meine Fußspitzen ein Koffer, ein hartes Knie in den Rippen, und doch beinahe vergnügt über das Gedränge. Welche Streife will hier noch kontrollieren.

Flüchtlinge auf der Straße hinter uns, immer wieder Flüchtlinge, stellenweise in langen Kolonnen.

So zogen sie 1939 auf den polnischen Staubstraßen. Und 40 nach dem Süden Frankreichs. Und ein Jahr später im rauchenden Rußland über die großen Flüsse nach Osten. Von dürren Pferden gezogene Karren, hoch beladen mit Ballen, Decken, Koffern. Vollgestopfte Autos. Eisenbahnwaggons, behängt mit Menschentrauben auf Dächern und Trittbrettern. Und Tausende zu Fuß, verstaubt unter schweren Ballen und Säcken schwitzend, Kinder dazwischen, barfuß, hochschwangere Frauen.

Über die halbe Erde haben wir sie gehetzt. Doch nun sind wir selber dran.

Wieder ein angefangener Panzergraben.

Ein Haus. Häuser. Eine lange Planke. RÄDER MÜSSEN ROLLEN FÜR DEN SIEG! Wieder Häuser, Straßenzüge. Ein großer Platz. ERKELENZ. Wir sind am Ziel. Enttäuscht, daß es nicht mehr weitergeht, krabbelt alles hinunter.

Ich werfe den Rucksack über die Schulter und ziehe sofort los. Abends dachte ich erst hier zu sein, und jetzt ist es zwei Uhr mittags. Ich muß die ungeordneten Verhältnisse ausnützen und sofort auf die Straße nach Rheindahlen. Wenn ich Glück habe, kann ich heute noch weit kommen.

Ein Einspänner nimmt mich ein Stück mit. Unterwegs läßt er noch eine Frau mit einem etwa vierjährigen Mädchen aufsitzen. Mehrere Tigerpanzer kommen uns entgegen, rasseln knirschend an uns vorüber. In jeder Deckluke ein Soldat, die Arme aufgestützt mit ernstem Blick unter dem schwarzen, breiten Mützenrand. Vielleicht kommt ihr zufällig nach Leveroi. Laßt mir's schön grüßen. Auf dieser Strecke sind fast keine Flüchtlinge mehr. Wahrscheinlich zieht daß Gros in Richtung Grevenbroich-Köln.

Dann müssen wir absitzen. Der Wagen biegt auf einen Karrenweg ab, und wir stehen mit zwei Koffern und mehreren Taschen auf der schnurgeraden Asphaltstraße. Der Himmel hellblau, sonnig, weißwolkig wie auf einem Waschpulverplakat. Der scharfe Wind fährt den beiden in die Röcke und versucht ihre Haare aus den Kopftüchern zu zerren.

»Schade, daß der Wagen nicht weiterfuhr«, seufzt sie. Große braune Augen in einem sommersprossigen Gesicht.

Ich nehme ihr den einen Koffer ab und führe mit ihr zusammen das Mädchen an der Hand. »Wollen Sie auch nach Rheydt?«

»Ja«, erwidert sie, »und weiter nach Sachsen. Zur Oma und zum Onkel, gelt Inge?«

»Zum Onkel Lobert, weil es dort viel luhiger ist«, bestätigt das Kind ernst. Und während wir, den frischen Wind im Rücken, drauflosgehen, erzählt mir die junge Frau, daß sie aus Sachsen sei und erst seit ihrer Heirat in Erkelenz wohne. Ihr Mann sei 41 in Rußland gefallen, und deshalb wolle sie jetzt wieder zu ihren Leuten zurück. »Ich wäre lieber hiergeblieben. Wir haben uns nett eingerichtet und eingelebt. Aber man darf sich in so einer Zeit an nichts binden, sonst kommt man zu sehr aus dem Gleichgewicht, wenn man es verliert. Nur, daß sie nicht Schluß machen mit dem Krieg, das kann ich einfach nicht verstehen. Aber vielleicht denkt jeder so, wenn's einmal um seine engere Heimat geht.«

Ein hoher Lastwagen rattert an uns vorüber. »Der war ja ganz leer!« rufen wir alle drei und auf unser lebhaftes Winken bleibt auch schon der nächste stehen. Die Frau und Inge haben noch im Führerhaus Platz. Ich muß hinten hinauf.

Sonne, flatternde Wagenplane, Auspuffgase, Motorengeratter und das rüttelnde Geklapper des Wagengestänges und der ölig-schwarzen Seitenwände. Die Bäume der Straße rücken rasch fort und schieben sich immer näher zusammen. Felder. Straße. Eine Straßenkreuzung mit gelben Wegweisertafeln. Bäume. Himmel. Sorgfältig zerreiße ich meinen Krankenzettel in winzige Stücke und lasse sie davonflattern.

Links ausbiegen ... Überholen? Ein Trupp marschierender Schanzarbeiter ist auf einmal hinter uns. Verdrossen singend scheinen sie nicht vom Fleck zu kommen und tonlos ihre Lippen zu bewegen. Sie werden kleiner und kleiner. Gib Gas! Drück aufs Pedal! Ausgelassen singe ich selbst, so laut ich kann, und der polternde Wagen verschlingt jeden Ton.

Eine Zeitlang rasseln wir etwas langsamer durch eine größere Ortschaft. Oder eine Stadt? Hohe Häuser, Autos, Ruinen. Menschen. Menschen auf Trottoirs, Menschen überqueren die Straße. Eine Verkehrsampel. Grün: Autos und Straßenbahnen fahren an. Und als sich die Häuser wieder lichten, bleibt eine Schiene auf der Straße und folgt uns. Wieder hinaus. Schneller, schneller. Plötzlich ist eine gelbe Tafel da, RHEINDAHLEN, und fällt zurück, schrumpft unleserlich zusammen.

Rheindahlen war das schon! Gleich darauf bremsen wir hart.

Eine Streife? Nein, zwei Männer in blauen Arbeitsanzügen klettern herauf und aus ist es mit dem Singen.

In Rheydt halten wir an einer belebten Straßenkreuzung. Ich springe aufs Pflaster hinunter. Die beiden stehen schon da. Man reicht ihnen eben die Taschen aus dem Führerhaus. Die junge Frau lächelt mich an. Inge ist besonders glücklich. Ich auch. Wir fühlen uns wie eine Familie.

»Jetzt zuerst mal zur Straßenbahn!« schlägt sie unternehmungslustig vor. »Wir haben hier Verwandte von meinem Mann, bei denen wir Kaffee trinken können.«

Ich versuche einzuwenden, daß ich eigentlich auf den Bahnhof müsse, um möglichst rasch einen Zug ...

»Aber am Tag geht sowieso keiner«, unterbricht sie mich. »Die meisten fahren jetzt wegen der Flieger in der Nacht.«

Immerhin eine Mahlzeit.

Menschen rings um uns, Gesichter, Mäntel, Hüte. Und Arm in Arm, Überholen, Entgegenkommen, Zurücklassen. Eine Parteimütze wippt eine Zeitlang vor uns. Genagelte Stiefel, Schuhe, tausend bewegte Beine. Und geschoben im betäubenden Gedränge bin ich voll kribblig-froher Neugier. Wieder in einer Stadt sein und ihre unzähligen Gesichter sehen. Fremde Gesichter, teilnahmslos, gehetzt, durcheinanderwogend im Straßengewühl und an Kreuzungen, an Fenstern von Straßenbahnen und Autobussen. Gesichter und Stimmen, Worte, Satzfetzen, Bruchstücke von Gesprächen.

An einem gesperrten Straßenübergang müssen wir warten und stellen die Koffer ab. Autos rollen vorbei. Leute sammeln sich um uns, warten ungeduldig, stauen sich, schwatzen laut durcheinander. Klingelnd fährt eine volle Straßenbahn vorbei. Menschentrauben auf den Trittbrettern.

Jetzt, Bahn frei! Koffer auf, Inge fest bei der Hand, und langsam im dichten Geschiebe hinüber. Achtung, eine Streife! Zackige Blickwendung. Vorbei. Dann stehen wir auf der Plattform eines Straßenbahnwagens, eingepfercht in eine Gruppe schweigsamer, dunkelgesichtiger Arbeiter, die nach Bier, Tabak, schmutziger Wäsche riechen.

An unserer Station hinausgequetscht, biegen wir in die nächste Seitengasse und sind endlich am Ziel.

»Entschuldigen Sie«, sage ich, nachdem wir in einen dunklen Hausflur getreten sind, »ich habe mich noch gar nicht vorgestellt«, und ich nenne ihr meinen Namen.

Sie stellt den Koffer ab und reicht mir eine wunderbar schmale Hand. »Und ich heiße Brigitte Lend. Etwas wollte ich ihnen noch sagen«, fährt sie leise fort, während wir die knarrende Holztreppe hinaufsteigen. »Ich möchte Sie bitten, oben nicht zu politisieren. Mein Onkel versteht keinen Spaß in dieser Beziehung.«

Die Verwandten Brigittes: Ein älteres, kinderloses Ehepaar. Der Mann war schon im Ruhestand, muß jetzt aber, wie viele ältere Männer, in einer Fabrik arbeiten, um dort die eingezogenen jüngeren Jahrgänge zu ersetzten. Eine erloschene Pfeife zwischen den Zähnen, schneidet er auf einem kleinen Brettchen Tabak und sagt, daß es ihm Freude mache, noch im letzten rennen für den Endsieg einzuspringen.

Ich klopfe ihm anerkennend auf die Schulter. Armer Narr!

Und doch sind die beiden von einer rührenden Gastfreundschaft, und es macht mir beinahe ein schlechtes Gewissen, daß sie auch mich immer wieder nötigen, noch eine Tasse zu trinken und nur ja anständig zuzugreifen. »Für unsere braven Soldaten ist det Beste jerade noch jut jenuch!« sagt er immer wieder. Er holt eine Flasche Korn und etliche Zigarren aus der Kredenz, und als er, nach einigen Gläschen, sein Eisernes Kreuz aus dem Ersten Weltkrieg hervorkramt und mich auffordert, doch zu erzählen, wofür ich meines bekommen habe, fühle ich mich ihm beinahe verbunden.

Ein Landser warst du, wie ich, bist auch Nacht für Nacht aus deinem Erdloch gekrochen, um Posten zu stehen, bist auf vielen fremden Straßen marschiert, im Regen und unter der Sonne, hast den harten Rückstoß an deiner Schulter gespürt, wenn ihr, aus euren Karabinern feuernd, den Rückzug eurer Kameraden decktet, hast dich auch mit wehem Herzen in die Erde verkrallt, wenn feindliche Granaten nach deinem Leben trachteten.

Doch als er dann wieder vom Endsieg anfängt, bin ich sofort auf der Hut. Man müsse dem Führer vertrauen, meint er. Er habe bisher alles recht gemacht und er werde es auch in Zukunft tun. Wir seien bloß zu ungeduldig, zu einsichtsslos, um seine Beschlüsse zu erfassen. Man wisse ja schließlich nicht, was gerade jetzt bei uns Besonderes vorbereitet werde, um unerwartet zum letzten Schlag auszuholen.

Unwillkürlich sehe ich zu Brigitte hinüber. Sie erwidert nichts. Inge, die Kaffeetasse in beiden Händen, sieht erstaunt zu ihrer Mutter auf. Wenn *die* erst wüßten, was mit mir los ist!

Als wir auf die Straße treten, ist es so stockfinster, daß ich überhaupt nichts sehe. Zum Glück weiß Brigitte den Weg.

»Ich brauche immer eine gewisse Zeit, mich umzustellen«, erkläre ich, während ich blind an Inges Hand mittappe. »Aber wenn meine Augen sich einmal an die Dunkelheit gewöhnt haben, sehe ich recht gut.« In diesem Augenblick krache ich mit voller Wucht gegen etwas sehr sehr Hartes. »Verdammte Scheiße!«

»Aber Onkel, sowas darf man doch nicht sagen!« höre ich Inges Stimme neben mir, während wir, geschüttelt von einem erlösenden Lachen, nach dem Koffer tasten, der mir hinuntergefallen ist. Jetzt fehlt uns bloß noch ein saftiger Fliegeralarm!

In der Bahnhofshalle gehe ich schnell aufs Klo, um den Stempel noch einmal anzusehen. Er ist — sorgfältig hinter mir abschließen —, er ist unmöglich! Aber was soll ich anderes tun? Wie komme ich sonst über den Rhein? Wenn es mir jetzt mit der Bahn gelingt, habe ich mit einem Schlag so viele unbekannte Klippen überwunden. Es wird schon so sein, wie Ber und Henk sagten: Ich sehe den Stempel zu oft beinahe süchtig nach Fehlern an.

»Walum warst du so lange weg? Wir müssen schon lennen«, sagt Inge, als ich wieder draußen bin. Ich streichle ihr über das Köpfchen. Mut brauche ich jetzt, Mut! Nicht unterkriegen lassen! sage ich mir ununterbrochen, während ich den Koffer aufnehme, mich mit den beiden langsam zur Sperre treiben lasse und endlich, zögernd, dem behelmten Posten meine Papiere hinhalte.

»In Düsseldorf Anschluß«, sagt er und klappt mein Soldbuch zu.

»Noch heute?« frage ich mit verhaltenem Jubel.

»Ja, gegen Mitternacht.« Ist es möglich, daß er nichts bemerkt hat? Fast möchte ich mich bei ihm bedanken.

Fröstelnd, voll glücklicher Erwartung stehen wir auf dem Bahnsteig. Flüchtlinge. Lärm. Rauch. Rotkreuz-Schwestern verteilen Kaffee und Eintopf. Eine Rangierlokomotive schiebt sich vorbei. Die hohen, mattglänzenden Räder drehen sich langsam. Plötzlich zischt unter dem gleitenden Kolbengestänge ein Dampfstrahl hervor, vereinigt sich zu einer flachen, nebelig-leichten Scheibe, die im Sog ein Stück hinterher schwebt und allmählich zerfetzt. Irgendwo klappt draußen ein Semaphor und ein dunkelroter, stiller Stern geht auf.

Klappernd fährt der Zug ein. Ganz leer. Los! Ich besetze Plätze. Die Frau gibt mir das Gepäck durchs Fenster herein. Alles klappt. Und kaum sitzen wir im Stockdunkeln beisammen, fahren wir auch schon. Inge ist glücklich über ihren Fensterplatz, obwohl der ganze Fensterrahmen, bis auf einen Streifen Glas, mit Brettern vernagelt ist und es stark zieht.

Weichen. Stellwerke. Finstere Konturen von Ruinen und Schuttbergen. »Huh, bin ich froh, daß wir aus der Stadt rauskommen!«

Wir zünden uns von den Zigaretten an, die uns ihr Onkel mitgegeben hat. Sie sagt, daß sie gerne im Dunkeln raucht. Immer, wenn der andere anzieht, kommen sein

Mund, die Nase und die Augen der Reihe nach aus dem Dunkel, aus dem man vorher nur die Stimme gehört hat, hervor und fallen, wenn der dicke Qualm dem Mund entströmt, wieder ins Dunkel zurück.

In Mönchen-Gladbach ist der Bahnsteig übervoll. Noch im Einfahren wird der Zug gestürmt. Krachend fliegen die Türen auf. Die ersten Leute quetschen sich, gestoßen von wütend Nachdrängenden, mit Koffern, Ballen, Taschen herein und stürzen sich über die Abteile. Blitzschnell ist der Wagen vollgestopft mit gereizten, aufgeregt durcheinander schreienden Menschen. Taschenlampen, Feuerzeuge flammen auf. »Licht aus!« brüllt eine scharfe Stimme draußen. »Laßt uns hinein!« »Wir wollen auch noch mit!« »Banditen!« »Verfluchtes Gesindel!« Einige versuchen bei den Fenstern hereinzuklettern.

Ein harter Ruck. Wir fahren wieder, und der Stimmenschwall der auf dem Bahnsteig Zurückgebliebenen verhallt. Wir sind ganz zusammengerückt, unser Gepäck über uns übereinander getürmt. Die Leute um uns kommen allmählich zur Ruhe, erzählen oder rücken zum Schlafen zurecht. Eine schwere, ranzige Rauchwolke Eigenbautabak beginnt sich auszubreiten.

»Hoffentlich kommen wir noch diese Nacht weiter!« seufzt Brigitte und schiebt mir wieder eine Zigarette zu. »Aber ich glaube doch, daß es gut ist, wenn wir zu meiner Mutter fahren. Sie wohnt in einem ruhigen Dorf nahe der tschechischen Grenze, wo's keine Fliegeralarme gibt. Eine Kuh ist da, genügend Lebensmittel, ein Garten. Was will man heute mehr.«

»Wären Sie nicht besser in Erkelenz geblieben?« erwidere ich. »Bei unseren Vormärschen sind meistens nur die unbewohnten Häuser geplündert worden. Die Alliierten werden es sicher nicht anders machen.«

Sie gähnt lange. »Schon möglich«, sagt sie dann, »aber in einer oder zwei Wochen hätten wir ja doch fort müssen. So habe ich mir gedacht: Hau ab, bevor die große Völkerwanderung beginnt.«

Inge ist auf einmal still geworden. Wir haben sie quer über unsere Knie gebettet. Müdigkeit, erschöpfter Schlaf rings um uns.

lokomo lok lokomo lok lokomo lok lokomo lok... Jetzt mit hellem Geklapper über eine kurze Brücke. Und wieder auf festem Land. Brigitte lehnt an mir. Ich spüre im Dunkeln ihren warmen Schenkel, ihre Schulter, den Geruch ihres Haares. Wie gerne möchte ich mit dir beisammen bleiben, ein paar Tage nur. Wir würden uns ein kleines Zimmer nehmen, wie eine Familie ...

»Woran denken Sie?« fragt sie, ohne sich zu bewegen.

»Ich? ... Ich habe an zu Hause gedacht. Was sie wohl sagen werden, wenn ich so unvermutet hereinschneie.«

Eine Stadt kommt auf uns zu. Leuchtschirme stehen trüb in der Finsternis, Flakgarben, Scheinwerfer. Ein Bahnhof. NEUSS. Lärm, Menschen winken, rufen wild durcheinander. Ohne Aufenthalt rasen wir durch. Und als wir dann lange, langsam über die Rheinbrücke fahren, sind auf einmal alle erwacht und bereiten sich aufgeregt vor.

In Düsseldorf erfahren wir von einem Eisenbahner, daß der Zug Richtung Breslau auf Gleis 4 gleich abfährt. Und Wien? Erst später. Also schnell hinüber. Inge fest bei der Hand nehmen und im wogenden Menschenstrom die Stiege hinunter. Hallender Personentunnel. Drängen. Stoßen. Bis wir endlich am richtigen Aufgang sind, uns wieder hinaufschieben und suchend die dunkle Waggonmauer entlanglaufen.

Der Zug ist überfüllt. Aber unterwegs wird es sicher Platz geben. Bei einem Waggon, an dem zwei Soldaten bei zwei kichernden Mädchen stehen, klettern sie die hohen Stufen hinauf und bleiben gleich an der Türe stehen.

»Komm, sag dem Onkel noch auf Wiedersehen!« Aber Inge ist störrisch und schlechter Laune.

»EINSTEIGEN!« schnarrt ein Lautsprecher.

»Schade, daß es jetzt so schnell geht. Ich dachte, wir könnten noch eine Weile zusammen warten.«

»Ich habe es auch gehofft.« Mit einem nachgiebigen Schwächegefühl schaue ich hinauf in ihr verführerisches, weich schimmerndes Gesicht.

»TÜREN SCHLIESSEN!«

Sie zieht die Türe zu und läßt das Fenster hinunter. »Wenn Sie einmal in unsere Gegend kommen, besuchen Sie uns. Ich würde mich freuen. Unsere Adresse haben Sie ja.«

Der Zug fährt an. Im letzten Augenblick springen die beiden Soldaten, die hinter mir standen, auf das Trittbrett, schieben Brigitte zurück und winken lachend aus dem schmalen Fenster ihren beiden Mädchen zu.

Waggonwand, Plattform, Waggonwand. Immer schneller, glatter gleitet's vorüber, reißt jäh ab — und ein rotes Licht fährt davon.

VORALARM ...

FLIEGERALARM!

Ein dichter Strom bepackter Menschen wälzt sich die breite Stiege hinunter in die großen, gewölbten Luftschutzkeller. Wie leicht und beweglich bin ich doch mit meinem Rucksack.

RAUCHEN STRENGSTENS VERBOTEN

Etwa vierhundert Menschen sollen in jedem der Räume Platz haben. Stickige Luft. Säuglingsgeschrei. Geschnarche. Geruch nach Schweiß, Kotze, kleinen Kindern und Landstraßen. Eine Frau in einem schwarzen Pelz hat ihre Handtasche verloren. Meine Papiere, mein Schmuck, mein ganzes Geld war drin, höre ich sie immer wieder aufschluchzen. Auf dem Steinboden, auf Bänken, auf Koffern und anderen Gepäckstücken liegen und hocken die Leute herum und dösen vor sich hin, durch das dicke, schützende Gewölbe nur von Ferne die Bombeneinschläge ahnend, ohne Anteilnahme an dem Stadtteil, der gerade zertrümmert wird.

Nach der Entwarnung kämpfe ich mich im dichten Gedränge hinauf und suche auf der Abfahrtszeitentafel einen Zug. 23h 11. Doch als ich mich umdrehe, steht ein Feldgendarm vor mir. »Is ja doll!« sagt er. »Da fährt ja noch heute einer nach Wien.« Und da er mich ansieht, erwidere ich unsicher, daß ich auch in diese Richtung ...

Wir steigen zusammen zum Bahnsteig hinauf. Einen Tornister hat er, Wäschebeutel, Holzkoffer: auf jeden Fall langsamer als ich. Jetzt hast du dir wieder was eingebrockt, sage ich mir, entsetzt über die Aussicht, die ganze lange Strecke ausgerechnet an diesen Mann gekettet zu sein.

Um aber nicht zu abweisend zu erscheinen, beginne ich schon wieder ein Gespräch. Und lenke es wie aus einem inneren Zwang geradezu auf den Gegenstand, über den ich auf keinen Fall reden will. Will genau wissen, wie man zur Feldgendarmerie kommt, ob diese Leute auch alle politisch einwandfrei, ob es unter ihnen welche gäbe, die unzuverlässig, ja die vielleicht sogar Widerstandsgruppen und Deserteuren Hilfe leisten. Und obwohl ich mich dabei verwünsche, spinne ich gerade dieses Thema besonders aus.

Noch dazu stelle ich, als sich auf dem Bahnsteig immer mehr Soldaten einfinden, zu meinem Schrecken fest, daß ich der einzige ohne Mantel bin. Ich hätte ihn doch damals mitnehmen sollen. Wie dringend würde ich ihn jetzt brauchen, nicht nur der heranrückenden Kälte wegen, sondern vor allem, weil ich im Winter ohne Mantel weit eher auffalle.

Als sich endlich der Zug langsam heranschiebt und ein Major brüllt, daß für Militär nur die ersten sechs Waggons reserviert seien, glückt es mir in der tumultartigen Umgruppierung, in einen anderen Waggon als der Feldgendarm zu kommen und einen Fensterplatz zu erobern.

»Um dir noch fertig zu erzählen«, klingt es vom Nebenabteil herüber. »Los, sag ich, Kameraden los! Wir jeben det Zeichen, verstehste, und alle zwölf Maschinen ran wie Blücher. Meiiine Fresse! Det hättst du sehn sollen, det janze Jetto war uff die Beene.« Sicher die beiden Fliegerfeldwebel, die ich schon vorhin auf dem Bahnsteig gehört habe.

»Und damals bist du uff'n Pinsel jefallen?«

»Klar Mensch, glatten Bruch jemacht und die halbe Mühle im Eimer ...« Eine Sirene heult auf und verschluckt den Rest. Schon wieder Voralarm.

Mit einem Ruck fährt der Zug an. Was für Gesprächsthemen werden diese Holzköpfe nach dem Krieg haben, wenn's einmal vorbei ist mit solchen Heldentaten?

Bis jetzt alles günstig: Die Dunkelheit, mein Eckplatz neben der Türe. Wie gut, daß ich einen von den alten Waggons erwischt habe, bei denen jedes Abteil einen eigenen Ausgang ins Freie hat.

Ich zünde mir eine Zigarette an und starre in die Finsternis hinaus. Der Zug soll über Kassel fahren, da die Rheinstrecke momentan kaputt ist.

Unglaublich, daß ich noch am Morgen in Kirchhofen gewesen sein soll. Und wenn ich erst an Montfort denke, an das flache Windland, an die beiden Soldaten bei Putbroeck, vor denen ich so Angst hatte. Wie sorgsam habe ich doch alles überlegt: Dreieckstuch, Gipsverband, Krankenzettel, Stempel, Schreibmaschine. Und gerade das hat sich erfüllt, woran ich am wenigsten zu denken gewagt; daß ich jetzt im Zug sitze und bis Wien durchfahren werde.

Das Land draußen. Finster fährt es am Fenster vorüber, frostig, einsam, verschlossen. Laternen hier und da. Glühende Kohlenstücke. Aufflackern der Brände in der Ferne.

In meine Ecke vergraben, schlage ich den Kragen hoch, ziehe die Fäustlinge an. Und mit dem festen Vorsatz, unter allen Umständen wach zu bleiben, schlafe ich ein.

IRGENDEINE STATION

Ohne die Augen zu öffnen, höre ich Leute lärmend einsteigen. Dampf, Gischt zischt fetzig vorüber und wieder lange, lange lokomo lok lokomo lok lokomo lok ...

»Aaach ... verdammte Kälte!«

Morgendämmerung. Nichts passiert, Gott sei Dank! Vier Leute fehlen, dafür sitzen einige Fremde im Abteil.

lokomo lok lokomo lok lokomo lok lokomo lok einen bewaldeten Hang entlang. Hohe Fichtenstämme. Ein Weg führt schräg bergauf. Holzstapel, sauber geschlichtet. Und plötzlich eine Schlucht, und tief hinunter stürzt schäumend lokomo lok lokomo lok lokomo lok lokomo lok ...

Bis endlich der Wald zurücktritt und sich weit die Ebene öffnet. Eine Schar Krähen flattert auf. Äcker. Felder. Ein Dorf fährt vorbei, scharf umrissen wie eine Insel. Der Kirchturm mit dem Wetterhahn. Das Spritzhaus. Gegliederte Fachwerkgehöfte. Rauch quillt aus Schornsteinen. Und am Ende eine Pappelallee führt in weitem Bogen südsüdostwärts. Zwei Mädchen auf Fahrrädern winken lange lokomo lok lokomo lok lokomo lok lokomo lok ...

Durchs Land. Durchs schöne deutsche Land. An vielen unversehrten Dörfern vorbei und durch die weiten Trümmerfelder zerstörter Städte.

Frankfurt ist eines dieser Trümmerfelder. Ich habe seit Rußland keine Stadt gesehen, die so zerstört ist. Dabei behauptet dies doch jeder von einer anderen Stadt. Der eine sagt, Hannover sei am ärgsten mitgenommen, ein anderer Köln, wieder ein anderer: »Da müßten Sie aber erst Mannheim gesehen haben!« Oder »Da kennen Sie aber noch nicht Bremen!« Und Berlin und Kassel und Lübeck, Hamburg, Düsseldorf, Essen. Berge von Backsteinen ziehen vorüber. Ruinen, durch deren leere, ausgebrannte Fassaden man auf die andere Seite hinaussieht. Haus an Haus. Verschüttete Straßen dazwischen, eine eingestürzte Brücke, und wieder Schuttberge ohne Ende.

Immer wieder steigen Soldaten zu. Die im Abteil murren schon über mich: »Mann, laß bloß nich soviel Leute rin! Wir sind komplett, verstehste!« Aber ich bin stur wie ein Esel. »Andere wollen auch mit«, sage ich an jeder Station und öffne die Türe. Je voller, desto besser!

Ein Stück den Main entlang und dann ins Hügelland. Felder, Dörfer, verstreute Gehöfte. Immer wieder denke ich, ob nicht in diesem Giebel oder in jenem Heustadel oder Keller eines vorüberfahrenden Hauses ein Platz wäre, wo man sich bis zum Kriegsende verstecken könnte. Ja eine Zeitlang kann ich die Landschaft nur noch von diesem Gesichtspunkt aus sehen. Bis ich mich, krank vor Unruhe und Neid, wieder auf meinen Platz zurücksetze.

Zigarettenrauch. Einen Koffer über die Knie gelegt, klopfen sie Skat. Auf jeder Bank fünf Leute. Zwei sitzen auf ihrem Gepäck. Die meisten dürften nach Ungarn fahren oder an die Balkanfront. Aus dem Nebenabteil hört man zwei laute Wiener und der dicke Sachse mir schräg gegenüber spitzt seine Ohren und pariert schlagfertig ihre Witze.

Knapp vor Würzburg entdeckt einer flach über einem bewaldeten Bergrücken ein Flugzeug. FEINDFLUGZEUG denkt jeder unwillkürlich, da man in letzter Zeit nie mehr ein deutsches zu Gesicht bekommen hat. Und ist dann überrascht, als man es doch als ein eigenes erkennt.

»Und da sagn se, mer ham kee Luftwoffen mehr«, meint der Sachse trocken. Und wir besprechen, wohin sie tatsächlich verschwunden sein könnte. Einige sind der Ansicht, daß man bei uns irgendwas Besonderes plane, irgendeine neue Waffe von unerhörter Wirkung, die den Krieg mit einem Schlag für uns entscheiden werde. Doch der Sachse meint trocken, daß man uns damit nur vertrösten wolle.

Ich bin voll drängender Ungeduld, weiß nicht mehr, wie ich sitzen soll. Dabei habe ich doch noch vorgestern damit gerechnet, etwa zwei Monate bis Wien zu brauchen. Immer wieder ziehe ich besorgt die Karte aus der Tasche, suche die nächsten Stationen heraus und teile die Strecke in Etappen. Ein weites, gefährliches Stück liegt noch vor mir. Und ich wundere mich immer wieder, daß noch keine Streife gekommen ist.

Der Obergefreite mit dem kurzgeschorenen Schädel holt jede halbe Stunde eine Margarineschachtel vom Gepäcksnetz herunter. Dann klappt er sein Taschenmesser auf und sägt dicke Speck- und Wurstschnitten ab, schmatzt gemächlich und schaut uns dabei fromm aus hellblauen Augen an. Das Wasser läuft uns im Mund zusammen, und wir sehen uns jedesmal bedeutungsvoll an, wenn er wieder auf die Bank steigt und hinauflangt. Aber er kommt gar nicht auf den Gedanken, uns auch was abzugeben.

Hinter Regensburg beginnt es zu dämmern.

Ein Mann mit einem hohen runden Hut geht auf einem Damm der untergegangenen Sonne nach, geht und geht und geht.

Kilometer um Kilometer, Dorf um Dorf verdunkelt das Land, bis wir wieder durch die Nacht fahren.

Daß noch immer keine Streife gekommen ist!

Schlafen möchte ich und in ein paar Stunden, oder am besten erst in Wien aufwachen. Doch es wird nichts daraus. Also drehe ich mir von Bers Tabak eine Zigarette nach der andern, höre das Hämmern des Zuges, Gespräche, Lachen, Schnarchen, sehe das Dunkel draußen rastlos vorübergleiten und rauche von dem scharfen Tabak, bis meine Augen brennen und mir schlecht ist.

Allmählich wird mir die Strecke bekannter.

WELS. Und drei Zigaretten später: LINZ.

Einige Kilometer von hier, im Wegscheider Barackenlager, bin ich vor sechs Jahren eingerückt. Hier haben sie uns achtzehnjährige Rekruten geschliffen und so lange Krieg gespielt, bis es Ernst wurde. Wie gut kann ich mich noch an jenen sonnigen Vormittag erinnern, an dem wir hier auf Rungenwagen verladen wurden, um an die polnische Grenze gebracht zu werden. Es war im August 39. Wir tranken Schnaps damals, begeistert vom kommenden Krieg und stießen an auf den Tag, an dem wir wieder hierher zurückkehren würden, glorreich, jung und siegreich in unsere alte Garnison.

Langsam rollen wir aus der Stadt, über die Brücke. Eine verdunkelte Straßenbahn rasselt unter uns durch. Zerstörte Häuser und Hallen, die damals neu erbaut... Und ich kann beim besten Willen nichts anderes empfinden als Gleichgültigkeit und Leere.

Der Mond fährt mit uns über den offenen Himmel, fährt einer hellen Wolkenbank zu und taucht nun in sie. Rasch verdunkelt das Land. Bis er sich am anderen Ende langsam hervorschiebt, groß und größer wird, abstößt und wieder auf dem schwarzen Meer schwimmt.

Amstetten. Melk. St. Pölten. Und jetzt zäh bergauf. Im Nebenabteil haben sie begonnen, Wienerlieder zu singen. Zwei Uhr nachts. In spätestens einer Stunde müssen wir in Wien sein. Aber was dann?

Über eine hohe Brücke. EICHGRABEN. Ein Tunnel — reißt ab, Wald, Wiesen. Der Wienerwaldsee. Regungslos spiegelt er im Mondlicht. Und vorbei an den ersten Häusern und Straßen. Eine Bahnschranke. Wieder Häuser, die sich sammeln und dichter werden. Vororte. Schlote. Fabriken. Über Weichen und immer neu abzweigende Gleise, unter und über Brücken und Stege. Ruinen, die das letzte Mal noch Häuser waren. Bis endlich der Zug langsamer wird.

Eine Halle. Scharfes, bläuliches Licht aus einer halboffenen Schiebetüre, und einen Augenblick hocken zwei Männer mit dunklen Brillen beim elektrischen Schweißen.

In den Abteilen machen sie sich bereit, reden durcheinander, lachen, holen ihr Gepäck aus den Gepäcksnetzen. *Ihr* habt es gut, *eure* Papiere möcht ich jetzt haben!

WIEN-WESTBAHNHOF

Im dichten Gewühl klappernder Kochgeschirre und Helme, übernächtiger, vergnügter, verdrossener Gesichter lasse ich mich langsam zur Sperre treiben. Je dichter umso besser! Und jetzt die letzte Kraftprobe: einer hinter dem anderen Soldbuch und Dienstreiseausweis im Taschenlampenschein, an den beiden Posten vorbei.

Alles hat geklappt. Da keine Straßenbahn mehr fährt, ziehe ich gleich zu Fuß los. Bis nach Hause werde ich etwa eine dreiviertel Stunde brauchen, da kann ich unterwegs noch alles genau überlegen.

Mein erster Urlaub aus Rußland fällt mir ein. Wie ich damals einige Straßenbahnen vorbeifahren ließ, nur um die letzten Augenblicke vor dem Heimkommen auszukosten.

Wie gut, daß es Nacht ist. Am Tage hätte ich kaum in unser Haus und bis in den dritten Stock hinaufkönnen, ohne von einer Hauspartei gesehen zu werden.

Ob es überhaupt richtig ist, gleich nach Hause zu gehen? Sicher hat mich meine Einheit längst als fahnenflüchtig gemeldet, da doch damals aus dem Rückmarsch hinter die Maas nichts geworden ist. Noch dazu habe ich meinen Rucksack mitgenommen. Vielleicht sollte ich doch besser zuerst zu Bekannten gehen und mich von dort aus mit meiner Familie in Verbindung setzen. Aber zu wem? Die einen sind zu ängstlich, andere zu wenig verschwiegen, wieder andere wohnen direkt neben Nazis. Es wird doch daheim am besten sein. Und wenn ich auch nur eine Stunde bleibe, können wir wenigstens eine vorläufige Entscheidung treffen. Es müßte doch ein ganz unglückseliger Zufall sein, wenn unser Haus ausgerechnet jetzt bewacht sein sollte.

Meine Schritte hallen durch die Nacht, in hohleren, mondschattigen Gassen einige Male so laut und fremd von ihrem Echo begleitet, daß ich unwillkürlich stehen bleibe.

Stille. Alles schläft. Sterne hoch über mir.

Es muß in letzer Zeit einige Luftangriffe gegeben haben. Ich sehe viele neue Ruinen. Ob unser Haus noch steht? Ich habe ja seit meiner Abfahrt keine einzige Zeile mehr von daheim bekommen.

Die letzten Gassen. Auch hier zwei Ruinen. Und endlich, zögernd, biege ich in die Alserstraße. Unser Haus. Unversehrt, Gott sei Dank! Die Straße leer. Die Fenster der umliegenden Häuser dunkel. Was werden die nächsten Stunden bringen?

Leise das Haustor. Ohne Licht möglichst lautlos das Stiegenhaus hinauf. Vor unserer Wohnungstür horche ich eine Weile. Völlige Stille. Langsam, geräuschlos sperre ich auf und schließe ebenso vorsichtig hinter mir wieder ab.

Ein paar Sekunden stehe ich unbeweglich im warmen Dunkel des Vorzimmers. Dann auf Zehenspitzen zum Fenster. Verdunkelt.

Als ich das Licht anknipse, sehe ich, daß alles geblieben ist, wie es war. Die zwei großen, weißen Kasten, der Schirmständer. Auf der Kleiderablage hängen die bekannten Mäntel und Papas grauer Hut mit dem Trauerflor, den er trägt, seit Kurt am Ilmensee gefallen ist.

Ich werde zuerst in mein Zimmer gehen. Die Nähmaschine ist da, wie eben hereingeschoben. Auf meinem Bett ein Berg Strümpfe. Das Zimmer sieht fremd aus, als ob jemand daraus ausgezogen oder gestorben wäre. Nachdem ich den Rucksack abgelegt und meine Hausschuhe angezogen habe, taste ich mich zum Schlafzimmer meiner Eltern durch.

Leise die Türe. Wieder horche ich eine Weile in den dunklen Raum, spüre den warmen Schlafgeruch, höre Atmen. Durch das offene Fenster sehe ich die alte Schornsteinsilhouette, vor der ich als Kind immer Angst gehabt.

Plötzlich richtet es sich jäh auf, und die Stimme meiner Mutter, vertraut, erschreckt aus dem Schlaf gerissen: »Ist wer da? Hallo! ... Lisl?«

»Ich bin's.«

»Erich! Du? ... Mein Gott, bin ich erschrocken!«

Und während ich mich, ein hartes Würgen im Hals, zu ihr taste und sie meinen verschlafen brummenden Vater weckt, fährt sie aufgeregt fort: »Was ist los? Hast du Urlaub? Oder bist du schon wieder verwundet? ... Warum sagst du denn nichts?«

Fröstelnd sitzen wir um den erloschenen Ofen. Lisl hat den Kocher angesteckt, und während ich in groben Zügen alles erzähle, beginnt der Teekessel zu summen.

»Um Gottes willen!« sagt meine Mutter und bedeckt ihr Gesicht mit beiden Händen. Lisl legt ein Schächtelchen Saccharin auf den Tisch und gießt den Tee ein.

»War schon ...«, frage ich nach einer Weile, »war schon irgend jemand von der Gestapo hier?«

»Nein, niemand. Wir haben ja nicht das Geringste geahnt. Im September ist die letzte Karte von dir gekommen. Seither nichts mehr.«

»Da wird die Meldung eben noch unterwegs sein.«

»Jedenfalls müssen wir sofort etwas unternehmen«, rafft sich mein Vater endlich auf. Und wir beschließen, daß ich auf jeden Fall diese Nacht und morgen hierbleiben soll. Lisl muß in der Früh mit der ersten Straßenbahn zu Hans fahren. Er wird sicher einen Ausweg finden. Falls es läutet und irgendein Bekannter kommt, muß ich sofort ins Schlafzimmer verschwinden. Falls es aber jemand von der Gestapo sein sollte?

Gut, daß wir Hans einweihen wollen, denke ich beruhigt, nachdem ich unter die kalte Decke geschlüpft bin. Schon einige Male hat er uns aus der Patsche geholfen. Damals, als mir die Geschichte mit Eva passierte. Oder als mein Bruder nach jener wilden Sauferei beinahe zu spät in die Kaserne gekommen wäre. Ein Bad wäre nicht schlecht, aber das werde ich alles morgen ...

Behaglich strecke ich die Beine. Wieder in meiner Bude. Der alte Sprung in der Wand neben der Türe. Die zwei Bilder. Die Flußhölzer und Steine im Bastkorb.

Meine Mutter liegt drüben. Ich weiß, daß sie vor Aufregung wieder nicht einschlafen kann. Wenn ich daran denke, daß sie nach einer Weile aufstehen und barfuß ins Badezimmer tappen wird, um Baldriantropfen zu nehmen ...

Hast du bei Demidow die Nebelwerfer gehört?

Und die Stalinorgel im Kessel von Wjasma und am Assowschen Meer?

Und damals, zitternd an die Erde gepreßt, hast du dir damals nicht geschworen, daß du es nie vergessen wirst?

Am Fenster stehe ich, sehe durch den Vorhang hinunter.

Daß Hans eben noch hier war, erscheint mir fast wie ein Traum. So sehr hat die Unterredung mit ihm alles verändert. Es begann damit, daß er beim Eintritt in mein Zimmer laut meinen Namen rief und ich, entsetzt aus dem Schlaf gerissen und geblendet, seine hochaufgerichtete Gestalt in Uniform nicht gleich erkannte.

»Bleib liegen!« lachte er, als ich mir gähnend durch die Haare fuhr. Er zog ein Päckchen bulgarischer Zigaretten aus seiner Manteltasche und rückte einen Stuhl ans Bett.

»Einen Mut hast du! Haut einfach ab und schlägt sich durch bis Wien ... Aber eigentlich hast du ja recht«, fuhr er fort, nachdem wir unsere Zigaretten angezündet hatten. »Wer gegen den Krieg ist, hat auch was dagegen zu tun. Was nützt es, nur auf die Befreiung zu warten, ohne sich die Finger zu verbrennen. Sieh dir doch die Leute an: schimpfen über die Nazis und machen trotzdem mit, bis zum Ende, jeder auf die Feigheit des andern gestützt.«

Ich mußte unwillkürlich grinsen. Was er sagte, tat mir wohl. »Wärst du auch desertiert?« fragte ich ihn. »Ich meine, an meiner Stelle?«

»Vielleicht ...« erwiderte er. »Wenn ich dich hier so liegen sehe, möchte ich beinahe sagen: Ja. Aber wenn ich mir vorstelle, daß sie dich schon längst erwischt haben könnten ... Jedenfalls hätte ich es anders angefangen.« Und währender mir die Fehler auseinandersetzte, die mir, seiner Auffassung nach, unterlaufen waren, fühlte ich mich fast beleidigt.

»Aber«, unterbrach er sich, »reden wir lieber davon, was *jetzt* zu tun ist. Daß du hier nicht bleiben kannst, ist dir ja klar.«

»Jaaa! Ich weiß! ... Ich habe ursprünglich auch gar nicht die Absicht gehabt, nach Wien zu fahren, sondern wollte mich bei irgendeinem Bauern verstecken, wie in Leveroi.«

»Ob dich hier einer nehmen würde? Du bist nicht in Holland, sondern im lieben Österreich.« Sorgfältig entfernte er die Glut von seiner Zigarette und schob den Stummel in die Manteltasche. »Wenn man nur irgendeine Verbindung zu den Partisanen an der steirischen Grenze hätte.«

»Und ... wie wär's mit der Schweiz?«

Er schüttelte den Kopf. »Da kommst du nicht hinüber. Die Grenze soll sehr scharf bewacht sein, Stacheldraht, Spürhunde und dergleichen ... Es wird, es wird doch am besten sein, wenn du wieder zurück. Natürlich nicht zu deiner Truppe zurück«, fuhr er fort, bevor ich ihm noch ins Wort fallen konnte, »sondern an irgendeine andere Stelle an der Westfront, wo du leichter überlaufen kannst. Ich werde dir einen neuen Dienstreiseausweis beschaffen und dazu ein Dienstsiegel aus Linoleum schneiden.«

Verrückte Idee! Jetzt wieder hinaus? Wieder Streifen, Grenzen, Frontgebiet? Alle Lust, im Bett zu bleiben, war mir vergangen. Aber vielleicht hat er recht, sagte ich mir beim Anziehen. Von hier muß ich weg. Unterwegs sein, nie am gleichen Ort, vielleicht die sicherste Möglichkeit zu entkommen. Und wenn ich seinen Schein einmal in der Hand habe, bin ich vorerst frei und kann unterwegs immer noch irgendeine andere günstige Gelegenheit ergreifen.

Ich holte den Atlas. Wir studierten die aktuellen Frontabschnitte und entschieden uns schließlich für die Eifel, die ich noch aus der Zeit vor dem Frankreichfeldzug kenne.

Aber dann wollte ich plötzlich nicht mehr. Die Vorstellung, aus dem Haustor auf die Straße zu treten und einer Streife in die Arme zu laufen, erfüllte mich mit störrischer Furcht.

»Verdammt noch einmal!« sagte Hans ungeduldig. »Wenn man nur etwas mehr Zeit hätte! So aber kann jeden Augenblick die Gestapo da sein,« — Und es blieb bei seinem Vorschlag.

Um nicht noch einmal hierher kommen zu müssen, will er sich morgen mit meiner Schwester treffen und ihr alles übergeben. Er schenkte mir das restliche Zigarettenpäckchen und verstaute mein Schlauchboot in seiner Aktentasche. »Weihe niemanden ein«, sagte er, als er aufstand und seinen Mantel zuknöpfte.

»Aber ich brauche doch auch Hilfe. Du weißt selbst, daß über die Hälfte der Bevölkerung längst genug hat vom Krieg.«

»Glaub doch nicht, daß dir einer davon helfen wird. Das müßte schon eine große Ausnahme sein. Ich kenne eine Bäuerin in Vorarlberg. Ihr Mann ist in Italien desertiert und nach zwei Monaten erwischt und erschossen worden. Seither wird sie vom ganzen Dorf verachtet. Er sei einen schimpflichen Tod gestorben, sagen die Leute. Nicht nur die Nazis, wie du vielleicht annehmen wirst, alle, auch der Pfarrer, sind dieser Auffassung. Dabei wäre doch zu erwarten, daß wenigstens die Christen der jungen Witwe helfen, ja daß sie ihren Mann sogar als ihren Helden ansehen würden ... Ich kann dir nur noch einmal sagen: Traue niemandem! Am wenigsten den

Weibern. Und noch etwas«, wandte er sich an der Türe noch einmal um. »Schuh- und Koppelputz! Rasur! Haarschnitt etc.«

»Du hast Ursache«, lachte ich auf. »Wenn man so herumläuft wie du?«

»Ich bin kein Deserteur, ich kann mir einiges erlauben. Aber du mußt auf jede Kleinigkeit achten.«

Enttäuscht stehe ich am Fenster und sehe durch den Vorhang hinunter. Eine Straßenbahn rasselt klingelnd vorbei. Autos. Gedämpfter Lärm. Im Haus gegenüber bauen zwei Kinder auf dem Fensterbrett eine Burg aus farbigen Bausteinen.

Da geht er schon. Langsam überquert er die Straße, ohne sich noch einmal umzudrehen. Verdammte Geschichte mit der Eifel! Ob ich überhaupt bis dorthin durchkommen werde? Und ob es dann klappt? Jetzt beginnt es langsam schiefzugehen.

»Das ist doch ein Wahnsinn!« sagt meine Mutter, nachdem ich ihr erzählt habe, was wir beschlossen haben. »Gibt es denn gar keine andere Möglichkeit? Sag doch was, um Himmels willen!«

»Was soll ich denn sagen? ... Hans hat recht ... anscheinend.« Ich zünde mir eine Zigarette an und setze mich aufs Sofa, greife nach einer Zeitschrift, klappe sie aber wieder zu und lege sie neben mich.

»Ich hab mich so über deine Ankunft gefreut«, sagt sie leise, »aber jetzt ist mir schwer ums Herz. Wenn ich daran denke, was die nächsten Monate für uns alle bringen werden? Ein paar Tage mußt du noch bleiben ... Wenigstens noch morgen!«

Doch jedes Mal, wenn ich ihr irgendeinen unserer Bekannten vorschlage, bei dem es sicherer wäre, will sie nichts davon wissen. Das könne man niemandem antun. Dabei weiß ich nur zu gut, was sie alle nach dem Krieg sagen werden: »Warum seid ihr denn damals nicht zu uns gekommen? Selbstverständlich hätten wir euch geholfen.« Auch die, die mich jetzt sofort hinauswerfen, ja vielleicht sogar anzeigen würden.

Aber dann muß ich ihr wieder alles vom Anfang an erzählen und ihr noch einmal den Stempel zeigen. Umständlich setzt sie ihre Lesebrille auf und beugt sich über den Dienstreiseausweis. Und als ich sie so vor mir sehe, wie ein Mädchen mit ihren schmalen Schultern, ihrem eifrigen Gesicht und den kleinen, abgearbeiteten Händen, stockt mir der Atem. Ich darf dich nicht ansehen! Ich darf dich nicht ansehen!

Staub- und Stahl- und Dreckfontänen auf der rauchenden Rollbahn von Ichweißnichtmehrwo nach dem Herzen der Erde.

»Ich habe dennoch ein gutes Gefühl«, höre ich sie sagen. »Du wirst durchkommen.« Und sie beginnt in die Zukunft zu planen, voll Zuversicht, wie wir es schon als Kinder an ihr geliebt haben.

Sirenen heulen. VORALARM!

»Das habe ich mir gedacht!« Sie dreht das Radio auf. »Ausgerechnet heute müssen sie kommen. So um elf herum ist immer ihre Zeit.«

»... SÜDKÄRNTEN. ICH WIEDERHOLE: NEUE EINFLÜGE IN SÜDKÄRNTEN.« Da heulen die Sirenen zum zweiten Male, lange und gellend. Fenster auf! Fertig gepackter Luftschutzkoffer. »Hoffentlich verplappere ich mich unten nicht!« sagt sie noch, während ich ihr hastig in die beiden Mäntel helfe.

Die Tür ist ins Schloß gefallen. Ich rücke einen Stuhl in unseren dicksten Türstock, stelle einen Aschenbecher auf den Boden, zünde mir eine Zigarette an. Ferne Detonationen. Flakabschüsse.

»NEUE EINFLÜGE IM RAUME SÜD. ICH WIEDERHOLE: NEUE EINFLÜGE IM RAUME SÜD ...« Da dröhnt ganz nah schwere Flak auf. Flugzeuggeräusch. Splitter regnen auf Dächer. Und mitten im anschwellenden Motorengedonner eine Sekunde lang jenes grauenhafte, zischende Flattern und — jäh zerberstende Einschläge. Das Haus zittert. Mauerteile, Splitter prasseln hart.

Keine Meldung mehr zu hören, nur das monotone, widerwärtige Ticken: Skommtnoch skommtnoch skommtnoch skommtnoch skommtnoch skommtnoch skommtnoch ...

Einen Augenblick trete ich vorsichtig ans Fenster.

Die Straße leer unter mir. Uuoaa uuoAA UUOAAA UUOAAAA dröhnt es hoch über mir. Geblendet, die Hand schirmend über den Augen, entdecke ich einen ganzen Haufen Flugzeuge. Silbern in der Sonne glitzernd setzen sie zu einer Wendung an. UUOAAA UUUOOAAAA ...

Da! Aus tausend schweren Rohren beginnt es aufzubellen. Dazwischen scharfes dichtes Rauchen. Mit einem Satz wieder im Türstock, Stuhl weggestoßen, hocke ich auf dem Boden.

zzZZZII WAMM WA WAMM WA WA WA WAA WAWAWA WAMM!

Verdammtnocheinmal! Verdammt, verdammt! Ein heißer Luftzug schlägt zum Fenster herein. Ich werde doch gleich abfahren. Keine Lust, bis zum Kriegsende jeden Alarm hier oben zu sitzen. Da ist es draußen noch besser. Und mit Sehnsucht denke ich an jenen Nachmittag, an dem ich mein Rad durch den stillen Hochwald bei Putbroeck geschoben habe.

Eine neue Welle donnert heran. Und wieder Einschläge. Flak. Erdbeben. Einschläge ohne Ende. Geduckt, die Arme um die Knie geschlungen, lasse ich die Hölle über mich ergehen.

Bis es endlich, endlich aufhört. Skommtnoch skommtnoch skommtnoch skommtnoch... sagt der Lautsprecher hartnäckig. Aber es kommt nichts mehr.

Sirenengeheul. ENTWARNUNG. Brände. Flammen. Qualm. Weit über der Donau ein hoher, schwarzer Rauchpilz. Mit gellendem Signal jagen einige Sanitätswagen dicht hintereinander durch die Straßen.

»Ihr seid ja beinahe schlimmer dran als wir an der Front«, sage ich beim Mittagessen.

Mein Vater nickt langsam. »*Wehrloser* zumindest.«

Es gibt Bratkartoffeln und Schweinefleisch. Meine Mutter hat eines von den beiden Gläsern aufgemacht, die sie im Sommer für die Weihnachtsfeiertage eingeweckt hat, und schiebt mir noch ein zweites, großes Stück zu. Henkersmahlzeit, muß ich unwillkürlich denken.

Nach dem Essen muß Lisl gleich wieder in die Schule und mein Vater ins Büro, da er die Arbeit nachholen muß, die er durch den Fliegeralarm versäumt hat.

Meine Mutter wäscht das Geschirr. Eine Zigarette im Mundwinkel, helfe ich abtrocknen und erzähle von Dimböcks heiserem Humor, von der unersättlichen Gefräßigkeit Breitfelds, der es immer verstanden hatte, sich zu drücken, und bin froh, daß es mir gelingt, sie einige Male zum Lachen zu bringen.

Aber dann muß sie noch Einkäufe besorgen und auf dem Wirtschaftsamt einen Bezugschein abholen, den sie vor einem halben Jahr beantragt hat. »Denk dran, daß du niemandem öffnen darfst«, schärft sie mir noch ein.

Langsam gehe ich durch die ganze Wohnung und kehre wieder in mein Zimmer zurück, setze mich an den Tisch. Dann stehe ich auf und krame in meinem Bücherkasten herum.

Als er in der Oper in Gesellschaft des Chevaliers gesehen ward, begann man von ihm zu sprechen. »So, so«, sagte eines Tages Herr von La Mole zu ihm. »Sie sind also der natürliche Sohn eines reichen Edelmannes aus der Freigrafschaft, eines intimen Freundes von mir...«

Ach was, keine Lust, was zu lesen! Gähnend stelle ich das Buch wieder ins Fach. Der unbedachte Scherz, mit dem mich Hans am Morgen geweckt, liegt mir jetzt noch im Magen.

Voll Unruhe und Langeweile vertue ich den Nachmittag. Hole meine Zivilanzüge aus dem Kasten, probiere sie vor dem Spiegel. Doch dann fällt mir ein, daß mich die Leute unter mir hören könnten. Also lege ich mich angezogen aufs Bett. Was ist los mit dir? Noch vor einigen Tagen in Holland war Wien ein fernes, sehnsüchtig erstrebtes Ziel, von dem ich nie mehr fortwollte.

Lange liege ich still, wie damals im Stroh, höre Teppichklopfen im Hof und starre auf den regungslosen Schatten des Fensterkreuzes auf dem Vorhang.

Tag und Nacht rasselten dröhnend die schweren Ketten der Panzer durchs Dorf. Durch das Dorf, auf der breiten, welligen Rollbahn durchs Dorf. Vorbei an kleinfenstrigen, staubvermummten Blockhäusern, an geknickten Telegraphenstangen und ihrem herabhängenden Drahtgewirr. Vorbei an Wegweisern, ausgebrannten Ruinen und an unkenntlich Staubigem.

Flüchtlingskarren. Eine Apotheke. Zerschossene Wagen.

Vorbei am warmen Geruch nach versengtem Holz und Fleisch und Haaren, an prallen, staubigen Leichen im grellen Sommerglast, vorbei an dem herausgetragenem Bett, in dem ein Landser schläft.

Wieder Häuser, Zelte, aufgehängte Wäsche. Taktische Zeichen. Zusammenlaufende Fernsprechkabel. STANDORTÄLTESTER.

Tag und Nacht rasselten dröhnend die schweren Ketten der Panzer durchs Dorf. Rasselten und schütterten die Zwölftonner, die Vierundzwanzig- und Zweiunddreißigtonner und die flachen Tigerpanzer. Und mit Geklapper und Geschepper dazwischen Skodatanks, Raupenfahrzeuge, Zugmaschinen, PKWs, Kräder, Beutetraktoren und LKWs, schwer beladene Munitions- und Tankwagen.

Durch das Dorf. Auf der breiten, welligen Rollbahn durchs Dorf.

Und wendeten alle auf dem weiten, flimmernden Platz an dem Feldgendarmerieposten mit der Winkerkelle — wegweisergespickter Obelisk, heruntergeschlagenes Gipsdenkmal — wendeten alle ausholend, rechts-herum-ruckend, knirschend, zermalmend und bogen nach Südost auf die Straße nach Nowotscherkask

Im Vorzimmer, als ich gerade in einer Schublade nach meinen Ohrenschützern suche, fahre ich zusammen.

Es hat geklingelt.

In meiner Bewegung erstarrt, blicke ich zur Wohnungstüre. Wer mag das sein? Ob er mich gehört hat? Aber dann hätte ich ihn ja auch hören müssen, seine Schritte auf dem Gang, als er auf unsere Türe zu ... Da knackt es leise. Und die Glocke schrillt noch einmal auf, laut, lang, gefährlich wie noch nie.

Nicht rühren! Nicht atmen!

Ein Murmeln draußen. Dürfte kein Mann sein, eher eine tiefe Frauenstimme. Schritte jetzt. Entfernen sich langsam. Gott sei Dank! Eine Weile warte ich noch. Dann erst, auf den Zehenspitzen, mache ich mich davon.

Mein Vater und ich haben auf vielen wesentlichen Gebieten *zu* verschiedene Ansichten, als daß wir einander je verstehen könnten.

Wenn ich früher noch glaubte, daß dies am Unterschied der Generationen gelegen sei, so weiß ich doch heute, daß es eine tiefere, vom Lebensalter unabhängige Kluft ist.

Seine unbeugsame Abneigung gegen die Nazis entspringt dem österreichischen Nationalgefühl der k.k.-Offiziere des Weltkriegs, mit dem ich nichts anzufangen weiß. So billigt er zwar meine Desertion vom Hitler-Heer, fuhr mir aber heute mittag über den Mund, als ich sagte, daß ich in der alten österreichischen Armee nicht anders gehandelt hätte.

»Vaterlandsloser Geselle!« hat er mich genannt, ohne zu ahnen, daß ich dieses Prädikat heute beinahe als ein ehrenvolles ansehe.

Stöhnend schlug das Pferd um sich. Ein Granatsplitter hatte seinen Oberschenkel zerfetzt. »Und da sagt man, daß die Tiere keine Seele haben!« murmelte der Küchenbulle, als er sich an die Notschlachtung machen mußte.

Doch die Landser standen herum, mit jener Schaulust, mit der Menschen seit jeher allen Hinrichtungen, und Pogromen beiwohnen.

Lisl hat den Stempel gebracht. Ich probiere ihn gleich auf einem Stück Papier aus. Schauderhaft! Noch schlechter als der erste.

Aber dann drücke ich ihn doch möglichst flüchtig auf den Dienstreiseausweis und die beiden Fahrscheine und nähe ihn anschließend für alle kommenden Fälle in mein Hosenfutter ein.

Den ganzen Tag schon suche ich einen Brief, den mir mein Bruder im Herbst 41 geschrieben hat. »Wie toll wäre es, wenn wir uns irgendwo zufällig treffen würden.«

Wir waren damals beide in Rußland und einige Male sogar an den gleichen Abschnitten gewesen. Aber wir sind einander nie begegnet.

Es sei denn ...

ER: Staubbrille. Staub. Stau. Splitterfreies Glas. SEKURIT.

»Achtung, der Kommandeur steht am Straßenrand!« bellt der Fahrer der Zugmaschine zurück. Kopf rechtsherum reißen — Flugzeuggedonner, riesige Schatten huschen über euch hinweg —, während ihr eurem Oberst, Handflächen auf die Oberschenkel gepreßt, starr in die Augen blickt.

ICH: Ende September wurden wir auf dem Flugplatz Ljuban, Nordabschnitt, verladen und flogen in einem Stück hinunter bis Bjeloi.

Schaukelten auf und nieder in der alten, verläßlichen JU 52 dicht über dem Wipfelmeer riesiger Wälder. Hier und da öffnete sich jäh eine Lichtung, ein See. Flecken sumpfigen Geländes. Und als es über die weite, baumlose Ebene ging, konnte man, zum Fenster geneigt, jeden Splittergraben und Bunker, jede getarnte Flakstellung genau erkennen. Kühe grasen an einem Flußknie. Zerschossene Fahrzeuge. Ein Haufen niedergebrannter Häuser. Russenfrauen und Kinder, die Gesichter zu uns emporgerichtet. Und dann über dem breiten Band der Rollbahn an einem PKW vorbeidefilierend, die weißen Staubfahnen endloser Artilleriekolonnen.

Der Rucksack ist gepackt. Meine Mutter hat einen Berg Wäsche, Strümpfe und einen warmen Pullover für mich hergerichtet. Aber ich kann nur das Allernötigste mitnehmen. Den Pullover ziehe ich an. Der Proviant und zwei kleine Flaschen Slibowitz kommen in eine Schachtel, die ich später wegwerfen kann.

Jetzt noch einen Stoß Papier, zwei Bücher, etliche Bleistifte. »Wozu willst du dich mit dem Zeug abschleppen?« sagt mein Vater. »Nimm doch lieber praktische Dinge mit.« Aber meine Mutter nickt mir aufmunternd zu. »Laß ihn! Er muß es ja selbst tragen.«

Bedrückende Abschiedsfeier am Abend. Wein, eine falsche Kastanientorte, die meine Schwester nach einem Kriegsrezept aus weißen Bohnen gebacken hat. Kurts Foto auf dem Klavier. Im karierten Hemd, den Kragen ausgeschlagen, sieht er auf mich herunter. Durch diesen Hals war vor zwei Jahren ...

Da merke ich, daß meine Mutter mich ansieht und errate ihre heimlichen Gedanken. Um wieviel schwerer wird der morgige Abschied für sie sein, als der vor zwei Monaten. Als Soldat kommt man ja doch mit achtzig Prozent Gewißheitzurück, während man als Deserteur? ...

Hol's der Teufel! Wenn du immer dran denkst, erwischen sie dich schon morgen. Ein Glas ex werde ich trinken. Jetzt zuversichtlich lächeln! Und noch ein Glas. Aber es ist zu wenig da, um anständig betrunken zu werden.

Daß mein Vater dann, pünktlich wie seit Jahren, den englischen Sender einstellt, ruft beinahe einen heftigen Wortwechsel hervor, Ist denn die Stimmung nicht gespannt genug? Natürlich interessieren mich die Meldungen. Es wird drüben nicht soviel gelogen. Aber wenn ich es schon früher nicht ausstehen konnte, jedes Gespräch, jede Musik, ja auch nur eine wohltuende Stille zu unterbrechen, um mit dem Ohr dicht vor dem Apparat zu kauern, so ist es mir jetzt beinahe unerträglich, diese leise, beschwörende Stimme anzuhören, die irgendwo im Trockenen sitzt; gerade jetzt, wo noch soviel zu besprechen wäre und wir alle nicht wissen, ob wir nicht das letzte Mal beisammen sind.

Verdrossen gehe ich auf mein Zimmer.

»Daß ihr immer etwas miteinander haben müßt!« sagt meine Mutter, die mir mit Lisl nachgekommen ist. »Papa hat dich doch gern.«

»Ich hab ihn auch gern«, beharre ich. Wozu wieder über alles reden, wieder alles Alte hervorkramen?

»Geh Lisl, hol Erichs Glas herüber!«

Meine Schwester springt auf. Doch am Rückweg bleibt sie mit ihrem Ärmel an der Türklinke hängen und das Glas fällt hinunter und zerbricht. Meine Mutter schimpft sie aus, aber ich habe sie gerade in diesem Augenblick, in dem sie bestürzt, mit hochrotem Kopf vor uns steht, besonders gern. Wie du, denke ich, sind die Mädchen, die wir Landser überall herumzukriegen versuchen.

Wie kurz diese Nacht sein wird.

Und morgen geht's wieder hinaus, gehetzt und vogelfrei.

Wie ist das nur möglich nach Aufhebung der Sklaverei und Leibeigenschaft? Wie ist dies möglich im zwanzigsten Jahrhundert?

4. 11. 44

Noch in der Nacht bin ich aus dem Haus geschlüpft. Stockfinster. Ein dünner, eisiger Regen peitscht durch die Alserstraße. Schlaftrunken noch, klamm vor Kälte komme ich an unserer Milchhandlung vorbei und am Kaffeehaus, in dem ich früher manchmal Zigaretten im Schleich gekauft habe.

Halbfünf Uhr früh. Der Zug geht erst nach neun. Also einen Umweg machen. Komisch: Als ich das letzte Mal zum Bahnhof fuhr, hoffte ich, daß mir unterwegs irgend etwas zustoßen würde. Heute aber darf mir gar nichts passieren.

Langsam schlendere ich durch den Rathauspark. Der Regen hat aufgehört, Wind ächzt in Bäumen. Die Bänke sind fort. Wahrscheinlich wären sie sonst von der Bevölkerung verheizt worden. Ins Haus hinter dem Burgtheater hat eine Bombe schräg in den Keller eingeschlagen. Stumm, schwarz gähnt mich das riesige Loch an.

Wie gedrängt doch der gestrige Tag war, wie unruhig, leer, für nichts zu gebrauchen.

»Nein! Es ist nicht recht, wenn du mich einen wirklichkeitsfernen Träumer nennst,« sage ich mir im Weitergehen. »*Ihr* seid es viel eher, Ihr sogenannten praktischen Menschen!« Und jetzt erst, im Nachhinein, fällt mir alles ein, was ich ihm hätte erwidern sollen. Man braucht nur die Geschichte anzusehen: Immer waren es gerade die praktischen Leute, die so gerne Kriege vom Zaun brachen. Die tüchtigen, die Männer der Tat, die mit dem nüchternen Hausverstand. Kaufleute, Soldaten, Politiker, mit einem Wort: Triebmenschen.

Dem Oberst von Stach kam es freilich nicht darauf an, ob er eigene Leute oder gegnerische in den Tod hetzte. Er war nur versessen drauf, »die Schwerter zum Eichenlaub« zu erzwingen. Was kümmern ihn gelbe Armbinden mit drei schwarzen Punkten, Lazarette, Irrenhäuser, Wohnungen, in deren Briefkasten heute eine Todesnachricht fällt.

Oder der junge Oberleutnant Eisler von der »Zwoten«? Er war einer von jenen, denen man nachsagt, daß sie im Dienst ein Schwein und außer Dienst eine Drecksau sind. Er selbst nannte sich gerne: hart aber gerecht. Und als er im August 42 fiel, fragte Hirzenberger: »Ist er aber auch wirklich tot? Nicht daß er dann auf einmal wieder vor uns steht.«

Vor dem Haus, in dem Margot wohnt, bleibe ich auf dem gegenüberliegenden Trottoir stehen und schaue hinauf. Alles dunkel. Wenn *du* wüßtest, daß ich gerade unter deinem Fenster ...

Allmählich erwacht die Stadt. Vereinzelte Menschen zu Fuß oder auf Fahrrädern ohne Licht. Ein Milchwagen klappert seltsam laut und lange auf dem Pflaster. Von irgendwoher der ferne Hall einer ersten Straßenbahn.

Ja! *Triebe* waren es und sind es heute noch: Habgier, Neid, Rachsucht, Ehrgeiz. Und es sind heute die gleichen vaterländischen Hitzköpfe. Vor zweitausend Jahren mußten sie Karthago unter allen Umständen zerstören, heute Europa. Auf der anderen Seite, immer von ihnen verspottet, die »wirklichkeitsfernen Träumer«, die Besonnenen, die über das eigene Volk hinaus die Welt erfahren wollen.

Beim Eintritt in die überfüllte Bahnhofsrestauration schlägt mir Tabakqualm und Geruch nach Bier und Pissoir entgegen. Flüchtlinge, Volksdeutsche, Soldaten. Die Kellner reagieren nur noch auf Trinkgelder. Immer wieder gehe ich hinaus, um mir den Stempel anzusehen. Und als der Zug einfährt, besetze ich einen Platz.

Um halb neun ist meine Mutter da.

Wärest du nur nicht gekommen! Jetzt wird es nur noch schwerer für uns beide. Wir steigen über die Beine Schlafender, zwängen uns an Tischen und Stühlen vorbei und kommen — »Bitte Herrn Feldwebel, vorbeigehen zu dürfen!« — endlich ins Freie.

Kühler Wind. Morgensonne. Die gegenüberliegende Häuserreihe ist fein schattiert; schmutzigweiß, grünlich, gelb, grau, hellrosa. Aus einer Straßenbahn, die eben hält, quillt ein Haufen bepackter Soldaten, die, sich gegenseitig überholend, zum Bahnhof hasten.

»Papa und Lisl lassen dich noch grüßen«, sagt sie und hält ihren Hut gegen den Wind. »Wir haben nach dem Aufstehen noch alle Spuren verwischt.« Sie hängt sich bei mir ein. Und in der kurzen Zeit, die wir vor der Bahnhofsfassade auf- und abgehen, ist sie zuversichtlicher als ich. »Weißt du, ich hab halt doch ein gutes Gefühl. Du wirst sehen, alles wird gut werden.«

»Fast glaub ich es auch«, sage ich, etwas erleichtert. Wie oft haben wir sie früher gefragt: »Mutti, sag, was hast du für ein Gefühl?« wenn uns irgendwas bevorstand. Denn sie hatte immer alles vorausgeahnt. Und wenn es auch manchmal nicht genau zugetroffen war, so hatten wir es gerne im Nachhinein von beiden Seiten ein wenig zurechtgebogen, bis es gestimmt hat.

»Laßt euch nicht vertreiben von hier! Bleibt auf jeden Fall in Wien, auch wenn es belagert wird«, rate ich ihr noch. »Die Russen werden plündern und Frauen vergewaltigen, aber sie werden niemals die Leute in Massen umbringen, wie es die SS in Rußland getan hat. Diese kurze Zeit müssen wir noch durchhalten. *Im Feber, spätestens Ende März ist der Krieg vorbei.*«

Dann müssen wir wieder hinein. Und als ich die beiden Posten an der Sperre stehen sehe, wird mir todübel vor Angst.

»Es wird ... es wird schon gehen«, redet mir meine Mutter zu.

Ich halte sie in meinen Armen und sehe es feucht werden in ihren entzündeten Augen. »Paß auf draußen! Mein Gott, wenn sie dich erwischen würden. Ich kann es mir gar nicht ausdenken.« Sie hebt ihr verschwollenes, tränenüberströmtes Gesicht zu mir herauf, und ich sehe ihre zuckende Unterlippe durch einen verschwimmenden, immer dichter werdenden Schleier.

Einen endlosen Panzergraben habt ihr quer durchs Land geschnitten. Quer durch alle Dinge und dein unsagbares Gesicht!

»Erich! Mein Bub! Mein Ältester!« Sie streichelt das rauhe Tuch an meiner Schulter. »Ja, das bist du wirklich«, fährt sie fort, wie ein Kind weise lächelnd und weinend zugleich. »Mit dir habe ich alle Muttererwartungen, die Schmerzen der Geburt, Jubel und Sorgen zum ersten Male erlebt.« Wir küssen uns, immer wieder, heiß, voll schmerzlicher Sehnsucht wie Verlobte.

Das Krächzen des Lautsprechers schlägt ein zwischen uns wie eine Granate. Noch zwei Minuten. Ein letzter Kuß, abgerissen. Und in der stoßenden Schlange durch die Sperre geschubst, laufe ich geblendet zu meinem Waggon.

Der Gang. Hier mein Abteil. Aber ich komme nicht zum Fenster durch. Langsam rollt der Zug an, und ich kann nur unter einem am Fensterrahmen aufgestützten Arm ihr kummervolles Gesicht und ihre Augen sehen, die suchend unsere vorüberziehenden Waggons abtasten.

Jetzt hängen sie an dem vorhergehenden und kommen kaum nach, jetzt an unserem Waggon, voll hastender Angst, Fenster um Fenster. Aber sie kann mich ja nicht sehen. Sie kann mich nicht sehen. Und jetzt springen ihre Augen auf den nächsten Waggon über.

Blind lehne ich mich zurück, an die Türe, stumm vor Grimm. *Wie* wird sie jetzt heimfahren? Zerquält, voll hoffnungsloser Verzweiflung.

Nein! *Mich* sollt ihr nicht erwischen, ihr verfluchten Hunde! Soll mir nur einer von euch in die Quere kommen!

5

In Hütteldorf bleibt der Zug ein paar Minuten stehen. Aussteigen möcht ich! Umkehren, in den herbstlichen Wienerwald wandern, irgendwohin nach Süden. Doch da fährt er schon wieder an, und am Ende des Bahnsteigs springt die Sonne mit einem Satz ins Abteil.

Wieder geht es hinaus. Äcker, Wiesen, vielfarbig bewaldete Hügel drehen sich an uns vorbei. Ein Lastwagen, an dem ein Radfahrer hängt, fährt eine Zeitlang auf der Straße unter uns und bleibt allmählich zurück. Wie gut hat es doch dieser junge Kerl! Voll Unruhe trete ich auf den Gang, um nicht vor den Leuten im Abteil festgenommen zu werden.

Aber auch diesmal geht die Zugstreife gut vorbei. Wie gelähmt stehe ich am Fenster und sehe dem behelmten Posten entgegen. Der Stempel ist echt! *Glaub* mir doch, daß er echt ist! rede ich in Gedanken unablässig auf ihn ein, während er lange mein Soldbuch durchsieht und dabei seinen Mund bewegt, als kaue er irgendwas. Als er mir meine Papiere endlich wieder zurückgibt, kann ich es fast nicht glauben, möchte ihn am liebsten dabehalten und beginne sogar ein Gespräch mit ihm.

Unbedingt abgewöhnen! Man darf nicht merken, wie groß meine Freude ist, daß man an mir nichts auszusetzen findet.

Nachts kommen wir in München an. ANSCHLUSS NACH HEIDELBERG SCHNELLZUGSGENEHMIGUNG VOM BAHNHOFSOFFIZIER ABHOLEN ANSCHLUSS NACH HEIDELBERG SCHNELLZUGSGENEHMIGUNG VOM BAHNHOFSOFFIZIER ABHOLEN ANSCHLUSS NACH HEIDELBERG ... hämmert ein Lautsprecher in unser Aussteigen. Da schon eine längere Schlange darum angestellt ist, versuche ich es auch. Und es klappt. Ohne meine Scheine genau anzusehen, schreibt man die Genehmigung drauf.

Dann sitze ich in einem vollen Zivilzug und schlafe bis zum Morgengrauen durch.

Dicht vor Stuttgart halten wir auf freier Strecke.

Fliegeralarm. Geballte Pulks donnern in großer Höhe, und der Wind trägt den Hall schwerer Detonationen bis zu uns herüber. Im Abteil schweigsam gespannte, lauernde Stimmung. Am besten sitzenbleiben oder weit weg vom Bahnkörper. Aber einige Helden können es nicht unterlassen, hinauszuklettern und den Himmel mit Kennerblicken zu betrachten.

Während wir langsam durch die Stadt rollen, stehe ich im Gang neben einer Flakhelferin, die von nichts anderem als ihrem Dienst zu reden weiß. Rauchende Trümmerfelder. Straßenzüge. Menschen rinnen aus Kellern und Bunkern. Eine schmale, verschüttete Gasse. Zerspellte Bäume in einem von großen Bombentrichtern aufgewühlten Park.

»Da haben sie wieder schön abgeladen«, sage ich.

»*Schön* nennen Sie das?«, sie lächelt frigid. »Ein Glück, daß sie uns verschont haben. Da kommen sie mit ihren MGs angeflogen und feuern auf wehrlose Frauen und Kinder. Wenn *das* noch Menschen sind!«

Was soll ich darauf erwidern? Es scheint mir, sie hat recht und unrecht zugleich.

Heidelberg, Sonntag abends

Hier ist es wie im Frieden. Es gab noch keinen Luftangriff. Nur die Verdunkelung erinnert daran, daß der Krieg noch nicht zu Ende ist. Ich werde zwei oder drei Tage bleiben. Rucksack auf die Gepäcksaufbewahrung, rasch das Nötigste in die Aktentasche gestopft und hinaus, weg vom Bahnhof.

Vom dichten Gewühl der abendlichen Hauptstraße getrieben, frage ich bei jedem Hotel, an dem ich vorbeikomme, um ein freies Zimmer. Ohne Erfolg. Einige Portiere weisen mich an die Wehrmachtsunterkünfte. Bei dem Versuch Straßenpassanten anzusprechen, habe ich zuächst ebensowenig Glück. Bis mir schließlich eine ältere Frau einen entlegenen Gasthof angibt.

Ein kleines Zimmer ist noch frei, nur für drei Tage, länger ginge es auf keinen Fall. Beim Ausfüllen des Meldezettels zögere ich einen Augenblick, schreibe aber dann doch meinen richtigen Namen hin, da sie vielleicht meine Papiere verlangen könnten.

Ohne mir zum Essen Zeit zu nehmen, gehe ich noch einmal weg und schlendere ziellos durch die dichtbelebten Sonntagabendstraßen.

Das Gedränge und der Lärm tun mir wohl. Frauen, Mädchen, Arm in Arm. Soldaten in Gruppen. Winterhilfsbüchsen-Geschepper. Sonntag. Eintopfsonntag. Eine Straßenbahn klingelt sich langsam durchs Gewühl.

Wie ein Strom treibt es durch die Hauptstraße. Ein dichter Menschenstrom, in den aus Seitengassen und aus sekundenlang hellen Türen von Gasthöfen und Kaffeehäusern neue Menschen münden. Ein Strom, der wieder abtropft in dunklere Gassen, in Lokale und in die Lagunen stiller Plätze und Parks.

Wieviele Blicke einander an solchen Abenden begegnen! Fremd, tastend, voll waghalsiger Möglichkeiten. Zum ersten Male spüre ich bewußt, daß es der Geschlechtstrieb ist, der hinter all diesen Augen lauert, die es an solchen Abenden auf alle Promenaden der Welt treibt. Wie gut kenne ich ihr Ende. Die müde Heimkehr nach einer Erfüllung oder Enttäuschung und die Angst vor der kommenden Woche.

»Nur heute nicht allein in mein kaltes, sauberes Hotelzimmer zurückmüssen!« sage ich mir, als ich unschlüssig vor einem Kino stehe. Eine Vorstellung ist zu Ende. Wie ein Riff werde ich umströmt von einem Schwarm laut durcheinander schwatzender und lachender Menschenbrüder.

Aber dann mache ich mich doch auf den Rückweg und komme gerade bei Torschluß an. Müde, zerschlagen setze ich mich aufs Bett. Ob ich nicht doch noch einmal weggehen sollte? Mein Rucksack wäre ja noch von der Gepäcksaufbewahrung abzuholen.

Ich stehe auf, strecke mich, zünde mir eine Zigarette an. Der weiß gestrichene, eiserne Waschtisch mit dem frischgebügelten Handtuch, dem Wasserglas, dem hohen Steinkrug. Aus dem Spiegel lächelt mich mein blasses Deserteurgesicht trub ironisch an.

»Wie schüchtern du bist«, murmle ich mir zwischen den Zähnen zu und fühle dabei, daß ich Theater spiele, irgendeine Rolle in einem französischen Film.

Langsam ziehe ich die Schuhe aus und lege mich aufs Bett, höre lange dem einschläfernden Ticken der Wanduhr zu.

Ohne die geringste Welle, in blendender Helle liegt der Ozean vor mir. Rechts auf einer steinernen Mole, die bis zum Horizont führt, geht ein Mann davon.

Ich kann nur seinen Rücken sehen und seinen hohen, runden Hut, aber nie sein Gesicht.

Aufhalten! Man muß ihn aufhalten! Warum dreht er sich nicht um, obwohl man ihm nachläuft und schreit? Warum sieht man nie sein Gesicht?

Verstört fahre ich aus dem Schlaf. Halbzwei. Zitternd vor Kälte ziehe ich mich aus und krieche unter die Decke.

Am Morgen hole ich meinen Rucksack vom Bahnhof und schlendere durch die sonnige, herbstwaldumhügelte Stadt. Die gestrige Nacht liegt Jahre zurück.

In einem Gasthof am anderen Neckarufer kehre ich ein und ziehe mich mit einer Zeitung an den Ecktisch beim Ofen zurück. Der Wirt, fett und kahlköpfig, kommt angewatschelt. Ach was, ich werde jetzt noch nicht anfangen Marken zu sparen.

OFFENSIVE OHNE ENTSCHEIDUNG. DIE LETZTEN VIER MONATE DES VOLKES PROBE! Himmler und Guderian sprachen in Posen.

Hier das OKW ... Aachener Gegend, planmäßig ...

Holland: NACH ERBITTERTEN KÄMPFEN AN DER UNTEREN MAAS ZOGEN SICH UNSERE TRUPPEN AUF EINIGE KLEINERE BRÜCKENKÖPFE ZURÜCK. Die Brücken von Moedigk wurden planmäßig gesprengt. (Sehr unklar!)

Angloamerikanische Bomberverbände und Tiefflieger setzten ihre Terrorangriffe gegen das westliche, südwestliche und südliche Reichsgebiet fort. Das Stadtgebiet von W i e n wurde besonders schwer getroffen. (Verdammt noch einmal!) Luftverteidigungskräfte schossen achtundvierzig feindliche Flugzeuge ab. (Mein Gott, wieviele da wieder angegriffen haben!)

SCHLACHTENLÄRM BEI BUDAPEST. Am südlichen Stadtrand von Budapest, wo zahlreiche Bombenangriffe die harten Züge einer Frontstadt in das Antlitz der ungarischen Metropole gerissen haben ...

Wieder nichts über Leveroi.

Abends, als ich eben auf der herrlichen, alten Neckarbrücke stehe, gibt es Fliegeralarm. Hier muß man, im Gegensatz zu anderen Städten, die Leute in die Luftschutzkeller treiben.

»... wenn einmal Bomben heruntersausen und uns begraben sollten«, sagt ein Herr, mit dem ich ins Gespräch gekommen bin. »Nein nein, da würde ich schon lieber an der Front fallen. Draußen stirbt man doch wenigstens als Soldat. Stellen Sie sich vor, in so einem Loch wie hier!« Als ob das WO nicht gleichgültig wäre. Nach der Entwarnung treibt es mich immer schneller nach Hause.

Wie gut mir heute mein Zimmer gefällt! Vergnügt packe ich eine der beiden Schnapsflaschen aus. »Prost Herr Waschtisch! Gut, daß wir uns nichts mit einem Weib angefangen haben. In unserer jetzigen Lage viel zu gefährlich.«

»Jawohl! Mit Kleinigkeiten fängt es an«, sage ich nach dem ersten Schluck. »Wer in kurzer Zeit militärische Moden im Auftreten, Stimme, Redensarten und Gebärden annimmt, wer immer jemanden kopiert, der wird später auch andere Aufgaben kritiklos hinnehmen. Er ist ein gefährlicher Dummkopf und fällt daher seinen Vorgesetzten angenehm auf.«

Wieder fülle ich das Zahnputzglas und trinke es langsam in einem Zuge aus.

»In Uniform ein anderer Mensch. Zu allem berechtigt. Mord und Diebstahl erlaubt, wird sogar belohnt. Das Gewissen ist beruhigt. Die Verantwortung trägt ja der nächsthöhere Dienstgrad. Überhaupt: Verantwortung aufgeteilt, so verschoben, daß für den einzelnen keine mehr übrig bleibt. Und wenn man nach dem Krieg heimkommt, ist man wieder der fleißige Sohn oder Familienvater, Bauer, Rechtsanwalt, Student, Arbeiter. Da weiß man dann von nichts mehr und hat nur fürs Vaterland seine Pflicht getan. Wieviele aber haben *mehr* als ihre Pflicht getan!«

Im Morgengrauen, im Niemandsland tasten wir uns durchs Minenfeld. Mückennetze über die Helme gespannt. Sturmgepäck. Leises Blechgeklapper. Ein russisches MG tackt im sumpfigen Gelände östlich von Possilok Nr. 7, und die ganze Nacht schwelt hellrot der Himmel im Norden, wo noch immer die Fabriken brennen.

Dunkel, weglos, holperig schleppen wir den verwundeten Komenski. Na, der hat wenigstens seinen Heimatschuß. Hängt sich sauber an. Meine Hände sind klebrig von seinem Blut. Was diese Hände schon alles getan?

Stolpern. »Achtung!« flüstert der Gruppenführer.

»Was ist los?«

Stehenbleiben. Regungslos in die Finsternis horchen.

FRITZ

Es gibt Zufälle, die so phantastisch sind, daß wir sie kaum glauben, wenn sie uns ein anderer erzählt. So sehr ist unsere sachliche Zeit jedem Gedanken an Fügung des Schicksals abhold, so skeptisch, so empfindlich unser Geschmack gegen derartige Ereignisse in Filmen oder Romanen, daß wir nun auch jeden Zufall im wirklichen Leben nicht anders als scheel ansehen können.

Den Rucksack auf dem Rücken ging ich eben dem Bahnhof zu, als ich ihn, im zufälligen Umwenden, auf der letzten Plattform einer vorüberfahrenden Straßenbahn entdeckte.

»Fritz!« brüllte ich, so laut ich konnte. »Fritz!« Da sah er mich endlich, winkte mit beiden Armen, sprang ab. Wir liefen einander quer über die Straße entgegen und boxten uns begeistert in die Rippen.

Als wir dann in einem Café saßen, einen Berg Kuchenstücke auf dem Marmortischchen vor uns, erzählte er mir, daß er von seiner medizinischen Studentenkompanie in Straßburg hierher versetzt worden sei und daß er Glück gehabt habe, da er im achten Semester noch weiterstudieren dürfe, während die darunterliegenden Jahrgänge an die Front geschickt würden.

Während er sprach, lauerte ich schon darauf, mit *meiner* Geschichte zu beginnen. In aller Ruhe, wie eine alltägliche Sache wollte ich ihm alles erzählen und freute mich schon im Vorhinein auf seinen verdutzten Gesichtsausdruck.

Abendessen im Gasthof Schnoockeloch.

In übermütiger Stimmung sitzen wir beisammen und müssen immer wieder grinsen, wenn wir einander ansehen. Ich freue mich, daß er sich noch mit der gleichen Bewegung durchs Haar fährt wie früher und daß alles an ihm unverändert geblieben ist. Sein mageres, immer schlecht rasiertes Gesicht, seine Augen, sein spöttischer Mund, seine knöchernen Hände mit dem nikotinbraunen Mittel- und Zeigefinger.

Die Kellnerin kommt mit dem Essen, serviert umständlich und geht wieder, kokett lächelnd.

»Die ist nicht übel, was?« sagt er. »Also paß auf: Was du brauchst, ist eine Frau mit eigener Wohnung. Fliegerangriffe gibt's hier nicht, du könntest also den ganzen Tag in ihrer Wohnung bleiben. Natürlich kann es dir passieren, daß sie dich nicht mehr losläßt und dir auf die Nerven geht, aber das müßtest du in Kauf nehmen. Schlimmer wäre es jedenfalls, wenn *sie* bald genug hätte von dir.«

»Vielleicht wäre mit der Kellnerin hier etwas anzufangen«, überlege ich. Wir bestellen noch ein Glas und beginnen, uns mit ihr zu unterhalten. Sie bedient dazwischen andere Gäste und kommt immer wieder an unseren Tisch zurück. Doch am Ende haben wir sie soweit, daß ich mich morgen mittag, an ihrem Ruhetag, mit ihr im Hotel Schwarzes Schiff treffen soll.

»Sei nur ja vorsichtig!« warnt mich Fritz auf dem Heimweg. »Weihe sie erst ein, wenn du sie restlos ausgehorcht hast.«

Schon um halbzwölf sitze ich im Schwarzen Schiff. Von meinem Tisch aus kann ich die Eingangstüre gut überblicken. Allmählich füllt sich der Speisesaal.

Das Mädchen hinter der Theke würde mir besser gefallen. Aber daran darf ich jetzt nicht denken. Nervös durchblättere ich eine Zeitschrift, sehe dazwischen immer wieder zur Türe hin, sage einem Serviermädchen: »Nein danke, ich erwarte noch jemanden«, und anderen Leuten, daß der Platz neben mir besetzt ist.

Doch als sie endlich kommt, ist sie, zu meiner Enttäuschung und Erleichterung, in Begleitung eines Feldwebels und sieht hinter seinem Rücken einen Augenblick zu mir herüber, flüchtig lächelnd, bedauernd, ein wenig spöttisch, wie es mir scheint.

Und da bestelle ich aus Rache zwei Portionen für mich allein.

Das Mädchen hinter der Theke heißt Helga. Sie hatte von drei bis halb sechs frei. Wir liefen in ein Kino, kamen gerade noch zurecht, und während über die Bildfläche Limousinen glitten und elegante Menschen in Wohnungen, die sich keiner von uns leisten kann, fand ich im Dunkeln ihren Ellenbogen, ihre Hand, streichelte ihre kalten, rauhen Finger. Es war ein Lustspiel. Einige Male mußten wir herzlich mitlachen. Dann wuchsen zwei Gesichter, immer größer, und nach dem Kuß flammten die Lichter auf und Helga mußte wieder schnell ins Schwarze Schiff zurück.

Ich hab mich Hals über Kopf verliebt. Und die Stunden, die wir abends in einer Weinstube am Neckar verbrachten, gehören zu den schönsten, die ich bis heute erlebt habe. Wie durchsichtige Melonen schwammen Lampions im dicken Tabakqualm. Inmitten von Lärm und vielstimmigem Gegröle saßen wir allein in unserer gepolsterten Nische und sprachen uns aus, hastig, unaufhaltsam, zwei Gestirne, trunken aufeinandergeprallt.

Was mich so zu ihr hinzog, vermag ich nicht zu sagen. Vielleicht ihr dunkelblaues Trägerkleid, das mich an meine Schwester erinnerte, oder ihre auffallende Blässe, eine Blässe bis in die Lippen. Oder war es die Art, mit der sie sich eine Zigarette anzündete und sie dann im Mundwinkel hielt wie ein Franzose? Die heisere Mütterlichkeit ihrer Stimme?

In einem pommerschen Dorf in der Nähe von Köslin aufgewachsen und vierzehnjährig von einem verheirateten Mann verführt, war sie von ihren Eltern hinausgeschmissen worden und hatte sich früh durchschlagen müssen, allein und jung, voll Hunger.

»Wie oft ich ausgenützt wurde, bis ich es lernte, die andern auszunützen. Ich habe schon mit vielen Männern zu tun gehabt. Am widerlichsten finde ich die älteren Herren, die Biederen, *Uneigennützigen.* Man glaubt, daß sie einem helfen wollen, bis man angeekelt merkt, daß auch diese alten Kracher nur das Eine wollen. Da sind mir die Jungen zehnmal lieber. Sie machen keine schönen Worte, wenn sie aufs Ganze gehen. Und am nächsten Tag stehen sie wieder hinter dem Schraubstock oder lernen aufs Physikum oder sitzen unausgeschlafen in einem Zug, der an die Front fährt. Dabei habe gerade ich immer den Alten Vertrauen entgegengebracht. Vielleicht, weil ich in ihnen den Vater suchte, den ich nie gehabt.«

Mit genialer Anschaulichkeit holte sie Erlebnisse aus ihrer dunklen Kindheit. Und mag sie auch manches übertrieben haben, ich hätte ihr das Unglaubliche geglaubt.

Wie im Fieber sah ich immer wieder in die großen, schwarzen Pupillen in ihrem weißen Gesicht. Und aus dem plötzlichen Gefühl: nur du allein wirst mich verstehen — begann auch ich mit meiner Geschichte. Obwohl ich dabei wußte, daß ich mich zugrunderichten konnte, da Frauen vor allem gute Zuhörer sind und man sich ihnen daher nur allzu leicht preisgibt, erzählte ich ihr doch hastig und ohne Bedenken alles, vom Anfang bis zu dieser Stunde. Und sie war eine ernsthafte, vom ersten Blick an für mich parteiische Zuhörerin.

Als es schon spät geworden war, fiel mir ein, daß ich ja noch kein Quartier hatte.

»Hm«, sagte sie, »wie gerne ich dich zu mir nehmen würde! Aber ich bin selbst nur Untermieterin, noch dazu bei Leuten, die aufpassen wie Wachhunde.«

»In einem Hotel zu fragen, wird wohl zu spät sein?«

»Ich glaub schon. Aber vielleicht könntest du hier auf einer der gepolsterten Bänke schlafen.«

Noch ein Kuß, und schon unsicher auf den Beinen ging ich zur Theke. Aber die Wirtin wollte nicht recht. Man könne doch nicht auf so einer Bank schlafen, sie sei doch viel zu schmal und hart.

»So ein falsches Aas«, sagte Helga, als ich wieder an unserem Tisch war. »Als ob eine gepolsterte Bank in einem warmen Raum nicht auf jeden Fall besser wäre als eine Nacht im Freien.«

»Ach was! Ich will noch gar nicht nüchtern werden!« erwidere ich. »Vielleicht hat noch irgendein anderes Lokal offen. Und wenn ich gar nichts finde, so werden wir eben die restliche Nacht irgendwo oben im Wald, zusammen ... willst du?« Ich packte sie hart am Ellenbogen.

Komfort begünstigt die Erotik, Wärme, Musik und Alkohol, dicke Teppiche. Aber manchmal kann es auch die Kälte sein und die Armut eines Ortes. Und ich erzählte ihr, wie sehnsüchtig ich mir als Bub ausgemalt habe, daß ich mit einem bestimmten Mädchen über eine Wiese gehe und uns der Regen überrascht. »Ein schwerer Platzregen, verstehst du, und daß wir uns dann im hohen Gras endlich küssen würden, unsere Kleider und Haare trieftnaß, den befreienden Regen im Hals, in den Brauen, in den entrückten Gesichtern.«

»Sie ... Herr Soldat!« Die Wirtin vor uns. »Sperrstunde!« sagte sie. »Übrigens«, fuhr sie fort, nachdem ich bezahlt hatte, »ich hab mir's überlegt, Sie können doch hier schlafen.«

Beinahe enttäuscht verabschiedeten wir uns voneinander in der Türe. Aber morgen, morgen werden wir einander wiedersehen!

Zwei Frauen räumten flüchtig auf. Dann blieb ich allein zurück. Auf den Tischen die umgekehrten Stühle. Sinnlos reckten sie ihre unweiblichen Beine in den leeren, verrauchten Raum, in dem jetzt nur noch eine nüchterne Glühbirne brannte.

So ein Leichtsinn, ihr so schnell zu vertrauen, wo ich sie doch erst einen halben Tag kenne. Ich muß total verrückt gewesen sein! Ich fischte aus den Aschenbechern, die in einer Reihe am Fensterbrett standen, ein paar Stummel und drehte mir eine Zigarette. Wie toll ist es, in einer Umgebung wie vorhin über ernste Dinge zu sprechen. Im Lärm einer Weinstube oder einer Bar. Während mich umgekehrt das Pathos ernster Situationen fast immer belustigt.

Nein, so ein Wahnsinn! Was Fritz dazu sagen wird. Kein Quartier und auch sonst kein Vorteil. Noch dazu hab ich sie für morgen ins Schnoockeloch bestellt, wo ich mich mit ihm treffen werde. Das war das Allerdümmste, was ich tun konnte. Wenn ich es nur irgendwie rückgängig machen könnte! Am besten gar nicht zum Treffpunkt gehen.

Dabei kann ich vor Freude auf das morgige Wiedersehen noch lange nicht einschlafen.

Ich liebe dich! Ich bin verrückt nach dir!

Spürst du, daß ich eben jetzt auf dem herbstlichen Hügel an einer Wegbiegung stehe, die Stadt und dein Schwarzes Schiff unter mir? Wie schwer es uns Männern fällt, es euch zu sagen, wenn wir euch lieben. Nur jetzt, allein auf dem laubigen Weg kann ich dir's gestehen: Ich liebe dich mit der heftigen, sehnsuchtsvollen Liebe aller Verbannten und Gehetzten, aller Menschen auf der Flucht, die nicht wissen, ob sie morgen noch am Leben sind!

Der ganze Tag ist ein Wartezimmer für mich. Durch Gäßchen bin ich gegangen, habe mir den Schloßberg angesehen, die Bilder vor den Kinos und einen ganzen Berg Zeitschriften in einem Café, in dem ich am Nachmittag saß.

Bis endlich der Abend da ist und ich wieder mit Fritz im Schnoockeloch sitze. Wir bestellen jeder drei Portionen Stammgericht.

Wie soll ich es ihm bloß beibringen, denke ich ununterbrochen. Und während er, den Blick auf einer Zeitung, langsam die Gabel zum Munde führt, kommt mir sein schmaler Schädel auf einmal so knöchern und verständnislos vor, daß ich es beinahe nicht über mich bringe zu beginnen.

Aber dann nehme ich doch einen Anlauf und erzähle ihm in ein paar Sätzen, was sich gestern ereignet hat.

»Du bist ja nicht bei Trost!« sagt er. Und nach einer betretenen Pause: »Aber was machen wir, wenn sie nicht allein kommt? Sie könnte ja inzwischen schon die Polizei verständigt haben.«

»Wir hauen am besten ab, bevor sie noch da ist«, erwidere ich. »Oder ... Setz dich an einen anderen Tisch. Deinen Namen hab ich ihr ja nicht gesagt.«

»Nein, nein! Weg von hier, so rasch wie möglich!«

Doch als wir gerade in unsere Mäntel schlüpfen wollen, geht die Türe auf und — Helga ist da.

»Wir ... ich ... ich bin auch eben erst gekommen ...« beginne ich zu stottern, während ich ihr aus dem Mantel helfe. Doch Fritz winkt mir hinter ihrem Rücken ab.

Alles klappt wieder einmal. Am Anfang ist sie noch ein wenig befangen und sieht mich einige Male schüchtern fragend an, aber schon nach dem ersten Glas taut sie auf. Und als sie dann einen Augenblick hinausgeht, und wir ihr nachgesehen haben, ob sie nicht vielleicht telephoniert, überfalle ich Fritz sofort mit Fragen.

»Ich glaube, sie ist in Ordnung«, erwidert er beruhigt. »Ja, so unwahrscheinlich es klingt, sie dürfte tatsächlich in dich verliebt sein. Aber Frauen wollen auch ausgehen und sich zeigen mit ihrem Mann. Davon kann aber bei dir keine Rede sein. Jedenfalls rate ich dir dringend, jetzt keine andere mehr anzuschauen. Du weißt selbst, wie leicht eifersüchtige Liebe in Haß umschlagen kann.«

»Ich habe gar nicht die Absicht, mit einer anderen anzubandeln.«

Er zündet sich eine Zigarette an. »Dumm, daß sie keine eigene Wohnung hat. Wo stellst du dir übrigens vor, daß du heute übernachten wirst?«

»Wenn ich nichts finde, werde ich irgendwo im Freien ...«

Helga kommt zurück. Fritz bestellt eine Kanne Wein, erklärt ihr noch einmal eindringlich meine Lage und schärft ihr immer wieder ein, daß sie unter keinen Umständen und zu keinem Menschen davon sprechen darf.

Nachdem ich Helga heimbegleitet habe, steige ich im Dunkeln zum Philosophensteig hinauf, kehre aber auf halbem Wege wieder um. Ich werde es doch im Bahnhof versuchen. Ich hab ja noch meinen Dienstreiseausweis. Er ist zwar schon ein paar Tage über die Zeit.

Wie in allen Bahnhöfen ist der Wartesaal und die Bahnhofsrestauration voll von Soldaten, Flüchtlingen und Ausgebombten. Auf Tischen, Bänken, Gepäckstücken und auf dem Boden liegen oder hocken die Leute herum. Lärm, verschiedene Dialekte und eine dicke Luft aus Rauch und Gestank. An der einen Längswand stehen einige blutjunge Soldaten, feldmarschmäßig, mit roten Köpfen. Was wollt *ihr* noch an der Front? Euch jetzt noch niederknallen lassen? Eine junge Frau stopft einem schreienden Säugling immer wieder vergeblich einen Lutscher in den Mund. Vier Matrosenobergefreite hocken an einem Tisch. Sie rauchen einen teuflischen Tabak und rücken zusammen, um mir Platz zu machen.

Unausgeschlafen und noch ganz steif sitze ich morgens in einem Kaffeehaus. Aber als ich mich um drei mit Helga treffe, teilt sie mir aufgeregt mit, daß ich die nächsten fünf Tage im Schwarzen Schiff wohnen kann.

In ausgelassener Stimmung jagen wir einander den Hang hinauf. Und oben, wo es flach wird, auf einem kleinen, gebleichten Grasfleck im Gebüsch, kam es dann dazu. Dann gingen wir zwanzig Meter, zu denen wir fast eine halbe Stunde brauchten, und dann kam es noch einmal dazu.

Erlöst und übermütig spazieren wir noch weit. Wolkenfetzen fahren über den Himmel, Blätter pendeln zur Erde wie Fallschirme, und am Schluß müssen wir wieder laufen, um noch zurecht zu kommen.

Den Meldezettel fülle ich diesmal mit falschem Namen aus, da Helga sagt, daß man bei ihnen nie Papiere nachprüft.

Ich bleibe fast den ganzen Tag auf meinem Zimmer. Unter meinem Fenster fließt breit der Neckar vorbei. Menschen gehen über die Brücke. Autos, Straßenbahnen. Welch unerwartete Wendung! Vorgestern noch auf dem Weg zum Bahnhof, auf dem ungewissen Weg in die kalte Eifel. Und heute? Helga kommt hie und da auf einen Kuß hereingeschlüpft.

DIE NEUE DEUTSCHE VERGELTUNGSWAFFE V 2 BESCHIESST TAG UND NACHT LONDON UND ANDERE ENGLISCHE STÄDTE UND INDUSTRIEZENTREN! las ich am Vormittag in einem Anschlagkasten, der vor dem Bahnhofsgebäude hängt.

Nochmalige Kriegsverlängerung!

Alle Wände Fahnenstoff. Tausend Hakenkreuze über einem lauschenden Brei aus unzähligen Gesichtern. Weit vorne auf der Rednertribüne, eingebettet zwischen Wimpeln, Fahnen, Standarten und blitzenden Spitzen, zwischen Schirmmützen und Uniformen, ein gestikulierender Gnom mit fanatischen Glühaugen.

»Wolltollt ihrihr denen totalenalen Kriegieg?« kam es aus den beiden schwarzen Trichtern. Dann begann gewaltig der Beifall zu toben. Auch ganz hinten, wo der Lautsprecher kaputt war und man von allem nur eine Pantomime gesehen hatte. »Sie haben doch gar kein Wort verstanden!« — »Ja, aber hören Sie denn nicht, wie alle begeistert sind?« Und noch nie wurden die Lieder der Nation mit so feierlicher Entschlossenheit gesungen, wie dieses Mal.

Dann aber entquollen die aufgewühlten Massen den aufplatzenden Toren, wie Lava aus Kratern hervorbricht, ergossen sich wogend über den Platz, wo eine unablässige Kette anrollender Straßenbahnen die Menschenmassen wie ein Riesenbagger wegschaufelte, sie umleerte in U- und S-Bahnen und den Rest an den Endstationen auf die Straße schüttete.

Es ist Helga gelungen, für ein paar Minuten eine Schreibmaschine heraufzubringen.

Rasch die Türe abgesperrt, den Dienstreiseausweis eingespannt und vorsichtig an die richtige Stelle gerückt. Nebeneinander über die Walze gebeugt, ihr Haar an meiner Wange, drücke ich langsam die Zahl 2 hinunter und setze sie vorsichtig vor die 4, so daß der Schein jetzt bis 24. November gültig ist.

Sie hockten im Zug und spielten Siebzehnundvier.

Doch am Bahndamm und in den Bahnhöfen, überall standen zerlumpte Polenkinder herum. »Pane! Brot!« »Gib Brot!« »Du geben Brot!« Bis es dem ausgefressenen Obergefreiten Grabner, der gerade die Bank hielt, zu dumm wurde. Er spielte aus, spuckte aus und brüllte: »Verfluchtes Pack, schert euch zum Teufel!« Und die scheuen Kinder kollerten geduckt den Bahndamm hinunter, krabbelten aber gleich wieder hinauf und waren schon wieder da. »Mensch, haste schon sowat jesehen? Diese elenden Mistköter!«

»Ein verkommenes Volk!« sagte der Feldwebel mit dem EK 1 und dem Panzerknacker-Abzeichen. Er nahm seine Pfeife aus dem Mund. »Für ein Kommißbrot kannst du hier alle Weiber zwischen vierzehn und sechzig haben. Aber bevor ich mir von so einer den Tripper hole, hau ich lieber mein Brot weg.«

»Ich werde versuchen, eine sturmfreie Bude zu bekommen«, sagte Fritz, als ich mich nach dem Abendessen mit ihm traf. »Von der Studentenkompanie aus ist es zwar verboten, aber da fast jeder von uns dringend einen eigenen Raum braucht, vermieten hier die Leute an Soldaten, ohne sie anzumelden.«

»Ohne polizeiliche Anmeldung? Das wäre ja phantastisch! ... Jetzt scheint es überhaupt günstiger zu werden: Mir ist gestern noch eingefallen, daß ich in Mannheim ein Mädchen kenne. Sie leitet, glaube ich, irgendeine katholische Jugendorganisation.«

»Du kannst doch unmöglich nach Mannheim!«

»Helga sagt, es sei ganz ungefährlich. Man muß nicht mit der Bahn fahren, sondern mit der O E G, einer Straßenbahn, die angeblich nie kontrolliert wird.«

»Ich halte es für einen ausgesprochenen Leichtsinn! Bleib doch hier! Und weihe vor allem niemanden Neuen ein!«

Wir steuerten durch eine abschüssige Gasse dem Neckar zu. Und als der Strom vor uns lag, schlugen wir eine langsamere Gangart ein. Ein frischer Wind blies reinigend durchs Tal. Die schwarzstummen Berge hoben sich kaum von dem fast ebenso dunklen Himmel ab. Verhalten rauschte das nächtliche Wasser an uns vorbei. Und als wir, befreit, den Wind im Rücken stromaufwärts gingen, gewöhnten sich unsere Augen bald an die Dunkelheit. Es ist ein schöner Weg. Manchmal wachsen Kähne finster drohend aus dem Dunkel. Wellen klatschen gegen Bordwände und Stege.

»Daß sie diesen Krieg so in die Länge ziehen!« begann Fritz unvermittelt. »Jetzt könnten sie zeigen, wie gut sie es mit Deutschland meinen. Ich werde es vor der Geschichte verantworten, haben sie immer geschrien. Den Landser stellen sie an die Wand, wenn er desertiert, aber sie werden sich vor der Verantwortung drücken. Diese feigen Bonzen!«

»Schrei doch nicht so!« unterbrach ich ihn. »Du weißt nicht, ob uns nicht jemand ...«

»Ach was!« erwiderte er und senkte seine Stimme, um sich wieder von neuem in Wut zu reden. »Und mit welchen Argumenten sie uns immer wieder zum Narren halten.

Unsere Gegner seien auch schon einmal weit im Hintertreffen gewesen. Und wie es ihnen gelungen sei, uns hinauszuwerfen, so würde es auch uns wieder gelingen. Diese Göbbels-Logik wird man den Leuten noch verzapfen, wenn Berlin schon besetzt ist. Es war ja manchmal kaum zu glauben, wie leicht es uns in den ersten Kriegsjahren gelungen ist, Einkesselungen durchzuführen. Man muß sich nur vorstellen, was für ein schmaler Schlauch da oft weit durch Feindgebiet vorangetrieben wurde. Die Geschicklichkeit des deutschen Generalstabs, die gute Truppe, die Organisation, vor allem aber eine große Portion Glück und die Unerfahrenheit unserer Gegner, das alles hat dabei zusammengeholfen. Von diesen strategischen Erfolgen werden unsere Militärs noch jahrelang zehren, und die Erinnerung daran wird sie bald wieder kriegslüstern machen. Ein Glück, daß wir jeden Krieg verlieren, sonst kämen wir aus dem Soldatenspielen nie mehr heraus. Man müßte die Nazis und Militärs im kommenden Frieden fest im Zaume halten, sonst würden sie, wieder an der Macht, nicht mehr beim Umbringen von dreißig Millionen Menschen stehenbleiben«, schloß er grimmig.

Wir überholten ein eng umschlungenes Paar. »Nein! Wenn ich dir schon sage. Warum mußt du auch immer so neugierig sein!« peitschte uns der Wind eine verärgerte Männerstimme nach.

»Weißt du, was ich am meisten befürchte?«, fuhr Fritz fort, als wir außer Hörweite waren. »Daß unser kritikloses, zerführtes Volk nach diesem Krieg glauben wird, nun die bisher versäumte Skepsis um jeden Preis nachholen zu müssen, und daß es dann niemandem, am wenigsten aber einem vernünftigen Politiker vertrauen wird. Bis es schließlich wieder auf irgendeinen Narren hineinfällt.«

Bei der alten Neckarbrücke angekommen, beschlossen wir, am andern Ufer noch ein Stück weiterzugehen.

»Die Menschheit ist langsam von der Faust über die Keule, den Speer und das Gewehr bis zur Bombe gelangt. Jetzt haben wir Raketen, und später wird es noch furchtbarere Vernichtungswaffen geben. Du weißt, ich bin für jeden technischen Fortschritt, nur wird damit auch immer mehr Macht in die Hand eines einzelnen gegeben. Und dieser einzelne kann ein Weiser sein oder ein Narr.« Er lachte auf. »Vorläufig sind es zumeist noch Narren! ... Übrigens, ob dieser Krieg wirklich der letzte sein wird? Die Leute werden wieder alles vergessen, und vor allem in der ersten Nachkriegszeit, wenn sich das ganze Elend erst voll auswirken wird, wird es genug Leute geben, die behaupten werden, daß es im Krieg besser gewesen sei. Und diese Vergeßlichkeit ist die größte Gefahr, die es gibt.«

Ein Stück hinter der Brücke, wo das Tal sich dunkler verengt, kehrten wir um, schweigsam, verdrossen weil wir nur politisiert hatten. Der Wind war stärker geworden, und wir kämpften den ganzen Rückweg gegen ihn an.

An der Erziehung liegt es auch, mußte ich noch denken, als wir uns verabschiedet hatten und ich allein durch eine leere, hallende Gasse ging. In *einer* Generation könnte ein gewaltiger Sprung getan werden, wenn man die Kinder frühzeitig zu selbständigem Schauen und Zuhören erzge, wenn die meisten unserer Lehrer nicht so eitel wären, immer wieder von ihren Heldentaten im »großen Krieg« zu erzählen.

Herrgott! Die letzte Nacht im Schwarzen Schiff, sagte ich mir, als ich auf den Klingelknopf drückte, um den Nachtportier herauszuläuten. Wenn man nur endlich irgendein bleibendes Quartier hätte!

Immer fünfzehn Mann hinführen. Dann in Deckung gehen.

M G - S A L V E ! ! !

Hundertdreiundachtzig Russen an einem Vormittag. Und auf dem Rückmarsch singen:

Mein Regiment mein Heimatland

Mein Mutter hahahaaab ich nie gekannt ...

Durch das zerschossene Dorf. Den flachen Hügel hinauf zum Barackenlager. Sonne, Schlanke Birken im Wind. Wolken. Und GOTT MIT UNS auf den Koppelschlössern.

Zwei Nächte habe ich nun im Freien verbracht. Sie waren schlimmer als meine schlimmsten Nächte in Rußland, denn damals war ich wenigstens noch in der Gemeinschaft.

Im raschelnden und fauligen Herbstlaub vermochte ich immer nur wenige Augenblicke halb zu schlafen, um gleich wieder aufgerüttelt und zitternd vor Kälte ein Stück im Kreis zu laufen. Unsagbar verlassen, ausgestoßen und hungrig sehnte ich endlos lang den Morgen herbei. Und machte mich, als der Himmel endlich zu verblassen begann, mit elendem Geschmack im Munde auf den Weg über die bereiften Hügel. Wenn ich dann von oben her in die erwachende Stadt zurückgekehrt war, saß ich noch lange in einem winzigen Kaffeehaus und schlürfte einige Tassen von dem heißen Gesöff ohne mich, erwärmen zu können.

Wie leicht sagt man, daß man ein halbes Jahr ohne weiteres alle Entbehrungen auf sich zu nehmen bereit ist. Eine einzige Nacht im Schnee oder Regen mit leerem Magen, ganz allein durchgefroren, vermag mancherlei Vorsätze zu brechen.

Studentenlokale an allen Ecken.

Kneipen, Bierstuben, Weinstuben, Kaffeehäuser. Richtige Auerbachskeller wie in Goethes Faust. Von den Wänden blicken aus vergilbten Photographien stolze Studentengesichter mit verbundenen oder bepflasterten Köpfen und Hälsen. Manche tragen den Arm in der Schlinge.

Doch so jung, so trotzig sie sich auch gebärden, heute ist das Gros der Korpsstudenten, im Gegensatz zur Revolutionszeit, eine der fortschrittshemmendsten Kräfte. Ihre überheblichen, verdrehten Ehrbegriffe, ihr bornierter Nationalismus, ihre antisemitischen Prinzipien.

17. November

Gott sei Dank wieder in einem Hotel untergekommen!

Auf dem Meldezettel werde ich jetzt immer einen falschen Namen eintragen. Und wenn ich ausgehe, verschnüre ich meinen Rucksack mit bestimmten Knoten, um feststellen zu können, ob jemand in meiner Abwesenheit ...

Nach Zeitungsberichten ist mein holländischer Frontabschnitt endlich gefallen.

Wenn ich nur dort geblieben wäre!

Schreibmaschinengeklapper in einem Betonbunker am Westwall. Hämmert Dienstgrade und Namen auf weißes Papier. Schützen, Kanoniere, Gefreite, Unteroffiziere. Wegen Schädigung des Ansehens der Wehrmacht, wegen Belügen von Vorgesetzten, wegen Feigheit vor dem Feind.

Ein Hauptmann, degradiert wegen Plünderung.

Ein Flieger und zwei SS-Leute, die unter Androhung von Waffengewalt eine dreiundvierzigjährige Jüdin und anschließend ihre neunundsechzigjährige Mutter ... und dann zweieinhalb Seiten nur Vergewaltigungen in Polen.

»Mensch, da biste von die Socken!« brummt der Schreibstubenhengst, als er wieder einen neuen Bogen einspannen muß.

Vier Jahre später klappert dieselbe Maschine in der Schreibstube eines Barackenlagers in der Nähe von Münster. Klappert emsig unter einem grünen Lampenschirm, umgeben von Plakaten: HALT! SIND DIE SCHRÄNKE VERSCHLOSSEN? F e i n d h ö r t m i t ! Ein Führerbild. NICHT ÄRGERN, NUR WUNDERN!

Das Kriegsgericht verurteilt den Obergefreiten Koszinsky wegen unerlaubter Entfernung zu vier Monaten Gefängnis, weil er seinen Posten auf einem Flakturm verließ, um mit seiner angeblichen Braut unter einen nahegelegenen Brücke zu nächtigen.

Das Kriegsgericht verurteilt, wegen Zersetzung der Wehrkraft, den Unteroffizier Stulik zu achtzehn Monaten Gefängnis, die Obergefreiten Wärwa, Mück, Heppenheimer und Lerner zu einem Jahr und den Obergefreiten Jannovski zu neun Monaten Gefängnis.

Ich bestrafe den ... »Verdammtes Telephon! Stab, zwote Abteilung ... Jawoll, Her Oberleutnant! Jawohll! Jawoll! Jawoll, Herr Oberleutnant!« ... Wo bin ich nur stehengeblieben? Brücke. Heppenheimer ... Aha! Ich bestrafe den Soldaten Inger mit sechs Tagen verschärftem Arrest, weil er seine für zwei Wochen bestimmten Lebensmittelmarken in drei Tagen ...

MANNHEIM

Was für ein Unterschied! In Heidelberg kein zerstörtes Haus, hier Ruinen, Trümmerfelder, aufgerissene Straßen. Als ob eine Landesgrenze dazwischen läge. Auch die Gesichter scheinen mir anders: wie von Bomben gezeichnet.

Umso überraschter bin ich beim Eintritt in Marias Zimmer. Ein beruhigender, gleichsam zeitloser Teeraum. Weiße, glatte Wände. Eine langgestreckte, bequeme Bank. Davor eine Tischplatte auf niedrigen Böcken. Hellblau gestrichene, mit grober Jute bespannte Liegestühle im warmen Licht einer Stehlampe.

»Ich hab fast alles selbst gezimmert«, erklärt sie mir errötend, während sie Tee in dünnwandige Tassen gießt, sensitive Finger an Henkel und Knauf. »Da meine Eltern die wertvolleren, aber häßlichen Möbel sicherheitshalber auf dem Land untergebracht haben, blieb mir nichts anderes übrig.« Sie legt eine offene Zigarettenpackung auf den Tisch und setzt sich mir gegenüber. »So! Jetzt erzähl aber, wieso du in Mannheim bist! Bist du hier stationiert? Oder hast du Urlaub?«

»Urlaub kann man es gerade nicht nennen.« Ich zünde mir eine Zigarette an, langsam, umständlich, um Zeit zu gewinnen. Dann erst erzähle ich ihr alles.

»Das ist ja ungeheuer!« flüstert sie am Ende. »Zwei Monate bist du schon? ... Und haben sie dich nie erwischt?«

Es tut mir leid, daß ich sie erschrecken mußte. Mit einer solchen Wirkung habe ich nicht gerechnet. Vielleicht bin ich meinen Zustand auch schon zu sehr gewöhnt.

Zum Glück findet sie sich rascher hinein, als ich erwartet habe. Vor allem dürfe man ihren Eltern nichts davon erzählen, für *sie* sei ich auf Urlaub, sagt sie nach einigem Überlegen. Sie selbst werde mich jetzt etwa eine halbe Stunde allein lassen, um zwei Freundinnen zu verständigen. »Du kannst unbesorgt sein«, erwidert sie auf meinen Einwand, »die eine von den beiden kennst du übrigens schon. Sie war damals mit mir zusammen in Wien, hat am meisten Erfahrung und wird bestimmt einen Ausweg finden. Und jetzt rühre dich am besten nicht aus dem Zimmer. Ich bin gleich wieder da.«

Ich lehne mich bequem zurück. Zeitschriften auf einem kleinen Tischchen neben mir, aber ich bin in einer zu wohligen Stimmung, sie auch nur in die Hand zu nehmen. Immer wieder muß ich über den Raum staunen. Wie einfach, wie schön ist doch das Zweckmäßige! Ein großer, ausgezeichneter Druck von Seurat hängt an der Längswand. Daneben eine Kohlezeichnung. Ich stehe auf und sehe sie mir genauer an: Von Maria signiert.

Als sie mit ihren Freundinnen zurückkommt, werde ich nach der unerwartet herzlichen Begrüßung von allen dreien so sehr bestaunt, daß ich mich beinahe selbst zu bestaunen beginne.

Ob es nicht einen Weg zurück gäbe, möchte Irene, die älteste von ihnen, wissen.

»Nein, das ist ausgeschlossen!« erwidere ich.

»Und wenn du noch nicht desertiert wärest?«

»Ich würde es wieder tun. Ja, ich sehe es fast für eine Pflicht an, zu desertieren, wenn man gegen den Krieg ist. Findet ihr das nicht auch?« frage ich angriffslustig. Und stoße wieder einmal auf jene verworrene Mischung von Urteil und Urteilslosigkeit, wie man sie oft bei jungen Christen findet. Da ist man gegen den Nationalsozialismus, aber wenn vom Militärdienst die Rede ist, spricht man von »Ehrenpflicht« und greift zu ausweichend edlen Formeln: »Gott getreu und treu der Pflicht!« oder »Gebt dem Kaiser, was des Kaisers ist!« und vergißt gerne andere Sätze, wie: »Niemand kann zwei Herren dienen!« oder »Wer zum Schwert greift, kommt durch das Schwert um!« Jede Frau, die in einer Munitionsfabrik arbeitet, sollte vor allem daran denken, daß jede Granate, jede Patrone hergestellt wird, um Menschen zu töten, und daß ihr Mann, Vater oder Bruder daheim wäre, wenn es keine Munitionsfabriken gäbe. Ja, so widersinnig es klingt: Wer heute seinem Vaterland am meisten schadet, nützt ihm am besten.

All dies erkläre ich ihnen und gerate dabei in Hitze. Bis ich plötzlich abbreche und beim Anblick ihrer aufmerksamen, ratlosen Gesichter unwillkürlich lächeln muß. Verdammt, immer diese Heftigkeit! Dabei habe ich doch vom ersten Blick an eine Zuneigung für sie empfunden, hier, wie schon damals, als ich sie in Wien kennengelernt.

»Ich glaub, du hast mich falsch verstanden«, sagt Irene nach einer Pause. »Ich habe nur gemeint, daß *ich* nicht desertieren würde. Irgendein Gefühl in mir wehrt sich dagegen. Obwohl mir alles, was du eben sagtest, einleuchtet. Du beschäftigst dich wahrscheinlich auch viel zu viel mit solchen Problemen.«

Sie erzählen von einem Sommer, den sie knapp vor Kriegsbeginn gemeinsam in Irland verbracht, kramen ausgezeichnete Photos aus einer Schatulle, und als sie mir dann einige irische Lieder vorsingen, bin ich überrascht über ihre klaren, schönen Mädchenstimmen.

Als wir am späten Abend noch immer beisammensitzen und ich ihnen eben von Fritz erzähle, gibt es Fliegeralarm.

Rasch alles zusammengepackt. Dann laufen wir durch Straßen, in denen viele Menschen in die gleiche Richtung hasten. Ruinen, abgebrochene Ladenschilder, ein hohes Kirchenschiff mit eingestürztem Dach. Dann schieben wir uns an einem zerspellten Lastwagen vorbei unter die Erde in den riesigen Luftschutzbunker. Und weiter, gedrängt, gestoßen durch einen vollen Gang, von dem unzählige Kabinen mit Bänken und übereinanderliegenden Pritschen abzweigen, finden wir endlich einen Platz und stehen fast zwei Stunden zwischen müden, ängstlichen, gleichgültigen Gesichtern.

»Wie oft wir schon an dieser Stelle standen!« sagt Ilse. Sie erzählen mir flüsternd von den Luftangriffen der letzten Jahre. Wieviele Häuser zerstört, wieviele Menschen bisher in Mannheim umgekommen, und wie sich so ein Angriff genau abspiele. Geschulte Piloten stecken mit Leuchtschirmen, sogenannten Christbäumen, ein bestimmtes Gebiet ab, in das die nachfolgenden Flugzeuge nur ihre Bomben hineinzuwerfen haben.

»Du kannst dir nicht vorstellen, was für ein unheimliches Gefühl es ist, wenn Bomben direkt auf den Bunker fallen. Hier und da, nach besonders langen und grauenhaften Angriffen, haben wir geglaubt, daß jetzt der Krieg zu Ende sein müsse.« Und als Maria dann seelenruhig hinzufügt, daß manchmal nach der Entwarnung Streifen die Ausgänge besetzt hielten, um sämtliche herauskommende Soldaten zu kontrollieren, bin ich voll panischer Angst und wünsche mir fast, daß dieser Alarm nie zu Ende gehen möge.

Irene war schon am frühen Morgen in Heidelberg und hat dort mit einer Freundin, einer jungen Nonne, gesprochen, die mir im Kolpingheim für die nächsten vier Tage ein Zimmer verschaffen kann. Außerdem solle ich es noch bei anderen Bekannten versuchen, einer Familie, die in Ziegelhausen, etwa zehn Straßenbahnminuten östlich von Heidelberg, wohnt.

Am Nachmittag begleitet sie mich zur OEG und schenkt mir beim Abschied fünfzig Mark, zwei Päckchen Zigaretten und eine Lebensmittelkarte der laufenden Kartenperiode. Der Zug fährt an. Ich sehe ihre strenge, aufrechte Gestalt im dunkelbraunen Mantel neben dem grauen Pfeiler, bis die ersten Häuser sich dazwischenschieben.

Wie gut, daß ich hierher gefahren bin! Ich stütze meinen Arm auf den Fensterrahmen. Nur daß ich das seltsame Pathos dieser jungen Christen nicht mag. »Du warst einmal gläubig und bist es nicht mehr. Du hast es dir leicht gemacht«, haben sie gemeint. Nein, ihr habt es leichter! Ihr habt etwas, woran ihr euch in der Todesangst klammern könnt, wenn es auch nur ein Scheinhalt ist. »Warum bist du dann noch nicht aus der Kirche ausgetreten?« wollte Ilse wissen. Doch nur, weil ich mich nicht mit den »Gottgläubigen«, den Nazis, verwechseln lassen möchte. Nach dem Krieg werde ich ...

Am Flugfeld vorbei auf die Straße, die durch Dörfer und Wiesen führt. Oder eure Ansichten über die Italiener? Unbegreiflich, wie gedankenlos solche Vorurteile nachgeplappert werden. Der Italiener sei falsch, sagt ihr. Aber wenn jemand einen Felsen hinaufklettert und nicht mehr weiter kann, da ist es doch ehrlicher, also auch mutiger, umzukehren. Ist nicht gerade dieses starre Festhalten an Irrtümern weit eher Falschheit zu nennen? Dieses Sich-selbst-Belügen, diese sogenannte Treue, dieser kopflose Kadavergehorsam, auf den man bei uns so stolz. Glaubt ihr, Stalingrad sei ein Ruhmesblatt in der deutschen Geschichte?

Aber kameradschaftlich sind sie alle drei. Wie Schwestern in ihrer verläßlichen Fürsorge, die auch dort nicht verurteilen will, wo man nicht mehr übereinstimmt. Und wie schön war doch ihr Zimmer. Wie eine stille Insel.

Ich möchte auch gerne dieses Bild von Seurat. Möchte nach dem Krieg soviel Geld haben, daß ich mir eine ganz persönliche Bücherei und eine Sammlung von Schallplatten anlegen kann. Ich möchte reisen, in donnernden Schnellzügen ins Ausland fahren. Wie herrlich müßte es sein, an einer Grenzstation seinen Paß vorzuzeigen und eine andere Sprache zu sprechen! Ich möchte mir eine Flugzeugkarte leisten können, über den Atlantik fliegen und mitten in der Nacht kosten, wie ein Whisky-Soda schmeckt. Ein Passagierdampfer voller Lichter fünftausend Meter unter uns.

Im Schnoockeloch treffe ich Fritz. »Eine tolle Nachricht für dich!« sagt er zur Begrüßung. »In ein paar Tagen habe ich eine Bude.«

Und nach diesem aufregenden Tag und der Aussicht, endlich ein Zimmer für mich allein zu haben, wird es einer von jenen glücklichen Abenden, die es nur selten gibt. Wir essen, wir trinken wie die Fürsten, kaufen Zigaretten zu Überpreisen, werfen das Geld zum Fenster hinaus und reden beide fürchterlich viel. Und als wir schon berauscht von der Zeit zu reden beginnen, in der wir auf langen Spaziergängen mit zaghaftem Wagemut über unsere ersten brennenden Probleme gesprochen haben, stelle ich zu meiner Überraschung fest, wieviel er davon im Gedächtnis behalten hat. Gerade die kleinen, flüchtigen Dinge hat er getreu bewahrt, schärfste Momentaufnahme, von einem wählerischen, eigen-sinnigen Photographen geknipst.

Einen Getreidesilo, vor dem wir im Gespräch stehengeblieben und dem Verladekran zugesehen. Einen regnerischen Septembermorgen in Le Havre, an dem wir den steinernen Pier hinausgegangen. Die Möwen kreischten im Sturm, und in der Bucht sahen wir ein versenktes Schiff liegen, weißwogig umbrandet.

Die Bomben schlugen unerbittlich ein — das war, wie gesagt, in einer Septembernacht in Le Havre, und zwar in der Gegend zwischen dem Bassin Bellot und dem Bassin Vauban, sprengten Löcher in Kaimauern, rissen Docksohlen auf, zerschmetterten die Schleuse, das Pumpenhaus, und Splitter zerhackten die Dalben, durchsiebten die Wände und zerschnitten die Schienenstränge viele Male. Dann, blitzschnell, bevor man noch zu Atem kam, fuhr eine Bombe in die 2 cm-Flak auf dem Verwaltungsgebäude und zerfleischte die ganze Bedienung und die darunterliegende Batteriebefehlsstelle.

Wo sind die Zeiten, als die Leute im Kino noch lachten, wenn in der Wochenschau die Bombenschützen sich grinsend den Daumen leckten, bevor sie über Warschau ihre Bombenschächte öffneten?

Als das Lachen anschwoll, wenn sie am Rückweg im Tiefflug mit ihren MGs flüchtende Zivilisten, Juden, Frauen, Kinder, übereinanderkollernde Panjewagen hetzten?

Wo waren diese Zeiten, als es uns selbst an den Kragen ging? Als der Bergungstrupp den Kanonier Hausmann suchte. Und ihn endlich auf dem durchlöcherten Hellingkrangerüst fand. Uniformstücke. Blutig behaarte Fleischfetzen. Knochensplitter. Gedärme.

Vergangene Nacht im Kolpingheim geschlafen.

Heute vormittag: Ziegelhausen.

»Wenn Sie nicht sofort unsere Wohnung verlassen, sehe ich mich gezwungen ...« Immer wieder habe ich diesen Satz wiederholt, während ich in der Straßenbahn in die Stadt zurückfuhr.

Hoffentlich kann ich wenigstens noch ein paar Tage im Kolpingheim bleiben!

»Verdammt! Jetzt muß er sterben, wo ich gerade mitten im Kartenspiel bin!« dachte der Sani, als er zum Bett Nr. 12 im zweiten Saal laufen mußte, in dem der Gefreite mit dem Bauchschuß lag.

Und in Taganrog sagte ein anderer: »Wetten, daß er die heutige Nacht nicht übersteht!« Und war am nächsten Morgen beinahe enttäuscht, als der Wachtmeister Wenger noch immer am Leben ...

Früher Angst, vor jedem einfachen Soldaten. Jetzt manchmal mit Offizieren an einem Tisch.

Sicherster Schutz vor Befangenheit: Das Gesicht des anderen ruhig und genau studieren: vor allem die Details: Die Nase, die Umgebung der Augen, die Bewegung der Kaumuskulatur beim Sprechen, die Lippen, das Kinn.

Montag

Endlich hat es mit der Bude geklappt.

Besonders günstig, daß sie nicht im bewohnten Teil des Hauses, sondern im gegenüberliegenden Holzbau über einer Garage liegt. So habe ich also vom Hof aus einen eigenen, knarrenden Stiegenaufgang.

Fritz hat die Leute schon darauf vorbereitet, daß vorläufig nicht *er,* sondern ein Kollege, der wegen des Examens vom Dienst befreit ist, hier wohnen werde, um sich ungestört vorbereiten zu können. Als er mich dem behäbigen Bäcker-Ehepaar vorstellte, hatte ich das Gefühl, daß mich hier nichts geschehen könne. Die Frau nahm einen riesigen Schlüssel vom Schlüsselbrett und führte uns aufs Zimmer. Ein Bett, Waschtisch, Kasten, ein einfacher Tisch, zwei Stühle. Und nur fünfzehn Mark Miete im Monat. Ich boxte Fritz begeistert in die Rippen.

Kaum war sie draußen, führten wir einen Freudentanz auf. Ich versuchte lachend, ob das Bett ächzt, öffnete den Kasten und warf den Rucksack hinein. Fritz holte von der Bäckerei Kaffee und Kuchen herauf, und während wir aßen, packte er aus seiner Aktentasche einige medizinische Bücher aus und versprach, später noch andere zu bringen.

Am Abend kam Helga, aufgeregt, außer Atem, liebes, gerötetes Gesicht, und brachte eine volle Einkaufstasche, um den Raum auszuschmücken, bis er mir nicht mehr so gut gefiel.

Nach langer Zeit das erste Symphoniekonzert.

Der Saal war schon voll, als ich mich durch die vorletzte Reihe zwängte. Licht aus tausend Kerzen, tausend glühenden Wolframfäden. Festliche Kleidung überall. Dazwischen auch Uniformen.

Es ist immer etwas Rührendes um die wenigen Soldaten, die man in Konzerten und Theatern antrifft. Unwillkürlich denkt man, daß so einer doch kein Nazi sein kann, obwohl man gerade unter Musikern und Schauspielern so selten politisches Verantwortungsbewußtsein findet.

Das Orchester sammelte sich. In das rauschende Gemurmel und Geräusper im Saal mischte sich der Schwall von Stimmen der Streicher, vom eigenwilligen, noch nicht zu einer gemeinsamen Form gebändigten Vorspiel. Lieber ein schlecht bezahlter Cellist in einem Symphonieorchester, als ein Kaufmann oder Offizier! Überhaupt: *Ein* Instrument beherrschen! In *einem* Ding Meister sein! Nicht überall bloß Zuschauer und Dilettant. *Eine* Vollkommenheit!

Das Orchester setzte ein, mächtig, verhalten anschwellend. Mir stockte der Atem. Und erschüttert kämpfte ich den ganzen ersten Satz hindurch mit den Tränen.

Dann aber ließ die Spannung nach. Ich fühlte mich als Deserteur inkognito und begann neben dem Zuhören, die Leute um mich zu beobachten. Vielleicht bin ich schon zu sehr der Musik entwöhnt, als daß ich mehr als einen Satz vertragen könnte. Sie ist für mich eine zu starke Kunst, sie betäubt, berauscht mich zu sehr. Ich muß sie sparsam einteilen.

Am Heimweg fiel mir ein, wie sehr mich früher das Beisein anderer in Konzerten gestört und daß ich es oft vorgezogen hatte, Schallplatten daheim, allein in meinem Zimmer anzuhören.

In welch aufregenden Trubel bin ich doch hier geraten! Und wo wäre ich jetzt, wenn mir nicht zufällig Heidelberg dazwischen gekommen wäre. In einem Gefangenenlager in Südfrankreich? Auf einem amerikanischen Dampfer? Oder schon tot und verscharrt?

Ich werde jetzt arbeiten! Meine Aufzeichnungen, mein Sammelsurium sorgfältig durchgehen. Man muß nur an einer Stelle ansetzen. *Eine Seite ganz exakt:* Auch wenn man dazu eine Woche braucht und einem der Schädel brummt.

Da war jener junge Soldat, der in dem Kessel steckte, in den am Abend Granatwerfer, Haubitzen, Flak und Pak aus tausend Rohren glühendes Metall schleuderten. Jener Soldat, der in einer kurzen, zufälligen Feuerpause den Satz: »... spürest du kaum einen Hauch; die Vögelein schweigen ...« erlebte und nun nicht mehr ablassen kann, zu suchen, bis er den Rest wiederfindet.

Oder die Geschichte vom neunzehnjährigen Gefreiten Oppel aus Neuruppin, den ein Zufall beim Durchbruch der Russen von seinem Zug abgeschnitten und, anstatt nach Westen, nach Osten abgetrieben hatte?

Dieses kleine Rädchen in der Kriegsmaschinerien, das im breiten Strom flüchtender Truppen, eingekeilt zwischen rumänischer Infanterie, deutschen Geschütz-, Panzerspäh- und Kübelwagen, hinuntergeschoben zum Don und dann im zähen, stockenden Gewühle von einem aufgeregten Oberst angebrüllt, über eine von Pontons gestützte Brücke mitgeschleust, am anderen Ufer aufgefangen und gleich zur 376 ID eingeteilt wurde.

Der neunzehnjährige Oppel, den dieser irrsinnige Zufall in den Stalingrader Kessel verschlagen hatte und der sich immer wieder fragte: »Warum? Warum gerade ich als einziger von unserer Kompanie?«

Oppel, der später zur 29 ID mot. versetzt wurde und halbverhungert, stoppelbärtig, verdreckt, verlaust, klumpig erfrorene Füße, bei zwanzig bis dreißig Grad Kälte Tag und Nacht im Trommelfeuer lag. Dieses fahle Ruhrgespenst, das noch die erste Zeit täglich an die Zwölfmal mit dem Spaten aus dem Bunker gewischt war, bis er, völlig abgestumpft, den blutigen Schleim nur noch in die Hose fahren ließ und schließlich auf einem Hauptverbandsplatz zwischen Stöhnenden und Sterbenden und Phantasierenden landete. Zwischen Kopfschüssen, Bauchschüssen, Schulterschüssen, Gesäßschüssen. Zwischen Verbrennungen und Erfrierungen ersten und zweiten und dritten Grades, zwischen Amputierten, Kranken, Irrsinnigen.

Oppel, der endlich auf einer Tragbahre aufs Flugfeld geschafft wurde, um ausgeflogen zu werden. Und dann, von der rücksichtslos andrängenden Horde Verwundeter vor dem Eingang zur JU 52, vor dieser letzten Tür ins Leben zurückgestoßen, geblendet die drei Flugzeuge durch den Schnee davonstieben sah.

Das »Happyend« seiner Geschichte:

Wieder in den Einsatz geworfen, nahm er an nichts mehr Anteil. Bleckte nur manchmal die Zähne wie ein Köter und wurde am 21. Januar 1943 hinter einer Kaufhausruine wegen Feigheit vor dem Feind erschossen.

ÜBERSICHT ÜBER DIE GELÄUFIGSTEN ARTEN DES HELDENTODES

I Ehrenhafte Todesarten:

Erschossen ... werden ... von: Gewehren, MGs, MPs, Pistolen, leichten Kanonen.

Erschlagen ... werden ... von: Granat- u. Bombensplittern, Gewehrkolben, Feldspaten.

Erstochen ... werden ... von: Seitengewehren, Bajonetten, Buschmessern.

Zerrissen ... werden ... von: Handgranaten und Volltreffern.

Zermanscht ... werden ... von: Panzern, Zugmaschinen, Traktoren.

Verbrannt ... werden ... von: Flammenwerfern, Leuchtspurgeschoßen, Phosphorkanistern.

Verschüttet ... werden ... in: Bunkern, Erdlöchern, Kellern.

Erwürgt ... werden ... im: Handgemenge im Nahkampf.

Ertränkt ... werden ... beim: Spähtrupp über einen Fluß.

II Schimpfliche Todesarten:

Erhängt ... werden ... als: Widerstandskämpfer, Deserteur, Partisan.

Vergast ... werden ... als: Jude, KZ-Häftling, Ausländer, Intellektueller, Zigeuner

Totgeprügelt ...werden ... als:

Verhungern ... als:

Helga bringt fast täglich Brot und Margarine. Dazu Schnaps in einem kleinen Tintenfläschchen. Hier und da auch Lebensmittelmarken. Mittags hole ich mir Kaffee und Kuchen herauf, bleibe dann auf meiner Bude und »studiere« Interne Medizin. Abendessen mit Fritz und Helga zumeist in irgendeinem kleinen Restaurant am Stadtrand. Manchmal täusche ich Eifersucht vor, um ihr Freude zu bereiten.

STRAFEXERZIEREN

»Hinlegen! Auf! Hinleg! Auf! Kehrt marschmaaarsch!«

Schweiß am brennenden Körper. Scharf schnaufen. Mein gelähmter Arm verwachsen mit dem Karabiner 98 k. Beine in schweren Stiefeln. Immer wieder das heisere Gebell des Wachtmeisters: »Sie wollen wohl nicht mehr? He? Ich werd Sie zur Sau machen! Hinlegen! Zwanzig Meter weit vorrobben! ... Is ja keen Strafexerzieren, is ja bloß übungshalber.«

Durch Pfützen krieche ich. Flimmern vor den Augen, ein Stechen in der Brust. Nein, mich machst du nicht fertig, du Schwein! Und kein Wort erwidern, ihn bloß kalt ansehen, das Götz-Zitat zwischen den zusammengebissenen Zähnen, wenn er am Ende gnädig feststellt: »Na, diesmal is es noch glimpflich abjejangen. Det nächste Mal machen wa nich wieder son jemächlichen Bummel.«

Wieviele Stimmen hast du schon brüllen gehört. Aus rot aufgeblähten Hälsen, aus Lautsprechern beim Gemeinschaftsempfang, aus kalten, launischen Offiziersgesichtern, aus Gesichtern, blutüberströmt in lehmigen Erdlöchern, wenn eine Granate in die Stellung raste und einer sein Leben lassen mußte.

Fritz hat mir eine Schirmmütze gebracht. Dazu einen alten Mantel, den er bei seinem Bekleidungsunteroffizier gegen Zigaretten erstanden hat. So sehe ich jetzt wie ein Soldat der Studentenkompanie aus.

Als wir am Nachmittag zusammen nach Mannheim fahren, erzählt er von seinem Studium. Von Kliniken, überfüllten Lazaretten und unvorstellbar vielfältigen Verwundungen. Von Selbstverstümmelungen und von Leuten, die ihre Gesundheit durch ständige Einnahme von Giften zerstören, nur um nicht einrücken zu müssen. Von überfüllten Blindenanstalten, Erholungsheimen, Berufsschulen für Kriegsversehrte, Irrenhäusern, und wie geschickt sein Psychiatrieprofessor in der Vorlesung Drückeberger und Simulanten entlarve.

Dicht vor Mannheim bremst der Zug plötzlich. Und tastet sich dann langsam voran. Ein riesiger Bombentrichter neben unserem Gleis. Pflastersteine, Erdbrocken, Schienentrümmer. Einige Kriegsgefangene, auf Krampen und Spaten gestützt, ihre Gesichter zu uns emporgerichtet, fahren langsam in der Grube unter uns vorbei. Fabriken, Schornsteine, Ruinen schieben sich allmählich auseinander wie Kulissen. Rot und groß ruht die Sonnenscheibe auf einer Gasglocke.

Maria lacht, als Fritz ihr Zimmer fast mit den gleichen Worten bewundert wie ich vor ein paar Tagen. Der Tisch ist schon gedeckt. Irene hat zwei Flaschen Rotwein mitgebracht. Ich freue mich, daß Fritz ihnen gefällt. Wie wohltuend, nach der allabendlichen Herumsitzerei in Gasthöfen, empfinde ich das Private unseres Beisammenseins.

Nach dem Essen zeigt uns Maria ihre Kohlezeichnungen. Und als sie dann wieder ihre irischen Lieder singen, fordert mich Fritz auf, auch einige von den Volksliedern, die ich in Rußland gesammelt habe, vorzusingen. »Sie sind von einer eigenartigen, barbarischen Schönheit«, sagt er. »Vielleicht muß man sie selbst gehört haben, an langen Winterabenden in Bauernstuben oder in den klaren Nächten des ukrainischen Sommers an Ufern großer Ströme.«

»Es ist nur schwierig, diese hohen, gutturalen Steppenstimmen, die die russischen Chöre typisch machen, wiederzugeben!« erkläre ich. »Am liebsten würde ich immer alle drei oder vier Stimmen zugleich singen.«

Eines von den Liedern gefällt ihnen besonders gut. Und da ich vom Text nur die ersten drei Worte kenne, lernen wir es zusammen summen. Es wird unser Lied des Abends.

Es ist ein Land ohne Ende.

»Ganz anders als im Polenfeldzug oder im Westen!« mußte sogar unser Geschützführer zugeben, als wir im Sommer 41 in dieses neue Feindesland marschierten. Hier wuchs die Front mit jedem Schritt. Die Nachschub- und Flugstrecken wuchsen wie die seitwärts liegengelassenen, sumpfigen Urwälder und Partisanengebiete.

Und als wir in den ersten regnerischen Septembernächten schon tief im Osten auf Posten lagen, das ferne Wummern der Artillerie hörten, und hier und da vor uns eine Leuchtkugel in die feuchte Finsternis emporstieg, befiel manchen von uns die Angst vor der ungeheueren Weite dieses Landes, vor den nächsten tausend Kilometern und dem uneroberten Raum, der, wie weit wir auch vordringen sollten, immer noch fremd, grenzenlos vor uns liegen würde. Die Angst vor kommenden Strömen und Minenfeldern, vor all den Artilleriefeuern, Panzerangriffen, Stalinorgeln und Spähtruppunternehmen, die uns noch bevorstanden.

Vor dem nahenden Winter, dem darauf folgenden Sommer, dem nächsten Winter und dem nächsten Sommer. Die Angst vor dem täglichen Munitions- und Treibstoffverbrauch, dem Fahrzeug- und Flugzeug- und Waffenverschleiß. Mit Grauen dachte ich an die täglichen langen Verwundetenzüge und an die Soldatenfriedhöfe, die zwischen Schneesturm und glühendem Steppenwind in die Unendlichkeit zu wachsen drohen.

Wir haben verschimmelte Papirossy mit langen Mundstücken geraucht und nachts an der HKL Lautsprecher gehört, die uns zum Überlaufen überreden wollten.

Haben Frauen gesehen, ganz vermummt in große Umhangtücher, und Männer in Schafspelzen oder in blauen und sumpfgrünen, wattierten Jacken.

Wir sind auf so vielen Straßen marschiert — endlose Gefangenenherden zogen an uns vorbei nach Westen —, auf Straßen, auf denen du den Raum gewaltiger spürst als die Zeit. Wir haben die dürre, glühende Steppe erlebt, unglaubliche Morgen- und Abendröten, milde Herbstnächte. Wir haben den Oktobernebel, der sich in Schluchten und Gräben zusammenbraute, gesehen, und den eisigen Dunst wolgaabwärts treiben.

»Du bist zu leichtsinnig, zu verträumt!« werfen sie mir vor, als wir wieder auf das alte Thema kommen.

Doch ich glaube, wir halten uns gegenseitig für Träumer, glaube, daß sie zu geheimnisvoll tun. »Wenn ihr einen Soldaten seht, der sich benimmt wie alle andern, werdet ihr bestimmt nicht vermuten, daß er ein Deserteur sein könnte. Nicht einmal mir ist bisher bei irgend jemandem ein solcher Gedanke gekommen, obwohl ich doch am ehesten darauf verfallen müßte. Dagegen würde mir einer, der andern ausweicht, weit eher auffallen. Ihr stellt es euch schwieriger vor, weil ihr nicht in der gleichen Lage seid. Übrigens habe ich lange genug gebraucht, bis ich eine gewisse schützende Unbefangenheit erreicht ...«

»Aber du forderst ja das Erwischt-Werden geradezu heraus!« unterbricht mich Fritz. »Du fährst nach Mannheim, machst mit Helga Ausflüge, setzt dich in Kinos, in Weinlokale. Manchmal glaub ich, du weißt gar nicht, in welcher Gefahr du ständig schwebst. Du siehst das nicht real genug.«

»Ich *bin* Realist!« erwidere ich.

»Jaaa ...«, lacht er ärgerlich auf, »vielleicht in irgendeinem anderen Sinn. Aber du benimmst dich nicht wie einer. Du benimmst dich eher wie ein, was weiß ich, wie ein Traumwandler ... Es ist doch wirklich so, wendet er sich an die andern. Wie mit verbundenen Augen spaziert er in aller Ruhe einem Abgrund zu. Uns, die zusehen, wird angst und bang dabei. Doch im letzten Augenblick, in dem wir schon glauben, daß er nun bestimmt abstürzen wird, macht er eine kleine Wendung. Gott sei Dank! Wir atmen auf. Aber da sehen wir ihn schon wieder auf einen neuen Abgrund zugehen. Du mußt vorsichtiger sein! Vor allem, nicht mehr aus dem Haus gehen! Überhaupt jetzt, da in unserer Kompanie baldige Alarme angekündigt wurden.«

»Das sehe ich alles ein«, erwidere ich. »Auf der andern Seite muß ich doch meinen Quartiergebern verdächtig werden, wenn ich mich den ganzen Tag nicht aus meiner Bude rühre.«

Als sie aufbrechen, nimmt Ilse, wie wir es schon das letzte Mal besprochen haben, meine Komißschuhe mit, um sie besohlen zu lassen. Für die Zwischenzeit hat sie mir ein Paar schwarze Halbschuhe gebracht. Irene verpackt meine Strümpfe und meine Schmutzwäsche in ihrer Einkaufstasche.

»Erinnerst du dich noch«, sage ich zu Fritz, »wie wir im Frankreichfeldzug fast täglich in irgendeinem Haus am Weg ein frisch gebügeltes Hemd aus einem Kasten holten und Wäsche wechselten?«

Sirenengeheul reißt mich aus dem Schlaf. Lärm, Stimmen, hastende Schritte auf der Straße. Maria kommt hereingestürzt, den Mantel flüchtig übergeworfen, ein rotkariertes Kopftuch umrahmt ihr Gesicht. Ob ich nicht mitkommen wolle?

»Glaubst du, daß sie Mannheim angreifen?« frage ich verschlafen, strecke mich, denke einen Augenblick: Komm zu mir, unter die Decke.

»Ich weiß nicht«, erwidert sie. »Oft fliegen sie auch nur drüber.«

Eigentlich nur zu bequem aufzustehen, überhaupt, wenn es umsonst wäre. Außerdem könnte vor dem Bunker eine Streife ... »Ach was, ich bleib liegen! Es wird schon nichts passieren. Oder was meinst du?«

Kaum ist sie fort, wird es still im Haus. Der Lärm auf der Straße verebbt. Halb drei. Leise steige ich aus dem Bett und ziehe die Verdunklung hinauf. Welch herrliche Nacht! Scheinwerfer suchen den Himmel ab. Fernes Motorengeräusch, schwillt einige Male an, verstummt allmählich. Eine große, weiße Wolke verschlingt langsam Stern um Stern.

Nach dem Mittagessen sitzen wir alle im Zigarettenqualm und halten Generalstabsbesprechung.

Ich will mich, sobald es hier zu gefährlich wird, nach Vorarlberg zu Verwandten durchschlagen, um dort zu versuchen über die Schweizer Grenze zu kommen. Den Abfahrtstag werde ich möglichst hinausschieben, da in nächster Zeit vielleicht doch noch irgendeine politische Wende eintreten könnte. Da mein Dienstreiseausweis abgelaufen ist, kann ich nicht mehr mit der Bahn fahren. Autos anzuhalten ist auch zu gefährlich. Denn wenn an der Neckarbrücke in Heidelberg Straßenstreifen stehen, die jeden Wagen kontrollieren, wird es sicher in anderen Städten nicht anders sein. Also muß ich die lange, unbekannte Strecke zu Fuß zurücklegen. Wir studieren auf der Karte alle Straßen, die dafür in Frage kommen, und rechnen aus, daß ich etwa drei Wochen dazu brauchen werde.

Das Schwierigste ist immer nur, den Rucksack von einem Ruheort zum nächsten zu bringen. Man kommt sich dabei wie ein Schmuggler vor, ist nicht so bewegungsfrei und fällt am ehesten auf. Aber mein Gepäck noch mehr zu verringern, ist kaum möglich.

Als Fritz meint, daß ich auf jeden Fall meine Aufzeichnungen hierlassen oder verbrennen soll, und die andern ihm beistimmen, gebe ich nach, obwohl ich weiß, daß ich es doch nie tun werde.

Tatsächlich! Du hast immer alles schriftlich bei dir, denke ich zum ersten Male darüber verwundert. Lauter Indizien gegen dich. Aber ich glaube, ich würde meine beiden Gasplanenbeutel noch in der größten Bedrängnis festhalten, auch wenn ich alles andere längst fortgeworfen hätte. So völlig ausgeschlossen, so allen Erwägungen zum Trotz, erscheint mir in meinem Innersten die Möglichkeit, je wirklich erwischt zu werden.

Irene, dieses wunderbare Mädchen, denkt an alles: Verpflegung, Nächtigung, Geld. Schutz vor Kälte und Regen. Was brauchst du sonst noch? Dies und dies ist wichtig, jenes überflüssig. Vernünftig und klar wie ein preußischer Hauptfeldwebel. Am Ende gibt sie mir noch den dringenden Rat, sicherheitshalber nicht mehr nach Mannheim zu fahren. Fritz solle am Tag vor meiner Abreise noch einmal kommen, um meine Schuhe, Wäsche und den Proviant abzuholen.

Zum Abschied schenken sie mir wieder Lebensmittelmarken, Zigaretten und 200 Mark. Ich nehme alles dankbar an, habe ich mir doch längst abgewöhnt, einige Male höflich abzulehnen, wenn mir lebensnotwendige Dinge angeboten werden.

»Ist es nicht erstaunlich«, sagt Fritz, als wir uns in der O E G zurechtsetzen, »wie wir die Strecke so endgültig festgelegt haben? Dabei kann man doch auf einer so ungewissen Fahrt weit abgetrieben werden. Wer weiß, ob du schließlich nicht irgendwo im Schwarzwald landest oder zum, Beispiel in Westfalen?«

Ich erwidere nichts, summe nur vor mich hin: »UU-SCHTI WAANJA ...«

Man jubelt, wenn man einen Panzer oder ein Flugzeug abschießt, und malt stolz einen neuen Ring um das Geschützrohr.

Man jubelt, wenn ein Mensch stirbt. Und Scharfschützen verzeichnen befriedigt jeden Treffer in ihren Schußbüchern.

... »Die Nachbarn sind besonders nett zu mir, da sie wissen, daß du gerade mitten in den ärgsten Kämpfen steckst. Wir beten jeden Tag für dich, und ich glaube fest, daß du heimkommen wirst. Die Kinder sind brav, nur Jörg macht mir Sorgen, weil er in der Schule nicht recht mitkommt. In seinem Alter braucht ein Kind den Vater ...«, schrieb Herbert Kerstens Frau im Winter 41 in einer verdunkelten Küche in Bielefeld. Und dieser Brief wanderte dreitausendzweihundert Kilometer. Jahrelang in einer schmierigen Brieftasche herumgetragen, bis er in Leveroi durch einen kantigen Granatsplitter seinen Sinn verlor.

Während ich mich einseife, kommt Helga und bringt Brot und Sirup. »Ich sehe dir gerne beim Rasieren zu.« Sie knöpft ihren Mantel auf und läßt sich aufs Bett fallen. »Kalt hast du's schon.«

»Was soll ich dagegen tun?« erwidere ich zwischen grimmigen Zähnen.

»Stell doch den Ofen auf, den sie dir versprochen haben. Etwas Kohle kann ich dir bringen. Ich habe meine Ration schon.« Aber ich will nicht, und wir beginnen zu streiten. Dabei bin ich bloß zu faul, den Ofen heraufzuschleppen. Wozu auch, für diese kurze Zeit? Vielleicht muß ich ohnedies bald weg.

Wieder allein drehe ich mir aus den letzten, feuchten Stummeln eine Zigarette. Dann hole ich noch einmal meinen Dienstreiseausweis hervor. Vielleicht kann ich den November ausradieren und dafür den Dezember einsetzen. Dann wäre er noch bis Weihnachten gültig. Aber der Radiergummi verschmiert die Schrift nur und zuletzt reißt er sogar ein Loch ins Papier.

Und dann fällt mir etwas völlig Unerwartetes siedend heiß auf. Als ich nämlich wieder, zum letzten Mal, die Stempel vergleiche, entdecke ich zu meinem Entsetzen, daß der Adlerkopf *meines* Stempels eigensinnig in die verkehrte Richtung blickt.

Unwillkürlich sehe ich zur Türe hin. »Was für ein Glück!« sage ich heiser, während ich den Schein zerreiße und in den Papierkorb werfe. »Was für ein Glück, daß ich bis jetzt nichts davon gewußt habe!«

Dann ziehe ich meinen Mantel an und gehe fort. Doch schon nach der ersten Quergasse kehre ich um. So ein Leichtsinn! Was ist, wenn die Alte neugierig ist? Wieder in meinem Zimmer, leere ich den Papierkorb auf den Tisch, setze den Schein noch einmal zusammen und verbrenne ihn im Aschenbecher. Dann schütte ich die Asche vorsichtig in einen Briefumschlag, und nachdem ich genau zehn Minuten gelüftet habe, gehe ich noch einmal fort. Schlendere am Marstall vorbei zum Neckar. Auf der Brücke zerknülle ich den Briefumschlag und werfe ihn in den Fluß hinunter. Fort mit dir, du hinterlistiger Helfershelfer!

Erleichtert und rascher gehe ich dem anderen Ufer zu und steige auf den Berg, den ich damals mit Helga hinaufgelaufen bin, gehe ganz den gleichen Weg und suche voll Unruhe irgend etwas, das ich nicht mehr finden kann. Es beginnt zu regnen. Vom Westen her kriecht eine Nebelbank den Neckar herauf. Und als ich an die Stelle komme, wo ich mit Helga im Gras zum ersten Mal beisammen war, bleibe ich unwillkürlich stehen. Wie rasch doch das Abenteuer des ersten Kennenlernens verflogen ist! Die süße Fremdheit ihres Blicks, ihres ängstlich bebenden Körpers, der Geschmack neuer Mädchenlippen beim ersten Kuß, die knabenhafte Befangenheit, wenn man sich zu ersten Male einhängt.

Voll Schwermut wandere ich übers Plateau. Immer dichter rauscht der Regen herunter, sodaß ich endlich doch umkehre und triefnaß in die Stadt zurückkomme.

Da es zum Treffpunkt noch zu früh ist, setze ich mich in ein Café. Geruch nach nassen Kleidern, Zigarrenrauch. Die zudringliche Arroganz des Lorgnons am Nebentisch. Eine ältere Dame in Trauer, ihr gegenüber ein weißhaariger, untersetzter Herr, der, gestützt auf einen Spazierstock zwischen seinen Knien, ununterbrochen vor sich hin nickt. »Wissen Sie ...«, höre ich ihn sagen, »er war zu gut für die Menschen!«

Draußen werden Leute vom Regen vorbeigeschwemmt. Gestalten, die keinen Kopf haben, nur Beine und Mäntel mit aufgesetzten Schirmdächern. Andere, Hastigere, mit aufgeschlagenen Kragen, mit hochgezogenen Schultern. Mädchen in farbigen Regenhäuten wie unter Marienglas-Glocken.

»Vielleicht wirst du länger in Heidelberg bleiben als ich«, sagt Fritz, als wir uns nach dem Abendessen Zigaretten drehen

»Unser Chef hat heute eine Rede über den Ernst der Lage gehalten. Daß wir, wenn es soweit kommt, wahrscheinlich nicht als Sanitäter, sonder als geschlossene Infanteriekompanie eingesetzt werden. Am Schluß empfingen wir sogar Gewehre.«

»Und ihr habt nicht dagegen protestiert? Ihr dürft doch als Mediziner gar keine Waffen tragen!«

»Sei beruhigt: Wir haben protestiert! Noch dazu, als wir feststellten, daß unter der Munition angefeilte Patronen waren. Aber er hat uns nur angebrüllt: Wir sollten das Maul halten. Es sei Munition, die das Offizierskorps ursprünglich für die Eberjagd verwenden wollte, man habe gerade keine andere da. Außerdem werde es den Alliierten ja doch nie gelingen, bis hierher durchzustoßen. Und sollten wir dennoch in den Einsatz kommen, könne doch uns nichts geschehen, da er allein die Verantwortung trage. So ein blödes Geschwätz! Kreuz und klein schlagen werden sie uns, wenn sie solche Dum-Dum-Geschoße bei uns finden, während unser famoser Chef sich dann wahrscheinlich noch über uns empören wird, wenn wir die Sache vor einer Untersuchungskommission zur Sprache bringen ... Aber das alte Übel ist ja«, fährt er nach einer Pause resigniert fort, »daß wir uns in Wirklichkeit viel zu wenig über solche Dinge aufregen.«

»Das denke ich auch manchmal, wenn ich euch zuhöre«, meint Helga. »Ihr tut nur so, aber dann sitzt ihr doch wieder hinter euren Büchern. Richtig aufregen können sich vielleicht nur Fanatiker, standesbewußte Offiziere zum Beispiel, oder Korpsstudenten.«

Die Drehtüre wird aufgestoßen und zwei Soldaten mit Stahlhelmen ... Verdammt! Eine Streife!

Bevor wir noch, bin ich schon aufgestanden und auf die Toilette verschwunden. Doch auf dieser Seite gibt's keinen Ausweg. Nur ein hohes, schmales Fenster über mir.

Jetzt haben sie dich! Jede Sekunde müssen sie hereinkommen. Ich Idiot! Ich blödsinniger Idiot! Wäre ich nur auf meiner Bude geblieben! Betäubt lehne ich mich an die Wand. Weiße Kacheln. Mein käsiges Gesicht im Spiegel. Nur ein paar Augenblicke noch allein sein! Zehn Minuten bei meiner alten Kompanie! Nur diese zehn Minuten! Und wäre es auch im grauenhaftesten Trommelfeuer!

Wie unglaublich lange das dauert? ...

Da! Die Türe geht. Nicht hinsehen! Aber es ist bloß Fritz.

»Die Streife ist fort!« sagt er barsch. »Warte aber noch eine Weile hier!« Beklommen bleibe ich zurück. Wie war das nur möglich? Sie müssen doch gesehen haben, wie ich hier hereingeschlüpft bin. Und plötzlich durchströmt mich ein heißes, übermächtiges Gefühl. Wie weiß mein Gesicht noch ist, wie nervös meine Hände!

Als ich wieder in den Saal komme, lächelt mich Helga an. Sie ist ganz blaß. Fritz schaut böse vor sich hin. Er hat schon bezahlt, und wir brechen gleich auf. Der Regen hat aufgehört, und ein Windstoß fährt durch die dunkle Gasse. »Wie oft hab ich dir schon gesagt ...«, beginnt er nach dem ersten Häuserblock. »Aber bei dir ist ja Hopfen und Malz verloren!« »Ich hab mir gedacht, wenn es nicht so gefährlich ist, werde ich doch nicht immer auf meiner Bude ...«

»Ach was!« fällt er mir zornig ins Wort und dämpft seine Stimme. »Dann ist es eben nichts weiter als eine dumme Prahlerei, wenn du immer behauptest, daß du alles ertragen kannst!«

Wie ein Fünfzehnjähriger, der nach einem unbedachten Streich vor seinem Vater steht, gehe ich neben ihnen her. Helga schweigt und hängt sich in meinen Arm ein.

»Aber sag ... Wieso haben sie mich wirklich nicht entdeckt?« versuche ich aus Fritz herauszubekommen, als wir über die Brücke gehen.

»Wahrscheinlich waren sie zuerst geblendet.«

»Ja, aber meinen Mantel müssen sie doch gesehen haben!«

»Dein Mantel?« sagt er spöttisch. »Der ist zum Glück unter meinem gehangen. Am besten gehst du überhaupt nicht mehr aus dem Haus. Auch nicht bei Fliegeralarm ... Und du«, wendet er sich an Helga, »du mußt ihm eben das Essen in irgendeinem Geschirr hinaufbringen. Jetzt kommt es vor allem auf dich an.«

»Ich helfe euch ja ohnedies, wo ich kann«, erwidert sie kleinlaut. »Ich muß gar nicht ausgehen. Ich bin am liebsten mit Erich allein. Oder glaubst du das nicht?«

»Ja ... schon ...«, sagt er, »aber du bist eine Romantikerin. Diese Situation hier, die Nacht, unser heimliches Gespräch am Fluß, unsere Pläne. Das alles imponiert dir ungeheuer. Und so fürchte ich fast, daß du aus Stolz, so ein Geheimnis zu haben, vielleicht doch nicht immer verschwiegen sein wirst.«

Nachdem er sich verabschiedet hat, schmiegt sich Helga eng an mich. Wortlos gehen wir das nächtliche Ufer entlang. Der Wind hat nachgelassen. In der Ferne höre ich einen Zug pfeifen.

Nach einer Weile bleibt sie plötzlich stehen und zieht meinen Kopf zu sich hinunter. »Sag, glaubst du, daß ich dich je ... ich meine, daß ich je fähig wäre, dich zu verraten?«

»Ich kann's mir nicht vorstellen«, erwidere ich. Ich streichle ihr übers Haar. Einen Augenblick kommt es mir vor, als husche eine tiefe Trauer und Fremdheit über ihr undeutlich stilles Gesicht in der Dunkelheit vor mir. Und als sie in dieser Nacht bei mir bleibt, bin ich nach den vorangegangenen Aufregungen beinahe impotent.

8. Dezember

Es ist schon so kalt, daß ich den ganzen Vormittag im Bett bleibe. Ich lese viel in den medizinischen Büchern. Sie sind von einer wohltuenden Sachlichkeit.

Meiner Zimmerfrau hab ich erzählt, daß ich noch viel zu wenig auf die Prüfung gelernt habe und mich jetzt ernstlich dahintersetzen muß. Wieviel ich doch vorhabe für die große Zeit nach dem Krieg!

Wer dabei war, wird den Winter 1941 nicht vergessen.

Jenen langen, strengen Winter, in dem die ganze russische HKL ins Wanken geriet, in dem die eisigen Luftmassen aus dem Nordosten jäh über die Front hereinbrachen und die Temperaturen tief unter dreißig Grad absinken ließen. Jenen Katastrophenwinter, in dem alle Straßen verstopft waren von aufgelöst zurückflutenden Truppen, in dem es von flüchtenden Divisions- und Regimentsstäben, die sich gegenseitig überholen wollten, wimmelte, von Trossen, Fliegerbodenpersonal, Nachrichtentrupps, Schlächterkompanien, hochbeladenen Panjewagen.

Übernächtige Gesichter von Rotkreuzschwestern sehen ängstlich aus den Fenstern eines steckengebliebenen, weißgestrichenen Autobusses. Geschütze, Panzerschlepper, bespannte Ari, marschierende Kolonnen.

»Feldgendarmerie schafft Platz!« Ein Kübelwagen wird durchgeschleust, ein General im Pelzmantel, Pelzmütze, Monokel, rot angelaufen vor Wut über ein gestürztes Gespann, das die Straße vor ihm versperrt.

In panischer Angst vor den nachrückenden Russen werden Fahrzeuge, die nicht anspringen wollen, mitsamt der Ladung in den Straßengraben gestoßen und gesprengt, werden fieberhaft Barrikaden und Abwehrstellungen gebaut, Dörfer in Brand gesteckt.

Und während unsere Kraftfahrer ein Treibstoffdepot plünderten, standen wir hinter der Traktorenhalle um ein großes Feuer herum. Stoppelbärtige Landser in Übermänteln, Kradmänteln, russischen wattierten Jacken, englischen Gasmänteln, französischen Gummipelerinen. Die leeren Tranfässer prasselten und rauchten und stanken zum Schneehimmel. Einige drängten sich um den Funkwagen, aus dem man hastige Morsezeichen von einem anderen Stern hörte und dazwischen immer wieder eine ferne ruhige Stimme, die von geordnetem Rückzug spricht, von planmäßiger Frontbegradigung, die der Feind nicht verhindern kann.

Breit heult der Wind heran und durchfegt die grenzenlose Ebene. Läßt Seen und Ströme erstarren, verweht Straßen und Schienenstränge und spannt die Fernsprechleitungen zum Zerreißen. Der hohle Wind, der sich an den Wäldern fängt und in den Städten, wo er den feinen Pulverschnee schräg durch Ruinenriffe treibt. Der dünne, tödliche Wind. Haut platzt blutig auf wie Baumrinde. Lumpenumwickelte Füße fallen ab. Und Füße in harten Stiefeln. Und Finger und Ohren unter nutzlosen Kopfschützern aus Trikot. Hölzern klappern die aufgehängten Russen vor der Brotfabrikruine. Vögel fallen tot von Bäumen. Und wenn du einem Pferdekadaver ein Stück heraushackst, splittert das Fleisch wie hellrotes Gestein.

Doch am Waldrand im Schnee schläft ein Soldat bis zum fernen Frühling. Schläft, halb verweht, mit ernstem Gesicht Tag und Nacht in den stürmischen Winterhimmel starrend, der Urenkel eines Soldaten, der schon in Napoleons Heer an der gleichen Stelle im Walde bei Wolokolamsk ...

Helga kommt nun täglich. Mittags immer auf zwei Stunden, und abends übernachtet sie bei mir. Manchmal gibt es Streit. Ich mag es nicht, wenn sie einen Satz beginnt und ihn plötzlich abbricht: »Aber das wird dich ja nicht interessieren.« Oder: »Ich weiß nicht, ob du das verstehst.« Wir kennen uns schon zu lange, um ununterbrochen zärtlich zueinander zu sein, und doch noch zu kurz, um uns unbefangen nebeneinander beschäftigen zu können.

Wie gerne würde ich oft am Abend länger aufbleiben und lesen! Gestern, als wir schon im Bett lagen, sie mir gerade etwas erzählte, ich aber in Gedanken noch immer bei einem interessanten Abschnitt des Psychiatrie-Lehrbuches war, den ich ihretwegen abgebrochen hatte, schnitt ich im Dunkeln in einer heimlichen, lautlosen Lustigkeit wilde Grimassen zu ihr hinüber, hob den Arm seitlich aus der Decke, machte wegwerfende Handbewegungen. Und war doch nicht weniger aufrichtig, als ich gleich darauf immer wieder ihr Stirne und ihre Augen küßte.

Vielleicht sollten wir nur seltener beisammen sein!

»Himmerlherottsakrament! So eine Scheiße, eine verfluchte!«

Wütend krabbelt der Fahrer aus dem Führerhaus. Der dreiachsige Krupp sitzt fest. Leer drehen sich die Räder und wühlen immer tiefer in den schwarzen Morast.

»Los! Runter, verschlafene Bande!« brüllt der Beifahrer und klappt die Plane an der hinteren Bordwand hinauf. Fünf in Übermäntel vermummte Landser springen hintereinander auf die Erde und strecken sich träge. Einer zündet sich eine Zigarette an. »So faßt doch endlich an, ihr faulen Säcke!«

Dann geht es wieder los. Zuerst anschieben! Vergeblich. Also: Spaten abmontieren und die Räder von allen Seiten untergraben. Äste, Steine, Bretter zum Unterlegen zusammensuchen. Noch einmal anschieben! Wieder ohne Erfolg. Bis man schließlich eine Zugmaschine anhält, die uns ganz langsam am straff gespannten Drahtseil heraus ...

15. Dezember

Vorgestern gab es den ersten Alarm. Zum Glück war ich gerade auf meiner Bude. An meinem Schreibtisch sitzend, hörte ich voll banger Ahnung das langsame Näherkommen und wieder Davonfahren der Autos, die ununterbrochen hupend durch die Straßen fuhren, um alle Soldaten zusammenzutrommeln.

Meine Zimmerfrau möchte unbedingt wissen, weshalb ich nicht in die Kaserne muß. Obwohl ich ihr schon ein paar Mal erklärt habe, daß ich davon befreit, da ich zwei Wochen vor dem Examen, scheint sie mir nicht recht zu glauben. Sie habe gehört, daß alle ohne Ausnahme. Eine Bekannte habe einen Untermieter, der auch im letzten Semester. Jedenfalls hat mir ihr Mißtrauen das Gefühl der Sicherheit in diesem Haus jäh geraubt.

Noch dazu kam Fritz gestern spät abends mit der Nachricht, daß die Studentenkompanie der Luftwaffe auf Heer und Marine aufgeteilt worden sei und wahrscheinlich alle Studentenkompanien bald ganz aufgelöst würden.

Also: Fort von hier!

Fritz war schon am Vormittag in Mannheim und ist eben mit einer vollen Aktentasche zurückgekommen. Haferflocken, Zucker, Brot und Mettwurst, Tabak, eine Flasche Schnaps. Meine Wäsche und Strümpfe gewaschen und gestopft, die Schuhe frisch besohlt. Außerdem eine Schachtel Wybert-Tabletten, einen Wollschal, Kompaß und eine Taschenlampenbatterie. Zuletzt zieht er noch aus seiner Manteltasche einen Briefumschlag mit Reisemarken und 250 Mark.

»Das ist ja unfaßbar, was die mir alles geschickt haben!« Ich entkorke die Schnapsflasche und fülle das Zahnputzglas. »Auf ihr Wohl!«

»Solltest du ihn nicht besser erst unterwegs trinken?«

»Ja, ich weiß: Schluckweise gegen die Kälte, sozusagen als Medizin, wie meine Mutter immer meint. Aber ich habe nie Maß halten können. Da entbehre ich lieber später, als vorher richtig einzuteilen.«

»Dumm, daß du unterwegs niemanden Bekannten hast. Trotzdem glaube ich, daß du durchkommen wirst. Du gehörst zu den Leuten, bei denen man das sichere Gefühl hat, daß ihnen nichts geschehen kann.«

»Was sagt schon so ein Gefühl?« erwidere ich. »Schon mancher ist gefallen, bei dem ich hätte schwören können, daß er zurückkommt. Während andere, die seit Kriegsbeginn von allen als Todeskandidaten bezeichnet wurden, immer wieder unversehrt auftauchen.«

Er lehnt sich zurück und wippt eine Weile auf seinem Stuhl hin und her. »Etwas wollte ich dich noch fragen ... Ich nehme an, du hängst zu sehr an deinem Tagebuch, als daß du es hierlassen würdest. Aber kannst du es mir nicht wenigstens zeigen?«

»Wenn du mir versprichst, es mir zurückzugeben?« Ich suche ihm den Teil heraus, den ich in Heidelberg geschrieben habe. Während er sich aufs Bett legt und zu lesen beginnt, hole ich meinen Rucksack aus dem Kasten und fange an zu packen. Dann gehe ich um Kaffee und Kuchen hinunter. Die Frau fängt schon wieder von Alarm zu reden an, noch dazu im Laden vor den Kunden. Ein Feldwebel im Hause gegenüber hat gesagt ... »Morgen muß ich ohnedies in die Kaserne übersiedeln, da ich nach der Prüfung versetzt werde!« fahre ich sie ungeduldig an. »Übrigens, wenn der Feldwebel etwas will, kann ich ihm ja meine Erlaubnis zeigen.« Und ein unbehagliches Gefühl kriecht mir in den Hals.

Vorsichtig trage ich das Tablett über den Hof. Sie sprechen also über mich. Höchste Zeit zu verschwinden. Daß sich die Leute in alles einmischen müssen! Überall muß man beliebt sein oder unbeliebt, anstatt unbeachtet, gleichgültig. Als ich mit dem Ellenbogen die Türe aufstoße, sehe ich Fritz noch immer in meinen Aufzeichnungen blättern.

»Du hast hier manches anders geschrieben, als es in Wirklichkeit war«, sagt er, indem er eines von den grauen, trockenen Kuchenstücken in den Mund schiebt.

»Naja, lache ich, Dichtung und Wahrheit! ... Aber ist nicht alles, was geschrieben wird, Dichtung und Wahrheit?«

»Ich finde, du hast nichts dazugedichtet, eher verschiedenes ausgelassen. Zum Beispiel die Streife in Mannheim, die deine Ehrenbezeigung beanstandete und dich dann wegtreten ließ, ohne dein Soldbuch angesehen zu haben. Oder die Nacht, die du mit Helga heimlich im Luftschutzkeller unserer Klinik verbracht hast.«

»Warum ich das ausgelassen habe? Ich weiß es selbst nicht. Man hat auf jeder Wanderschaft Erlebnisse, die so unwahrscheinlich klingen, daß man sogar Hemmungen hat, dem eigenen Tagebuch davon zu erzählen.«

»Hast du dir übrigens schon überlegt, was du Helga sagen wirst, wenn sie dich um deine Adresse fragt?«

»Ich werde ihr doch die richtige sagen. Sie könnte zwar unter Umständen Unheil anrichten, wenn sie etwa meinen Leuten nach Wien schreibt. Aber ich finde, es wäre schlimmer, sie zu belügen. Vielleicht weiß sie sie ohnedies schon. Sie kann sie ja längst entdeckt haben, in meinem Notizbuch. Sie war ja auch manchmal allein hier. Außerdem glaube ich fast, daß sie gar nicht danach fragen wird.«

Eine Weile rauchen wir schweigend.

»Ich werde jetzt gehen.« Er knöpft seinen Mantel zu. Es scheint mir, als wolle er noch etwas sagen. Da hören wir unten die Türe gehen und Helgas Schritte. »Also ... Auf Wiedersehen!« Er runzelt die Stirne. »Und ... Paß besser auf!« Dann höre ich beide auf der Stiege, höre sie stehenbleiben und ein paar Worte miteinander wechseln.

»Erich! So spät haben sie mich erst fortgelassen!« Sie wirft ihren Mantel aufs Bett und steht in dem dunkelblauen Trägerkleid vor mir, das sie an unserem ersten Abend anhatte.

Mit fraulich flinkem Eifer deckt sie den Tisch und zieht aus ihrer Einkaufstasche eine Flasche Wein und zwei Römer. Alles ist fast so, wie es am Anfang war. Keine Abschiedsszene, keine Frage nach der Zukunft, als wir einander, sacht mit den funkelnden Gläsern anstoßend, in die Augen sehen. Bis tief in die Nacht sitzen wir beisammen und kriechen endlich frösteln unter die Decke.

»Wo wirst du morgen sein?« flüstert sie, nachdem ich das Licht abgedreht habe. Sie schlüpft hinunter, sie schmiegt ihr Gesicht an meine Brust. Mach es so wie der Handwerksbursche, der auf die Wanderschaft mußte und dem seine Mutter den Rat gab, täglich ein Stück zu wandern und am Abend immer wieder zu ihr zurückzukehren.

6

WIEDER unterwegs.

Zuerst mit der Straßenbahn durchs Karlstor aus der Stadt hinaus die altbekannte Strecke den Neckar entlang. Bewaldete Hügelketten. Schneisen. Villen und Gartenhäuschen, an steile Hänge geklebt. Hier der steinige Hohlweg, den wir am Ende unseres Ausflugs heruntergelaufen sind.

Was für ein feiner Kerl ist Helga! Wie verständnisvoll, mich nicht um meine Adresse zu fragen. Ich hab's gewußt, daß sie es nicht tun wird. Mit wohligem Gefühl in den Schultern und meinen fest zusammengepreßten Knien verschränke ich die Arme über dem Rucksack, der auf meinen Schenkeln liegt. Wie zärtlich konnte sie sein, wenn wir im Dunkeln beisammenlagen, ihre Hände langsam über meine Augenhöhlen, meine knochigen Wangen fuhren und sie feststellte, daß ich schlecht rasiert. Ich werde wiederkommen, nach dem Krieg, ganz bestimmt!

Und Fritz! Und die Mannheimerinnen! So viel Geld und Lebensmittelmarken haben sie in kurzer Zeit aufgetrieben. Wie wichtig das jetzt für mich ist: Unabhängig sein. Nirgends betteln müssen. Alles bar bezahlen können. Unwillkürlich taste ich nach meiner Brieftasche. Da ist sie, jederzeit einsatzbereit. Und in der rechten Außentasche des Rucksacks mein Tagebuch, mit einer Schnur sauber zusammengebunden. Zwei Verwundetenzettel, der Gipsverband und noch der alte, handgezeichnete Plan von Hendriks. Mein Gott, Hendriks! Und Ber! Henk! Ehmaier! Hundert Gulden und zwei Päckchen Tabak. Wieviele Leute mir schon geholfen haben!

Am anderen Ufer schiebt sich Ziegelhausen immer weiter hervor. An der Brücke, über die ich vor drei Wochen so zuversichtlich hinübergegangen und so bedrückt zurückgekommen bin, bleiben wir stehen. Und als wir wieder anfahren, stelle ich zu meinem Schrecken fest, daß alle Leute ausgestiegen sind.

Unbehagliches Gefühl, einziger Fahrgast in einem leeren Straßenbahnwaggon. Noch dazu fährt er jetzt schneller und hält an keiner Station mehr, als wolle er mich so rasch als möglich los werden. Voll Unruhe stehe ich auf und gehe nach vor auf die Plattform, stelle mich neben den schweigsamen Wagenführer. Schotter, graue Grasbüschel zwischen den Schienen. Eine rot verwaschene Boje mitten im Strom kämpft gegen die Wellen, immer wieder untergetaucht. »Ist das schon Neckargemünd?« frage ich, als wir endlich in eine größere Ortschaft einfahren und an der Schleife halten.

»Ja, Endstation.« Ich steige aus. Ich werfe den Rucksack über die Schultern, hake den Tragriemen ein. So, jetzt geht's los! Richtiges Lampenfieber hab ich. Zum ersten Mal ohne Dienstreiseausweis, fünf- bis sechshundert Kilometer ganz auf mich allein gestellt, wie ein Kurier, ein Spion mit gefährlichem Auftrag.

Die Straßenbahn koppelt ab und rangiert um. Einige Frauen mit Körben steigen ein. Dann klingelt sie und fährt in Richtung Heidelberg davon.

In einer Bäckerei kaufe ich einige Salzbrezel und mache mich gleich auf die Straße nach Sinsheim-Heilbronn. Kaum habe ich die letzten Häuser hinter mir, ziehe ich die Karte aus dem Ärmelaufschlag meines Mantels — knatternd schaukelt ein hoher Lastwagen vorüber. Wenn man da mitfahren könnte? Besser nicht! — und entfalte die Karte und sehe wieder nach, obwohl ich es schon auswendig weiß: Bis Sinsheim ungefähr zwanzig Kilometer, also vier bis fünf Stunden Marsch.

An Wiesen und Feldern vorbei, vorbei an entlaubten Wäldern auf der windigen Landstraße. Wie schön diese weiten Strecken zwischen den Dörfern sind! Wassergräben, Schotterhaufen am Straßenrand. Hier und da ein Bauer, ein träge knarrender Karren. Leute auf Fahrrädern, schräg gegen den Wind ankämpfend. Nur wenige Autos begegnen mir. Jedes Mal, wenn ich eines hinter mir höre, komme ich in Versuchung, es anzuhalten. Und lasse es dann doch bleiben. Ein harter Windstoß, Pneus singen vorüber. Und wenn ich gerade über einen Hügel wandere, sehe ich es im Tale verschwinden und einige Minuten später schon in der Ferne ganz klein einen Berg hinaufkriechen.

»Dabei ist diese Strecke in Friedenszeiten sehr befahren«, erzählt mir eine junge Lehrerin, die mich ein Stück begleitet. »Das Haus meines Vaters liegt an einer Kurve. Als ich noch ein Kind war, hörte ich sie immer in der Nacht vorbeifahren, und der Widerschein ihrer Lichter huschte über die Decke meiner Kammer. Manchmal stand ich mit meiner Schwester am Fenster. Dann sahen wir die grellen Scheinwerfer weit über die Straße geworfen, sahen glitzernde Personenwagen, Motorräder und die hohen, dunklen Fernlaster mit ihren Anhängern, viele hundert im Jahr. Und es kam uns immer vor, als hätte jeder von ihnen Angst vor der Nacht und beeilte sich, ihr zu entrinnen.«

Das ist das Beste an jeder Wanderschaft, denke ich, nachdem wir uns im nächsten Dorf verabschiedet haben und ich wieder allein durchs Land ziehe. Ein paar Worte mit einem fremden Menschen, den du nie mehr wiedersehen wirst. Ein Blick auf ferne Hügel und Wege, ein Blick in ruhig dunkle Augen, unterwegs auf der Straße, in Rasthäusern und Eisenbahnabteilen, ohne den Wunsch, einander näherzutreten.

In einem Gasthaus in Sinsheim mache ich Mittagsrast.

Ein riesiger Kachelofen strahlt behagliche Feierabendstimmung aus. Alte Männer, Burschen, Kartenspiel, Schaum in Biergläsern.

Alles spricht von einem schweren Bombenangriff, der anscheinend heute über Heilbronn niedergegangen ist. Ich zünde mir eine Zigarette an und stemme die Beine gegen den Tischsockel. Der Marsch bis hierher war doch anstrengender als ich erwartet habe. Vor allem ist der Rucksack verdammt schwer. Ob man hier übernachten sollte?

Doch gegen halb drei breche ich auf. Ein Traktor nimmt mich ein Stück mit. Auf dem stoßenden Trittbrett stehend, fahre ich langsam durchs Land. Bis ich an einem gesperrten Bahnübergang, vor dem ein Lastauto wartet, doch wieder alle Vorsätze fallen lasse und den Fahrer bitte mich mitzunehmen.

»Wir fahren aber nicht weit.«

»Macht nichts, wenigstens ein Stück.« Aufgeregt klettere ich die hohe Bordwand hinauf. Ein Bierauto. Zwei ältere Frauen sitzen schon oben. Und kaum ist der endlose Lastzug durch und die Schranke hochgezogen, fahren wir ab. Auf rumpelnden Fässern, den Rücken an die Hinterwand der Führerkabine gelehnt, sehe ich die Straße rasch unter mir davonrinnen. In einer Kurve rollt mir eines der Fässer mit Wucht gegen das Schienbein. Au, verdammt! Ich brauche meine Beine noch, jetzt mehr als je zuvor.

Nachdem er uns abgesetzt hat und ich wieder ein Stück marschiert bin, nimmt mich ein Heereslastwagen mit. Diesmal sitze ich vorn neben dem dunkelgesichtigen Fahrer, einem Obergefreiten in einer blauen, verschmierten Drillichhose.

In halsbrecherischem Tempo jagen wir los, um Kurven herum, die wir gerade noch nehmen können, eine lange Reihe Pferdewagen überholend, durch einen Wald in Serpentinen hinauf. Und dann geradeaus bergab mit gesteigerter Geschwindigkeit. Hinter uns im Laderaum poltert es, daß man sich nur schwer verständigen kann.

Ich zünde zwei Zigaretten an und gebe ihm eine davon hinüber, die er mit ölig schwarzen Händen an die Lippen pappt. »Muß noch vor halb fünf in Heilbronn sein!« brüllt er zähnebleckend herüber. Ob ich es wagen soll, bis dorthin mitzufahren? Wäre ein gewaltiges Stück für den ersten Tag, viel weiter als ich ... »Toller Angriff gewesen«, fährt er fort, den Blick geradeaus auf die Straße gerichtet. »Die ganze Stadt kaputt. Brennt jetzt noch überall.« Die baumelnde Zigarette im Mund, erzählt er mir, daß dieser Großangriff ganz überraschend gekommen und etliche tausend Leute dabei zugrunde gegangen seien, da Heilbronn keine Bunker habe.

Wieder ein Stück bergauf. Rasselnd schaltet er herunter. Wenn ich ihn nur ausfragen könnte. Aber wahrscheinlich würde ich ihm dadurch nur verdächtig werden. Lieber über andere Dinge reden, über seinen Wagen, über Autotypen. Kluge Schmeichelei das beste Mittel, etwas zu erreichen. Gerade Männern, die sich für technische Dinge interessieren, kann man am besten schmeicheln, wenn man fachmännisch über ihren Beruf spricht und sich dabei etwas ungeschickt anstellt und staunt und sich belehren läßt.

Am Nordwestrand von Heilbronn lasse ich mich absetzen und gehe zu Fuß durch die Stadt, die aussieht, als wäre die Front darübergerollt. Qualm. Rauchende, brennende Trümmerfelder. Bombentrichter auf der Straße. Ausgebrannte Straßenbahnwaggons. Glassplitter. Ein großes gelbes K liegt mitten auf den Schienen.

Überall Löschzüge im Einsatz, Militär, Arbeitsdienst, Gruppen ausländischer Arbeiter. Dazwischen abgehetzte, entsetzte Gesichter. Obdachlose, die Handwagen, hoch beladen mit Möbeln und Matratzen, ziehen. Schreiende Menschen auf Tragbahren vor einem rauchenden Krankenhaus.

Man weiß die Anzahl der Toten noch nicht genau, da in vielen Kellern noch immer Menschen verschüttet sind. Tausende von herabgestürzten Balken und Mauern zerquetscht, bei lebendigem Leibe verbrannt, von Kohlengasen vergiftet.

PLÜNDERN BEI TODESSTRAFE VERBOTEN!

WER PLÜNDERT WIRD ERSCHOSSEN! lese ich an Häusern, Mauern und Planken, immer in mehreren Sprachen untereinander. Am Südwestausgang der Stadt führt ein verödetes Straßenbahngeleis an einer umgeschmissenen Telephonzelle vorbei eine Böschung entlang in die hoffnungslose Dämmerung.

Erst in Sontheim versuche ich wieder Autos anzuhalten. Wenn ich heute noch bis Stuttgart kommen könnte! Oder wenigstens ein paar Dörfer weiter? Aber es wird nichts daraus. Und als es dunkelt, muß ich mich schließlich um ein Quartier umsehen. Zimmer ist keines zu haben, da der Ort von Ausgebombten überbelegt ist.

»Gehen Sie doch zum Ortsgruppenleiter. Der verteilt alle Quartiere und wird bestimmt etwas für Sie haben«, rät mir eine Wirtin.

»Gute Idee!« erwidere ich. »Besten Dank!«

»Warten Sie mal«, ruft sie mir nach, als ich schon wieder auf der Straße bin. »Mein Junge kann Sie ja hinführen. Komm Alfred, zeig dem Herrn Soldaten den Weg!«

Verdammt noch einmal, das auch noch! überlege ich, während ich neben dem gesprächigen Knirps durch eine dunkle Gasse gehe und eine Sternschnuppe den Himmel spaltet. Aber was, sage ich mir dann, Frechheit siegt! Gerade so ein Parteibonze vermutet oft am allerwenigsten.

In der Ortsgruppe Hochbetrieb. Ausgebombte werden auf Notquartiere aufgeteilt, Verpflegung, Milch für Kleinkinder, ärztliche Hilfe, Stampiglien, Unterschriften. Dann bekomme auch ich einen Schein in die Hand gedrückt, der mich ins Schulgebäude weist. »Leider haben wir nichts anderes, unsere Ausgebombten gehen vor«, sagt mir der Ortsgruppenleiter, ein etwa sechzigjähriger Mann mit aufgekrempelten Hemdsärmeln, die Parteimütze auf den Hinterkopf geschoben.

Was für ein anständiger Kerl, denke ich, als ich einer Frau mit zwei Kindern das Gepäck die breite, steinerne Stiege hinauftragen helfe und sie mir erzählt, daß dieser Mann heute schon den ganzen Tag ohne Pause arbeite, sich um alles kümmere und in seinem eigenen Haus über zwanzig Leute untergebracht habe.

Die Klassenzimmer sind mit Stroh ausgelegt und von Ausgebombten überfüllt. Eine Rot-Kreuz-Schwester gibt mir eine Decke, einen Teller Graupen-Eintopf, Brot und Kunstfett.

Schon um neun wird das Licht abgedreht und eines der dreiteiligen Fenster geöffnet. Draußen im Hof höre ich einen Lastwagen einfahren und eine Männerstimme: »Mensch, paß auf, links einschlagen! Du nimmst ja die halbe Mauer mit!«

Nach einer Weile stehe ich auf, hole meine Schnapsflasche aus dem Rucksack, taste mich hinaus auf den Gang und zünde mir erleichtert eine Zigarette an. Lichtschimmer aus einer halboffenen Türe. Rot-Kreuz-Schwestern beim Tellerwaschen.

»Na, Sie wollen uns wohl helfen?« sagt eine von ihnen, ein rothaariges, vielleicht achtzehnjähriges Mädchen mit einem angriffslustigen Lächeln.

»Ja, ich helfe gern«, erwidere ich, »wenn's den Damen paßt?« »Haste gehört?« stößt sie ihre Nachbarin an. »*Damen* sagt er zu uns!«

Ich setze mich auf eines der Luftschutzbetten und biete ihnen von meinem Schnaps an. Da sie ablehnen, bleibt mir nichts anderes übrig, als selbst immer wieder einen Schluck zu trinken. Und während wir plaudern, fallen mir die Rot-Kreuz-Schwestern aus dem Lazarett in Dnjepropetrowsk ein. Wie gehemmt ich damals war, als sie mir auf die Leibschüssel helfen mußten und ich trotz angestrengten Zielens daneben ...

Die Flasche ist fast leer. Benommen tappe ich ins Klassenzimmer zurück und rolle mich in die Decke, glücklich erregt. Einige Männer schnarchen. Ein Kind fährt immer wieder aus dem Schlaf, von Träumen gequält. Und als ich endlich einschlafe, habe auch ich einen Traum.

Ich stehe mit einigen Leuten aus meiner Klasse in dem kleinen Wartehäuschen bei der Endstation der Linie 39. Während wir miteinander reden, bemerke ich einen älteren Mann im Hintergrund, der ununterbrochen zu uns herüber sieht. Wir sind aus irgendeinem Grunde erbost über ihn und zerren ihn auf die Straße ins grelle Sonnenlicht. Er blinzelt geblendet. »Mein Gott! Der hat ja Läuse!« ruft Mirota neben mir aus. Tatsächlich. Ich sehe, wie sie seine Brust heraufkrabbeln, lauter winzige rote, die sich schnell vermehren.

Da erwache ich und merke, daß es mich wirklich juckt. Ich kratze mich und finde etwas, zerdrücke es zwischen den Fingern. Scharfer Geruch. Wanzen! Verdammt noch einmal!

Draußen ist es noch dunkel. Da ich nicht mehr einschlafen kann, richte ich leise mein Gepäck zusammen und trete wieder auf den Gang hinaus. Im Schwesternzimmer stoße ich zu meiner Überraschung auf die schlanke Rothaarige. Sie hat Nachtdienst. Und sie ist allein, schwarze Brauen über blauen Augen.

Ich hab den Riegel vorgeschoben. Ich bleib dir treu Helga, trotz alledem! Sie ist unfaßbar anschmiegsam und doch von einer frischen, herben, katzenhaften Süße. Und über unserer unerwartet trunkenen Seligkeit steht strahlend ein Stern von Sehnsucht und Vergänglichkeit, da wir beide wissen: Daß sie mit einem Oberleutnant verlobt und ich morgen schon weit von hier.

Im schmutzigen Hof in einer Schlange mürrischer Menschen um den Morgenkaffee angestellt, drehe ich mir eine Zigarette. Aus einigen Fenstern des Schulgebäudes ragen Ofenrohre, deren Qualm die abgebröckelte Fassade schwarz streift.

Sonntag, der siebzehnte Dezember. Heute vor zwei Jahren tötete ein Granatsplitter meinen besten Freund bei Sytschewka. Gut Gitarre spielen konntest du. Dein Lieblingsfluch war: »Ostia Madonna!« Und als Anfang Jänner der Zellenleiter zu euch kam, um deine Eltern schonend vorzubereiten, da hätte ihm dein Bruder am liebsten einen Tritt gegeben. »Das haben Sie den Juden zu verdanken, die haben uns in diesen Krieg gehetzt«, hat dieses Schwein deinem Vater ins wortlose, graue Gesicht ...

Sie! zupft mich jemand am Ärmel. Es ist die Betreuungsleiterin. »Ich hab hier was zu verlesen, und da ich mir mit meiner schwachen Stimme kaum Gehör verschaffen kann, möchte ich Sie bitten ...« Sie drückt mir einen maschingeschriebenen Bogen in die Hand. »Es ist ein Befehl vom OKW. Im Westen geht's jetzt endlich wieder los,« sagt sie mit zuversichtlichem Lächeln.

Ausgerechnet *ich?* Wenn *du* wüßtest, was für ein Soldat ich? Doch da trete ich auch schon vor und lese mit dienstlich lauter Stimme von starken deutschen Kräften, die heute fünf Uhr morgens in breiter Front aus dem Westwall, nach kurzer aber gewaltiger Feuervorbereitung, von Jagdfliegern unterstützt, zum Angriff angetreten sind — aha, ein neuer Schlieffenplan — und von Einzelheiten, die erst später bekanntgegeben werden, um dem völlig überraschtem Gegner keine Anhaltspunkte zu geben.

Fahren, fahren, fahren.

Immer neu und doch so, als ob man es schon irgendwo gesehen hätte, windet sich das graue Asphaltband durchs Land. Immer rauschen Alleebäume über dir, rauscht das Lied der Straßen, das alte Lied aller Tramps und Vagabunden.

Immer wieder habe ich Glück und erwische, kaum abgesetzt, den nächsten Wagen. Der eine Fahrer ist wortkarg, andere unterhalten sich gern, wieder ein anderer erklärt mir rundheraus: »Rauchen dürfen Sie bei mir nicht, ich hab mir's selbst erst abgewöhnt!«

Draußen fährt das Land vorbei. Kahle Äcker, Dörfer mit friedlichen Kirchplätzen, Bauernhöfe in Mulden. Eine mächtige Burg auf einem Hügel kommt langsam auf uns zu, und als wir unter ihr vorbei fahren, bricht jäh, als ob sie flammend brenne, der Sonnenwiderschein aus ihrer Fensterfront.

In Stuttgart gerate ich eben in den Arbeitsschluß. Auf der Plattform einer Straßenbahn in Richtung Degerloch stehe ich fremd zwischen durcheinander schwatzenden jungen Mädchen. Autos auf der Straße. Unzählige hastige Menschen. SPINNSTOFFSAMMLUNG. Dröhnender Marsch aus dem Lautsprecher eines Propagandawagens, der sich an uns vorbei durchs Gewühl schiebt. Soldaten auf Krücken. Auslagen. Ruinen. Eine Menschenschlange vor einem Kaufhaus ...

Fahren, fahren, fahren.

Und wieder das Rauschen der Alleebäume über uns. Eine Vogelscheuche in einem Feld sieht aus wie ein erhängter Zivilist. Die Straße fällt einen Hang hinunter, führt über eine Brücke mit grauem Eisengeländer. Ein Bach rieselt unter uns. Vorbei. Felder. Vielfarbige Äcker. Zerzauste Pappeln im Wind.

Am späten Nachmittag sehen wir rechts in der Abendsonne den Regen über einem Dorf, wie einen schweren Vorhang. Und plötzlich sind wir selber mitten drin. Ein Dorfplatz. Kinder in dunkelgrauen Regenumhängen. Durch seegrüne Wasserschächte schwimmend streicht der Scheibenwischer unverdrossen über die Windschutzscheibe. Bis wir ihn nicht mehr brauchen und wieder durch die klare Weite fahren und die Sonne rot in einem Stoppelfeld versinkt.

»Ein grandioses Stück hast du heute hinter dich gebracht«, sage ich mir, als ich abends, auf einem rumpelnden Lastwagen stehend, in Tübingen einfahre. »Sontheim — Stuttgart — Tübingen in einem Tag!«

Nach längerem Suchen finde ich endlich ein winziges Kabinett in einem Hotel am Neckarufer. Toll. Noch immer am Neckar!

Und nachts im weichen Federbett
Hört ich noch lang der Bäume Rauschen!
Hört ich,
Hört ich noch lang,
Hört ich noch lang der Bäume Rauschen

Tübingen ist, abgesehen von einem kleinen irrtümlichen Bombenangriff, als Universitätsstadt ebenso wie Heidelberg bisher verschont geblieben.

Wenn man nur hier auch jemand kennenlernen würde!

Mittags ließ ich mich von zwei Soldaten in ein Gespräch ziehen. Als sie aufbrechen mußten, luden sie mich ein, am Abend mit ihnen ins Kino zu gehen.

Wie konnte ich nur wieder so eine Verabredung eingehen! Aber es war ja kaum zu umgehen. Während des Essens hatten sie ein paar witzige Bemerkungen gemacht. Dann hatten wir uns zusammengesetzt, um uns auseinanderzusetzen, und waren zuletzt ins politische Fahrwasser geraten, in das heute fast alle Gespräche münden.

Daß der eine von den beiden ein begeisterter Nazi ist, habe ich ihm schon am Gesicht angesehen. Einer von jenen »Idealisten«, die meinen, daß das Ganze nur nicht klappt, weil nicht alle ihr Letztes hergeben. Solche Menschen rechnen es sich zur Ehre an, zu den wenigen Auserwählten zu zählen, und wenn sie in einer Massenbewegung stehen, sagen sie gerne, daß die andern eine falsche Auffassung und daß nur ganz wenige, zu denen natürlich sie gehören, Idealisten seien.

Erstaunlich finde ich immer wieder, daß gerade solche Leute oft etwas Reines in ihren Augen haben. Eine Reinheit, die freilich nur aus einem stumpfen Gewissen herrühren kann. Denn jeder denkende Mensch müßte sich doch an allem, was rings um ihn geschieht, mitschuldig fühlen.

Noch was zu allen Gesprächen mit Gläubigen — religiösen, politischen, weltanschaulichen —: *Ihr* seid die wahren Nihilisten! Wenn man euch eure Religion wegnimmt, stürzt eine Welt für euch zusammen und ihr steht vor dem Nichts.

Ihr bezeichnet so gerne eine kritisch skeptische Konstitution als pessimistisch, dabei könnte man sie beinahe optimistisch nennen, verglichen mit jenem dumpf trüben Nicht-hinsehen-Wollen auf die dunklen Seiten allen Lebens.

So heftig ihr euch aber untereinander bekämpft, einig seid ihr euch alle, wenn es gegen die Skeptiker, die Gottlosen, die vaterlandslosen Gesellen geht.

Daß der Schiller-Film nicht verboten ist, wundert mich. Es ist alles wie heute: Unterdrückung der Freiheit durch den Tyrannen, den »Landesvater«, der dafür noch Dank verlangt. Drill, Kadavergehorsam, glanzvolle Aufmärsche. Spitzelwesen. Und Hohenasperg, das damalige KZ. Ihm zu entgehen, mußte der junge Schiller seine Schriften verstecken und zuletzt mit falschen Papieren desertieren, obwohl man es heute nicht mehr so nennt.

Am 22. fahre ich von Tübingen fort.

Mit dem Autoanhalten geht es diesmal sehr zäh und in vielen Raten. Immer wieder muß ich dazwischen lange marschieren. So bin ich heute nur bis Urach gekommen. Auf dem Meldezettel werde ich jetzt sicherheitshalber nicht nur in jedem Hotel einen anderen Namen, Adresse und Beruf, sondern jedesmal auch eine andere Fahrtrichtung eintragen.

In meinem Zimmer studiere ich noch einmal die Karte. Morgen ist der dreiundzwanzigste, übermorgen Heiliger Abend. Wenn es mir gelingt, in diesen zwei Tagen bis Immenstadt zu kommen, könnte ich Ernstl besuchen. Aber wer weiß, ob er daheim ist? Ob er nicht gerade an irgendeiner Front, oder gar schon gefallen? Über zwei Jahre habe ich keine Verbindung mehr mit ihm.

Die Wirtin ist eine junge Witwe. Vielleicht sollte ich vorsichtig versuchen, mit ihr ...

Zeitig am Morgen marschiere ich los. Es ist bitter kalt. Im grauen Winterhimmel hängt Schnee. Einen halb zugefrorenen Bach entlang steigt die Straße durch einen Wald in einigen Serpentinen hinauf und führt aufs flache Hochland. Eisig fällt mir der Wind in den Rücken.

Nach zwei Stunden Marsch raste ich an einem Kilometerstein. Kein Fahrzeug, kein Mensch bisher. Einsam, leer, windgeglättet liegt das Dezemberland um mich herum. Schneeflecken in nackten Feldern. In der Ferne, wo der dunkeldrohende Frosthimmel auf der Erde liegt, sehe ich kleinere Wäldchen weit verstreut. Rauhe Schwäbische Alb.

Mit klammen Fingern setze ich die Ohrenschützer auf und esse im Weitergehen ein trockenes Stück Brot. Der anschwellende Sturm treibt in breiter Front heran, sät Schnee, peitscht vereinzelte Flocken auf die Straße vor mir, sammelt sie, reißt sie jäh empor, um sie an irgendeinem Hindernis endgültig festzuwehen. Allmählich tüncht so der hohle Wind das Land und läßt nur die metallgraue, glatte Straße noch eine Zeitlang frei.

Der Vormittag ist lang und eisig und einsam.

In einem etwas abseits gelegenen Dorf esse ich zu Mittag. Als ich wieder zur Straße zurückgehe, sehe ich einen Fernlaster den Berg herauf kriechen. So rasch ich kann und heftig winkend, laufe ich los. Doch bevor ich noch an der Kreuzung bin, klappert er mit schepperndem Schneekettengerassel vorüber. Wird mich nicht gesehen haben. Vielleicht wollte er auch nicht. Atemlos sehe ich die hohe, beschneite Hinterwand des Anhängers davonfahren und höre noch lang das rhythmische Kettengerassel verklingen. Also doch wieder zu Fuß!

Das Schneetreiben hat aufgehört. Der schmutzig weiße Himmel hat sich weit gedehnt. Ich weiß noch, irgendwo führt eine große S-Kurve durch einen Wald. Dahinter beginnt neues kahles Hügelland. Dort liegt rechts ein halbverschneiter Stapel geschälter Baumstämme am Weg. An dieser Stelle sind die vier hohen Wehrmachtslastwagen an mir vorbeigeschlittert, sodaß das Eis scharf von den Rädern wegspritzte. Aber es war gut, daß keiner von ihnen stehenblieb, denn im Führerhaus des zweiten Wagens habe ich einen Offizier sitzen gesehen, dessen dunkle Augen unter dem Mützenschirm eine Sekunde lang an mir hingen.

Ich habe mich jetzt schon dreingefunden, daß ich heute oder morgen kaum bis nach Immenstadt kommen werde. Es wäre zwar noch möglich, daß doch noch ein Wagen daherkäme, der mich dafür besonders weit, vielleicht auch erst gegen Abend?

In Suppingen habe ich endgültig genug. Über dreißig Kilometer Marsch mit diesem schweren Rucksack. Dunkel. Kalt. Der Schneewind pfeift um die Gehöfte.

In einem Wirtshaus an der Straße bekomme ich ein Zimmer und sitze noch lange in der Gaststube. Heimelige Familienstimmung. Die Wirtin und die Dienstboten backen für den morgigen Abend.

Es duftet, daß einem das Wasser im Mund zusammenläuft. Ich bestelle heißen Tee mit Zitrone und schütte den Schnapsrest in die Tasse. Wie warm einem sofort wird nach einem Schluck Alkohol.

Müde, mit einem angenehmen Schmerz in den Schultern und Sohlen vergrabe ich mich in meinem Zimmer ins weiche Federbett. Fieberige Wangen. Das mit Anstrengung Errungene macht gleiche Freude wie das Mühelose.

Der große, fremde Bauernhof hat ein braunrotes Dach. Ich hab das Land gesehen, obwohl ich nie draußen war. Oder bin ich drinnen und draußen zugleich? Ich weiß, daß die ausgedehnte Mulde dunkelerdig ist, kahl, ohne Schnee.

Da kommen wieder die beiden Männer. Sie holen mich ab, sie führen mich zu einem kleinen, von Holzbalken rechteckig eingefaßten Tümpel. Und als sie mit ihren Beilen gegen die obersten Balken zuschlagen beginnen, packt mich die Angst. Mit gelähmten Beinen komme ich kaum von der Stelle, und je weiter ich laufe, desto stärker wird das Klopfen. KLOPFEN. WEICH. Warm. DAUNENDECKE. Klopfen. Aber halt! Es klopft vielleicht wirklich?

Hastig richte ich mich auf. »Was ist?« frage ich, einen schneidenden Krampf in der linken Wade.

»Sie haben doch gesagt, wir sollen Sie um sieben wecken!«

»Hja ... Danke schön!« Schwache Morgendämmerung rieselt durch die Ritzen heruntergelassener Rolläden. Beruhigt lege ich mich noch einmal zurück. Dieser eigenartige Bauernhof? Nein, dieses Haus hier war es. Und als ich gerade wieder am Einschlafen bin, fahre ich zum zweiten Male auf.

Sofort aufstehen, sonst komme ich wieder nicht weiter!

Nasse Uniform, steinharte Schuhe. Muskelkater von gestern.

In der warmen Gaststube setze ich mich an einen Tisch, von dem ich die Straße überschauen kann. Ungefähr vierzig Meter, dann biegt sie hinter ein hohes, weißes Haus. Heißer Milchkaffee und Kuchen. Heute ist ja Feiertag.

»Wenig Autos fahren in dieser Gegend«, sage ich zum stämmigen, Wirt, der auf der Ofenbank sitzt. Er nimmt langsam seine Pfeife aus dem Mund und starrt mich angestrengt an.

»Wenig Autos fahren hier«, wiederhole ich noch lauter. Ein dünner Speichelfaden sickert langsam aus seinem Mundwinkel. Dann schiebt er mit zitternder Hand die Pfeife wieder in den Mund und pafft mit kleinen, rasselnden Zügen.

Schöne Aussichten! Aber wozu frage ich überhaupt. Hier, vom Fenster aus, kann ich ja die Autos kommen sehen. Nur nicht wieder den ganzen Tag marschieren müssen!

Doch es klappt leider nicht. Denn immer, wenn ich einen Wagen um die Ecke biegen sehe, rasch mein Gepäck zusammenraffe und so schnell ich kann hinauslaufe, rasselt er auch schon dicht am Haus vorüber. Die Strecke, die übersehen kann, ist zu kurz. Die Leute lachen mich schon aus. Also beschließe ich, vor dem Tor zu warten. Doch es ist wie verhext, daß jetzt über zehn Minuten kein Wagen kommt und daß gerade in dem Augenblick, in dem ich schließlich in die Gaststube zurückkehre, wieder einer vorüberklappert.

Aber endlich habe ich doch Glück. Ein Lastwagen hält vor unserm Haus. Der Fahrer klettert hinauf und leert einen Sack Holz in einen turmartigen Behälter neben dem Führerhaus. »Holzgas! Unser neuer Treibstoff!« sagt er grinsend. Dann fahren wir los. Der Himmel ist ohne Wolken. Allmählich wird das Land schneeärmer und sonniger.

Als ich in Ulm über die Donaubrücke gehe, bleibe ich unwillkürlich stehen und beuge mich über das Geländer. Da fließt du, und bist noch so erstaunlich schmal. An wievielen Auen, Feldern und Felsen mußt du vorbei, wieviele Zuflüsse mußt du noch aufnehmen, bis du endlich in grauer, majestätischer Breite langsam durch unser Wien der ungarischen Tiefebene zuströmen kannst.

Ähnlich wie Heilbronn hat auch Ulm einen schweren Luftangriff knapp hinter sich. Gegen neun Uhr abends haben amerikanische Bomber die Stadt überraschend überfallen, haben zwei Ringe von Leuchtschirmen gesetzt, den inneren zum Schutze des Doms, und zwischen diese beiden Ringe ihre Bomben hineingeworfen. Vollgepfropfte Kinosäle, Geschäfte, notdürftige Luftschutzkeller, alles ist blitzschnell zusammengeschlagen worden, und auch hier ist der Großteil der Toten noch nicht geborgen.

Schade um den Speck und das Eingemachte, war Erikas erster Gedanke, als nach dem schweren Angriff das Haus der Familie Rimmler zerstört war und die Leute darunter begraben lagen.

Und das schöne Geschirr und Silber. Hätte ich mir nur vorher einiges ausgeliehen.

Am Südrand der Stadt drehe ich mich noch einmal um. Unversehrt ragt der Dom in den sonnigen, kobaltblauen Himmel. Ein Windstoß hetzt einen Papierfetzen übers Stoppelfeld. Auf der anderen Seite kommt mir eine Kompanie entgegen.

Fern bei Sedan ... auf der Höhe
Steht ein Grenadier auf Wacht,
Neben seinem ... Kameraden,
den die Ku-hu-huuugel tödlich traf.

Tragen alle Spaten quer über die Schultern. Schwingende Arme in weißen Drilichanzügen.

Nimm den Ring von ... meinem Finger,
Nimm den Ri-hi-hiiing von meiner Hand

gellen hoch die überschlagenden Stimmen. Unwillkürlich gehe ich im Schritt. Die Spitze marschiert an mir vorbei. Achtung, ein Leutnant! Hand ruckartig hinauf! Dankt gnädig. Harter Marschtritt. Gesichter schaukeln vorüber, wetterbraun, verdrossen, aufgerissene Münder. Schultern wogen.

Links! U-nd Links! U-nd Links zwo drei vier!
Links! U-nd Links! U-nd Links zwo drei vier!

Die werden sich freuen! Ausgerechnet heute am Sonntag. Gott sei Dank, damit ist's vorbei für mich! Die Kleinen am Schluß können kaum Schritt halten. Und heiser brüllen sie mich an.

Deutsche Grena ... diere fallen,
Aber wei-hei-heiichen tun sie nicht.

Ein Lastauto, noch eines, rattern hintereinander vorbei. Das Lied hallt mir nach und erfüllt die weite Ebene. Wie frei ich doch bin! Vor einer Holzhütte flattert Wäsche weiß im Wind. Breit unter den hohen, rauschenden Alleebäumen liegt der sonnige, schattengestreifte Asphalt vor mir. Voll Lust spüre ich, daß meine Beine kräftig sind, daß ich wieder marschieren, ohne Marschbefehl nach Süden, einem neuen, ungewissen Ziel entgegen.

An einem Brückengeländer lehnt ein älterer Mann mit einem Koffer. »Na, wohin geht die Reise?«

»Nach Immenstadt!« Verdammt, das hätt ich jetzt nicht sagen sollen. Unentschlossen bleibe ich bei ihm stehen.

»Da haben Sie aber noch weit. Ich möchte bloß bis Illertissen. Sie haben wohl Weihnachtsurlaub?«

»Nn-nein«, erwidere ich, »nicht ganz!« Und mit einem Unterton in der Stimme, der vertraulicher ausfällt, als ich will, erzähle ich ihm, daß ich in Ulm stationiert bin und über die Feiertage Verwandte in Immenstadt besuchen möchte. »So ein kleiner schwarzer Urlaub. Sie waren ja sicher auch einmal Soldat.«

»Kenn ich!« sagt er sachverständig. »Ich hab mir gleich sowas gedacht, sonst würden Sie ja mit der Bahn fahren.«

Ein dreiräderiger Lieferwagen bremst neben uns. »Los rin! Wenich Zeit!« bellt der Fahrer noch im Rollen heraus. Koffer stemmen, Rucksack nachwerfen. Und hastig hinauf.

»Die Preußen sind auch nicht schneller als wir«, keucht mein Mitfahrer, als wir uns nebeneinander an der Hinterwand des Führerhauses zurechtsetzen. »Die tun bloß so. Wenn Sie sagen: Los rin! Sind Sie noch nicht weg? Hauen Sie hin! Glauben Sie, daß es schon allein deshalb schneller geht.«

Wir ziehen die steife, ölfleckige Plane über unsere Beine. Dann schlage ich den Kragen hoch und schiebe die Hände in die Manteltaschen. ffSCHffSCHffSCHffSCH wischen die Straßenbäume vorbei. Ein Personenwagen. Näher. Dicht hinter uns. Aufmerksames Männergesicht am Steuer, überholt uns. Fahrräder. Ein Auto. Fahrräder. Eine Reihe Pferdefuhrwerke, mühselig eigensinnig nickende Pferdeschädel, bleiben hinter uns. Dann die Straße leer unter rauschenden Bäumen. Eine weitausholende Kurve. Vielleicht gelingt es mir, heute noch bis Immenstadt zu kommen!

Doch hinter Illertissen muß ich wieder lange marschieren. Bis mich endlich ein Motorrad mitnimmt. Im offenen Beiwagen komme ich mir vor, wie in einem Kinderauto, so wohl verpackt und ganz niedrig über dem Asphalt. Als aber die Straße hinter einem Hügel zu einem Bahnübergang absackt, steht plötzlich ein heftig winkender Soldat an einem Kilometerstein. Der Fahrer bremst. Schirmmütze. Verdammt, ein Offizier! Dicht vor ihm bleiben wir stehen. Aber er will auch nur mitgenommen werden und muß mit dem Soziussitz vorliebnehmen.

In Memmingen, ausgerechnet vor dem Schild STANDORTÄLTESTER abgesetzt, lasse ich den Leutnant vorausgehen, bis er außer Sicht, und mache mich dann gleich auf die Straße nach Kempten - Immenstadt. Es dämmert schon. Und als die letzten Häuser hinter mir liegen, ist es Nacht geworden. Hinter einer Kurve, die um ein ausgedehntes, lichtlos stilles Fabriksgelände führt, warte ich über eine Stunde. Kein einziges Fahrzeug. Kein Mensch weit und breit. Der Halbmond steht hell über dem leeren Asphaltband, das mattschimmernd schnurgerade nach Süden in die ungewisse Nacht führt.

Wie gerne wäre ich heute noch bis Immenstadt gekommen! Heiliger Abend. Voriges Jahr um diese Zeit war ich daheim, dafür die drei vorangegangenen Weihnachten an der Front. Wenn kein Wagen kommt, werde ich diese fünfzig Kilometer durchmarschieren. Bis jetzt bin ich ohnedies rascher weitergekommen, als ich es erwartet habe. Ja, es hat sogar einen besonderen Reiz, gerade in dieser Nacht, in der alle andern feiern, ganz allein durchs Land ...

Nur keine Romantik! Langsam geh ich in die Stadt zurück. Die mondüberglänzte Straßenseite. Und die andere, dunkelschattig. Aus Fensterritzen schimmert Licht, läßt Wärme und den festlichen Geruch nach brennenden Kerzen ahnen. Nur noch wenige Menschen, sicher auf dem Heimweg. Keine Lust, heute in einem kalten Hotelzimmer herumzusitzen. Am besten irgend jemanden ansprechen. Vielleicht kann ich im Kreis einer Familie. Heute werden die Leute doch nicht so abweisend sein. Und wenn ich niemanden finde, kann ich es ja noch immer in einem Hotel versuchen.

Nachdem ich mich schon bei einigen Leuten aufgerafft und doch immer wieder auf halbem Weg den Mut verloren habe, spreche ich endlich eine junge Frau an, die mir mit einem Kinderwagen auf der hellen Straßenseite entgegenkommt. Karierter Mantel, Pelzmütze, dunkle Augen in einem mondfahlen Gesicht.

»Was machen wir nur mit Ihnen?« überlegt sie. »Ich selbst habe keine Wohnung. Zu meiner Mutter kann ich Sie höchstens bringen.« Sie sieht mich forschend an. »Kommen Sie mit!«

Ein wenig enttäuscht, ich habe mir unwillkürlich vorgestellt, daß sie allein wohnt, gehe ich neben ihr durch eine schmale, stille Gasse und suche nach Worten. »Ich hab es schon in einigen Gasthöfen versucht«, beginne ich endlich, »aber es ist nirgends ein Zimmer frei. Ich bin, wie gesagt, auf der Durchfahrt nach Immenstadt und ... weiter nach Sonthofen, zu Verwandten.« Und als ich ihr von meinem schwarzen Weihnachtsurlaub erzähle, schlägt eine Turmuhr zwischen meine Worte, siebenmal.

Ein großer, heller Platz. Vorsichtig läßt sie den Kinderwagen vom Gehsteig auf die Straße hinunter. Hohe, alte Häuser im Mondlicht. Scharf umrissene Schatten an einer der Fassaden, die so prächtig ist, daß ich unwillkürlich stehenbleibe.

»Das ist unser Rathaus«, sagt sie.

»Liegt hier nicht auch irgendwo das Stift Ottobeuren in der Nähe?« frage ich im Weitergehen.

»Ja!« erwidert sie. »Doch ich muß zu meiner Schande gestehen, daß ich noch nie dort war.« Wir biegen in die Straße, auf der ich von Ulm gekommen. Mondlicht fällt in den Kinderwagen. Und vorgebeugt sehe ich einen Augenblick ein winziges, weißes Gesicht mit geschlossenen Augen. »Es ist nicht mein Kind«, sagt sie mit schüchternem Lächeln. »Es ist von meiner Herrschaft. Ich habe nur einen Spaziergang gemacht und bin jetzt später dran, weil ich noch eine Freundin besucht habe.«

»Aber da halte ich Sie ja auf?«

»Nein nein, ich bring Sie auf jeden Fall zuerst nach Hause. Es ist fast kein Umweg.«

Aus einem Haus hört man Stille Nacht, heilige Nacht wie aus weiter Ferne. Klappernd fährt ein Motorrad vorbei. Leerer Soziussitz. Vielleicht wäre er noch weitergefahren und hätte mich bis Immenstadt ... Doch da sind wir schon am Ziel. Sie sperrt auf. Ich helfe ihr den Kinderwagen eine stockfinstere Stiege steil hinauftragen. »Vorsicht!« flüstert sie. »Hier sind die Stufen zu Ende. So. Und jetzt rechts!«

Beim Eintritt in die dunstige Küche geblendet sehe ich eine alte Frau, die eben ein Scheit in den Herd schiebt. Sie wischt ihre Hände an der Schürze ab. Ein hitzegerötetes, abgehärmtes Gesicht mit vielen kleinen Fältchen um die Augen. Weiße, glatte Haare.

»Aber selbstverständlich!« sagt sie, nachdem ich ihr meine Bitte vorgetragen habe. »Wir werden Sie doch nicht am Heiligen Abend auf der Straße herumlaufen lassen. Sie sollen statt unserer beiden Söhne unser Gast sein, die haben ohnedies keinen Urlaub. Das heißt: Eigentlich müssen wir zuerst den Vater fragen.«

Sie führen mich in das anschließende Zimmer und stellen mich einem Mann vor, der eine Zeitung zusammenklappt und sich schwerfällig aus seiner Sofaecke erhebt. Er sieht wesentlich jünger aus als seine Frau. Wie ein Büffel, schwarzzottelig mit dichten, Brauen in einem verwitterten Gesicht, steckt er in einem dunklen, sicher ungewohnten Anzug.

»Meinetwegen!« brummt er. »Ich hab nichts dagegen. Immer noch besser als mit der Alten allein.« Er mustert mich mit grinsendem Mißtrauen. »Aber eines rate ich Ihnen, junger Mann: Hände weg von meiner Tochter! Sonst sind Sie den Heldentod gestorben, bevor Sie noch ihre Hosentüre zugebracht haben.«

»Aber Vater!« ruft diese aus. Eine tiefe Röte überzieht ihr Gesicht, während ihre Mutter nur bekümmert den Kopf schüttelt. »Du hast es nötig! Du, der keine Frau sehen kann, ohne gleich hinter ihr her zu sein.«

Die Tochter, Hanni heißt sie, muß noch das Kind zurückbringen. Ich solle bleiben, sagt sie beim Abschied, ihre Mutter werde ihr schon den Wagen hinuntertragen helfen. Sie werde auf jeden Fall versuchen, noch einmal zurückzukommen.

Ich lege meinen Rucksack aufs Fensterbrett. Das Zimmer ist klein und heimelig warm. Herr Anderle läßt sich wieder in seine Sofaecke fallen. »Nehmen Sie doch Platz!« sagt er. Da er mich erwartungsvoll ansieht, fange ich mit der alten Geschichte vom schwarzen Urlaub an. Sie wird jetzt noch öfter herhalten müssen. Sie macht einen glaubwürdigen Eindruck. Die Leute sehen ein, daß man aus diesem Grund nicht mit der Bahn fährt. Man kann sie daher auch am ehesten bitten, mit niemandem darüber zu sprechen. Ja, paradoxerweise enthält sie sogar ein Körnchen Wahrheit.

Während ich erzähle, kommt die Mutter wieder herein. »Machen Sie sich's bequem!« Sie nickt mir freundlich zu und beginnt den Tisch zu decken. Nicht einmal einen

Christbaum haben wir heuer, es ist eine Schande. Aber daran ist mein Mann schuld, der kümmert sich um nichts.«

»Reg dich nicht auf, Alte!« knurrt er. »Ich hab dir schon gesagt, daß ich auf den ganzen Klimbim scheiße.«

»Hans, Hans! Rede doch nicht immer so! Du weißt, du versündigst dich.«

»Versündigen hin oder her! Was zu saufen und zu rauchen brauch ich, alles andere ist mir Wurscht!«

»Ach du, du Lümmel, du herzloser! Nicht einmal am Heiligen Abend kannst du dich anständig aufführen, noch dazu vor einem Gast ... Um Gottes Willen, die Milch!« Sie springt auf und stürzt hinaus.

Betroffen lehnt er sich zurück. »Diese Weiber! Vor lauter Gekeife geht ihr jetzt wieder was über. Und mit so einem Weib hat mich Gott in seinem Zorn bestraft.«

Er geht immer mehr aus sich heraus, und nachdem seine Frau das Geschirr abgetragen und zu seiner Überraschung einige Zigarren hervorgeholt hat, stützt er plötzlich beide Arme auf den Tisch und fragt mich unvermittelt, ob ich glaube, daß der Krieg zu gewinnen sei.

»Ich weiß nicht«, versuche ich auszuweichen. »Besonders rosig sieht es gerade nicht aus.«

»Was heißt da rosig?« schlägt er mit der Faust auf den Tisch, daß seine Frau zusammenfährt. »Der Krieg ist verloren, sage ich Ihnen!« Und er beweist es mir mit knappen, logischen Argumenten, wie man sie gerade unter Arbeitern häufiger antrifft, als unter den sogenannten Intellektuellen. Bis ich ihm schließlich gestehe, daß ich mich nur zuerst nicht richtig habe äußern wollen, da man doch nie wisse ...

Da klopft es.

»Hört auf damit!« zischelt seine Frau beschwörend. »Du mußt immer gleich so laut sein. Wenn dich die Bleiles hören. Du weißt doch, wie Sie eingestellt sind ... Ja? Herein!« Sie steht auf. »Oh, guten Abend Frau Bleile! Eine recht gesegnete Weihnacht!«

Es ist die Frau des Nachbarn. Sie wünscht uns allen frohe Feiertage und lädt uns ein, doch ein wenig hinüberzukommen, um den Baum und die Geschenke anzusehen.

»Das ist aber nett!« begrüßt uns Herr Bleile, ein dicker, blonder Mann in einem graukarierten Hausrock. Während seine Frau die Kerzen anzündet, füllt er Rotwein in fünf Gläser.

Das Zimmer ist etwas größer als das der Familie Anderle. Bemalte Fotographien. Spitzendeckchen. Kunstblumen in vergoldeten Vasen. Ein Hirschgeweih über einer Hitlerbüste. Auf der altdeutschen Kredenz dicht gedrängt ein ganzes Geschwader ausgestopfter Vögel. An der gegenüberliegenden Wand, symmetrisch umgeben von eingerahmten Urkunden, das Porträt eines vollbärtigen Mannes.

»Das ist der Turnvater Jahn!« sagt Herr Bleile stolz. »Wissen Sie, ich war selbst einmal Turner!« Er zeigt mir in einer Vitrine eine Menge blankgeputzter Pokale. Da klappt die Türe der Schwarzwälderuhr über uns auf und der Kuckuck fährt immer wieder bellend aus seinem Häuschen.

Darauf erhebt Herr Bleile sein Glas. Ich muß zwischen ihm und seiner Frau Platz nehmen und merke bald, daß die beiden in allem, was sie sagen, bestrebt sind, die Familie Anderle herabzusetzen. Besonders die Frau macht einen eingebildeten Eindruck. »Wissen Sie, ich nehme mir nie ein Blatt vor den Mund! Ich sage grad, wies ist. Ich habe immer jedem meine Meinung gesagt.« Die alten Redensarten aller selbstgefälligen Heuchler.

Doch ich versuche mich anzupassen und lächle immer wieder freundlich. Bis mir allmählich die Backenmuskeln wehtun und ich mir sehnlich wünsche, draußen zu sein, um mein Gesicht ein paar Minuten ausruhen zu lassen.

»Erschlagen sollte man diese beiden Rindviecher!« sagt Herr Anderle, als wir wieder in seiner Wohnung sind. Hanni ist zurückgekommen. Sie hat ein krapprotes Kleid mit einem breiten Gürtel an. Ihr Gesicht ist von der Kälte gerötet, als sie aus ihrer Einkaufstasche eine Flasche Wein und eine zweite viereckige Flasche dunkelroten Likör kramt.

»Das Sie dir jedes Jahr so ein süßes Dreckzeug mitgeben, anstatt einen anständigen Schnaps!« sagt Herr Anderle und holt aus der Tischlade einen Korkenzieher. »Warte, ich bringe Gläser!« Seine Frau springt auf. Doch da hat er schon die Flasche angesetzt und trinkt zu meinem Entsetzen in einem Zug fast die Hälfte weg. »Pfui Teufel!« sagt er dann.

Lachend stoßen wir auf das nächste Jahr und auf das Ende dieses Krieges an. Sie zeigen mir Photos von ihren Söhnen, und ich muß ihnen von meinen Eltern und von Wien erzählen. Ja, am Ende laden sie mich ein, über die Feiertage bei ihnen zu bleiben, und ich sage gerne zu. An den Verwandten in Sonthofen liegt mir ohnedies nicht viel. Ein Tag genügt für sie.

Hanni wohnt nicht hier, sondern bei ihren Dienstgebern. Gegen Mitternacht begleite ich sie nach Hause. Hell und leer liegt die Straße im Mondlicht. Die Luft ist nach dem verrauchten Zimmer wie ein frischer Trunk kalten Wassers.

Ich habe Ihnen ein kleines Geschenk mitgebracht Sie reicht mir mit schüchternem Lächeln ein Päckchen. »Nur ein paar Zigaretten. Damit Sie nicht ganz leer ausgehen.«

Ich hänge mich ein, drücke ihren Arm. Eine Weile gehen wir schweigsam nebeneinander. Scharf umrandet zeigen steile Giebel in den sternübersäten Himmel. Im Haustor eines Gasthofs ein Mann sucht fluchend das Schlüsselloch.

»Wissen Sie, daß ich verheiratet bin?« fragt sie, als wir an ihm vorbei sind.

»Ihre Mutter hat es mir erzählt. Und daß Ihr Mann seit zwei Jahren vermißt. Das ist ... Entschuldigen Sie, daß ich davon ...«

»Nein nein, man kann ruhig darüber sprechen. Es macht mir nichts ... Ich habe ihn, glaube ich, nie gemocht.« Ein angenehmes Gefühl durchströmt mich. »Ja, wenn ich ganz ehrlich bin — aber Sie dürfen meinen Eltern nichts davon sagen —, es wäre mir fast lieber, wenn ich ihn nie mehr sähe. Sie werden jetzt bestimmt eine schlechte Meinung von mir haben.«

Die Straße führt bergauf durch ein wuchtiges, mondschattiges Stadttor. Ich bin so froh, daß ich Sie angesprochen habe. So ein Zufall! Dabei war ich beinahe zu feig dazu. Ob ich es ihr erzählen soll? Der Vater scheint in Ordnung zu sein. Besser noch ein wenig abwarten!

An ihrem Haus angekommen, gehen wir, als ob wir es vereinbart hätten, noch ein Stück weiter. Bis sich hinter den letzten Villen das Land mondhell nach Westen und Süden dehnt. Links auf einem flachen Hügel brennen Lichter über einem verbauten Gelände.

»Das ist das STALAG«, sagt sie, »ein Kriegsgefangenenlager. Der Hauptmann, bei dessen Familie ich arbeite, hat dort seine Dienststelle.« Wie gut, daß ich ihr noch nichts erzählt habe!

Auf dem Rückweg sprechen wir kein Wort. Doch als wir vor ihrem Haustor stehen, ziehe ich sie an mich und küsse sie, auf den Mund, auf die Augen, auf die Stirne und immer wieder auf den kühlen, frischen Mund.

Glücklich pfeifend gehe ich heim. Der große Himmel über mir, einsam, ungeheuer weit und unberührt.

»Spät kommen Sie!« sagt Frau Anderle, als ich geblendet ins Zimmer eintrete. »Mein Mann schläft schon. Einen Riesenrausch hat er wieder.« Sie zündet eine Kerze an und steigt mir voran zur Bodenkammer hinauf: Ein frisch überzogenes Bett an der Schrägwand. Der übrige Raum ist mit Kisten, Flaschen, Stößen von Zeitungen vollgeräumt, und sie glaubt, sich deshalb immer wieder entschuldigen zu müssen.

Wie glücklich, wie voll Überraschungen dieser Tag war! Hanni! Und der Alte! Warum ist er bloß gegen seine Frau so grob?

Um Gottes Willen! Meinen Rucksack hab ich unten gelassen. Hoffentlich sind sie nicht neugierig! Aber ich werde es ja morgen an der Verschnürung erkennen.

Elf vorbei. Schon wieder so spät! Hastig ziehe ich mich an und steige die steile Holztreppe hinunter.

»Na, Sie haben aber einen gesunden Schlaf!« begrüßt mich Frau Anderle in der Küche.

Stirnrunzelnd kraule ich meinen Kopf. »Warum haben Sie mich nicht geweckt? Von selbst wache ich nicht auf, und wenn ich zulange im Bett war, habe ich immer ein schlechtes Gewissen.«

»Aber Sie versäumen ja nichts. Ich hab mir gedacht, Sie sollen sich einmal richtig ausschlafen. An der Front müssen Sie ja ohnedies wieder jede Nacht hinaus.« Sie schüttet Wasser in eine große Zinkschüssel. »So. Hier können Sie sich waschen. Wenn Sie einen Spiegel brauchen, er steht auf dem Fensterbrett.«

»Wo ist denn Herr Anderle?« frage ich sie, als ich dann im Zimmer beim Frühstück sitze.

»In der Fabrik.«

»Was, heute am Weihnachtstag?«

»Er muß nur bis Mittag bleiben, dann hat er frei. Dafür muß er morgen nachmittag wieder hin.«

»Da hat er aber nicht viel von den Feiertagen. Ich hab mir gedacht, daß er vielleicht in der Kirche oder sonst irgendwo sein wird.«

»*Der* und in die Kirche gehen!« Bekümmert schüttelt sie den Kopf. Deshalb ist er ja auch so ein Rüpel! Sie werden sich was Schönes über uns gedacht haben gestern. Wenn Sie wüßten, wieviel Kummer mir das schon gemacht hat!« Sie nestelt ein Taschentuch aus ihrer herzförmigen Schürzentasche und setzt sich mir gegenüber. Was soll ich erwidern, ohne Partei zu ergreifen?

»Er ist nicht so arg. Im Gegenteil, mir gefällt er«, sage ich. »Er meint es auch bestimmt nicht so ... Und wenn er Sie nicht abhält, in die Kirche zu gehen, müssen Sie ihm eben auch seine Meinung lassen.«

»Das ist ja auch ganz was anderes.«

»Wieso?« schlüpft es mir unwillkürlich heraus.

Sie sieht mich mißtrauisch an. »Na mir scheint, Sie sind auch so einer ... Das bringt nichts Gutes. Sie werden es schon noch sehen. Jetzt sind Sie ja noch jung, aber später werden Sie noch einmal zu dem Glauben zurückkehren, in dem Sie ihre Mutter erzogen hat. Ganz bestimmt. Lassen Sie sich das von mir gesagt sein.«

Das wird nie sein, denke ich. Kein Christ wird zu irgendeinem Heidentum zurückbekehrt. Ebenso wird auch keiner, der sich mit gewissenhaftem Ernst aus dem Christentum herausgearbeitet hat, wieder in dieses zurückfallen. Man führt so gerne Leute an, die sich noch am Sterbebett bekehrt haben sollen. Das können kaum wirklich geistige Menschen gewesen sein, sondern Ungläubige aus Bequemlichkeit, bei denen am Ende ängstlich berechnender Aberglaube, Abnahme der Verstandeskräfte, Kindheitserinnerungen oder eine versöhnliche Abschiedsstimmung ...

»Das liegt alles in der heutigen Zeit«, fährt sie fort, nachdem sie das Geschirr abgeräumt hat. »Die Nazis haben das eingeführt, das ist ja jetzt Mode.«

»Da haben Sie nicht ganz recht. Ich könnte wetten, daß der Großteil der Nazis, die aus der Kirche ausgetreten sind, nach dem Krieg wieder brav in die Kirche laufen wird. Gerade Deutschland und Österreich wird dann auf einmal besonders christlich sein, während zum Beispiel die Sozialisten schon aus ganz anderem Holz ...«

»Hören Sie mir auf mit denen!« unterbricht sie mich mit einer wegwerfenden Handbewegung. »Ich fürchte ja, mein Mann ist auch so ein Roter. Von denen hat er sich ja seine spinnigen Ideen einreden lassen. Da sind so ein paar in der Fabrik und im Gaswerk.«

Es tut mir leid, daß ich unwillkürlich auf dieses Thema gestoßen bin, denn nun bekomme ich wieder einmal alle Dinge zu hören, die wir schon so oft .. Doch da kommt zum Glück ihr Mann von der Arbeit zurück.

»Hat die Alte wieder über mich geschimpft?« knurrt er, während sie sich an ihm vorbei in die Küche verdrückt. »Diese Weiber! Nichts ist ihnen recht. Der einen ist er zu lang, der andern zu dick!« Er zieht seine hohen Schuhe mit den Holzsohlen aus und schlüpft in die bereitgestellten Pantoffel.

»Wir haben nur ein bißchen politisiert«, erwidere ich.

»Politisiert? Meine Alte politisiert?« Er läßt sich auf seinen Platz fallen und lacht, als hätte ich ihm den besten Witz des Jahrhunderts erzählt. Dann langt er nach der Zeitung, legt sie aber gleich wieder hin und brüllt: »Los, hoffentlich ist bald was zu fressen da!«

Doch da stößt sie schon die Türe auf und kommt mit einem Teller Suppe. »Schrei doch nicht so, ich hab ja auch noch nichts gegessen!«

»Ach was, wer nicht arbeitet, soll auch nicht essen!« Gierig beginnt er zu löffeln. »Und der Herr Kauff? Kriegt der nichts?«

»Ich kann ja nicht alles auf einmal hereinbringen. Ich wollte nur dir zuerst, weil du sonst gleich brüllst wie ein abgestochener ...«

»Ich brülle, wann ich will, kapiert? Und mit Recht brülle ich. Wenn's nach dir ging, müßt eins ja vor Hunger verrecken!«

»Mein Gott, Mein Gott! Sehen Sie sich das wieder an! Immer, wenn er von der Arbeit kommt, ist er so. Besonders vor anderen Leuten. Wenn wir allein sind, kann er manchmal ganz friedlich sein.«

»Verschwinde, sag ich bloß ... Ich zähl bis drei!« Sie huscht hinaus und sieht sich an der Tür noch verständnisheischend nach mir um.

»Eine Furie!« brummt er ihr kopfschüttelnd nach. »Zu einem richtigen Pantoffelhelden hat mich dieses Weib gemacht.«

»Warum sind Sie immer so grob?« frage ich ihn. »Sie ist doch eine fleißige Frau. Außerdem hab ich sie aufgehalten, da ich erst so spät aufgestanden bin. Ich kann mir nicht vorstellen, daß es Ihnen ganz ernst ist, wenn Sie so daherreden.« Er hört mich ruhig und mit spöttischem Grinsen an, sagt aber nichts.

Nach dem Essen kommt Hanni. Sie müsse gleich wieder fort, da sie das Kind unten im Wagen habe, und ob ich nicht mit ihr die Stadt ansehen wolle.

»Ich möchte nicht unnötig herumspazieren«, versuche ich einzuwenden. »Ich habe ja keinen Urlaubsschein. Am Ende laufe ich noch einer Streife in die Arme.« Aber sie versichern mir alle drei, daß es hier kaum Streifen gäbe. Auch könne man sie ja schon von weitem erkennen, immer drei oder vier Mann, behelmt und im typisch langsamen Gleichschritt.

»Schade, daß Sie ... daß du schon morgen fahren mußt«, sagt sie, als wir aus dem Haustor treten.

»Mir tut es auch leid«, erwidere ich. »Aber einen Tag muß ich unbedingt zu meinen Verwandten. Wenn ich meine Abfahrt noch einmal verschiebe, komme ich am Ende zu spät zu meiner Einheit zurück.«

Wie gerne ich bleiben möchte! Eine Woche sichere Unterkunft. Wieder eine Woche dem Kriegsende näher. Hätte ich ihnen nur nichts von einem schwarzen Urlaub erzählt! Jetzt kann ich unmöglich mit einer anderen Lüge kommen. Und mit der Wahrheit herauszurücken erscheint mir andererseits doch zu gefährlich.

Zum Abschied richtet mir Frau Anderle ein Päckchen mit Proviant her und lädt mich dazwischen immer wieder ein, am Rückweg bestimmt vorbeizuschauen. Ihr Mann steht linkisch herum und geht dann, wie ein Ochs am Strick, noch mit hinaus. Doch als sie mir im Vorhaus noch viele Ratschläge gibt, brummt er verdrossen: »Ich kann diese Abschiedverlängerei nicht schmecken!« drückt mir ein Päckchen Zigaretten in die Hand und kehrt um.

»Jaja, es ist schwer für mich mit diesem Mann!« seufzt sie, während wir die Treppe hinuntersteigen.

Noch innerhalb der Stadt erwische ich das erste Auto. Einen großen Mehlwagen mit Anhänger, der nur langsam weiterkommt, da er bei jeder Bäckerei stehenbleibt und weiße, pralle Säcke ablädt.

In Kempten kehre ich am Südausgang der Stadt ein.

Tischtücher aus gelbem Kreppapier. Am Nebentisch zwei Frauen in langen Hosen, Pelzjacken und bunten Kopftüchern. Eine verblichene Brauereireklame über dem Schanktisch, angestarrt von einem dicken Mann in offenem Samtrock auf der großen, vergilbten Photographie an der gegenüberliegenden Wand. Schwere Uhrkette an einer karierten Weste. Die Kellnerin schreibt meine Bestellung auf und schneidet mit einer kleinen Schere die Marken ab.

»X-mal hab ich ihnen gesagt: Ich borge ihnen nichts mehr!« höre ich eine der beiden Frauen am Nebentisch sagen. »Man wird ja doch nur ausgenützt in seiner Gutmütigkeit. Da hat er durch fast drei Monate das Holz aus unseren Schuppen genommen. Und wissen Sie, was dieser Kerl sagt, als ich ihn zu Rede stelle?« Sie senkt ihre Stimme, sodaß ich nichts mehr verstehe. Dann richtet sie sich auf und zieht ihr Kopftuch fester zusammen. »Nein und noch einmal nein! Sie wissen selbst, ich bin die Seele von einem Menschen, aber was zuviel ist, ist zu viel.«

»Ja ja, die Menschen sind schlecht!« nickt die andere mit versonnenem Blick.

Ein staubig öliger Traktor mit einem mit Fässern beladener Anhänger — E. STRICKER & CO. — rattert langsam am Fenster vorüber, so daß die Scheiben zittern.

Eine Viertelstunde später habe ich, auf dem Soziussitz eines Motorrades an den Fahrer gepreßt, den Traktor überholt. Immer hügeliger wird das Land. Die mächtig weiße Gebirgskette vor uns wächst langsam näherrückend in den grauen Himmel. Eisig schneidet der Wind in die Backenknochen. Ich kneife die Augen zu.

Bis ich sie entsetzt aufreiße. Eine Streife vor uns! Kontrolliert eben einen PKW am Straßenrand. Die Füße gegen die Raster gestemmt halte ich mich krampfhaft am

Griff meines Sitzes fest. Mein Fahrer bremst. Doch als er gerade rechts heran will, winkt uns der eine Posten energisch, weiterzufahren.

Oooh! So ein Wahnsinn! So ein wahnsinniger Zufall!

Steif vor Kälte, noch die Angst von vorhin in den Knien, steige ich in Immenstadt von der Maschine. Im Postamt erfrage ich die Adresse, und gleich darauf drücke ich auf den Klingelknopf an der dunkelbraunen Wohnungstüre. JAKOB HÖCHTL.

Eine ältere Frau, spitzes Vogelgesicht, öffnet die Türe einen Spalt. Mißtrauischer Blick überm Brillenrand.

»Ich komme ... ich bin ein Freund von ihrem Sohn.«

Ihr Gesicht wird mit einem Male anders. »Von Ernstle? O bitte, kommen Sie weiter. Was ist denn los mit ihm? Kommen Sie direkt von ihm?« Sie ist furchtbar aufgeregt. »Wir haben schon so lange keine Nachricht von ihm.«

Aber ich muß sie leider enttäuschen und ihr erzählen, daß ich nur im Lazarett in Dnjepropetrowsk mit ihm beisammen war und seither brieflich mit ihm in Verbindung stehe, daß ich zufällig hier in der Nähe stationiert und hierher gefahren bin, um zu sehen, ob ich etwas über ihn erfahren könnte. »Kauff ist mein Name. Vielleicht hat er ihnen von mir erzählt.«

Ja, sie könne sich dunkel erinnern. Er habe mich, glaube sie, in irgendeinem Brief erwähnt. Wir sitzen in der Küche, und ich muß noch einmal Mittagessen, während sie mir erzählt, daß sie von ihrem Buben schon fast drei Monate nichts gehört hat. Aus seinem letzten Brief sei zu schließen, daß er jetzt im Mittelabschnitt der Ostfront sein müsse, wo es gerade besonders arg zugeht. »Es wird ihm doch nichts geschehen sein! Da wäre ich lieber selbst ...« Die Tränen stehen ihr in den Augen. Ich wage es nicht, weiter zu essen.

»Es kommt ja öfter vor, daß man an der Front nicht schreiben kann«, sage ich nach einer würgenden Pause. »Manchmal gehen auch Briefe verloren. Mir ist das in Rußland einige Male passiert ... Es könnte aber auch sein, daß er auf Urlaub kommt, ja, vielleicht ist er sogar schon auf dem Weg hierher.«

Sie seufzt und legt die Brille auf den Tisch. »Mein Gott! Man kann nichts anderes tun als beten.«

Verlegen sehe ich in ihr hageres Gesicht, ihre harten Lippen, ihre rotverweinten, kurzsichtigen Augen.

Ihr Mütter! In eurem Schmerz seid ihr alle gleich. Da fällt es von dir ab, ob du die Mutter eines Theologen oder eines SS-Mannes bist, oder eines Kommunisten, eines vergasten Juden, eines sechzehnjährigen Flakhelfers. Da wird es auch gleichgültig, ob ihr deutsche Frauen seid, Französinnen oder Japanerinnen. Euer Schmerz macht euch gleich. So wenig ich auch diese Frau hier kenne, jetzt, da sie von ihrem Sohn spricht, sieht sie aus wie meine eigene Mutter.

Gegen sechs Uhr kommt ihre Tochter heim. Sie sieht ihrem Bruder ähnlich, doch ihr Gesicht ist voller, zutraulicher, und ihre Bewegungen haben etwas von jener rührenden Elefantengrazie, wie man sie bei manchen dicken Mädchen findet.

Nach dem Nachtmahl sitzen wir in der Bauernstube, ein kleiner Christbaum auf dem Pianino, und ich erzähle von der Zeit, in der ich mit ihrem Sohn beisammen war. »Wir haben uns ganz zufällig kennengelernt, erst nachdem ich schon über drei Wochen im Lazarett gelegen bin. Er hatte die Bücherei über. Ich borgte mir einige Bände aus, und dabei kamen wir ins Gespräch. Dann saß er hie und da an meinem Bett, und als ich schon ein wenig herumhumpeln konnte, gingen wir oft in den Park ... Er hat es nicht leicht gehabt, da er den Konflikt, Soldat und Christ zu sein, ernster nahm als die meisten anderen Katholiken.«

»Jaja, das ist ganz unser Ernstle«, bestätigt seine Schwester. »Er war ein *streitbarer* Christ, wie unser verstorbener Vater einmal meinte.« Und als die Mutter, immer wieder von einem trockenen Schluchzen unterbrochen, hinzufügt: »Sie müssen nämlich wissen, daß mein Mann vor anderthalb Jahren im KZ gestorben ist«, gestehe ich Ihnen, ohne auch nur einen Augenblick zu überlegen, daß ich desertiert bin.

Doch zu meinem Schrecken sehen sie mich so erschrocken an, fast wie einen Verbrecher.

»Mein Gott!« rafft sich Frau Höchtl endlich auf, »wenn unser Ernstle es nur auch so machen würde!« Und als ihre Tochter meint: »Aber sowas tut er ja nicht, dazu ist er viel zu anständig und pflichtbewußt«, fühle ich mich beinahe verletzt.

Als ich ihnen anhand meiner Karte erkläre, woher ich gekommen und was ich noch vorhabe, ruft die Tochter plötzlich aus: »Da könnten Sie ja die morgige Nacht bei Tante Mathilde in Weiler, etwa zwanzig Kilometer von hier, verbringen!«

»Wieviele Zufälle Ihnen doch bisher zu Hilfe gekommen sind!« fährt sie staunend fort, als ihre Mutter im Nebenzimmer das Bett für mich herrichtet. »Daß Sie zum Beispiel Ihren Freund damals so unvermutet getroffen haben ... Sie haben wirklich einen braven Schutzengel gehabt.«

Ich zünde mir eine Zigarette an, die letzte für heute. »Ja, es ist fast wie bei einem Hindernislauf«, erwidere ich. »Einige haben schon beim Start Pech, andere kommen gut über die ersten Hürden hinweg. Nur hier und da kommt einer zu Fall und scheidet aus ... scheidet aus dem Leben, müßte man in dieser Situation sagen. Für die übrigen wird es immer schwieriger. Weniger durch äußere Umstände, sondern durch die verstrichene Zeit. Immer wieder hat man noch besonderes Glück, doch die Wahrscheinlichkeitsrechnung sagt, daß es nicht ewig so weitergehen kann.«

»Sehen Sie da nicht ein wenig zu schwarz?« fragt sie.

»Ich will gar nicht schwarzsehen. Aber ich habe einmal gelesen, daß in diesem Krieg im Durchschnitt täglich über dreitausend deutsche Soldaten fallen. Ebenso wird auch von den versteckten oder herumziehenden Deserteuren täglich eine bestimmte Anzahl erwischt.«

Es ist wirklich so, denke ich, als ich mir dann in Ernstles Zimmer die Schuhe ausziehe. Eine Galgenfrist hast du. Hoffentlich dauert sie noch bis übers Kriegsende hinaus.

Ein großes, geschnitztes Kruzifix an der Wand. Bild einer sommerlichen Bergwiese. Auf dem Bücherbrett einige Romane, ein Führer durch Paris, Gedichte von Trakl, Rilke, die Bibel. Ob er noch immer so versessen darauf ist, aus mir einen Christen zu machen? Das war die Kehrseite seines Bekenntnismutes: Sein taktloser Bekehrungseifer, der mir damals manches Gespräch vergällte.

Auf der Kommode an der gegenüberliegenden Wand ein Gruppenbild. Barfuß tappe ich hinüber. Eine alte, aber sehr scharfe Photographie. Ein Kommunionsbild. Und da finde ich ihn auch schon heraus, gleich in der ersten Reihe, in einem Matrosenanzug mit kurzen Hosen, die knapp über seine Knie reichen, in der Hand eine Kerze mit einer weißen Masche, auf dem einen Schienbein klebt ein Pflaster.

Und als ich aufmerksam in seine starren, ernsten Augen schaue, kommt es mir auf einmal so unsinnig vor, daß dieser Mensch, der in normalen Zeiten hier schlafen würde, jetzt verlaust in irgendeinem russischen Erdloch liegen soll oder vielleicht gerade stirbt oder in einem Gefangenenlager frierend in die feindliche Nacht blickt.

»Gott wird es uns schon lohnen!« sagt Frau Höchtl, als ich mich beim Abschied bedanke. Dann marschiere ich auf der schmalen, vereisten Straße nach Westen. Raben flattern am Rande des zugefrorenen Alpsees. Wenn ich durch ein Dorf komme, gehe ich unwillkürlich rascher, sehe die Schindelwände an den Gehöften, hellgrüne Eiszapfen und hier und da in einem kleinen Fenster ein Gesicht, das mir lange neugierig nachstarrt. Es ist sehr kalt, aber von jener glasharten, windstillen Kälte, die einem das Innere wärmt.

Das letzte Stück nimmt mich ein Schlitten mit. Es ist Abend geworden. Eine Decke um die Beine gewickelt, fahren wir mit rhythmischem Schellenklang weich ins verschneite Städtchen ein.

In einem überheizten Zimmer auf dem Sofa liegend, strecke ich meine Beine und knipse das Licht aus. Fieberige Wangen und Gelenke. Hoffentlich werde ich nicht krank!

Eine schattenreiche Madonna in der Nische über mir. Das rote Lämpchen darunter brennt die ganze Nacht. Im Einschlafen sehe ich es noch aufflackern und höre die Schlittenschellen. Einen Augenblick kommt es mir vor, als marschiere ich noch immer auf der endlosen Straße. *Dann merke ich, daß ich mit einem Koffer auf der Plattform eines Straßenbahnwaggons stehe und die Leute auf mich aufmerksam werden. Ich möchte aussteigen. Aber der Wagen bleibt nirgends stehen und fährt, trotz des roten Lichtes, immer schneller, während ich mich durch den langen, schwankenden Gang zum Wagenführer nach vor taste und nie ans Ziel komme.*

Da wache ich auf. Das rote Lämpchen brennt noch immer. Voll Behagen spüre ich, daß es warm ist, und drehe mich um. Und zwischen dem leisen Klingeln der Straßenbahn, dem Klingeln der Schellen des Schlittens, versinke ich wieder tief in Nacht und Finsternis.

Geblendet trete ich am Morgen vor das Haus. Überall Schnee. Auf der Straße die Spur von zwei Skiern. Wer mag da wohl vor mir gefahren sein? Vereinzelte Schneeflocken pendeln durch flimmernd brütende Stille. Heute muß ich mein Ziel erreichen.

Allmählich bergauf ins waldige Land. Immer dichter fällt Schnee aus dem verschwundenem Himmel, bedeckt alles mit hohen, flaumigen Pölstern, vermummt warm Bäume, Felsblöcke, Brückengeländer, Dächer von Häusern und Hütten, die immer tiefer in die weiße Stille versinken. Weich und lautlos meine Schritte im Pulverschnee der randlosen Straße. Auf den Schuhsohlen sammeln sich dicke, festgetretene Klötze, die ich von Zeit zu Zeit abklopfe.

In einem Bauernhof in Langen mache ich Mittagsrast. Müde, verschwitzt, hungrig. Die Bäuerin und ihre halbwüchsige Tochter sind von Südtirol hierher gesiedelt worden. Zwei Söhne sind in Rußland, der dritte im Westen gefallen. Sie stellt eine Schüssel heiße Milch und eine Pfanne mit Maissterz auf den Tisch. Auf meine Frage, ob man ihren Mann auch zum Militär eingezogen, erzählt sie mir, daß er schon tot sei. Im Weltkrieg habe er einen kleinen Granatsplitter in den Schädel bekommen, der ihn nach seiner Heimkehr kaum Beschwerden bereitet habe. Erst Jahre später habe dieser Splitter angefangen zu wandern. Da sei es dann mit ihm allmählich immer schlimmer geworden, sodaß man ihn schließlich ins Irrenhaus habe bringen müssen, wo er vor etwa zwei Jahren gestorben sei.

»Die haben ihn umgebracht«, erkläre ich ihr, »wie alle Geisteskranken, wenn sie dem Staat zur Last fallen.« Ich sage das in der Erwartung, daß sie mir entrüstet beistimmen würde. Doch sie meint nur, daß es so für ihn und für sie alle besser gewesen sei. »Es war nicht mehr zu ertragen. Wenn man Nacht für Nacht Angst vor einem Menschen hat, unter einem Dach, vergeht einem langsam alles Mitleid.«

Dicht hinter Langen schmiegt sich die Straße eng an den immer steileren Hang und führt schließlich ein Stück durch einen Felsentunnel. Seltsam laut, fremd hallen meine Schritte auf der trockenen Straße. Eine richtige Mausefalle. Wenn einem hier eine Streife entgegenkäme?

Es hat aufgehört zu schneien, und nach über zweistündigem, anstrengendem Marsch durch Wald, öffnet sich hinter einer Kurve unvermutet ein herrlicher Ausblick. Weit dehnt sich das Rheintal unter mir. Drüben an seinem westlichen Rand erheben sich, schnee- und waldgefleckt, die Schweizer Berge, in der Ferne zu immer höheren, starren Eisgipfeln ansteigend.

Dort drüben wäre das Ziel! Dort gibt's keinen Krieg, keine Angst vor Streifen und Spitzeln!

In der Dämmerung steige ich im tiefen Schnee nach Kennelbach hinunter. Ob auf der Achbrücke ein Posten steht? Nein, niemand. An stillen Häusern vorbei durch Wohlfurt. Die Nacht ist hereingebrochen. Es schneit wieder. Umso besser! Ohne jemandem zu begegnen, marschiere ich durch die Dunkelheit nach Lauterach, die alte, vertraute Dorfstraße, die wir als Kinder so oft gegangen.

Das Haus meines Onkels, dunkel. Durch die Ritzen in einem der Fensterläden dringt ein dünner Lichtstrahl heraus. Leise Radiomusik. *Wie* werden sie mich aufnehmen? Wenn ich nur hier bleiben könnte! Zweimal stapfe ich ums Haus herum. Niemand im Umkreis. Unter dem Vordach klopfe ich den Schnee vom Mantel, von meiner Mütze, vom Rucksack. Dann ziehe ich den Klingelzug. Eine Tür geht drinnen. Schritte. Ein Schlüssel dreht sich im Schloß.

Beim Eintritt in die Stube geblendet, sehe ich einige Leute um den Tisch herum sitzen und meinen Onkel, der aufspringt und ruft: »Das ischt ja's Erichle!« Ein hartes Schlucken im Hals, bringe ich kein Wort hervor. »Erichle!« So haben sie mich als Kind immer genannt.

Doch die Tante muß gleich in die Küche, rasch noch etwas zum Essen herrichten, während ich die andern begrüße: Die Mutter meiner Tante, eine weißhaarige, schiefgebeugte Frau, die Magd und zwei Franzosen, die in der Seifenfabrik arbeiten und hier wohnen.

»Deine Mutter wird sich freuen! Vor ein paar Tagen ist ein Brief von ihr gekommen, daß sie schon lange nichts mehr von dir gehört hat und sehr in Sorge ist.«

Wärme. Licht. Ein Krug Most, eine Pfanne mit gebratenem Speck und Eiern. »Greif nur ordentlich zu!« sagt meine Tante und setzt sich neben mich. »Fast zehn Jahre sind es her, seit du das letzte Mal hier warst. Kannst du dich noch erinnern, wie gern du als Bub Glocken geläutet hast? Der alte Mesner hat dir noch oft nachgefragt.«

Ich erzähle ihnen vorläufig eine Geschichte von einem dreiwöchigen Erholungsurlaub und rücke erst, nachdem die andern schlafen gegangen sind und wir nur noch zu dritt beisammen sitzen, mit der Wahrheit heraus.

»Du bleibst natürlich hier«, sagt mein Onkel. »Die beiden Franzosen sind in Ordnung und die Magd auch. Angst hab ich am ehesten wegen der Mutter. Sie klatscht gerne.«

»Wie wäre es mit der Schweiz?« frage ich und erzähle ihnen, was Hans damals in Wien über die Grenzverhältnisse gemeint hat.

»Das ist reichlich übertrieben«, sagt mein Onkel. »In Höchst gibt es einige seichtere Stellen, an denen man über den alten Rhein, der dort die Grenze bildet, hinüber kann. Schwieriger ist es, nach Höchst zu kommen. Da muß man nämlich vorher bei Hard oder Lustenau über den breiten neuen Rhein, an dessen Brücken strenge Kontrollen stehen. Wir selbst haben ja Passierscheine, aber mit denen kannst du unmöglich hinüber.«

»Ob man es nicht in einem Wagen versuchen könnte? Unter Heu oder Reisig versteckt?«

»Ja, das ginge vielleicht ... Aber in Höchst müßte man allerdings auch noch sehr aufpassen, da dort viele Higa, das sind Grenzschutzleute in Zivil, herumlaufen. Und wenn auch das alles gut geht, hast du dann noch immer den alten Rhein, die eigentliche, scharf bewachte Grenze vor dir.«

Er füllt noch einmal mein Glas und läßt mich von seinem Tabak eine Pfeife stopfen. »Es ist jetzt auch gerade die ungünstigste Zeit. Zu kalt, zu hell durch den Schnee. Außerdem sind vor kurzem zwei Grenzer von Flüchtlingen erschossen worden. Deshalb ist die Higa jetzt ganz besonders scharf ... Aber du mußt ja gar nicht in die Schweiz. Du bleibst hier, wie schon gesagt. Wenn alle dichthalten, werden wir dich schon bis zum Kriegsende verstecken können.«

Kriegsende! Was für ein großes Wort!

Erst am späten Vormittag wache ich auf. Und bleibe noch eine Zeitlang behaglich liegen. Unten höre ich Türen gehen, Tellergeklapper.

Wieder einen Raum für mich allein! Daheim, nach einer langen, gefährlichen Reise endlich am Ziel!

Gestern haben wir Silvester gefeiert.

Ich weiß nur noch, daß es viel zu Essen und zu Trinken gab, daß die beiden Franzosen Chansons zur Gitarre sangen und der eine von ihnen nach jeder Strophe den Text übersetzte.

Als wir um Mitternacht anstießen, war jene herrliche, völkerverbrüdernde Stimmung da, die der Alkohol so gerne herbeiführt. Wir drei standen beisammen, klopften einander auf die Schultern, ein Herz, eine Seele, und tranken immer wieder ex.

»Auf daß der Krieg bald aus ist und Ihr wieder in euer schönes Frankreich zurück könnt!«

»Und Sie auk bald kommen nak 'ause!«

»Ein tolles Fest werden wir feiern, wenn es vorbei ist!«

»Ja, wir 'aben genug von Krieg. Wir wollen nik sterben für große 'erren, wir wollen leben!«

»Leben! Ja! Leben wollen wir!«

»Und 'offentlik sein 'itler bald kaputt!«

»Seid doch nicht so laut! Es braucht bloß jemand vorbeigehen«, fährt mein Onkel lachend dazwischen und nimmt mich noch allein in den Keller mit. Die feuchten Stufen hinunter. Licht anknipsen. Vier große Mostfässer mit hölzernen Pipen, dunkel auf verstaubten Leisten. Unsicher auf den Beinen folge ich ihm.

Er holt aus der Ecke einen kleinen Ballon und füllt zwei Gläser. »Das ist eine besondere Spezialität: Hoadla, Heidelbeeren, verstehst du? Selbstgebrannt.«

»Ich kann nicht mehr. Ich bin schon ganz ...«

»Aber das Gläschen bringst du schon noch hinunter. Also noch einmal: Auf einen baldigen Frieden! Daß du immer Glück hast, und auch deine Eltern und deine Schwester!« Wir stoßen an. Pchrr.

Als wir wieder oben sind, halte ich es nicht mehr lange aus, und auf meinem Zimmer kann ich nur noch die Kleider auf den Boden hinunterrutschen lassen und ins Bett fallen.

Auf dem Rücken. Schwankende Zimmerdecke, ohooo oheee, dreht sich um meinen schweren Kopf herum. Heiliger Strohsack. So besoffen! Von der Straße her verschwommenes Grölen.

Im Wald, im grünen Walde,
Da steht ein För - sterhaus ...

Sie haben meinen Eltern geschrieben, daß ich hier bin.

»Warum habt Ihr das getan?« werfe ich meiner Tante vor. »Noch dazu, ohne mir ein Wort davon zu sagen.« Aber sie versichert mir, daß sie es in ihrem Brief so gut verschlüsselt hätte, daß niemand ...

Ich will es glauben. Und doch, wenn ich daran denke, befällt mich eine seltsame Unruhe. Wer weiß, ob nicht der ganze Apparat gegen mich schon in Bewegung gesetzt, ob nicht vielleicht gerade jetzt eine Meldung von Wien hierher unterwegs ist?

In den letzten Tagen habe ich meinen ganzen Pack Aufzeichnungen durchgelesen, meinen Beichtvater.

Wie leicht man sich's mit allen verscherzen kann, mit allen Ständen, politischen Richtungen, Konfessionen, Nationen.

Immer Bleistift, Papier und Radiergummi bei sich haben. Immer die Brusttasche voll numerierter Zettel. Tägliche Gebrauchsgegenstände für mich, so wichtig wie Geld, Taschentuch oder Uhr.

Alles niederschreiben. Nicht die Mühe scheuen, auch nachts aufzustehen und wenigstens in Stichworten etwas festzuhalten. Hastig gekaute, halbverdaute Dinge wiederzukäuen!

Manchmal komme ich mir vor wie der Reiter vom Bodensee.

Wievielen Gefahren bin ich schon entronnen! An jeder Stelle meines Weges lauerte eine Falltüre ins Bodenlose.

Hätte es etwa nicht damals im Schwarzen Schiff plötzlich klopfen und eine Streife vor der Türe stehen können? Oder im Kolpingheim? In Tübingen? In Urach?

Die Glocken läuten vom nahen Kirchturm. Dreikönigstag. Durch den Vorhang seh ich Frauen und Kinder im Schnee zur Kirche stapfen.

Wie schön waren jene Sommersonntage in den Ferien. Bevor wir aus dem Haus traten, kämmte uns meine Mutter noch schnell durchs Haar, zupfte unsere Matrosenkragen zurecht. Dann dröhnten auf dem grellsonnigen Kirchplatz die Glocken hoch über uns. Ein frischer Wind bauschte die gelbweißen Fahnen am Turm. Und nach der Messe saßen die Bauern in ihren Sonntagsgewändern im schattigen Wirtshausgarten, jeder einen steinernen Krug vor sich.

Die Mutter meiner Tante besucht mich hier und da auf meinem Zimmer und bleibt dann immer zwei bis drei Stunden. Eine Asthmatikerin. Ihr Gesicht durchscheinend blaß mit bläulichroten Flecken um die Backenknochen.

Sie erzählt ununterbrochen, schubweise, mit oftmaligen winzigen Atempausen dazwischen, erzählt von der Zeit um die Jahrhundertwende, von Überschwemmungen, Gewittern, von großen Bränden und Unglücksfällen auf dem See und in den Bergen. Dabei redet sie sich gern in Rührung, um gleich danach, immer wieder vor sich hinkichernd, eine lustige Begebenheit zu berichten.

Obwohl durch all ihr Erzählen jene selbstgefällige Augen-zum-Himmel-hebende Frömmigkeit des Alters blickt, höre ich ihr gerne zu, hat es doch etwas Faszinierendes, Menschen, deren Namen ich schon als Kind auf Grabsteinen gelesen, plötzlich wie heutige junge Menschen handelnd vor mir zu sehen.

Wir haben jetzt alle, also auch die Magd und die beiden Franzosen, eingeweiht. Ich muß immer auf dem Zimmer bleiben, auch hier essen. Die Vorhänge sind Tag und Nacht zugezogen. Mein Rucksack liegt auf dem Dachboden in einer Truhe versteckt.

Wenn alles klappt, werde ich hier das Kriegsende erleben. Ein Gedanke, der mich manchen Abend nicht einschlafen läßt.

Zu dritt im Citroen auf der Rollbahn zwischen Wjasma und Minsk.

Abgeschossene Panzer am Straßenrand, LKWs, PKWs, in den Straßengraben oder die Böschung hinuntergestoßen, Räder nach oben und von tausend Kraftfahrerhänden durchwühlt und ausgeschlachtet bis zum verrosteten Skelett.

Ein zerschelltes Flugzeug, über eine Wiese verstreut. Blockhäuser. Baracken. Rauch. Eine Gulaschkanone, an der eine Schlange Soldaten mit Kochgeschirren steht.

Doch als sie aus Jarzewo rauskommen, haben sie eine Panne. Fluchend zerrt Jonak den Wagenheber aus dem Gerätekasten. Die Kolonne klappert vorüber. Ginzel schraubt das Reserverad ab. Dann montieren sie zusammen. Und als sie fertig sind, jagen sie in einem Höllentempo der Batterie nach, ganz allein auf der Strecke.

In einer Viertelstunde haben sie sie eingeholt und fahren nun wieder gemächlich, geborgen in der Kolonne. Wieder zerschossene Fahrzeuge am Weg, weite Felder. Unter dem langsamen Einbruch der Dämmerung rückt rechts ein riesiger Wald bis auf hundert Meter an die Rollbahn heran.

Ihr russischen Wälder! Ihr fremden, düster schönen Ungeheuer, in denen man geht und geht, im Unterholz schläft, endlose Sümpfe umwandert und nie mehr herausfindet.

A C H T U N G   P A R T I S A N E N G E B I E T

Ein niedergebranntes Dorf schwimmt im Abendnebel vorüber. Schornsteine, verkohlte Maste, Takelung aus Drähten. An seinem Ausgang wird gehalten. »ABENDKOST UND KAFFEEHOLEN!« kommt es von vorne durch. Soldaten in Übermänteln, scheppernde Kochgeschirre an den Ärmeln, laufen vorbei zur Feldküche zurück. Kaum ist man wieder da, heißt es schon wieder: »AUFSITZEN!« Und im schwankenden Wagen, volle Kochgeschirre an den Händen, schwappt der heiße Kaffee auf Stiefel, auf Knie, während man im Fahren zittrig in die Feldflasche umfüllt und dabei die Hälfte verschüttet.

Draußen ist es Nacht. Sterne kalt überm kalten Land. Doch hier drinnen ist es warm und verraucht. Sich hinten wohlig einnisten. An die Rucksäcke gelehnt, eine Decke unter den Kopf schieben und eine andere um die Beine wickeln. Hände in die Manteltaschen vergraben. Wohlig, hinten allein, im federnden Wagen schaukeln. Angenehmes Gefühl: Gefahrenwerden oder selbst Schläfrige in einem Wagen führen, in einem Kinderwagen durch dichtes Menschengewühl.

Man hat schon an tausend Stellen geschlafen. Man ist im Straßengraben gelegen, im weißen Pulverstaub der Südstraßen, im Sand, im verbrannten Gras, auf scholligen Äckern und in den weichen Furchen von Kartoffelfeldern. Von unzähligen Mücken überfallen, haben wir in sumpfigen Wäldern geschlafen, auf ausgetrockneten rissigen Wegen, manchesmal vom Regen geweckt. Wir haben uns aufs Stroh gestreckt und zurechtgelegt in Bunkern, in Ställen, Theaterräumen, Kinos und Turnsälen.

Wie oft hast du im Dunkeln das ferne Wummern der Artillerie gehört. Oder erinnerst du dich noch an jene stickheiße Augustnacht an dem kleinen See südlich von Opotschka? Zusammengepfercht im engen Zelt konnten wir uns kaum rühren. Mückenstiche. Disteln im Heu. Einen Ellbogen ins Kreuz. »Ach was!« knurrte Rebnik. »Jedenfalls besser als in der Strafkompanie Minenfelder räumen, Knüppeldämme bauen, Massengräber ausschachten und auf der Flucht erschossen werden!« Und als unser Lachen verklungen war, horchten wir auf.

Die alte, russische Nähmaschine surrte über uns. Beunruhigt hörten wir, wie sie sich orientierte, ein Stück nach Norden abflog, in der Dunkelheit wie eine zudringliche Mücke wieder zurückkam. Und wie schließlich der Motor plötzlich aussetzte, wie gleich darauf Bomben herunter und berstend in die Erde krachten. Wie oft haben wir sie gehört, in stockfinsterer Nacht, in glitzernden Mondnächten, auf Posten im feuchten, regnerischen Wind, vier Stunden vor Sonnenaufgang.

Oder das UUOAA UUOAA UUOAA der schwer beladenen Nachtbomber?

In der Abenddämmerung dicht vor Moskau haben wir flache Gruben in den gefrorenen Boden gehackt. Dann kam eine endlose Nacht, zitternd aneinander gekuschelt und vermummt, ohne auch nur eine Minute schlafen zu können. Im Abschnitt südlich von uns schoß weit entfernt eine 2 cm Flak in die Nacht. Wie in Zeitlupe stiegen die farbigen Lichtpunkte langsam hintereinander in die Finsternis, bremsten am Ende ihrer Bahn und zerplatzten im Schwarz des Himmels.

Dreißig Mann in ein Russenhaus gepfercht: »Alles rin da, Platz jenuch!« »Und die Russen mit ihren Frauen und Kindern?« »Die müssen raus!« »Aber auf ihrem Ofen hätten sie ja noch Platz, da könnten sie ja ...« »Solln von mir aus verrecken!« schrie der Zugführer, indes draußen der Schneesturm bei vierunddreißig Grad Kälte heulte.

Anderthalb Jahre davor schliefen wir in Himmelbetten auf einem Schloß in der Normandie, wie Gott in Frankreich.

»Maschin kaputt!« kreischten Frauenstimmen in der Rue de Gallione. Einer von den beiden betrunkenen Matrosen grölte ununterbrochen: »Ick bin aus Kiel, aus Kiel bin ick, vastehste? Und jetzt laß ick mir noch sanieren, bin ick meiner Ollen schuldig.«

Ginet war ganz blaß geworden. Die Schminke auf ihrem verlebten Gesicht war verwischt. Und doch sah sie aus wie ein Kind, als sie immer wieder mit ängstlich heiserer Stimme sagte: »Kriegen segzig Francs. Du bezahlen, du Fikfik, du zahlen!« Aber Jonak suchte seine Mütze und sein Koppel und brüllte: »Kusch dich, du Sau, sonst schlag ich dir in die Fresse!« Schmiß die Tür zu und rumpelte die Treppe hinunter. Ließ sie zurück, am Bettrand, nur im Hemd, den einen Träger über die Schulter gerutscht.

Über Schlaglöcher rumpeln. Die Federn stoßen hart. Vorn zündet der Wachtmeister zwei Zigaretten an und reicht Jonak eine hinüber.

Jonak, der an jenem Abend noch einen Brief an seine Frau schrieb, von der der ganze Zug weiß, wie gut sie es kann. Er werde wahrscheinlich Ende des Monats Urlaub bekommen und ob sich die kleine Eva schon auf ihren Papa freue.

Eine Zigarette anzünden, sie mit tiefen, langsamen Zügen rauchen. Daß mir Dora schon so lange nicht geschrieben hat? Vielleicht stimmt irgend etwas nicht? Sollte am besten mit allen Weibern Schluß machen, wenigstens, so lange man an der Front ist. Hat ja doch keinen Zweck. Einen Frauenüberschuß wird's nach diesem Kriege geben! Und Kinder! Wie Heuschreckenschwärme fallen die Landser über die Städte her, und wo sie waren, sprießt eine vaterlose Kindersaat aus dem Boden. Vater in der Kompanie suchen lassen. Ganze Kompanie im Hof angetreten. Natürlich nicht zu finden. Seit Ernas Mann vermißt ist, kriegt sie jedes Jahr ein Kind. Na, und ist das Baby nun tatsächlich von diesem Flieger? fragte die Hausschneiderin, mit dem Fuß gleichmäßig die Nähmaschine tretend, ohne aufzusehen.

»Was weiß ich!« Sie sagt: »Ja, aber er streitet es ab, der saubere Herr.« Was kümmert sich die Natur um Moral, Treue, Ehe. Will nur, daß der Menschenausfall gedeckt. Deshalb betrügen sich alle gegenseitig. Er versprach, sofort wegen der Hochzeit

zu schreiben, diesmal sei es ihm ernst. Und doch ließ er nie mehr ein Wort von sich hören. Erika zog das Kind auf, das aber eher dem Panzergrenadier ähnlich sah, der einige Tage vor Manfred in ihrem Hause einquartiert war.

Das Seitenfenster einen Spalt hinunterdrehen und den Zigarettenstummel hinauswerfen, schlägt funkensprühend auf. Fenster wieder zu. Und sich behaglich zum Schlafen einrichten. Ob wir diesmal aus Rußland rauskommen? Werden wieder nur Scheißhausparolen sein! Wäre nicht schlecht, ein paar Monate Deutschland oder Frankreich.

Lange gähnen. Die Decke unterm Kopf. Decke über den Knien ... »Was'n da wieder los?« Jonaks laute Stimme. Im Stop hart nach vorn geworfen werden. Ganz steife Knie.

Stockdunkle Nacht. Beide weit nach vor geneigt, Gesichter an der Windschutzscheibe. Vor uns ein rotes Licht in der Finsternis weist nach links. Näherkommen. Holprig, wie von Steinen oder Erdbrocken. Langsam näherkriechen. Und dann weit nach links ausbiegen. »So schlag doch anständig ein, du Arschloch!« brüllt es unsichtbar neben uns. Schwankend stoßen. Vorgebeugt angestrengt ins Dunkel starren. Ein großer Granattrichter sperrt neben uns seinen Rachen auf. Müller II steht mit seinem Krad davor und gibt mit der Taschenlampe Zeichen. Langsam, vorsichtig umfahren wir den dunklen Krater und rumpeln dann über Erdbrocken endlich wieder auf die rechte Seite der Fahrbahn.

»Partisanen!« sagt Jonak, die glimmende Zigarette im Mundwinkel, und schaltet in den nächsten Gang.

»Daß die hier noch so schwere Geschütze haben?«

»Wahrscheinlich in ihren Wäldern versteckt. Vielleicht sind es sogar deutsche Kanonen. Ich hab mich oft gewundert, daß man bei uns alle kaputten Fahrzeuge, Geschütze und Waffen einfach liegen läßt. Sollte man am besten gleich verschrotten.«

Angenehmes Gefühl, in der Dunkelheit dicht hinter zwei sprechenden Menschen allein. Wo Rudi jetzt sein mag? Ob er vielleicht auch gerade hinten in einem Wagen? Muß mich endlich zu einem Brief aufraffen! Wieviele Briefe in dieser Stunde geschrieben werden? In Europa, Asien, Amerika. In Afrika sah ich einmal die Schulterklappe eines Generals im Sande liegen.

Ein Krad rattert nach vorne, Müller II. Also dürfte die ganze Batterie am Granattrichter vorbei sein. Muß aufstehen. Ein paar Augenblicke die Knie durchstrecken, vornüber gebeugter Rücken.

Wieder niedersetzen. Den Pullover, der immer hinten hochrutscht, herunterziehen und unter den Hosenbund schieben.

Dann die Finger aus den Fingerlingen und im Handschuh zu einer Faust ballen. So ist's wärmer. Das wäre alles, das ganze Tagewerk, Nächtewerk. Hoffentlich halten wir noch einmal, sonst schiff ich mich an. Eine Rauchwolke weht von vorn über mich. Tief einatmen. Wenn du die Sterne anschaust, hörst du auf zu fahren, oder die Sterne fahren mit dir.

Die beiden vor mir sind wortkarg geworden und rauchen viel. Die armen Hunde! Jetzt geht's ja noch. Aber wenn die Nacht unendlich langsam über den Erdball kriecht und oft stillzustehen scheint, wenn man todmüde sich mit Gewalt wach halten muß, als Fahrer, als Beifahrer. O diese verfluchten, fahrenden Nächte! Augenlider werden schwer. Hände möchten vom Lenkrad rutschen, Knie auseinanderfallen. Der Kopf wird mühsam balanciert. Zigarettenrauch beißt scharf wie Stroh auf der Zunge. Wenn du dir's bequem und warm machst, schläfst du todsicher ein und krachst in einen Straßengraben. Nur ich hier darf Wärme spüren. Ihr müßt rauchen, singen, bei jedem Halten sofort aussteigen und auf und abgehen. Auf- und abgehhh ...

»Machen Sie endlich, daß Sie rauskommen!« schüttelt ihn der Wachtmeister aus dem Schlaf. Der Wagen steht. Jonak stellt gerade den Motor ab und krabbelt fluchend aus seinem Sitz.

»Was ist denn los?«

»Einen Patschen haben wir schon wieder!«

Fröstelnd vom Trittbrett auf die glatte Straße hinuntersteigen. rrchRCHRrrrrrr ... klappert ein Wagen vorbei. Eisig nüchterne Nacht, Wind. rrrchRCHrrrr ... der nächste Wagen. Den Kragen hochgeschlagen trete ich hinter unserem Wagen aus. Ein Stern fährt schwindlig hoch oben durch die Wolken. rchCHCHRrrrrr ... rumpelt ein Fahrzeug nach dem anderen vorüber, geheimnisdunkel, mit schmalstreifigen Marschlichtern.

Aber dann zu arbeiten beginnen. Auch der Wachtmeister faßt mit an. Zuerst rasch die Hinterachse hochkurbeln. Dann die Radmuttern abschrauben. Jonak flucht ununterbrochen.

rrchCHRRrr ... rrchCHRRrrrrr ... Einer nach dem anderen. Fahrt doch nicht so schnell! Laßt uns nicht allein in diesem verdammten Partisanengebiet! ... rrrattert teilnahmslos vorbei. Zugführerwagen, Krad, Funkwagen. Drei Geschützwagen. Munitionswagen. Und dann der nächste Zug. Und nach den Zügen der Troß mit seinen hohen, finsteren LKWs.

Ein Beiwagenkrad stoppt scharf. Der Schirrmeister. »Was ist denn schon wieder los mit euch?« brüllt er herüber, während sein Motor weiterrattert. »Patschen!« schreit Jonak zurück. »Werdet ihr allein fertig?« »Jawohll Herr Wachtmeister!« CHRRRrrr fährt er an. Bleibt auch lieber beim Haufen. Rrrrrr rr ...

Allein im undurchdringlichen, horizontlosen Raum, auf der gottverlassenen Autobahn grauenhaft allein. Zehnmal schlimmer als an der HKL. Aller Schlaf ist verflogen. Fieberhaft arbeiten wir, Angst in den fahlen Gesichtern, Knien und Harnblasen. Jonak schaltet die grelle Wagenlampe ein.

Schraubenschlüssel, klirr ... War da nicht was??? Nur nicht von hinten über den eiskalten Rücken. Entsetzt drehe ich mich um und starre in die Finsternis.

»Mit der verdammt grellen Lampe locken wir sie ja direkt an!« zerschneidet meine Stimme fremd die Stille.

»Geht nicht anders, sonst hocken wir morgen noch hier.«

Oh hättet ihr mich nie geweckt! Hab sowieso nichts dabei zu tun. Machst ja alles allein, kauerst über dem roten Reifen, während sie uns vom Wald her ganz einfach mit einem MG niederknallen könnten.

Nach dem Flicken schalten wir die Lampe aus, um zu warten, bis der Fleck ganz trocken ist. Regungslose, doppelt dunkle Nacht. Ob sie sich jetzt anschleichen? Lautlos herankriechen? Schon dicht hinter uns? Blödsinn! Denk nicht dran, du Angsthase!

Jonak läßt den Reifen in die Felge springen. Dumpfer Ton. Sofort beginnt er mit der Handpumpe zu pumpen. Rasch! Rascher! Rascher noch! Seine Hände fahren auf und ab, und die Pumpe quietscht.

Wenn sie gerade jetzt versagen würde?

Fünfzig Stöße. Dann bin ich dran, in irrsinniger Hast pumpe ich weiter, bis die Arme anfangen ... dann der Wachtmeister. Nur jetzt noch, diese kurze Zeit durchhalten!

Aber da war doch wieder was? Ganz bestimmt! Sicher halten sie sich nur einen Augenblick ruhig, weil sie sehen, daß wir aufmerksam geworden. Hier gäbe es nicht einmal ein gellendes GURRÄH, nur ein kaltes Anschleichen und Abschlachten.

Endlich sind wir fertig. Rasch montieren. Werkzeug zusammensuchen. Noch einen Augenblick die grelle Lampe. »Abdrehen! Bist du wahnsinnig geworden?« Einsteigen. Starten. Mit jähem Ruck anfahren, zweiter, dritter, vierter Gang. Die gruselige Landschaft fährt vorbei, rasch und doch viel zu langsam. Hier und da ein fahler Stumpf. Autowracks. Eine lichterlose Ruine kommt auf uns zu und fährt gespenstisch vorbei. Wo mag nur unsere Batterie sein? Noch weit vor uns? Noch immer auf der gleichen Straße? Mein Gott, wenn wir erst dort wären! Zuerst würden wir den Troß überholen. »Ah, ihr seid endlich wieder da!« Die großen Henschelwagen. Dann die Züge hintereinander, im Vorbeifahren die vermummten Gestalten in den Laderäumen sehen. Hier und da die vertraute Stimme eines Kraftfahrers, der etwas zu uns herüberruft.

Vor uns beginnt ein pechschwarzer Wald an die Straße heranzukriechen. Teutoburgerwald. Glitschige Baumstämme in Sümpfen. Varus, Varus, gib mir meinen Citroen wieder!

Schlaf doch ein! Verschlafe alles! Schlaf doch!

Aber du kannst nicht! Dir hockt das Entsetzen im Genick! Du bringst es nicht einmal fertig, dich an die Rucksäcke zu lehnen, mußt immer nervös nach vorne starren, eine Zigarette nach der anderen, krampfhaft, nach vor geneigt, um möglichst dicht bei den anderen zu sein. Spürst du jetzt auch das deutsche Zusammengehörigkeitsgefühl? Das »deutsche Blut«? Nein, so vernünftig bist du noch, daß du weißt, daß es nur die gemeinsame Gefahr ist, daß die beiden jetzt die einzigen sind, die dir helfen können, mit denen du reden kannst, weil sie zufällig die gleiche Sprache sprechen. Etwas Schmales, Dunkles vor uns. Ein Wegweiser, reckt zwei schwarze Arme in den Himmel. Gut, daß kein Mond mehr scheint. Herzloser Mond. Oder besser, verstandesloser Mond. Zuerst werden sie den Wagen beschießen, die Pneus, Scheiben, Seitenwände durchlöchern. Dann aus dem Dunkeln angeschlichen kommen. Fünf, acht, fünfzehn, ein ganzes Rudel. Unsere Schädel mit Gewehrkolben einschlagen wie Tonkrüge. Neben den Autoreifen werden wir liegen, in unsere Bäuche, Gesichter und Hoden getreten, während sie den Wagen plündern und alles kameradschaftlich aufteilen. Unseren staubigen, feldblauen Citroen.

Früher war er vielleicht einmal hellgelb, an der Côte d'Azur. An flimmerndem Strand standen Tische unter Sonnenschirmen. Und sein früherer Besitzer im weißen Leinenanzug wischte sich mit einem Seidentuch über die Glatze. Getränkekarte. Kinder löffeln Eiscreme. Blaugelbe Landungsbrücke mit flatternden Wimpeln.

Kettenrauchen. Jeder muß eine Geschichte erzählen, schlägt der Wachtmeister vor, irgendwas Lustiges. Und jeder Witz wird hysterisch belacht, wie aus schlechtem Gewissen. Man hat Angst, laut und frech zu sein, und geht unwillkürlich auf andere Geschichten über, auf jene selbstquälerischen Schauergeschichten, die man irgendwo gehört oder gelesen, von Negern, die in Frankreich zeltende Landser überfallen und ihnen mit Buschmessern die Hälse durchschnitten, von Horchposten, die vor Erschöpfung eingeschlafen, von lautlos angeschlichenen Russen erschlagen, von dem sagenhaften Autobus voll Flakhelferinnen, der auf der Fahrt durchs Partisanengebiet spurlos verschwunden, erzählt anklammerungsbedürftig und ist allein und schaut, mit achtzig Stundenkilometern nach Westen geworfen, ängstlich hinaus ins Dunkel.

Daß wir unsern Haufen noch immer nicht eingeholt haben?

Vielleicht sind wir auf der falschen Strecke? Aber der Wachtmeister hat sie ja genau auf der Karte studiert.

Ich werde was essen. Tubenkäs aus dem Brotbeutel. Taschenmesser. Kommißbrot, im Finstern eine dicke Scheibe abschneiden. Feldflasche ansetzen. Der Wagen rumpelt, schwankt. Saurer Metallgeschmack. Kaffee noch warm, rinnt an den Mundwinkeln hinunter. Egal, wenigstens eine Beschäftigung. Die beiden schwarzen, wortlosen Rücken vor mir. Zigarettenrauch.

Ein Maschinengewehr tackt. Dunkler, tiefer Ton, Wasserkühlung.

Mein Gott, das ist ja ein russisches!

Rasch Feldflasche zugeschraubt. Ganz an die Rucksäcke pressen, Kopf und Beine angezogen. Gas! Gib Gas! Gas! Gas! Und in wahnwitzigem Tempo ohne Licht durch die Nacht, schweigsam, unerträglich angespannt und kalt, das Grauen vor uns, hinter uns, neben uns, gehetzt über Schlaglöcher, über Steine.

Da! Noch ein zweites MG ...

Weshalb ich desertiert bin?

Die Leute in Immenstadt werden sicher anders darüber urteilen als etwa Fritz oder Hans, oder ich selbst noch vor zwei Jahren.

Ist es nicht erstaunlich, wie sehr sich Ansichten ändern können, je nach der Lage, in die man durch mehr oder weniger zufällige äußere Umstände gerät? Ja, selbst die Beweggründe für manche Handlung unterliegen einem solchen Wandel. Mit anderen Worten: Man unterschiebt gerne im Nachhinein ein anderes, zumeist »edleres« Motiv dem ursprünglichen, echten.

So verurteilte ich bisher jeden, der nur aus Selbsterhaltungstrieb desertiert. Aber ist nicht der Selbsterhaltungstrieb Motiv genug?

Mein Onkel hat vom Pfarrer einige Bücher für mich ausgeborgt. Darunter Dostojewskis »Aus einem Totenhaus«, einen Band, den ich nur ungern zurückgeben möchte.

Ist es nicht bezeichnend, daß Dostojewski sowohl in Deutschland als auch in Rußland verpönt ist.

Was für eine Auszeichnung, auf einem Index zu stehen!

Ich tue überhaupt nichts mehr.

Auch zum Lesen fehlt mir jede Lust. Ich kann mit einem geborgten Buch nichts rechtes anfangen. Ich muß mit dem Bleistift anstreichen und es, sooft ich will, zur Hand nehmen können, muß wissen, daß es *mir* gehört und ich es nicht mehr zurückgeben muß. So durchblättere ich hier einen Band immer nur vorläufig, um festzustellen, ob es sich lohnt, ihn später zu kaufen und dann erst richtig zu lesen.

Wie unruhig diese ununterbrochene Ruhe macht. Einen Spaziergang sollte man hier und da machen können, zumindest wie ein Gefangener. So aber liege ich täglich bis mittags im Bett und nachts kann ich oft lange nicht einschlafen.

Manchmal glaube ich, daß ich unbedingt fort muß. Wieder auf Straßen stehen, Autos anhalten. Die Ungewißheit spüren, ob einer hält oder nicht, das Vorübersingen der Pneus hören und den durchfahrenden Wagen hinterher fluchen. Dabei weiß ich nur zu gut, daß dieser Wunsch unsinnig, ja daß er nicht einmal ehrlich gegen mich selbst ist. Denn wie sehnlich würde ich mich schon nach ein paar Tagen wieder hierher wünschen.

Täglich sehe ich den Briefträger auf der Straße. Wenn ich an seinen Rundgang denke, packt mich der Neid. Leute zu Fuß oder auf Fahrrädern. Kinder kommen aus der Schule, mit kleinen, kastenförmigen Schulranzen auf dem Rücken. Sie werfen Schneebälle, die noch lange an den Mauern kleben bleiben.

19. 1. 45

Endlich ein Brief von meiner Mutter.

Mit hastigen Fingern hab ich ihn geöffnet und immer wieder gelesen. Sie hat verstanden, daß ich hier bin. Unser Haus ist noch unversehrt. Aber ganz in der Nähe haben scon wieder Bomben eingeschlagen.

Nacht für Nacht starteten die schwerbeladenen Ju-88-Staffeln nach Malta. Und wenn sie zurückkamen — rotes und grünes Licht ausgesteckt, Landelichter am Flugfeld —, hatte die letzte Maschine zumeist ein englisches Klebeflugzeug hinter sich.

Und eine Stunde später ... Ogottogott!

24. 1., 4 h nachts

Ich muß sofort weg. Wahrscheinlich hat die Mutter meiner Tante unter dem Siegel der Verschwiegenheit ...

Nur die Aktentasche kommt mit. Rucksack bleibt hier.

Wenn man doch endlich einmal einen ganz sicheren Ort fände!

7

Kein Mensch auf der dunklen, langgezogenen Dorfstraße.

Auch auf der Achbrücke kein Posten. Unter mir rauscht der Fluß. Dann die lichtlose Straße bergauf, meine Aktentasche am Brotbeutelband festgehakt und über die Schulter gehängt.

Mit dem Verstecken hab ich mir's doch zu leicht vorgestellt. Ob es überhaupt richtig ist, wieder nach Memmingen zurückzufahren? Doch wo sollte ich jetzt anders hin? Es bleibt ja nur noch Memmingen. Wenn man wenigstens die Familie Anderle genauer kennen würde.

Eine Reihe finsterer, einstöckiger Häuser. Aus einem der Fenster schimmert ein dünner Lichtstrahl. Unwillkürlich trete ich leiser auf. Wer mag da jetzt drinnen sein? Was für ein Witz, wenn es auch ein Deserteur wäre. Wenn man nur wüßte, wo hier der nächste von unseren Leuten. Wo hier die nächsten Katakomben sind?

Das muß ich Fritz schreiben: Katakomben unserer Zeit. Verstecke auf Dachböden, in Kellern und Blockhütten im Gebirge. Verstecke in Strohzellen wie in Leveroi. Phantastischer Gedanke, daß es überall solche Katakomben gibt. Die Freunde sind da. Sie hausen unerkannt in unzähligen Löchern, zäh, intelligent, unausrottbar. Wir pfeifen auf alle Nationen! Wir sind international! Wir glauben nicht an auserwählte Rassen und Völker, an bevorzugte Stände und Konfessionen!

Am Stadtrand von Bregenz beginnt es zu dämmern. Ich umgehe die Stadtmitte, überquere die leeren Bahngleise und steuere zum See hinunter. Er schläft noch unter seiner Nebeldecke. Geruch nach Wasser, Fischen, Wind. Aus einem dunklen Bootshaus höre ich glucksen und das hobelige Gescharre von Bootswänden. Einsam, kalt die steinerne Mole, der hohe Leuchtmast.

Ja, und diesen einen Gedanken muß ich ihm auch schreiben: Daß die jungen Menschen, die heute in Katakomben hocken, aus diesem Krieg wahrscheinlich widerstandsfähiger hervorgehen werden als unsere Väter aus dem letzten. Ihre Meinungen und Werke werden, weder pessimistisch noch optimistisch, vielleicht gesünder sein als die Sturm-und-Drang-Experimente nach dem Ersten Weltkrieg.

Und mag daneben auch eine gleichgültigere, mißtrauische Generation heranwachsen. Immer noch besser eine Jugend ohne Ideale, als eine, die schon mit vierzehn Jahren auf Kopfscheiben schießen lernt. Das muß ich ihm schreiben, unbedingt! Knopf ins Taschentuch

In der Enge, wo links der See und rechts der Berghang dicht an die Straße heranführen, halte ich einen Lastwagen an. Der Fahrer ist ein schwarzhaariger, unrasierter Bursche, Lederfäustlinge über die Pranken gestülpt, eine blaue Schirmmütze auf den Hinterkopf geschoben. Eine Zigarette im Mundwinkel, erzählt er mir, daß er für die Dornier-Werke nach Frankfurt fährt und am Samstag wieder zurück muß.

Herrgott, wäre das eine tolle Möglichkeit! Ich könnte mich bis Mannheim mitnehmen lassen. Und wenn es dort nicht geht, wieder mit ihm zurückfahren und es dann noch immer in Memmingen versuchen.

Von Nebelfetzen bedeckt, dehnt sich der Bodensee nach Westen. Das andere Ufer sieht man nicht. Verlassene Badehütten. Möwen streichen flach übers Wasser hin.

Aber so verlockend der Gedanke auch sein mag, sage ich mir, als wir in einem Höllentempo durch Lochau rasseln, ich werde doch besser nicht mitfahren. In Mannheim ist es jetzt sicher schon zu gefährlich. Streifen, Alarme, Bombenangriffe. Überhaupt würde es nur eine Enttäuschung geben, wenn ich wieder zu ihnen zurückkäme. Und wenn ich das Auto auf der Rückfahrt verpasse, müßte ich noch einmal die lange Strecke herunter trampen. Noch einmal zu Fuß über die eisige Schwäbische Alb.

In Lindau lasse ich mich absetzen, da er über Ravensburg fährt.

An Villen und Gärten vorbei windet sich die Straße nach Nordosten hinauf und endlich aus der Stadt hinaus.

Wie herrlich diese Landschaft ist!

An der großen, dreizinkigen Asphaltgabel, die mit weitausholender Geste nach MEMMINGEN, ISNY und IMMENSTADT weist, warte ich an einer gelben Wegweisertafel.

Hügeliges Land. Felder. Weißwolkiger Himmel.

TSCHUFFA TSCHUFFA TSCHUFFA TSCHUFFA kriecht ein Lastzug eifrig drüben einen Hang entlang. TSCHUFFA TSCHUFFA TSCHUFFA TSCHUFFA TSCHUFFA TSCHUFFA ... Und seinen langgezogenen Pfiff im Ohr, marschiere ich wieder und trinke von dem prächtigen Obstschnaps, von dem mir mein Onkel beim Abschied zwei Flaschen in die Aktentasche geschoben hat.

Wenig Autos kommen. Keines nimmt mich mit.

»Aber mit *dem* Schnaps marschieren wir fünfzig, hundert, zweihundert Kilometer, wenn es sein muß! Das glauben Sie scheinbar nicht, Herr Kauff?«

»Ich muß gestehen ... wenn Sie gestatten ... so gewissermaßen ...«

»Ach was! Dös werma scho mochn!«

»Det schaffn wa schon!« Und im Gehen wieder einen köstlichen Schluck aus der flaschengrünen Keule. Pchrrr!

»Verschluß zuklappen!« Langsam kommt ein Wald auf mich zu, wie eine dunkle Mauer. Oh, wenn ich erst dort wäre! »Verschluß kurz zuklappen, habe ich befohlen!« Und meine genagelten Schuhsohlen klatschen über die graue Straße.

Jemanden umarmen können! Den Bauernhof in der Mulde drüben. Den Asphalt. Oder euch Telegraphendrähte. Woher kommt ihr überhaupt? Wo führt ihr hin?

Trinken! Marschieren! Trinken! Und endlich in den hohen, dunklen Wald eintreten. Endlos langgestreckter Wald. Endlich ganz allein auf der Welt, ziehe ich grölend über die vereiste Straße.

Ich hab schon viel vergessen

ich bin ja so ragout, ragout, ragout, ragout

Oooh ich hab schon viel vergessen

ich bin ja so ragout!

OOOAhahaha! Hanóch einen Kuhschluck! Und dann die leere Flasche an den nächsten Kilometerstein knallen. Tschinnn! Recht so, geh in tausend Scherben! Du Flasche! Bottiglia! Bouteille! BOTTLE! Lachend stoße ich einen Stein mit dem Fuß vor mir her, und schleudere ihn dann mit Schwung quer über die Straße ... »TOOOR! Bravooo!« brüllt das ganze Stadion los. Tobender Applaus, Klatschen, Hüte in die Luft werfen, Pfeifkonzert.

Zwischen den Steinen und über dem Mond

Vergessen Land und Schnee und — oho —

Ich habe ein Herz. Ein rotes Herz,

Und eine Flasche Schnaps zerschellt

An einem Kilometerstein.

»Halt doch endlich dein Maul, du Narr! Siehst du denn nicht, wie schweigsam die Baumstämme um dich herum stehen? Alte, runzelige Gesichter.«

»Tatsächlich! Wie sie dreinschauen, verständnisvoll, mißtrauisch, gleichgültig. Seht mich bloß nicht so stumpfsinnig an, ihr Tölpel!«

»Aber sei doch nicht gleich so unhöflich, Erich! Laß dir doch was sagen. Das sind doch lauter ältere, ehrwürdige Herren. Noch dazu stehen sie alle auf einem Bein im Schnee.«

»Jaja, du hast recht. Ich werde mich bei ihnen entschuldigen. Ich werde sogar einen von ihnen küssen.« Voll Übermut umarme ich einen Stamm, stoße ihn auflachend zurück — und falle selbst nach hinten hart auf den Rand der Straße.

Betroffen rapple ich mich wieder auf. »So ein unhöflicher Geselle!« Ich klopfe den Schnee vom Mantel. Und zutiefst verletzt, ohne diesen Kerl auch nur eines Blicks zu würdigen, torkle ich weiter durch meinen Wald.

Es ist eine herrlich trunkene Straße. Ein schwankendes Schiff. Die Bäume sind Maste. Im alten, schaukelnden Seemannsgang schreite ich übers Deck. Tanze, tanze tolle Tanzschritte.

»Macht Sprünge, ihr faulen Beine! Ich werd euch schon geben!« Ich bin ein großer Verschwender. Schmeiße eben angerauchte Zigaretten in den Schnee, wo sie schmutzig verzischen. Und hohnlachend, zähnefletschend spucke ich auf jeden Kilometerstein, dessen stumme Zahl mich ironisch ansieht. Die Aktentasche auf die andere Schulter. »Wechseeelt ... um!«

Saufen! Saufen! Torkelnd, grölend, fluchend, lachend saufen!

»Herrgott, wenn jetzt ein Wagen daherkäme!«

»Aber in diesem Zustand könntest du ja nicht einmal.«

»Wieso? Was soll das heißen? Ich bin doch noch ganz nüchtern. Ich kann doch noch ganz normal ...«, beteuere ich mit erzwungen ruhiger Stimme, während ich mich langsam umdrehe.

Was ist los? Sind mir die Bäume nachgekommen? Sehen aus, als ob sie mitten in der Bewegung erstarrt wären. »Ha, ihr Gauner! Hab ich euch ertappt? Lacht ihr vielleicht heimlich über mich?«

Ein paar Minuten raste ich auf einem Schotterhaufen hockend. Daß hier überhaupt kein Wagen fährt? Schon komisch. Mit der Sauferei muß ich jetzt Schluß machen, sonst komme ich nicht weiter. Ich zünde mir eine Zigarette an und rauche sie tief und behaglich bis zu Ende.

»Ach was! Zum Teufel mit euch verdammten Autofahrern, ich komme auch ohne euch weiter!« Mühsam erhebe ich mich. Die Fußsohlen brennen noch die ersten Schritte. »Zum Teufel mit euch Hornochsen alle miteinander!«

Meine Straße. Mein Schiff! Vor mir ein Wellental. Der Bug neigt sich. Hinunter mit dir! Und auf der anderen Seite steht die Straße wieder auf wie der Rücken einer breiten mächtigen Riesenschlange.

»Ein Lied!«

Bem berebem berebembembem Trrda Trrda Trrrdada

In die - sen heil'- gen Hal - len
Kennt man die Rache ni - cht
Und i - st ein Men - sch gefal - len
Führt Lie - be ihn zur Pflicht.
Lalala . . l a a . . l a a . . laaaaaalaaha
Lalala . . l a a . . l a a ...

Schläfrig, mit brennenden Augen, sitze ich in Wangen in einer Gaststube. Der Schnaps strömt schwer im Blut. Giftiger Atem. Wasserdurst. Du hast im letzten Monat zu wenig Bewegung gemacht. Darfst jetzt nicht mehr weitertrinken! Am liebsten möchte ich meinen schweren Kopf auf die zerfurchte Tischplatte legen.

Aber dann mache ich mich doch wieder auf den Weg. In einer unwirschen Nüchternheit winke ich wieder so oft vergeblich Autofahrern. Bis mich endlich ein Motorrad mitnimmt, und der eisige Wind mir die Tränen aus den Augen beißt.

In Leutkirch, vor einer Fabrik abgesetzt, trotte ich zu Fuß durch die Stadt und setze mich an ihrem Nordausgang auf einen Kilometerstein. In weitausholender Kurve führt die Straße zurück und mündet in den grauen Häuserhaufen. Ein Karren kriecht von dort auf mich zu, unendlich langsam.

Der Himmel ist gelb wie Schwefelblüte. Ein ferner Kirchturm ist dabei, die Sonne aufzuspießen.

Ich saz uf eime steine
und dahte bein mit beine.

Hundemüde Beine. Ich hole meine Tabakbüchse hervor und drehe mir in behaglicher Umständlichkeit eine Zigarette. Dann zünde ich sie an, atme tief den Rauch ein, strecke meine staubigen Beine und lasse den Rauch langsam durch meine Nasenlöcher rinnen.

Tabak! Du unser aller Freund! Was haben wir dir nicht alles zu verdanken! Jede Wartezeit halfst du uns abkürzen, ganz gleich, ob vor einem Angriff oder im ungemütlichen Vorzimmer eines Zahnarztes. Bei allen Gesprächen warst du dabei. Mit Zärtlichkeit denke ich daran, wie fein du knistern konntest, wenn ich abends in Lauterach mit meinem Onkel beisammen saß und jeder sein Pfeifchen rauchte.

Endlich ist der Leiterwagen da. Stur glotzen mich die beiden Ochsen an. Der Bauer auf dem Kutschbock sieht nicht viel anders drein. Träge ächzend rumpeln sie vorüber. Doch als sie schon dreißig Meter weit weg sind, springe ich auf und laufe ihnen nach. Immer noch besser auf so einem Wagen, als hier herumzusitzen. Und während wir langsam durchs abendklare Land fahren, durchschneidet der Kirchturm die rote Sonne in zwei Hälften.

Nach der Nacht auf einer Ofenbank marschiere ich wieder.

Scharfe Windstöße hetzen Wolkenfetzen über den Himmel und ballen sie zu drohenden Kolossen zusammen. Die Straße führt einen Bach entlang. Eine Vogelscheuche klappert schwarz im Sturm.

Ich rücke das Brotbeutelband an meiner Schulter zurecht. Was war das doch für ein Holzkopf gestern abend! Ein Bombenflüchtling aus Lübeck, noch dazu Lehrer von Beruf.

Kennst du das Volk, das nie erwachsen wird? Wie überheblich doch diese Deutschen sind! Wundern sich, daß sie überall unbeliebt, behaupten immer, daß dies bei den andern Völkern nur aus Neid. Nix Kultura. Verwechseln sie immer mit Zivilisation. Einen rotgeschrubbten Hals nennen sie Kultur, ihr Waschzeug Kulturbeutel. Schade, daß ich ihm das nicht an den Kopf werfen konnte, daß ich es nur jetzt, grimmig allein, in den Wind sprechen kann.

Wie verächtlich er über den »englisch-amerikanischen Sportgeist« im Kriege redete. »Jaja, der Deutsche ist halt schwerfällig und wortkarg, er ist eben ein Dichter und Denker!« Weißt du als Lehrer denn nicht, *wo* heute unsere großen Wissenschaftler und Künstler leben? Hinausgeekelt habt ihr sie aus unserm Land. Und die, die ihr noch erwischt habt, verkommen in euern Konzentrationslagern. Wenn du deinen Schülern etwas über Nietzsche erzählst, wirst du ihnen auch sagen, wie tief gerade er sein Volk verachtet hat? Oder mit welcher Bitterkeit Hölderlin in seinem Hyperion über die Deutschen spricht? Wie bezeichnend ist es doch, daß in unserem Land das »Führerproblem« eine solche Rolle spielen kann!

Ob es schneien wird? Sieht ganz danach aus. Ein Lastwagen. Wink! Winken! Langsam, eindringlich winken! »So bleib doch stehen! Nimm mich mit! Bitte nimm mich ...« Doch er bremst nicht. »Herrgott, so bleib doch stehen!« Mit beiden Armen deute ich heftig. Zwei Gesichter hinter der Windschutzscheibe sehen gleichgültig auf mich herunter. Und rattern vorbei. Wind. Auspuffgase. Hohe, schmutzige Rückwand. »Verdammt noch einmal! Wieder nichts!«

Doch nach einer Stunde Marsch fahre ich endlich wieder.

Rasch zieht das Winterland vorüber. Alleebäume. Schneeige Hügel und Mulden. Mit lautem Gepolter rumpeln wir über eine kleine Brücke.

Der Fahrer ist ein Mann mit weißem Stoppelbart. Zuerst versuche ich, mit ihm in ein Gespräch zu kommen. Aber er geht nicht drauf ein, sieht mürrisch vor sich hin. Umso besser!

Das alte Unglück ist, daß wir kein Absatzgebiet für unsere romantisch-sentimentalen Naturen haben, hat Herbert gemeint. In England oder Frankreich können Kindsköpfe ihre Hörner in Kolonien abstoßen. Bei uns nur beim Militär oder in der Fremdenlegion. Noch dazu ist der deutsche Militarismus aktiv, während er in anderen Ländern mehr oder weniger passiv bleibt. Bei uns greift man um des Kampfes willen zu den Waffen, während es die anderen um des Frieden willen tun müssen, als Abwehrreaktion.

Ein Motorrad mit Beiwagen kommt uns entgegen. Um Gottes will. Eine Streife! Das hat mir gerade noch gefehlt! Doch sie rattern vorbei. Und wieder liegt das vereiste, schlaglöcherige Asphaltband zwischen verschneiten Feldern leer vor uns.

Dicht hinter Volkratshofen reißt die Straße den Wagen steil hinauf. Kchrr noch mitten im Schwung herunterschalten. K Kchr Rrrrrr. Und das letzte Stück stampfend zum weißen Himmel hinauf. Zwei Bäume oben vor uns. Vier, sechs, acht, zwölf. Und als wir über die Kante kriechen, wächst eine schnurgerade Allee blitzschnell bis zum neuen Horizont. Heftig fällt der Sturmwind über uns her, rüttelt an den Scheiben, zerrt sausend am Kühler, schüttelt die kahlen Bäume und rast besessen über die weißen, verwehten Felder.

Wieder in den dritten Gang. Hier drinnen ist es windstill. Zigarette anzünden. Beine strecken, angenehm. Angenehme Leute, denen man ihre Nationalität nicht gleich anmerkt. Jede nationale Überheblichkeit ein Krampf. Kommt drauf an, auf welcher Stufe einer stehenbleibt: Wiege, Familie, Heimat, Vaterland, Kontinent, Welt. Allmählich werden alle Kulturkreise zu einem einzigen, weltumspannenden zusammenwachsen. Auch wird es sicher einmal keine Kolonien mehr geben. Aber bis dahin ist es noch weit. Wie brutal die Weißen bisher alle übrigen Rassen vergewaltigt haben. Skrupelloseste Geschäftemacherei, immer getarnt hinter christlicher Nächstenliebe.

Der Sturm peitscht dünne Schneefahnen quer übers Feld, hängt sie einen Augenblick an einem Baum auf, heult, pfeift. Ein Zug an der Zigarette. Asche fällt auf meinem Schoß, wegwischen.

Mut! Der beste Mut liegt heute auf anderen Gebieten als zur Zeit der alten Germanen. Nicht mehr militärische Tapferkeit, sondern Zivilcourage! Nicht die »Feigheit vor dem Feind« gilt es heute zu überwinden, sondern die Feigheit vor unseren eigenen Offizieren! Tapfer ist heute, wer offen den Antisemitismus bekämpft oder einem KZ-Häftling zur Flucht verhilft.

Oder der Mut in den Künsten, den Wissenschaften. Hinter jedem bedeutenden Werk steckt doch vor allem der intellektuelle Mut, neue Gebiete zu betreten, allein und unbekümmert um alles Herkömmliche.

Nach dem Krieg werden wir aus unseren Katakomben hervorkriechen, nach diesem verlorenen Krieg werden wir alle unsere große Chance vorfinden. Holzköpfe, die dann wieder anfangen von »Schmach« zu reden. *Unser Glück* liegt nicht in militärischer Ausbreitung und Verflachung, sondern in der Möglichkeit, uns endlich nach innen zu richten und aus wenigem Großes zu schaffen. Wir könnten die hervorragendsten Filme drehen, das beste Theater spielen, weil wir arm sein werden und ohne Ausstattung. Und *welche* Bücher könnten wir schreiben! Was für Bilder malen! Wir könnten, während die andern noch im Siegesrausch schwelgen, die ersten konsequenten Pazifisten sein, das erste Volk ohne Militär, ohne Uniformen, Paraden, und anderen Kindereien.

Aber wir werden es nicht erreichen. Es wird wieder antisemitische Organisationen und Studentenmützen geben. Und wenn die Leute den ersten Gleichschritt hören, werden sie wieder die Fenster aufreißen und den Vorbeimarschierenden zujubeln.

Zwei Radfahrer kommen uns entgegen. Dicht hintereinander, schräg gegen den Wind gestemmt, treten sie mühsam, ihre Hüte fest in die Gesichter gezogen. Was für ein ausgedehntes Plateau! Ein richtiges Windbrett, wie damals die Schwäbische Alb. Fünfunddreißig Kilometer zu Fuß, allein durch Eis und Schnee.

Hoffentlich klappt es in Memmingen! Ein übles Zeichen, wenn man beginnt im Kreis zu fahren. Sieht ganz nach Einkesselung aus. Nur eine winzige Zelle würde ich jetzt brauchen, wie in Holland. Und wäre es auch mit einer Dunkelzeit von ein paar Wochen. Was für ein quälender Alpdruck war das Wachsein damals. Und wo bin ich überall herumgekommen in meinen Träumen!

Holprig schleudern wir über vereiste Rinnen. Ich drücke meine Zigarette auf dem waffeligen Blechboden aus und sehe zum Fahrer hinüber. Entschlossen blinzelt er mir zu. Der Motor ringt nach Luft, stampft, schlingert auf stürmischer See. Böen springen uns heftig von der Seite an, wollen uns immer wieder von der Straße hinunterfegen. Bis uns endlich der Wald mit beiden dunkelgrünen Armen schützend umfängt. Hinein in das Tal. Und gleich wieder hinauf. Und nach den letzten Hügeln liegt plötzlich Memmingen unter uns. Gas weg! Leer hinunterklappern. Am STALAG vorbei. Hohe, mehrfache Stacheldrahtumzäunung. MG-Stände auf Holztürmen. Baracken. Aus einigen Schornsteinen quillt Rauch. Über anderen zittern farblose Luftsäulen. Zwei Männer in braunen Uniformen tragen einen Kessel über den leeren Lagerplatz. Anscheinend Franzosen.

»Herr Kauff!« begrüßt mich Frau Anderle in der Küche. Hastig wischt sie ihre Hände an der Schürze ab. »Schon wieder ein schwarzer Urlaub?«

»Nein nein!« erwidere ich lachend. »Diesmal ist es ein richtiger.«

Sie führt mich ins Zimmer. Hanni ist zufällig da. Ich muß gleich mit ihnen Mittagessen. Und während ich ihnen irgendwas vorflunkere, kann ich nicht umhin, Hanni immer wieder anzusehen. Sie kommt mir verändert vor, fremd, und noch lieblicher, als sie in meiner Vorstellung lebte.

Nach dem Essen begleite ich sie. Tausend Dinge erzählt sie mir, als wir langsam die Straße zum Westtor hinaufgehen. Doch ich achte gar nicht darauf, *was* sie spricht, sondern sehe nur ihre kältegeröteten Wangen, ihre Augen und die dunkle Locke, die sich unter dem Rand ihrer Pelzmütze hervorringelt.

»Wart einmal hier!« sagt sie, in der Nähe des Hauses ihrer Dienstgeber. »Ich werde versuchen, mich freizumachen.« Lächelnd winkt sie mir noch an der Ecke und ist verschwunden.

Ob es hier gehen wird? Muß am Abend unbedingt mit ihren Eltern reden! *Die* werden dreinschauen. Wie überdrüssig ich es bin, immer diese blassen Gesichter zu sehen, wenn ich jemanden einweihe. Ich hab mich doch gründlich verrechnet.

Bin jetzt abhängiger als je zuvor. Ob es nicht doch zu gefährlich ist, ihnen die Wahrheit zu erzählen? Niemanden einweihen, hat Hans damals in Wien gemeint. Aber manchmal muß man dieses Risiko auch eingehen. Helga und die Mannheimerinnen waren der beste Beweis dafür. Hanni kommt zurück. »Ich hab ihnen gesagt, daß meine Mutter krank ist, und daß ich nach Hause muß!«

Wir spazieren weit hinaus. Der Wind fegt Eisnadeln über den flachen Hügel. Schnee knirscht unter unseren Tritten.

In Buxach, einem kleinen Dorf westlich von Memmingen, kehren wir ein. Die einzigen Gäste. Als wir in einer Fensternische der heimeligen, überhitzten Gaststube eng nebeneinander sitzen, nehme ich mir endlich einen Anlauf und erzähle ihr alles.

»Was meinst du, wird es hier eine Möglichkeit für mich geben?« frage ich sie nach einer Pause. »Du mußt es mir ehrlich sagen. Wenn nichts zu machen ist, fahre ich gleich wieder ab. Das bin ich langsam gewöhnt. Das ist nicht so schlimm.«

Dumme Redensart! Es *ist* schlimm. Wo sollte ich denn sonst hin? Bei Salzburg hätte ich allerdings noch Verwandte. Doch mir graut vor dem langen Weg.

»Du mußt vor allem mit meinem Vater reden!« erwidert sie. »Er ist auch gegen den Krieg. Er ist überhaupt ein feiner Kerl. Du kennst ihn bloß zu wenig ... Ich werde dir helfen dabei.« Sie lächelt errötend. »Ich habe nämlich einen ziemlichen Einfluß auf ihn.«

Wie rasch sich doch Frauen überreden lassen, wenn sie einem nur ein wenig geneigt sind! Und doch: Was wird sein, wenn ihr nächster Mann ein begeisterter Soldat oder gar ein ... »Zahlen bitte!«

Am Rückweg ist es Nacht. Wir tappen den rutschigen Hügel hinauf. Die Dunkelheit hat die Straße und den tiefen Schnee der umliegenden Felder zu einer matthellen Fläche ohne Unebenheiten gemacht. Hier und da kommen wir vom Wege ab, versinken sofort und tasten uns wieder kichernd zurück. Bis endlich verschwommen die ersten Straßenrandbäume aus dem Dunkel wachsen.

»Ich werde erst später heimkommen«, sagt sie, als wir uns vor ihrem Haus verabschieden. »Fange auf keinen Fall an, davon zu reden, bevor ich dabei bin!«

»Himmel Arsch und Zwirn!« brüllt Herr Anderle beim Abendessen auf. »*Mir,* dem Familienoberhaupt setzt man so ein Fressen vor! Ich schufte Tag für Tag im Schweiß meines Angesichts. Was würdet ihr denn tun, wenn ihr mich nicht hättet? Vor die Hund gehen würdet ihr!« Aber dann ißt er doch, absichtlich würgend, mit verzogenem Gesicht.

Mein Gott, wie soll ich es ihm bloß beibringen?

Gegen halb neun kommt endlich Hanni. Immer wieder nickt sie mir aufmunternd zu. Doch ich winke jedesmal beschwörend ab. Bis sie schließlich selbst mit meiner Geschichte anfängt. Untergangsbereit lasse ich sie reden, beobachte ängstlich die Gesichter ihrer Eltern. Doch zu meiner Überraschung sind sie gar nicht sonderlich überrascht.

»Was hab ich dir gesagt?« trumpft Frau Anderle auf. »Ich hab doch schon zu Weihnachten so ein Gefühl gehabt, daß mit dem Herrn Kauff irgend etwas nicht stimmt. Da siehst du wieder einmal, daß wir Frauen ...«

»Hör mir auf mit deinen Gefühlen!« knurrt er. Und wendet sich an mich: »Also ein Deserteur sind Sie!«! Er schiebt die Unterlippe vor und nickt langsam. »Wie könnte man ihnen am besten helfen? Hier im Haus geht's auf keinen Fall. Schon wegen der Bleiles, unseren Nachbarn. Sie kennen sie ja.«

»Ich wüßte auch sonst keine Möglichkeit!« unterbricht ihn seine Frau mit schmalen Lippen und wirft mir einen beinahe feindseligen Blick zu.

»Halt endlich dein Maul!« fährt er sie an. »Laß mich überlegen!« Er zieht aus der Tischlade zwei Zigarren. Hanni zeigt mir errötend, daß sie mir beide Daumen hält.

Doch Frau Anderle ist entschieden anderer Meinung. »Aber Hans!« setzt sie noch einmal an. »Du weißt doch, daß es nicht geht. Sag mir bloß, wo?« Flehentlich sieht sie ihn an. Erst jetzt scheint sie das ganze Ausmaß der Gefahr, in die ich sie alle bringe, erfaßt zu haben. Deshalb redet sie auf ihn ein, und ihre Augen sprechen eine noch viel eindringlichere Sprache als ihr Mund. Und schließlich — ich traue meinen Ohren kaum — gibt er nach.

Was soll ich jetzt nur tun? Immer dieses Hinausgeworfen-Werden. Dieses bittere Hinausgeworfen-Werden! Überall, von allen Menschen, selbst von *deinen* Leuten.

Hanni versucht noch ihn umzustimmen. Aber es ist umsonst. Und am Ende will ich selbst nicht mehr.

Als sie merken, wie sehr ich enttäuscht bin, bemühen sie sich doppelt freundlich zu mir zu sein. Zwei, drei Tage könne ich ja noch bleiben. »Es ist ein Jammer mit euch jungen Menschen!« seufzt Frau Anderle. »Ihr lauft davon, um am Leben zu bleiben. Und wenn man euch erwischt, werdet ihr, weil ihr leben wollt ...« und als hätten sie ihre eigenen Worte erschreckt, streicht sie mir unvermittelt übers Haar. Was kann mir das schon helfen!

Als Hanni aufbrechen muß, darf ich sie nicht mehr begleiten. Und beim Abschied ist ihr Blick wie der meiner Mutter damals.

Kaum ist sie fort, wird es auf einmal unbehaglich. Wie ist es nur möglich, daß unsere Herzlichkeit so plötzlich zerrinnen konnte? Nur weil ich diesmal mit einer solchen Bitte gekommen?

Ich lege mich bald nieder. Und kann noch lange nicht einschlafen. Wäre ich nur mit jenem Lastwagen nach Mannheim gefahren, sage ich mir immer wieder, von tiefer Hoffnungslosigkeit befallen.

Doch es gibt auch Augenblicke, in denen ich alles gar nicht so schwarz sehe. Einmal stehe ich sogar auf und hole die Karte aus meiner Manteltasche, berechne, wieviele Kilometer es bis Salzburg sind und wie lange ich dazu brauchen würde. Und als ich die Kerze ausblase und in die stockfinstere Stille horche, befällt mich plötzlich ein übermütiger Vogelstrauß-Optimimus.

In *dieser* Nacht wenigstens, kann mich niemand sehen!

Jetzt bin ich noch in Sicherheit!

»Sie haben aber einen festen Schlaf!«

Flackernde Kerze. Herr Anderle steht vor mir, riesengroß, braune Lederjacke. »Sind Sie jetzt endlich wach?«

»Jaa ... was is los?« Wie ein Stein legt sich die Erinnerung an gestern abend auf meine Herzgrube. »War was? War irgend jemand da?«

»Meine Frau hat in der Nacht Angst gekriegt«, erwidert er. »Sie müssen doch heute noch fort.«

»Wie? Jetzt gleich? ... Mein Gott, ich hab so gut geschlafen.« Liegenbleiben können! Bis zum Kriegsende nie mehr aufstehen müssen!

»Bis Mittag können Sie noch bleiben!« reißt mich seine Stimme aus dem Versinken. »Meine Frau wird Sie wecken kommen. Sie hat nur gemeint, daß *ich* es ihnen sagen soll, weil sie es selbst nicht übers Herz bringt.« Er sieht mich prüfend an.

Und dann geschieht etwas so Gutes, so völlig Unerwartetes.

»Paß einmal auf!« fährt er leise fort und beugt sich zu mir herunter. »Ich hab mir das Ganze noch durch den Kopf gehen lassen. Ich kann dich wo unterbringen. Meine Alte darf natürlich nichts davon wissen. Du fährst nur zum Schein ab, verstehst du? In Wirklichkeit bleibst du in der Memminger Gegend und wir treffen uns um halb sieben in dem kleinen Gasthaus, gleich außerhalb vom Kemptner Tor. Du wirst es schon finden.«

»Ja, aber ...«

»Ich erklär dir alles dort. Ich muß laufen, sonst komm ich zu spät. Also halb sieben. Hast du verstanden?«

Finsternis. Dumpf poltern hölzerne Schritte die Stiege hinunter. Eine Türe knarrt langsam. Und fällt zu.

Ja, ich bin hellwach. Was für ein toller Kerl! Mit aller Kraft stemme ich meine Beine gegen das Fußstück des Bettes. Schön warm unter der Decke. Oder sollte das Ganze nur eine Falle sein? Aber da hätte er ja schon einen früheren Treffpunkt mit mir vereinbaren können. Außerdem trau ich ihm sowas nicht zu.

»Er will mir helfen! Ganz bestimmt! Vielleicht hab ich doch wieder Glück!« sage ich leise zu mir selbst, wie immer bereit, solche Gedanken überhand nehmen zu lassen. Und diesmal ist es die kribbelige Vorfreude, die mich noch lange nicht einschlafen läßt.

Als mich Frau Anderle weckt, tut sie mir beinahe leid, so besorgt ist sie um mich. Dabei immer bemüht, mir nicht in die Augen zu sehen.

»Ihr Mann war am Morgen bei mir oben«, sage ich nach dem Frühstück. »Er hat mir erklärt, warum ich.«

»Sie müssen das verstehen!« unterbricht sie mich. »Er kümmert sich nicht um seine Familie. Aber ich, ich kann nicht anders, als immer an meine Kinder und an ihn zu denken.«

»Ja ja. Schon gut!« Ich fahre in meinen Mantel und verabschiede mich. »Auf Wiedersehen! Oder besser: Leben Sie wohl!«

Langsam schlendere ich durch die Stadt, durchs Kemptner Tor hinaus und an dem einstöckigen Gasthaus vorbei, in dem wir uns treffen sollen. Vor dem Fabriksgelände, an dem ich damals am Heiligen Abend vergeblich auf ein Auto gewartet habe, bleibe ich unschlüssig stehen. Rechts führt ein Hang die Trasse entlang nach Süden. An seinem oberen Rand lockt eine zerzauste Allee. Soll ich hinaufsteigen und ein Stück hinauswandern?

Aber dann kehre ich doch wieder um. Unwillkürlich gerate ich in die Nähe des Hauses, in dem Hanni beschäftigt ist. Doch da fällt mir ein, daß sie ja auch nichts davon wissen darf. Wie aufgeregt ich schon bin. Immer wieder erscheint mir das nächtliche Gespräch mit Anderle ganz unwirklich, fast wie ein Traum. Wo er mich bloß unterbringen will?

Um die Zeit totzuschlagen, gehe ich in ein Kino. In einer Szene des Films müssen zwei Leute in einer Bahnhofsrestauration warten. Da es nichts anderes zu essen gibt, bestellen sie aus Langeweile immer wieder eine Portion Käse. Das hat mir solchen Appetit gemacht, daß ich während der Vorstellung raschelnd den Käse aus Lauterach auspacke und ihn im Dunkeln ohne Brot zusammenesse.

Nach der Vorstellung mache ich mich, obwohl ich noch über eine Stunde Zeit hätte, sofort auf den Weg zu unserem vereinbarten Gasthof. Beim Eintritt in die Gaststube schlägt mir vielstimmiges Gelächter entgegen. An dem Tisch beim Ofen sitzen einige Fliegeroberfeldwebel, jeder mit einem Mädchen. Mitten unter ihnen ein blonder Kerl mit rot glänzendem Gesicht.

»Ick saje merssibiank. Raus aus die Klamotten. Ausjehanzuch ausm Spind, in den Wagen vom Chef und los wie vom wilden Affen jebissen. So mit achtzig neunzig Sachen die Chaussee langejewetzt, rin in die große Kurve, jib ihm, jib ihm Saures! und weiter wie die Post im Walde. Und in Küstrin anjelangt, hab ick seiner Ollen een verpaßt, daß ihr die Ojen überjingen.«

Wieder platzt eine Lachsalve los. Einer springt auf, »Mensch, du lachst dich kaputt!« und schlägt sich mit der flachen Hand auf den Oberschenkel.

An meinem Nebentisch lümmelt ein Unteroffizier. Eine Zeitung. Ich hole sie herunter, trinke einen Schluck Bier, zünde mir eine Zigarette an. Es ist mir bisher immer gut gegangen, immer genügend Geld und Lebensmittelmarken. Wenn ich das alles nicht gehabt hätte, wie so viele andere?

WEITER SCHWERES RINGEN ... heftig gekämpft. Immer das gleiche! Zerstreut blättere ich um. Suche Baugründe, Angebote unter: Billigste Herstellung von zweckmäßigen Notmöbeln u.a. Einrichtungsgegenständen für Ausgebombte ...

Wieder lachen sie drüben auf. Wie ansteckend sowas ist. Der Unteroffizier sieht schmunzelnd zu mir herüber.

Mein lieber Mann,

der Obergefr. Gustav Zillmann,

geb. 12. 9. 1905, fand im Kampf mit Banditen am

15. 12. 1944 den Heldentod. Tapfer, wie er für

Führer und Volk kämpfte und sein Letztes gab,

will ich mein großes Leid tragen.

In tiefstem Weh

Gattin, Mutter, Schwager.

Für Führer, Volk und Vaterland ließ sein junges Leben Jäger Karl Pazant, geb. 19. Feber ... in unsagbarem Schmerz Anna Pazant, Mutter, Erna Kolbe, Braut. Mein lieber, herzensguter Junge ist gefallen... Wir erhielten die traurige Nachricht vom Heldentod unseres Herbert Nirschel, Unteroffizier in einem Panzergrenadierregiment. In grenzenlosem Schmerz. Lieber, unvergeßlicher Sohn. In den schweren Kämpfen in Italien. EK I. und II. Klasse, Infanteriesturmabzeichen ... Wilhelm Arle. Robert Köhler. Feldwebel Josef Ehn. Paul Staudinger. In unfaßbarem Schmerz. Obergefreiter. Oberschütze. Obergefreiter. Ostfront. Jugoslawien. Tapferer Fliegertod. Hans Moldauer. Silbernes Verwundetenabzeichen, nach viermaliger Verwundung. In den schweren Abwehrkämpfen im Mittelabschnitt. In namenlosem Leid. Weh. Schmerz. Unvergessen ...

Warum dieser Unteroffizier immer zu mir herübersieht? Ob ich ihm verdächtig bin?

Unser guter Vater, der Unteroffizier Jaroslav Prszikowski, ROA. In einer Aufklärerabteilung ... In tiefster Trauer Hermine Prszikowski, Gattin, und die Kinder Gunther, Gerhild, Gudrun ...

Was will er bloß von mir? Die Brust voller Auszeichnungen. Auch das Deutsche Kreuz in Gold. Am besten nicht mehr hinsehen! Doch da erhebt er sich und kommt, verlegen grinsend, an meinen Tisch. »Kamerad, haste nich son Stääbschn für mich ibrich?«

Erleichtert hole ich eine Zigarette hervor. Er zündet sie an, schmunzelt erlöst, setzt sich neben mich. »Mensch, so ne Scheiße. Nüscht zu qualmen.« Er macht einen gierigen Zug. »Biste ooch vom Flugplatz draußen?«

»Nein! Ich ... ich bin bloß auf Durchfahrt.«

»Dachte mir gleich. Ich kenn ja doch alle unsere Sanis.« Und er erzählt mir, daß er Flugzeugführer eines Düsenjägers und bis vor kurzem »mit der ollen ME lo9 rumkutschiert« sei. Er spricht ununterbrochen. Und ohne eine einzige Frage an ihn zu richten, erfahre ich, welche Einheiten auf dem Flugplatz liegen. Auf jeden Fall günstig. Wenn mich jemand um meinen Truppenteil fragt, weiß ich wenigstens, was ich zu antworten habe.

Knapp vor sieben kommt Anderle endlich. Wir brechen gleich auf.» Was war das für ein Kerl?« fragt er, als wir auf die stockdunkle Straße treten.

»Ach, so ein Flieger. Ich kenn ihn nicht. Er hat mich um eine Zigarette angeschnorrt und dann fürchterlich aufgeschnitten.«

Durch eine schmale, menschenleere Gasse. Seine Holzsohlen klappern seltsam laut. Ich möchte ihn gerne ausfragen. Aber er erklärt mir nur kurz, daß er mich bei einem Freund unterbringen würde. Wir überqueren den Mühlbach, biegen links ab und steigen dann in einem alten Haus eine enge, schwach erleuchtete Treppe, auf der es nach Kohl und verbrannten Zwiebeln riecht, bis zum obersten Stockwerk hinauf.

Im Stockfinstern wartend, höre ich ihn irgendwo anklopfen. Eine Türe öffnet sich hell. Und nachdem wir uns durch den niedrigen Türstock gebückt haben, stellt er mich einem untersetzten, etwa fünfundvierzigjährigem Manne vor. Rotgeränderte Augen. Breite Lippen in einem struppig unrasiertem Gesicht. Wehrmachtspullover. »Das ist mein Freund Bachlinger, Karl Bachlinger!« erklärt mir Anderle und boxt den andern gegen die Schulter. »Hoffentlich kommt ihr miteinander aus!«

»Soll ich nicht ein paar Flaschen Bier heraufholen?« schlägt Bachlinger vor. Doch Anderle winkt ab. Er könne nicht bleiben, da es seiner Frau auffallen würde, wenn er gerade am Tage meiner Abfahrt später als sonst nach Hause käme. Er knöpft seine Lederjacke zu. »Morgen werde ich auf jeden Fall vorbeischauen. Dann können wir alles in Ruhe besprechen. Und was ich dir schon in der Nacht gesagt habe«, fällt ihm beim Abschied noch ein, »daß niemand von meinen Leuten was davon erfährt. Am besten gar nicht in unsere Gegend gehen!«

Als er fort ist, versperrt Bachlinger die Türe und läßt sich auf das alte Sofa fallen. Neben seinem grauen, geflickten Hosenbein ragt das Ende einer Spiralfeder hervor.

Ich setze mich ihm gegenüber auf einen niedrigen Hocker.

»Herr Anderle wird Ihnen ja schon einiges über mich erzählt haben«, sage ich und biete ihm eine Zigarette an. Jetzt mußt du wieder deine alte »eindrucksvolle« Grammophonplatte laufen lassen, schießt es mir durch den Kopf, während ich ihm Feuer gebe.

Dann erzähle ich ihm in groben Zügen meine Geschichte. Er hört aufmerksam zu, nickt dazwischen einige Male anerkennend vor sich hin. Während ich noch rede, holt er eine Konservenbüchse aus dem Nachtkästchen, macht sie auf dem elektrischen Kocher warm, packt sie dann mit dem Taschentuch und stellt sie rasch auf den Tisch, Blutwurst mit Speck. »Ich bin nicht auf Gäste eingestellt«, sagt er, und schiebt mir Messer, Gabel und einen halben Brotlaib zu. »Wir müssen halt aus der Büchse essen.«

Ich schneide eine Scheibe Brot ab. Die Blutwurst ist triefend fett und schmeckt ausgezeichnet. »Ist Herr Anderle wirklich ein Roter?« frage ich, einen zu heißen Bissen hauchend im Mund.

Er lacht auf. »Sie sagen das ja fast wie einen Schimpfnamen!« Und erzählt mir, daß es bei ihnen im Werk einige Marxisten gäbe.

Nach dem Essen kramt er einige zerknüllte Zigaretten aus seiner Rocktasche und legt sie vor mich hin. Dann langt er nach der Zeitung. Doch er scheint keine besondere Freude an ihr zu haben, denn er schüttelt immer wieder den Kopf, pfeift einige Male durch die Zähne und flucht. Schließlich klappt er das Blatt verdrossen zusammen, richtet sein Bett her und legt sich nieder.

»Ich muß schon früh aufstehen«, erklärt er mir, als ich mich erheben will: »Sie können ruhig noch sitzen bleiben. Wenn Sie sich niederlegen, geben Sie mir einen Renner. Ich rücke dann an die Wand.«

Ich schirme die Lampe etwas ab, zünde mir eine Zigarette an und durchblättere die Zeitung. Geruch nach Leder, Zigarettenstummeln, Schweißfüßen. Das Zimmer ist verhältnismäßig groß. Eine richtige Junggesellenbude. Über dem Bett sind mit Reißnägeln Photos von Frauen aus Magazinen befestigt. Ein Berg Wäsche neben dem eisernen Waschtisch auf dem Boden. An der Tür hängen an einem Haken mein Mantel, ein grauer haariger Rock, ein Schlosseranzug, eine schmierige Bergmütze.

Ich hab ja noch den Schnaps! Werden wir morgen gemeinsam austrinken. Von den Leuten hier scheint keiner was Besonderes daran zu finden, daß ich desertiert bin. Ein gutes Zeichen. Ungeheuer ist ein Gedanke ja nur dort, wo er zum ersten Mal auftaucht. Und nachdem ich das Licht abgedreht und mich neben dem schnarchenden Bachlinger zurechtgelegt habe, fällt mir eine Nacht in Rußland ein.

Um drei Uhr morgens gab's Alarm. Im Stockdunkeln brach das ganze Regiment leise seine unzähligen Zelte ab. Dann ging's ohne Licht in endlosen Wagenkolonnen in die Richtung Rollbahn, wo ein Posten mit einer roten Lampe ununterbrochen nach Osten wies, ins Morgengrauen, in die Schlacht, zum Schlachten.

Erst am späten Vormittag wache ich auf. Allein.

Auf dem Tisch ein Zettel: Bleiben Sie auf dem Zimmer. Wenn Sie auf den Abort müssen, Eimer vom Waschtisch nehmen. Mittag von der Blutwurst essen. Die Büchs ist im Fenster. Brod in der Lade. B.

Als er mit Anderle von der Arbeit zurückkommt, hole ich die Schnapsflasche aus der Aktentasche. Und während wir trinken, teilen sie mir mit, was sie beschlossen haben: Ich kann also hierbleiben, allerdings nur über Nacht. Gegen acht Uhr abends muß ich täglich, möglichst ungesehen, heraufkommen und morgens um fünf noch vor Bachlinger weggehen, da um diese Zeit noch alle anderen Hausbewohner schlafen. Tagsüber soll ich mich außerhalb von Memmingen aufhalten. Für Verpflegung können sie nicht aufkommen. Aber ich habe ja vorläufig noch genügend Marken und Geld und kann außerdem in den Dörfern hamstern.

»Später, wenn es wärmer wird, werden wir dir ein anderes Quartier in einem Heuschober verschaffen können. Aber bis dahin wird der Krieg ja längst zu Ende sein.«

Wenn ich über den schneeverwehten Hügel nach Buxach gewandert bin, bleibe ich immer ein paar Stunden in der Wirtsstube, in der ich vor einer Woche mit Hanni gesessen; erfüllt von der vagen Hoffnung, sie könnte ahnen, daß ich sie hier insgeheim erwarte.

Aber sie kommt nie.

Am Abend mache ich mich auf den Heimweg, esse jedesmal in einem anderen Gasthaus am Stadtrand und schlafe bei Bachlinger auf dem Fußboden. Er hat inzwischen einen Strohsack und zwei Decken besorgt.

Anderle war heute wieder hier. Erst jetzt lerne ich ihn richtig kennen. Anspruchslos, nüchtern, klug, von einer selbstverständlichen Kameradschaft. Auf meine Frage, weshalb er sich denn daheim immer so wild gebärde, gibt er lachend zu, daß dies alles nur Theater sei. »Wenn du das heuchlerische Getue meiner Alten jahrelang miterlebt hättest, würdest du auch nicht anders handeln!«

2.II.1945 Mein Geburtstag

Fünfundzwanzig Jahre — und noch nichts getan.

Über sechs Jahre davon beim Kommiß verloren. Unvorstellbar, daß man nach so langer Zeit noch Lust haben soll, etwas Ernsthaftes zu beginnen.

Und doch möchte ich die Zeit nicht missen, in der ich in diesem mörderischen, weltumspannenden Krieg als winziges Rädchen ...

Sechs Tage lang fuhren wir von Bicocca in Sizilien bis an die russische Grenze. Anfang Juni 41 auf den Rungenwagen, auf denen wir unsere Fahrzeuge fest verklotzt hatten.

Herrlich lange durch Italien. Vorbei an steinigen Weinbergen, an Terrassenhügeln, grellen, kantigen Dörfern, die aussahen wie Kulissen. Maisfelder. Eine lärmende Kleinstadt. Felder.

Und nachts schliefen wir auf unseren Strohsäcken über dem stahlharten Rädergehämmer, wie die alten Tramps unter freiem Himmel.

Wenn du dann mitten in der Nacht erwachst, spürst du beglückt die gleichmäßigen Eisenbahngeräusche und den Fahrtwind. Du liegst neben der niedrigen Bordwand, die schwarze Silhouette des Kühlers vor dir, und tastest das harte Gummiprofil des Vorderreifens ab.

Oder du erwachst plötzlich und merkst, daß der Zug steht. Wahrscheinlich schon einige Zeit. Gähnend richtest du dich auf. »Was is'n los?« — »Müssen auf ein D-Zuch warten!«

Du streckst dich, kletterst hinunter, pißt das Vorderrad des Waggons an und blickst dabei unverwandt zu einem schwarzen Hügel hinüber. Dann stapfst du, die Hände in den Manteltaschen, Zigarette im Mund, unter Sternen auf dem kollernden Schotter herum.

Bis endlich der fremde, dunkle Eilzug heran

Und in unbegreiflicher Hast an uns vorbei

Nach Süden

In die Nacht

Eine unerklärbare Unruhe hat mich befallen.

Ob daheim irgendwas los ist?

Da ich es in der heißen Gaststube nicht mehr aushalte, breche ich auf, wandere von Buxach nach Buxheim und weiter durch den verschneiten Wald.

Erst am Abend, als ich, gegen den eisigen Sturm ankämpfend, auf der weitgeschwungenen Allee nach Memmingen zurückkehre, läßt diese nagende Angst endlich nach.

Die Besatzung eines abgeschossenen Kampfflugzeuges treibt, Schwimmwesten umgeschnallt, in der Nordsee.

Vier junge Männer aus Thüringen, eineinhalb Tage und Nächte. Bis sie schließlich vor Kälte, Hunger, Erschöpfung ...

Daß ich nicht ablassen kann, mir immer wieder grauenhafte Situationen auszumalen!

Schwere Bomberverbände donnern über Wien. Rasch rasch fertigmachen! Voll Aufregung hastet alles die Stiegen hinunter. Aus den anderen Wohnungen kommen sie auch. »Weiter! Runter in den Keller!« brüllt der Luftschutzwart, während schon die ersten Bomben heranpfeiffFFF und krRACHend einschlagen.

»Hhhhh! ... hh ...« Im Luftschutzraum auf rohen Bänken hocken alle dicht zusammengedrängt, schweigsam, ängstlich geduckt.

Unsere Mutter hat wieder die beiden Mäntel übereinander angezogen. Die große, gelbe Tasche mit den Dokumenten, Wertsachen, Notproviant auf den Knien, lächelt sie zaghaft meiner Schwester zu.

Und wieder schlägt es dicht in der Nähe ein und erschüttert das ganze Haus bis in den Keller. Voll Entsetzen schreit alles auf, und die beiden Kinder von Traussigs beginnen zu weinen.

Daß es doch immer das gleiche sein muß! Daß immer die ersten zwei oder drei Wellen gut vorübergehen und die letzte mitten in unser Haus schlägt. Daß ich in Gedanken immer wieder vor den rauchenden Trümmern stehe und bei der Ausgrabung mithelfen muß!

Diese krampfhafte Angst manchesmal am Vormittag gegen elf. Ob nicht vielleicht gerade jetzt?

Als ich am Dienstag heimkam, erwartete mich Anderle mit zwei Freunden, von denen er mir schon erzählt hatte. Der eine, ein ehemaliger KZ-Häftling namens Wengle, ist Soldat bei der Gefangenenbewachung im STALAG. Er bewohnt mit seiner Familie ein winziges Häuschen in Dickenreishausen, etwa sechs Kilometer südlich von Memmingen.

Den Namen des anderen hab ich überhört. Sie nennen ihn: »Gschtudierter«, obwohl er, wie er lächelnd sagt, nie Student war und selbst nicht weiß, wie er eigentlich zu diesem Namen gekommen. Er sieht wesentlich jünger aus als die anderen, hoch aufgeschossen, blaß mit dunklen Haaren über einer freien, breiten Stirn. Er raucht viel, steht einige Male auf und geht, wegen der niedrigen Decke etwas gebeugt, auf und ab, um sich gleich wieder niederzusetzen und zuzuhören.

Bachlinger wird im Feber oft Nachtschicht haben. Sie beschließen daher, daß ich morgen nach Dickenreishausen übersiedeln soll.

Doch erst am Freitag abend holt mich Wengle ab.

Als wir die letzten Häuser der Stadt hinter uns haben und durch das einsam dunkle Land gehen, erzählt er mir, weshalb er damals ins KZ gekommen. Er war in der Zeit der großen Arbeitslosigkeit ausgewandert, hatte sich durch Italien und Frankreich durchgeschlagen, in den verschiedensten Berufen gearbeitet, und sich schließlich von einem Frachter anheuern lassen. Nach einigen Jahren auf See, wieder nach Frankreich zurückgekehrt, hatte er das unstete Leben endgültig satt, trank sich einen Rausch an und meldete sich zur Fremdenlegion. Als im 33er Jahr auch zu ihnen die Nachricht durchsickerte, daß es in Deutschland genug Arbeit gäbe, desertierte er aus der Legion und schlug sich bis nach Hause durch. Doch hier hatte man ihn sofort nach seiner Ankunft nach Dachau gesteckt. »Ehemalige Fremdenlegionäre gelten nämlich als Vaterlandsverräter.«

Einige Häuser erheben sich langsam, erwartungsvoll aus dem Dunkel vor uns. Als wir sie erreichen, müssen wir rechts abbiegen.

»Sag einmal«, frage ich ihn, während wir lautlos einen finsteren Waldweg bergauf stapfen, »was ist das eigentlich für ein Kerl, zu dem ihr ‚Gschtudierter' sagt? Gesprochen hat er fast nichts.«

»Ja, er ist ein wenig zurückhaltend«, erwidert Wengle, »besonders wenn er jemand Neuen kennenlernt. Aber ich sag dir, wenn der aus sich herausgeht. Er ist ein unglaublich gescheiter Kerl, kennt die Bücher von fast allen Schriftstellern ... Ja, wenn unsereins nur auch mehr zum Lesen käme!« seufzt er. »Die Arbeitszeiten sollten kürzer sein, dann hätte man auch mehr Ruhe dazu. Das ist ja auch eines von unseren Zielen.«

Mir kommt vor, als ob dieser Ausspruch nicht ganz von ihm stamme. Aber was ist schließlich daran auszusetzen, wenn jemand keinen Unsinn sondern vernünftige Ansichten nachredet.

Über die Höhe drüber. Lautlos tut sich das Dorf unter uns auf. Als wir an den ersten, dunklen Gehöften vorbeikommen, beginnt ein Hund in die sternlose Nacht zu heulen. Wengle beschreibt mir die günstige Lage seines Hauses und sagt, daß ich auch hier täglich erst nach acht Uhr abends kommen solle, denn dann würden seine Kinder auf jeden Fall schon im Bett sein.

Seine Frau erwartet uns in der hellen, sauberen Küche. Sie hat große, schüchterne Augen und zupft immer verlegen an ihrer Schürze herum. Der Tisch ist schon gedeckt, und sie holt das warmgestellte Nachtmahl aus dem Backrohr.

Nach dem Essen führt er mich auf den Dachboden, wo sie unter dem Giebel drei Matratzen und eine Steppdecke für mich hergerichtet haben. Von dem kleinen Fenster aus kann man in der Finsternis nur undeutlich die Straße erkennen, die an unserem Haus vorbei in einer Kurve ins dunkle, stille Dorf hinunterfällt.

Ich habe jetzt längere Zeit nichts geschrieben, da ich viel gewandert bin.

Der Himmel ist endlich aufgebrochen. Befreiend fegt der Föhn das hügelige Land, schmilzt die Schneedecke weg und läßt nur noch vereinzelte, schmutziggraue Flecken übrig, in Bodenwellen, an Nordrändern von Wäldern und an den Böschungen, die zur Iller oder zur Eisenbahn hinunterführen. Das ganze Land ist ein quatschignasser, strömender Morast geworden, den der Wind langsam zu trocknen beginnt. Der laue, herrliche Wind. Wie ein Schiff sah ich ein Bauerngehöft durchs gischtende Gewölk fahren.

Täglich bin ich viele Stunden unterwegs, gehe über Hügelkämme und durch Wälder, immer auf Wegen, die die Dörfer in einem weiten Ring um Memmingen verbinden. Mittags sitze ich meistens in einem Gasthaus in Buxheim, vor dessen Fensterfront ein dunkelgrüner Teich liegt.

Daß sich hier an Wochentagen ein Soldat herumtreibt, kommt selten vor. Aber du bist ja jetzt vom Flugplatz Memmingerberg, hast zwei Wochen Urlaub und keine Lust heimzufahren, da deine Wohnung ausgebombt ist.

Übermorgen werde ich für die nächsten zwei Wochen in einem anderen Dorf ein Gasthaus aussuchen. Oder sollte ich vielleicht doch besser täglich den Ort wechseln?

Mit den verschiedensten Leuten bin ich ins Gespräch gekommen.

Mit Bauern, Fuhrmännern, Wirtsleuten, mit einem Bahnwärter, mit Arbeitsmaiden und auf einem Bauernhof in Arlach mit zwei Russenmädchen, die man sechzehnjährig aus ihrer Heimat hierher verschleppt hat.

Alles ist schon kriegsmüde. Kaum jemand spricht noch mit Überzeugung vom Sieg.

»Wir haben uns ein halbes Jahr geschrieben, wie's halt so ist mit einem unbekannten Soldaten. Man redet sich dabei ja in mancherlei hinein«, erzählte die üppige Stenotypistin, mit der ich zufällig an einem Tisch beim Abendessen saß. »Bis er eines Tages als Kriegsblinder heimkam. Zuerst habe ich ihn noch gemocht. Man muß doch Mitleid haben mit so einem Menschen. Als er aber fast täglich bei mir herumsaß und sogar von Liebe zu faseln anfing, da ging er mir allmählich auf die Nerven.«

Auf einem Hügel in der Nähe des STALAG traf ich einen jungen französischen Sanitäter, der mit dem Taschenmesser vorsichtig eine erste Blume ausgrub. Er hatte ein offenes Knabenlachen und sagte, daß in Deutschland auch die Zivilisten nur im Gleichschritt marschieren können, und daß man hier über alles lacht, was man noch nicht gesehen hat, da man so fest davon überzeugt sei, allein den goldenen Mittelweg zu gehen.

Oder der dicke Jugoslawe? Wenn ich mich mit ihm unterhalte, habe ich immer ein schlechtes Gewissen, da ich ununterbrochen an die amerikanischen Zigaretten denken muß, die er mir, hoffentlich, anbieten wird.

Vor dem Fuggerhaus graben amerikanische Kriegsgefangene einen tiefen Schacht. Zwischendurch drücken sie sich immer wieder in einem nahen Gasthaus von der Arbeit. Was für eine verwegene, freilich nicht ganz uneigennützige Idee, einen von euch nach Lauterach und über die Schweizer Grenze mitzunehmen. Aber sie sehen so überheblich drein, daß ich diesen Gedanken sofort wieder fallen lasse.

Einige Aussprüche des Gschtudierten:

1. »Die Orden gehören alle abgeschafft. Man geniert sich, sie zu tragen, und geniert sich, sie nicht zu tragen.«

2. »Frauen behaupten gerne, es gäbe keinen Krieg, wenn *sie* an der Macht wären. Doch ich traue ihnen ebenso wenig wie uns Männern. Wenn man bedenkt, mit welcher hysterischen Begeisterung sie Hitler zugejubelt haben, oder wie sie in der Regel jeden Soldaten einem noch so klugen Zivilisten vorziehen. Natürlich gibt es Ausnahmen, aber sie entsprechen nur den Ausnahmen unter den Männern.«

3. »Vielleicht werden sich die Großmächte schon bald nach dem Krieg ums deutsche Militär bemühen. Dann wird man es dir von allen Seiten übel anrechnen, daß du jetzt desertiert bist.«

4. »Es gibt aber einen Kampf, in dem man nicht desertieren darf. Wenn es einmal gegen die Militaristen geht, gegen die Urheber aller Kriege. Wer dann desertiert, ist kein wirklicher Pazifist..«

Wenn man bei Fliegeralarm die Sirenen von Memmingen herüber hört und an einer Stelle steht, von der aus man die Stadt und die herausführenden Straßen übersieht, auf denen die Leute ins Freie flüchten, ist es ein angenehmes Gefühl, weit weg vom Schuß zu sein.

Vorgestern hab ich einen stämmigen Mann mit einem breiten, verwitterten Gesicht um den Weg gefragt. »Ich nix weiß. Ich Rußki«, antwortete er, und wir mußten beide unwillkürlich lachen.

Wie bereitwillig doch diese Leute auf ein einziges gutes Wort ansprechen. Ich zog meine Tabakbüchse hervor. Und während er sich eine Zigarette drehte, stellte ich mir vor, wie es ihn, der sonst sicher nie ins Ausland gekommen wäre, hierher verschlagen hat. Wie mühsam er unsere Sprache erlernt haben mag, und wieviele einfache Menschen so ein Krieg auf der ganzen Welt durcheinanderwirft. Und ich freute mich über diese unkriegerischen Auswirkung dieses kriegsbedingten Völkeraustausches. Paßt jenen, die immer Kriege provozieren, sicher nicht recht ins Konzept.

Auf einem Doppelbogen Kanzleipapier hab ich eben einen sauberen Plan von unserer Wohnung in Wien gezeichnet.

Voll Heimweh, jedes Möbelstück genau an seinem Platz.

Hier und da sehe ich unterwegs einen oder zwei Düsenjäger über den Himmel wischen. Sie sind immer schon weiter, als man vermutet, ziehen einen feinen, hellen Streifen hinter sich her.

Wenn man nur so einen Flugzeugführer kennen würde. In ein paar Minuten könnte man in der Schweiz landen.

Ich hab die Jungen gern, die Siebzehn-, Achtzehnjährigen. Verwirrt, von allen herumkommandiert. Keiner erklärt ihnen was. Jeder glaubt, er kann sie anschnauzen, weil sie noch nicht so lange beim Kommiß. Sie haben's am schwersten. Sie fallen wie die Fliegen.

Über sie eine Geschichte schreiben wäre dringend nötig und zudem auch interessanter als über Generale und Monarchen.

»Die Deutschen sind zu weich«, sagte der Rittmeister. »Ja, im Ertragen von Leid, nicht aber im Zufügen«, dachte sein Putzer.

Was für eine unfaßbare Gemeinheit liegt doch in Begriffen wie: Ausradieren, Vergasen, Kaltmachen, Liquidieren ...

Bücher und Filme über den Krieg lehnt ihr ab, nicht aber den Krieg selbst.

Aufgefangene Gespräche (Fortsetzung)

» ... hat er aus reiner Wichtigmacherei mit seiner MP ein paar Zivilisten umgelegt. Dabei ist dieser Kerl von Beruf Erzieher. Und gerade solche Schweine können am raschesten vergessen, wieviele Morde sie auf dem Gewissen haben.«

ANDERLE: »Nie wird sachlich über das Sterben gesprochen. Im Krieg heißt es zynisch: Ins Gras beißen, abkratzen, einen kalten Arsch kriegen. Und im Frieden pathetisch: entschlafen, das Zeitliche segnen, der teure Verblichene ...«

WENGLE: »Was haben sie uns denn beim Kommiß immer gepredigt: Verprügelt ihn! Gebt ihm die Decke! Erzieht ihn zur Kameradschaft! Damit will man uns aufeinander hetzen, um uns sicherer in der Hand zu haben. In Zivil ist das nicht anders, da hetzen sie Polizei und Streikbrecher gegen uns, und im Krieg verschiedene Völker aufeinander. Kampfhähne sind wir für sie, weiter nichts!«

Viele Ausgebombte aus dem Rheinland sind hier auf die Dörfer verteilt. Die meisten unter ihnen haben alles verloren. Noch dazu macht die einheimische Bevölkerung wenig Hehl daraus, wie unwillkommen diese Eindringlinge sind.

Einer von ihnen klopfte mir auf die Schulter, »Ihr Ostmärker!« und sah mich spöttisch an. »Hättet wohl janz jerne mit uns jesiecht. Aber jetzt wo's ans Valieren jeht, wollt ihr, anstatt eure Schnauze zu halten ... Seid man bloß zufrieden. Zehn Prozent aller Untaten kommen ja doch auf euer Konto!«

Auf meinem abendlichen Heimweg pfeife ich gerne Lieder. Bäume und Sträucher sind meine Zuhörer. Oder ich singe, so laut ich kann. Beschämt unterbrochen, wenn mir jemand entgegenkommt, warte ich im Weitergehen ungeduldig, bis ich wieder außer Hörweite, um noch einmal von vorne zu beginnen.

Wenn ich zu spät aufgebrochen bin, habe ich es sehr eilig. Dann tut es mir immer leid, so rasch durch die alte, rauschende Allee hasten zu müssen.

Sonntagsausflug mit Bachlinger, Wengle und dem Gschtudierten.

Wind weht über feuchte Äcker. Vereinzelte kahle Bäume. Während wir vergnügt ausschreiten, teilen sie mir mit, daß Bachlinger übermorgen auf einen Tag nach Lauterach fahren kann. Ich habe nämlich einmal besorgt geäußert, wie froh ich wäre, wenn ich etwas über meine Verwandten und meine Eltern erfahren könnte.

Hinter der Kartause steigen wir zur Iller hinunter und spazieren den Damm flußaufwärts. Grau verwaschene Steinblöcke. Moos, spärliche Grasbüschel in klaffenden Rissen.

Und wieder den ganzen Weg Politik. Ist eine Zeit nicht übel zu nennen, in der es fast kein anderes Thema gibt?

»Was würdest du übrigens tun, wenn sie dich schnappen?« fragt mich der Gschtudierte dazwischen. »Sie werden dich ja fragen, wo du bisher gewesen und wer dir geholfen hat?«

Unangenehm. Nie Lust, über dieses Thema ernsthaft zu reden. Bin fast taub dagegen. »Ich sag natürlich nichts.«

»Du hast eine Ahnung! Die kriegen alles raus, was sie wissen wollen. Da haben sie ihre eigenen Methoden. Angefangen von Tritten in die Eier bis zur Hypnose.«

»Ich würde so einen Hund ohne weiters niederknallen!« sagt Bachlinger grimmig. Aber ich habe ja nicht einmal eine Waffe. Wir klettern die Böschung hinunter, springen auf die blendend weiße Schotterbank hinüber, laufen darauf herum, suchen flache Steine zusammen und platteln sie quer über das grün strömende Wasser.

Auf dem Rückweg kehren wir ein und setzen uns an den Tisch beim Ofen, an dem schon drei zerlumpte italienische Gefangene sitzen. Und während Wengle und Bachlinger mit der Kellnerin anbandeln, versuche ich, mit den Italienern in ein Gespräch zu kommen. Sie haben glitzernde Augen und prächtige Zähne in ihren stoppelbärtigen Gesichtern.

»Wirken trotz ihrem Dreck kultivierter als unser Mittelstand!« sagt der Gschtudierte aufgeräumt. Und als wir aufbrechen, schütteln wir ihnen begeistert die Hände und schreiben uns gegenseitig unsere Adressen auf, für »nach dem Krieg!«

»Wie angenehm ist es doch, mit Ausländern zu reden!« sagt der Gschtudierte, als wir auf die Straße treten. Es dämmert schon. Ein kühler Wind hat sich erhoben. »Man ist nicht so wählerisch wie bei den eigenen Landsleuten. Und doch steckt auch eine gewisse Romantik dahinter. Das ist ein Italiener, das ist ein Schwede, schon meint man, er sei deshalb etwas Besonderes.«

Die Straße führt ein Stück die Bahnlinie entlang und mündet in die Allee, die in weitem Bogen zur Stadt zieht. Wie ein großer, leuchtender Kürbis liegt der Mond auf dem Horizont. Und als wir nun auf das Thema Rußland zu sprechen kommen, gehen wir unwillkürlich schneller.

»Kein Volk ist in unserem Jahrhundert so verleumdet worden«, sagt der Gschtudierte bitter. »Sofort nach der Revolution fielen sie alle über Rußland her. Engländer, Franzosen, Deutsche. Auf einmal waren sie alle einig, als es galt, diesen ersten sozialistischen Staat schon im Kindesalter zu erdrosseln. Und als ihnen dies nicht gelang, setzten sie eine Greuelpropaganda ein, wie sie noch nie da war. Du solltest einmal lesen, was H.G. Wells, ein entschiedener Gegner des Kommunismus, in seiner Weltgeschichte über diese Zeit schreibt!«

Fahrradglocke. Wir drehen uns um und erschrecken unwillkürlich. Zwei Soldaten dicht hinter uns, fahren an uns vorbei. Stiefel treten. Aufgeschlagene Mäntel.

»Nach diesem Krieg wird es nicht anders sein!« fährt er fort, als wir wieder außer Hörweite sind. »Auch diesmal hatten die Russen die gewaltigsten Verluste. Menschen, Material, Viehbestände. Ein großer Teil der Industrie, der Städte, der Dörfer zerstört, während Amerika, bis auf ein paar Hunderttausend gefallene Soldaten, unversehrt geblieben ist, ja, sogar noch ein gigantisches Geschäft aus diesem Krieg gemacht hat. *Jetzt* sind sie noch einig, weil sie einander brauchen. Aber kaum ist der Friede da, wird Amerika sofort sagen: Der Mohr hat seine Arbeit getan, der Mohr kann gehen! Ich wette, daß sie sogar mit den ewigen Friedensstörern Japan und Deutschland gemeinsame Sache gegen Rußland machen werden.«

»Das kann ich nicht glauben!« sage ich. »Sie müssen doch alle aus den letzten dreißig Jahren gelernt haben.«

»Warte einmal ab! Der Krieg ist noch nicht aus. Ebenso wird man versuchen, die Kommunisten überall auszuschalten. Ja, es wird bald nicht mehr darauf ankommen, ob einer Partisan war oder ob er im KZ gesessen. Vaterlandsverräter werden sie uns nennen, wie immer. Auch wird man selbstverständlich die Amerikaner als Besatzungsmacht vorziehen, ohne zu bedenken, daß jedes Land mit der gleichen Härte gegen uns auftreten wird, mit der wir es zuvor angefaßt. Aber auf diese Gedankenlosigkeit der Leute bauen ja diese schlauen Politiker.«

Am Stadtrand trennen wir uns, da ich mit Wengle nach Dickenreishausen muß. Wir biegen in einen Feldweg ein und umgehen Memmingen.

»Hat der Gschtudierte nicht auch zum Militär einrücken müssen?« frage ich, nachdem wir die Lindauer Straße überquert haben. »Er ist doch wesentlich jünger als du und die andern.«

»Er war ohnedies dabei. Bis zum Frühjahr vierzig. Bis zu dem Zeitpunkt, an dem man die Halbjuden entlassen hat.«

»Ach, er ist Halbjude?«

»Ja, Mischling ersten Grades, glaube ich.«

»Wir hatten in unserer Kompanie auch so einen. Er hatte sich sogar freiwillig gemeldet, damit sie seinen Vater in Ruhe lassen. Doch es war alles umsonst. Er wurde als wehrunwürdig entlassen, und seinen Vater haben sie vergast, als er nicht mehr in der Fabrik arbeiten konnte.«

Als wir zur alten Allee hinaufsteigen, ist es Nacht geworden. Die gelbe Mondscheibe begleitet uns lautlos, verschwindet hinter Häusern, schimmert durch Baumkronen, gleitet über einige niedrige Dächer und steht schließlich groß, allein in der Helle des Himmels.

»Mußt du denn immer so spät heimkommen!« empfängt uns Wengles Frau. »Die Kinder haben dir den ganzen Tag nachgefragt.«

Er schaltet das Radio ein. Orchestermusik, anscheinend Mozart, doch er dreht gleich auf eine andere Station weiter.

»Er muß immer politisieren!« wendet sie sich an mich. »Und wenn die Männer zu sehr in solchen Dingen stecken, lassen sie alles andere im Stich.«

Als ich in meinem Giebel liege, steht der Mond eisigweiß, unbeweglich weit vor mir, und die kühle Nachtluft streicht herein.

Eine feine Gemeinschaft haben diese vier. Ihre Gegnerschaft gegen die Nazis kommt mehr aus einer prinzipiellen Einstellung als aus den üblichen egozentrischen Motiven.

Aus welchen Gründen sind denn schon die meisten andern dagegen? Oft nur, weil sie höhere Steuern zahlen müssen, oder wegen der schweren Ablieferungspflichten, oder viele der Ausgebombten erst, seit ihre Häuser zerstört wurden. Und wenn unter Aristokraten welche dagegen sind, so doch zumeist nur aus Standesdünkel. *Diesen* Krieg lehnen sie ab, weil ihn ein Gefreiter führt. Jeden anderen würden sie bejahen, auch wenn er von einem noch so gewissenlosen Monarchen angezettelt worden wäre. Auch die meisten Christen gehören hierher. Nur daß die Nazis vor Euch nicht halt machen, macht Euch zu ihren Gegnern. Oder habt Ihr nicht im Ersten Weltkrieg brav die Waffen gesegnet? Und wie ist es schließlich bei anderen Völkern? Bekämpft nicht mancher Amerikaner, Franzose oder Russe den Nationalsozialismus nur, weil Hitler ein Deutscher ist, während er einem Hitler im eigenen Lande zujubeln würde?

Was täte ich aber wirklich, wenn ich einer Streife in die Hände laufen sollte?

Man kennt sie ja. Oft genug ist man ihnen schon aus dem Weg gegangen. Oder wenn es gar nicht mehr anders ging, mit besonders strammer Ehrenbezeigung an ihnen vorbei. Verdammte Militärpolizei! Ich kann mir vorstellen, was ihr empfindet, wenn euch ein schwerer Fall zwischen die Finger gerät.

Wißt ihr überhaupt, was ein Menschenleben ist?

Leichenblaß, mit schalem Geschmack im Munde, würde man auf eurer Dienststelle warten müssen. »Verflucht noch mal! Daß mir *das* passieren muß! Gerade *jetzt* noch! Es ist zum wahnsinnig werden!« Dann vor gut bezahlten, selbstgefälligen Kriegsgerichtsräten fahrige, widersprechende Antworten geben. Sich verzweifelt herauslügen wollen. Bis man schließlich wie durch dichten Nebel das Urteil hörte. Das einzig mögliche Urteil. Dennoch nicht dran glauben, immer noch irrsinnige Auswege sehen, ehe man entsetzt vor der unentrinnbaren Gewißheit, von dieser jäh abgehackten Zukunft ...

Nichts zu rauchen! Nichts zu rauchen!

Eine ganze Weile ging ich heute hinter einem Parteibonzen her, der eine Zigarette im Mundwinkel hatte. Doch als er endlich den Stummel wegwarf, kam uns gerade eine ältere Dame entgegen — und bückte sich danach, ein wenig verschämt.

Also blieb mir nichts anderes übrig, als ihr galant den Vortritt zu lassen.

Noch etwas zum Thema Erwischt-Werden:

Die völlige Sinnlosigkeit, so einem Posten etwas erklären zu wollen. In so einer Situation selbstverständlich zu jeder Erniedrigung, Bettelei, Bestechung bereit.

In ärgster Bedrängnis alles wegwerfen. Und es dann bestimmt bereuen, obwohl es nur dadurch gelungen, zu entrinnen.

27. Februar, abends

Eben ist Bachlinger aus Lauterach zurückgekommen.

Ein Brief von meinem Onkel: ... die letzte Post aus Wien kam am 16. d. M. Euer Nachbarhaus ist von einer Bombe getroffen worden. Sonst alles in Ordnung. Da meine Schwiegermutter auf zwei Monate in den Bregenzerwald gefahren ist, könntest du also wiederkommen. Mit der Grenze dürfte es jetzt auch leichter sein, soviel ich einem Gespräch mit einem Bekannten aus Höchst entnommen ...

Ob ich nach Lauterach zurückfahren soll? Wengle und Bachlinger raten mir ab. Es ginge doch hier ganz gut, und der Krieg werde sicher nicht mehr lange dauern. Immer wieder halte ich ihnen Gegenargumente vor und frage sie anklammerungsbedürftig um ihre Meinung, obwohl ich ihre Antworten im Voraus weiß.

Wie sehr habe ich mir angewöhnt, bei anderen Rat zu suchen. Auch wenn ich schon zu einem neuen Schritt entschlossen bin.

Aber warum fragst du dann überhaupt? geht es mir, während sie auf mich einreden, durch den Kopf. Du hast doch noch nie nach einem Ratschlag gehandelt. Immer nur ganz stur, als ob nur du allein es wissen könntest. Und zugleich diese Furcht vor eigenmächtigen Entscheidungen. Dieses ängstlich labile Sich-treiben-Lassen. Nur ja nicht dem Zufall vorgreifen.

Wie oft möchte ich meinen Instinkt um Rat fragen!

Aber er schweigt verstockt.

Täglich fallen über 3 000 deutsche Soldaten. In fünf Tagen 15 000. In einem Monat 90 000.

Ihr aber schreit noch immer, schreit in jedem Krieg: »Durchhalten! Wir müssen durchhalten! Auch wenn unsere Generation zu Gunsten kommender zugrunde gehen sollte!«

Da es bei Wengle, der Kinder wegen, zu gefährlich geworden ist, bin ich wieder zu Bachlinger übersiedelt.

Auf meinen Wanderungen gehe ich in jede Molkerei, an der ich vorbeikomme. Hier und da gibt's ein Stück Käse, manchmal sogar Butter. Bei entlegeneren Bauern auch Mehl, Kartoffel, Eier.

Abends kochen wir gemeinsam, oder wir verteilen meine Beute untereinander. Es gefällt mir, daß sie mit der gleichen Selbstverständlichkeit, mit der sie mir helfen, auch alles von mir annehmen. Denn: Nur geben, und nie etwas annehmen: Ist das nicht die hochmütigste Form des Geizes?

Zwei Klosterkirchen habe ich in dieser Woche besucht. Ottobeuren und die wunderbar schlichte Kartause Buxheim.

Heute bin ich auf Wengles Rad unterwegs nach Rot a.d. Rot.

Hinter Tannheim steigt die Straße in einer Kurve bergauf und führt dann schnurgerade durch einen hohen Nadelwald; still und kühl wie ein Dom. Weit vor mir ein schmaler Streifen Himmel, wo der Wald zu Ende. So weiterfahren können! Hinter Rot müssen wieder neue Hügel und Wälder sein. Und von jedem Berg aus kannst du in der Ferne Straßen sehen, auf denen du fahren möchtest.

Die kleine Rothaarige aus Sontheim ist mir eingefallen. Die Erinnerung an ihre wortlose Versunkenheit, an ihre weichen Wangen im Dunkeln, erfüllt mich jäh mit Sehnsucht. Am liebsten würde ich sofort zu ihr fahren! Dabei kann ich mich nicht einmal mehr genau an ihr Gesicht erinnern. Bemüht, es mir ins Gedächtnis zurückzurufen, verwebe ich es unwillkürlich mit dem erschrockenen Gesicht Hannis.

Am Ende des Waldes platzt hell der Himmel auf. Wiesen im ersten Grün. Weiß blendet die Straße. Auf dem gegenüberliegenden Hügel die Kirche und das Stift mit seinen Zwiebeltürmen in grünem Tarnanstrich. Ein Wolkenschatten kriecht das Tal entlang, über braune Felder.

Ein Teil des Klosters ist von Hitler-Jugend beschlagnahmt. Gejohle und Geschrei aus offenen Fenstern. Einer der wenigen Mönche führt mich, seine Erklärungen herunterleiernd, durch die leere Kirche. Rot ist im Dreißigjährigen Krieg etwa zweihundertmal geplündert worden. Sicher hat man auch damals jene Männer ausgezeichnet, die solche Kulturgüter in Brand gesteckt und wertvolle Bibliotheken vernichtet hatten, wie heute.

»Je mehr einer zerstört und Leute umbringt, um so größeren Ruhm erntet er!« sage ich, als wir wieder im Ausgang stehen. »Genau genommen ist jede Kriegsauszeichnung eine Schande.« Aber er lächelt nur trüb und erwidert nichts. Sonne ragt schräg zum Tor herein, liegt auf seinem blinzelnden Gesicht und auf den Glockenseilen, die von der hohen Decke hängen.

Im Gasthaus außerhalb des feingeschwungenen Torbogens kehre ich ein und bestelle eine Flasche Bier. Dann stenographiere ich auf einem kleinen Zettel die

Namen aller Leute, die ich bisher eingeweiht. Zweiundvierzig sind es schon. Unglaublich! Und nachdem ich sie nach ihrer Verläßlichkeit in 100 %ige, 80 %ige und 50 %ige geordnet habe, zerreiße ich den Zettel in winzige Stücke.

Die junge Frau, die bis jetzt mit der Wirtin getuschelt hat, setzt sich ein wenig verlegen an meinen Tisch. Sie ist in Trauer und erzählt mir, daß ihr Mann vor zwei Monaten im Lazarett gestorben. »Sie sehen ihm nämlich ähnlich ... und deshalb habe ich ...« Errötend nestelt sie eine Photographie aus ihrer Handtasche.

Entsetzt starre ich auf das Bild. *Das bin ich,* in SS-Uniform. Unheimlich! »Es war ein harter Schlag für uns!« höre ich sie weiterreden. »Noch dazu ist mein Bruder auch gefallen, auch im Osten ...«

»Ja ...«, raffe ich mich endlich auf und gebe ihr das Bild zurück. »Es ist ein schweres Los für euch Frauen. Wenn man bedenkt, daß das alles ... Oder glauben Sie, daß der Krieg zu gewinnen ist?«

»Ich kann es mir nicht anders vorstellen. Wir müssen siegen! Sonst wären doch die ganzen Opfer umsonst gewesen. Die vielen jungen Menschen, die zerstörten Städte. Das kann nicht sein, wenn es nur irgendeine Gerechtigkeit gibt.«

Wie grausam hat man deine Kritiklosigkeit mißbraucht, denke ich, nahe daran, ihr zu erklären, daß es ja bei anderen Völkern, und vor allem bei den Juden liege, auf die »ausgleichende Gerechtigkeit« zu hoffen ... Aber ich sage dann doch nichts. Sie würde es nicht verstehen.

Am Heimweg überrascht mich der Regen. Fleckige Gehöfte schwimmen vorbei. Pfützen spritzen scharf auseinander, wenn mein Vorderrad durch sie hindurchpeitscht.

Ich habe ein versenktes Schiff liegen gesehen im Dnjepr und das Wasser rauschen gehört zwischen den Trümmern der Kommandobrücke.

Wir rasch man mit Todesurteilen bei der Hand ist. Kein Verhör, keine Verhandlung. Kurzer Prozeß.

Auf der anderen Seite, was für ein heuchlerischer Totenkult. Wenn Ort und Zeit günstig und genügend Munition vorhanden, gibt es Ehrensalven. Und den Großen, die man umbringt, macht man feierliche Staatsbegräbnisse.

Was man aber mit der Gesinnung der Gefallenen treibt, ist schlimmer noch als Leichenschändung.

ZUM HUNDERTSTEN MAL ERFOLGREICH

Berlin, 12. Jan.. Der 25jährige, in Hohenwaldeck geborene Unteroffizier in einer Volks-Grenadier-Division, **Koschorek,** *Landarbeiter aus dem Kreise Goldap, war kürzlich an der Memelfront als Scharfschütze zum hundertsten Mal erfolgreich. Er hat damit ganz allein ein halbes sowjetisches Bataillon vernichtet. Bei einem Angriff der Bolschewisten im Raum von Wilkowischken in 20 Minuten 16 Mann. Als der*

Feind nach Türkenmühle bei Gumbinnen vorstieß, verteidigte der Unteroffizier seinen eigenen Hof. Die Sowjets wollten dort ein Pakgeschütz in Stellung bringen. Viermal schoß der Unteroffizier jedoch die Bedienung zusammen. Am Weihnachtstage erledigte er einen sowjetischen Scharfschützen nach eineinhalbstündigem Feuerkampf.

Koschorek trägt die beiden Eisernen Kreuze, das Infanteriesturmabzeichen, sowie das Scharfschützenabzeichen in Gold.

Seit Lauterach habe ich diesen Artikel bei mir.

Wie vorsichtig formuliert: Erfolgreich! anstatt: Hundert Menschen bewußt, einen hinter dem anderen, ermordet.

Am Abend holt mich der Gschtudierte ab. »Der Bachlinger hat heute nacht ein Weib bei sich. Da kann er dich nicht brauchen!« erklärt er mir, als wir den Mühlbach entlang gehen.

Beim Eintritt in sein Zimmer bin ich überrascht. Eine Bücherstellage über die ganze Längswand. »Toll! Wo hast du nur diese vielen Bücher her?«

Er hängt unsere beiden Mäntel auf. »Alles antiquarisch gekauft!« erwidert er lächelnd. »Ich habe Beziehungen zu Buchhändlern ...«

»Verdienst du überhaupt so viel? Das muß doch einiges gekostet haben?«

»Ich lebe sehr spartanisch, wenn ich allein bin.«

Während des Essens erzählt er mir, daß er vor dem Krieg auch einmal in Wien gewesen. Er kramt unter einem Berg von Zeitschriften einen Stadtplan hervor und zeigt mir das Haus, in dem er gewohnt hatte. Wir sitzen über Wien. Das Messer in seiner Hand wirft einen ungeheueren Schatten quer über den Bisamberg. Voll Freude überblicke ich das vertraute Stadtbild und suche Bauwerke und Häuser von Bekannten aus dem Straßengewirr heraus.

»Wengle hat mir erzählt, daß du auch einmal beim Kommiß warst.«

»Ja!« erwidert er. »Ein paar Monate vor Kriegsbeginn haben sie mich eingezogen. Es war eine interessante Zeit für mich. In so einer Gemeinschaft sieht man erst, wie viele Mißgeburten es gibt, oder besser, wie wenige normale Menschen, einfache, ohne Sentimentalität, ohne Aberglauben. Ich habe zwar nur den Polenfeldzug miterlebt, aber doch den Krieg kennengelernt, wie er überall ist. Da schläft ein Landser in einem Himmelbett, mitsamt den dreckigen Stiefeln.Ein anderer hat Fußlappen aus seidener Damenwäsche. Ein Klavierdeckel wird für die Feldküche verheizt. Daneben liegt ein Schulglobus auf der Erde, mit einem Pistoleneinschuß in Gottstrafe-England. Und der Frauenbüste im Park haben sie einen Zylinder aufgesetzt ...«

Beinahe angeheimelt höre ich ihm zu. »Du hast recht: Das ist typisch für alle Landser. Ich habe mir eine Zeitlang solche Details aufgeschrieben. Es sind viele lustige dabei.«

Er füllt Wasser in eine Kaffeekanne und stellt sie auf den Kocher. Steckkontakt. Winziges, bläulich aufzischendes Flämmchen.

»Was mir beim Kommiß am besten gefallen hat«, fährt er fort, »war das Herumfahren, die Nächte im Freien, im Zelt, das anspruchslose Überall-schlafen-Können. Die Landschaften, durch die man gekommen, ja, sogar die Nachtwachen. Anfangs sind mir verschiedene Leute auf die Nerven gegangen, vor allem die Verwöhnten. Aber das ist ihnen ja bald ausgetrieben worden.«

»In dieser Beziehung hat der Drill eine ganz gute Wirkung!« erwidere ich. »Er bringt die Leute einander näher, sogar was das Alter betrifft. Die Jungen werden Männer, die Alten werden wieder Lausbuben. Man achtet kaum darauf, ob einer um zehn Jahre älter ist. Man hockt nebeneinander auf demselben LKW, schläft im selben Loch, schießt aus demselben Granatwerfer. Und wenn man in eine fremde Stadt kommt, haut man mit den andern zusammen die erstbesten Weiber an. Oder man säuft miteinander, und wenn einer total betrunken ist, schleppen ihn die andern nach Hause, helfen ihm beim Kotzen und ziehen ihm die Stiefel aus.«

Er sieht mich schmunzelnd an. »Ich weiß, was du denkst!« unterbreche ich mich selbst. »Du wunderst dich, daß gerade *ich* so positiv über Kameradschaft spreche. Aber dieses unpersönliche Zusammenleben unter Männern ist wirklich etwas Feines. Im nächsten Augenblick kann dich ein Granatsplitter oder ein Befehl vom anderen trennen oder mit anderen zusammentun. Doch überall findest du die gleichen Landser, ob du nun ein Krad aufhältst und dich ein paar Kilometer an die fremd vertrauten Schultern des Fahrers anklammerst, oder in einem Eisenbahnabteil mit anderen zusammenhockst. Man lebt ein Stück Weges zusammen, ob nun eine Stunde oder ein Jahr, ist fast gleichgültig, und sieht und hört dann nichts mehr voneinander. Du wirst lachen, aber als ich das erste Mal auf Urlaub war, ist mir diese Gemeinschaft beinahe abgegangen.«

»Da gibt es gar nichts darüber zu lachen!« erwidert er ernst. »Glaubst du, *mir* ist es anders ergangen? ... Obwohl ich natürlich froh war, als ich entlassen wurde.« Er stellt die Kaffeekanne auf den Tisch. Echter Mokka. Wie wunderbar das schmeckt. Noch dazu holt er nun ein Päckchen amerikanische Zigaretten hervor. »Das habe ich bei den Kriegsgefangenen gegen mein Eisernes Kreuz eingetauscht.«

»Haben sie dich beim Kommiß nicht plötzlich anders behandelt, als bekannt wurde, daß du Halbjude bist?« frage ich ihn.

»Eigentlich nicht«, erwidert er, »der Chef war sogar sehr anständig. Und die meisten andern auch ... Jedenfalls hat mir das Ganze nicht geschadet. Wie mir überhaupt bisher noch nichts wirklichen Schaden zufügen konnte. Vielleicht bin ich ein Glückspilz. So komisch es klingt, ich bin sogar froh, gerade in dieser Zeit zu leben. Man muß schon eine gesunde Natur haben, um heute nicht in Angst, Lüge, Einseitigkeit hinuntergezogen zu werden. Wie oft sieht man gerade begabte Leute heute aus Opposition in eine extrem intolerante Haltung gedrängt, in der sie sich selbst nicht wohlfühlen.«

»Mir geht es auch manchmal so«, stimme ich bei. »Zum Beispiel mit den Deutschen. Ich glaube, ich werde ihnen erst wieder Freund sein können, wenn wir besiegt sind. Im Grunde genommen liebe ich doch das deutsche Sprachgebiet. Es wird einem leider nur allzuoft schwer gemacht. Übrigens darfst du nicht glauben, daß ich die Österreicher ausnehmen möchte. Sie sind zwar anpassungsfähiger, skeptischer, aber auch charakterloser und schneller zum Denunzieren bereit ... Ich schimpfe ungern über meine Landsleute, vor allem nicht vor Ausländern. Mein Vater sagt immer, man solle nicht ins eigene Nest machen.«

»Immerhin anständiger als in ein fremdes!« erwidert er. »Wo soll man denn sonst anfangen zu kritisieren, wenn nicht beim eigenen Volk? Das ist doch noch die fruchtbarste Kritik ... Und sicher sprichst du auch mit *mir* leichter über solche Dinge, weil ich selbst kein Lokalpatriot bin.«

»Wahrscheinlich ... Ja ... Und auch weil ich von vornherein annehme, daß du genau so gut die andere Seite ...«

»Das tu ich auch wirklich. Ich kann dir versichern, daß ich von Wien begeistert war.«

»Vielleicht liegt das Beste unserer Stadt in den Kleinigkeiten. Im Alltag, im treffenden Humor verschiedener Redewendungen. In diesem erfrischenden Sich-über-alles-lustig-machen-Können, in der größeren Bereitwilligkeit zur Nachsicht gegenüber menschlichen Schwächen ...« Und wir beginnen beide von Wien zu erzählen, aufgeräumt, voll von Erinnerungen, und unterbrechen einander immer wieder. Dann sprechen wir über die Bayern, die Schwaben, die Rheinländer, die Norddeutschen, freuen uns über jede Übereinstimmung und verallgemeinern drauflos, bis es uns plötzlich zu Bewußtsein kommt — und wir es dennoch weitertun.

»Die Preußen sind gastfreundlicher«, stellen wir einmütig fest, »kameradschaftlicher, sie helfen einem mit größerer Selbstverständlichkeit, sie haben mehr soziales Empfinden. Auch auf geistigem Gebiet aktiver, moderner.«

Was wir alles zusammenredeten in dieser Nacht!

Ich weiß nicht mehr, warum wir dann auf einmal über Landschaften sprachen, über das Meer, die Ebene, die Kurische Nehrung. Und warum wir gleich danach auf den Marxismus übergingen. Dann auf die moderne Malerei und aufs Auto-Stop-Fahren, auf das köstliche Gefühl, wenn man im warmen Schlafsack unter dem Sternenhimmel liegt. Ein Thema wuchs aus dem anderen und begann nach allen Richtungen zu wuchern, oder verkümmerte gleich wieder, um dem nächsten Platz zu machen. Wir horchten einander aus und redeten beide viel, weil jeder im anderen endlich wieder einmal einen gefunden hatte, mit dem man »über alles« sprechen kann.

»Mein Gott! Schon zehn nach zwei!« Er steht auf, streckt sich gähnend. Das Zimmer voll dickem Rauch. »Na, ich glaube, jetzt werden wir doch die Betten machen!«

Ich helfe ihm, den zusammenklappbaren Drahteinsatz aufstellen. Doch als wir die Leintücher gespannt haben, setzen wir uns noch einmal hin.

»Du beschäftigst dich anscheinend zum großen Teil mit Politik«, sage ich und beginne meine Schuhriemen aufzuknöpfen.

»Ja ... Sicher. Mir läßt eben ein Unrecht, das anderen angetan wird, keine Ruhe.«

»Vielleicht bist du auch eher ein Lehrer oder ein Predigertyp. *Mir* zum Beispiel würde ein Leben, das nur in Politik steckt, schal vorkommen.«

»Glaubst du, daß es einen wirklich erfüllen kann, wenn man sein ganzes Dasein nur der eigenen Bildung widmet?« erwidert er ernst. »Es verlangt ja niemand, daß du dich *nur* mit Politik beschäftigst. Aber wenn du diesen Fragen immer ausweichst, wirst du vielleicht mit fünfundvierzig Jahren noch einmal desertieren müssen.«

»So ein Qualm!« brummt er dann. »Wir werden ein bißchen lüften.« Er dreht das Licht ab und öffnet das Fenster. Sterne segeln schwindlig hoch durch helle Wolkenfetzen. Ein Windstoß fährt durch die dunkle, leere Gasse unter uns. Morgen früh wieder frische Luft, Wald, nadelbraune Ameisenhaufen.

Nachdem wir die Verdunklung hinuntergelassen haben, lege ich mich todmüde nieder und sehe im Einschlafen noch sein ernstes, lesendes Gesicht vor mir.

Wieviel Unausgesprochenes ...

Nach dem Krieg

Moderne amerikanische, französische, russische Literatur beschaffen, die mir G. empfohlen hat, die aber gegenwärtig hier in keiner Buchhandlung zu haben ist; auch geschichtliche, philosophische, naturwissenschaftliche Werke.

Sprachen lernen!

Gründlicher lesen lernen! Museen und Ausstellungen besuchen; auch Oper und Konzerte. (Stehplatz)

Von daheim ausziehen, in eine möglichst billige Untermiete.

Rauchen und Trinken einschränken. Viel zu Fuß gehen, selten die Straßenbahn benützen. (Schwarzfahren?)

ARBEITEN!!!

WENIGER ZEIT VERTRÖDELN!!!

»Ich möchte es erreichen, daß ich unter allem Umständen auf mich selbst zählen dürfte«, hat Fritz in Heidelberg einmal gemeint. Ja, das möchte ich auch. Doch wie schwer fällt es, einen so einfach klingenden Vorsatz auch in die Tat umzusetzen!

Die Gespräche hier erinnern mich immer wieder an Ehmeier.

Sein Vergleich damals: »Arbeiter sind die Landser im Frieden.« Sein großes, blakendes Bombenfeuerzeug.

Wie mag die Nacht, wie mögen die ersten Tage nach meinem Abhauen verlaufen sein?

»Du bist wirklich zu beneiden!« sagte Wengle, als er mich gestern abend besuchte. »Ich glaube, wenn ich den Kommiß an den Nagel gehängt hätte und so ungebunden herumlaufen könnte wie du, ich würde mit Vergnügen nur von Brot und Wasser leben.«

»Das habe ich anfänglich auch gedacht. Aber man bleibt nicht lange so anspruchslos.«

So viele Bilder unterwegs!

Du führst ein Leben wie ein Zivilist. Wanderst durchs Land und unterhälst dich mit den verschiedensten Leuten. Baumkronen rauschen auf, wenn der Wind durch sie hindurchfährt.

»Was heißt da überhaupt Deserteur?« sage zu mir, als ich gerade über einen Steg gehe. »So ein Blödsinn! Möchte man gar nicht für möglich halten!«

Unwillkürlich bleibe ich stehen, wie auf einer Kommandobrücke, und sehe hinunter. Tröstlich klar fließt Wasser unter mir. Steine, zwei Blätter fahren hintereinander wie Boote. Etwas Dunkles, Rechteckiges, regungslos im Schatten eines Weidenstammes.

»Und dabei lebst du doch ständig neben einem Vulkan, der jeden Augenblick ...«, fahre ich fort, als ich am Ende des Steges wieder die drei Stufen auf festen Boden hinuntersteige.

Kino

Diese freche Verlogenheit der Wochenschauen!

Immer neue, noch bessere Waffen, von denen in den nächsten Tagen kein Mensch mehr spricht. Aber wenn es dem Ende zugeht, beginnt man ja gerne zu experimentieren. Not macht erfinderisch. Früher hatten *wir* Serienwaffen, Panzer und Flugzeuge, heute die anderen.

Diese vielen »Freiwilligen«, Volkssturmmänner, Buben, Frauen. Alles drängt mit entschlossenen Gesichtern an die Front, in die Fabriken und Flakstellungen. »Denn wir stehen knapp vor dem Endsieg und unser Gegner knapp vor dem Zusammenbruch.« Denn unsere Soldaten lassen nicht locker. Unaufhaltsam stürmen sie voran, von der Wolga bis nach Schlesien. »Denn wo *sie* stehen, kommt kein anderer hin!«

Bunker, Brücken, Kasernen, Magazine, alles fliegt dröhnend in die Luft. Und am gewaltigen, eindrucksvollem Schluß feuern unter orkanartig anschwellendem Marsch alle verfügbaren Geschütze, Granat-, Nebel- und Bombenwerfer hell aufblitzend und dröhnend gegen den Feind.

So *muß* doch der Endsieg zu erringen sein!

Manchmal frage ich mich, wieviele der Beziehungen, die ich in den letzten Monaten angeknüpft, über das Kriegsende hinaus erhalten bleiben mögen.

Ist es nicht oft nur der politische Kitt, der uns heute so fest zusammenhält?

Wenn man die Bahnlinie Richtung Legau entlang wandert, kommt man in ein hügeliges Gelände mit vereinzelten Birken, Föhrengruppen, winzigen Bächen.

Wolken rotten sich allmählich zu dunkelgrauen Klumpen zusammen. Es ist ein ungewöhnlich schwüler Tag, mit einer bösen, stechenden Sonne am dumpfen Himmel. Ich überquere die Schienen und stapfe durchs hohe Gras einen Bach entlang.

Es ist mir zum Bedürfnis geworden, täglich in der Natur zu sein. Wie gerne spüre ich Gras, Erde, felsiges Gestein unter meinen genagelten Schuhsohlen. Manchmal überfällt mich unterwegs ein unbändiges Gefühl der Freiheit, der närrische Gedanke, daß dieser Krieg vielleicht, ganz unmerklich, in den Frieden übergehen werde. Jetzt *könnte* ich zu gar keiner Truppe mehr zurück.

Links und rechts neben dem Rohr ihrer Kanone. Immer mit dem Rücken in die Fahrtrichtung hocken ... Schauderhaft!

In Lauterach warst du mehr in Sicherheit. Hier bist du freier.

Das Gespräch mit meinem Onkel am Silvesterabend fällt mir wieder ein. Einen Riesenrausch hatte ich damals. Noch jetzt sehe ich sein zweifelndes, durch den Alkoholschleier ungeheuer interessantes Gesicht vor mir.

Nein, es wird doch alles gut werden nach dem Krieg. Wenn es nur das köstlich neue Gefühl ist, endlich frei zu sein. Nicht mehr, wenn man über eine Wiese geht, denken müssen, ob sie vielleicht eingesehen sein könnte. Aber die Leute werden sich wieder viel zu rasch daran gewöhnen. Wenn man nur diese Holzköpfe endlich zum Schweigen bringen könnte. »Wofür haben wir denn gekämpft?« schreien sie nach jedem Krieg — und rüsten zum nächsten.

Links und rechts neben dem Kanonenrohr, eingepfercht ins rumpelnde, tarnfarbige Geschütz. Und ohne Ende rinnt die wellige Landschaft dem fernen Horizont zu ...

Die ersten schweren Tropfen klatschen auf den rissigen Weg und die Blätter. Und plötzlich setzt ein heftiger Platzregen ein.

Weit und breit kein Haus, In dichten Streifen stürzt Wasser vom Himmel. Nach kurzem, raschem Lauf erreiche ich völlig durchnäßt den nächsten Steg und stelle mich unter. Er bietet nur notdürftig Schutz. Immer stärker anschwellend prasselt es auf die Bretter über mir und überschüttet Wiesen und Sträucher mit einer triefenden, schweren, erfrischenden Nässe.

Wie befreiend das ist. Erinnert einen immer an die Gewitter der Kindheit, wenn man damals in irgendeinem Unterstand, unter einem vorspringenden Dach oder einem dichtlaubigen Baum, durch den es allmählich durchtropfte, oder in irgendeinem Haustor, mit übermütigem Schauer die weitgespannten Blitze zur Erde fahren sah, und unter gewaltigem Donner der Regen herunterrauschte.

Links und rechts neben dem tarnfarbigen auf- und abruckenden Rohr ihrer Kanone. Links und rechts, immer mit dem Rücken in die Fahrtrichtung hocken zwei Landser, genau verpaßt zwischen Metall und Leder von Hebeln und Kurbeln, von Rücken- und Armlehnen und Fußstützen.

Die großen, vollgummibereiften Räder rumpeln dumpfhart über Steine und Schlaglöcher, schleifen träg durch den Sand, durch hohes Getreide, weichen, weißen Staub. Langsam, vorsichtig kriechen sie über die abgeschabten Stämme stoßender Knüppeldämme, oder rutschen ab im wadentiefen Morast der Schlammperiode. Und im Winter schleudern sie atemberaubend auf bretthartem Schnee.

Stiefel baumeln, schlagen gegen Blech. An den wackeligen Köpfen schwabbeln gallertig die Wangen zweier weitgereister Landser. Polen, Holland, Belgien. Die schattengestreiften Alleen der Normandie. Die große Parade in Paris, in sauberer Uniform, spiegelnden Stiefeln, mit Blickwendung vorbei am Steingesicht und dem grauen Handschuh irgendeines Generals.

Und nun schon eineinhalb Jahre Rußland, mit seinen Steppen und sumpfigen Wäldern. Nachts brennen Dörfer. Tau am Morgen. Und am grellen Mittag blinzeln sie schläfrig unter ihren netzüberspannten Helmen.

Staub und Stahl und Dreckfontänen auf der rauchenden Rollbahn von Ichweißnichtmehrwo nach dem Herzen der Erde.

Absitzen! Stellungsbau. Tarnen und Munition schleppen. Schießen nach Karte und Kompaß. Stellungswechsel. Aufsitzen! Anfahren.

Und wieder strömt die Landschaft in die Ferne. Unerwartete Abzweigungen mit Wegweisern. Bäume, Wälder, Dörfer, schrumpfen zusammen zu Klumpen, Strichen, Punkten. Und das einzig Gleichbleibende hinter ihnen ist der Kühler der nächsten Zugmaschine und die beiden mürrischen Gesichter hinter der Windschutzscheibe.

Links und rechts neben dem wippenden Rohr, halb taub von unzähligen Abschüssen, gestoßen, gepufft wie Äpfel am Fließband und geräuchert von glühenden Auspuffgasen.

Siebentausend Kilometer.

8

19. III. 45

WAR DAS ein Tag!

Am Morgen schlüpfte ich, zeitig wie immer, aus Bachlingers Haustor hinaus. Kein Mensch. Dunkel die Fenster im Umkreis. Alles in Ordnung. Unschlüssig schlendere ich durch die engen Gassen. Ich habe mit dem Jugoslawen ein Tauschgeschäft vereinbart: Die medizinische Schere aus meinem Sanitätszeug gegen zwanzig amerikanische Zigaretten. Da wir uns aber erst gegen acht beim Westtor treffen sollen, und es sich nicht lohnt, vorher hinauszuwandern, trete ich in einen Friseurladen, aus dessen Türe ein dünner Lichtstrahl aufs Straßenpflaster fällt.

Trotz der frühen Stunde sind schon Kunden da. Ich setze mich auf die ledergepolsterte Bank und nehme einige Illustrierte zur Hand. Bilder von Ritterkreuzträgern, Flugzeugen, Filmstars. Zahnpastareklame. Pläne von Frontabschnitten. Ein MODEJOURNAL. Puppengesichter lächeln mich an. Dann bin ich dran.

Nachdem er mich rasiert hat, sehe ich auf die Uhr. Noch über eine Stunde habe ich Zeit. Du, du mußt auf alle Kleinigkeiten achten, hat Hans damals in Wien gemeint. »Wissen Sie was!« sage ich. »Schneiden Sie mir auch noch die Haare!«

Als ich wieder auf die Straße trete, dämmert schon der Morgen. Eine halbe Stunde noch. Was soll ich jetzt unternehmen? Mich in irgendein Lokal setzen? Menschen hasten zur Arbeit. Auf dem großen Platz gehe ich am Hotel ADLER vorbei. Doch nach ein paar Schritten kehre ich um. Warum soll ich nicht frühstücken wie ein zivilisierter Mensch, sage ich mir, stoße die Drehtür auf und trete in den großen Speisesaal ein.

Auf die Tische verteilt Hotelgäste, Reisende, einige Soldaten und zwei Arbeitsmaiden. Leises Geklirre von Tassen und Besteck. Gemurmel. Geflüster. Erster Zigarettenrauch. Raschelndes Umblättern von Morgenzeitungen. Die lautlos eilenden Schritte der beiden Serviererinnen.

In eine wohltuend träge Stimmung geraten, rühre ich langsam in meiner Kaffeetasse um, als die Türe auffliegt und:

Eine STREIFE! Um Gottes willen! Das ist doch ... Wie gelähmt klebe ich auf meinem Sitz, klamme Kälte im Genick.

Drei Leute sind es: Ein Unteroffizier, ein Zivilist, ein Gendarm. Sie beginnen beim Tisch am Fenster. Sie kontrollieren die beiden Soldaten, sehr höflich, ruhig. Jetzt geben sie ihnen die Papiere wieder zurück und gehen zum nächsten Tisch, an dem ein älterer Herr...

Sie kontrollieren jeden, auch die Zivilisten.

Wie ich die Leute um ihre Papiere beneide, mit einem ätzenden, verzehrenden Neid. Ich *muß* unsichtbar werden! Sie *dürfen* mich nicht sehen! Sie *müssen* an meinem Tisch vorbeigehen! Nur zwei Minuten, zwei Minuten lang müssen meine Papiere in Ordnung sein!

Du mußt dich vor allem zwingen, ruhig zu bleiben! Ganz ruhig! Hast ja noch ein wenig Zeit. Noch sechs Tische bis zu mir. Vielleicht übersehen sie mich. Vielleicht kontrollieren sie auch gar nicht alle. Und dann: Du bist ja tatsächlich am Memmingerberg stationiert. Du mußt nur fest genug daran glauben! Erstens: Memmingerberg. Zweitens: Truppenteil noch nicht eingetragen. Memmingerberg. Truppenteil. Memmingerberg. Memminger ... Ruhig bleiben! Ganz ruhig! Ruuuh. Ruuuhig!

Doch was nützt die Ruhe! Was kann dir diese verdammte Ruhe nützen, wenn sie dich gleich haben werden! So haltet sie doch auf! Laßt sie nicht so schnell herankommen! So helft mir doch! schreie ich lautlos auf. Und kann doch nichts anderes tun, als ihnen mit wachsendem Entsetzen entgegensehen. Als sie den Nebentisch kontrollieren, bin ich nahe daran aufzuspringen und alles zu gestehen, erfüllt von der irrsinnigen Hoffnung, daß sie mich für diesmal laufen lassen könnten.

Doch da tritt auch schon der Zivilist an meinen Tisch. »Kriminalpolizei! Ihre Ausweise!« Er zieht eine Marke aus der Tasche.

Mit hastigen Fingern reiche ich ihm mein Soldbuch.

Er sieht es nur flüchtig an und gibt es an den Unteroffizier weiter, der nun auch, langsam, an meinen Tisch herantritt. Und während er mein Soldbuch durchblättert, sitze ich geduckt vor ihm, starre in sein lesendes Gesicht. Nicht unfreundlich. Dunkle Augenbrauen mit einem leichten Knick. In den Nasenlöchern einige Härchen. Neben dem Ohr feinverkrusteter Schnitt. Rasieren. Herrgott! So überleg doch endlich! Memmingerberg. Truppenteil noch nicht eingetragen. Fest dran glauben! Fest! Ganz fest!

Er sieht tatsächlich vor allem die Seite mit dem Kontrollstempel an. Nicht weiter blättern! Nicht! Bitte! Wenn ich dich so bitte!

Langsam schiebt sich seine Unterlippe vor. »Wo sind Sie stationiert?« fragt er gedehnt.

»Ich? ... Am Flugplatz. Am Memmingerberg bin ich ...«

»Wieso?« Er sieht mich überrascht an. »Sie haben doch hier einen ganz anderen Truppenteil stehen!«

»Ich bin erst zwei Wochen hier. Die Schreibstube hat den neuen Truppenteil noch nicht eingetragen.«

Er darf es nicht, er darf es nicht an meinem Gesicht sehen! Zwing ihn nieder! Hypnotisieren, hypnotisieren mußt du ihn!

»Das ist eine Riesenschlamperei, daß man das noch nicht eingetragen hat. Kann ich kaum glauben ... Übrigens müssen Sie auch eine Bestätigung haben, daß Sie keinen Dienst tun, jetzt, am Vormittag!«

»Ich hab ... Nachtdienst gehabt. Deshalb habe ich heute frei!« klammere ich mich verzweifelt an diesen winzigen Strohhalm. So glaub mir doch! Du mußt mir doch glauben! Nur dieses eine mal!

»Aber eine Bestätigung müssen Sie trotzdem haben!« Er sieht mich forschend an. Mit unerhörter Anstrengung erwidere ich seinen Blick.

»Was mache ich nur mit ihnen?« sagt er. Und dann sagt er: »Ich muß ihre Angaben überprüfen lassen ... Wissen Sie was: Sie gehen jetzt hier mit diesem Gendarm zum Standortältesten mit! Das Ganze ist ja gleich erledigt, nur eine Formsache.«

Das ist doch. Das ist doch unmöglich. Schwerfällig erhebe ich mich. Tisch. Kante. Erstaunte Gesichter. Trüb. Oh, *ihr!*

Und vor diesen vielen fragenden Blicken fahre ich langsam, wie im Halbschlaf, in den engen Mantel.

Als wir auf den grellsonnigen Platz treten, ist das lähmende Gefühl in den Beinen noch nicht verflogen. Aber jetzt bin ich wenigstens mit dem Gendarm allein. Mein Soldbuch hat er in der Tasche. Wenn man es ihn nur irgendwie entlocken könnte. Vielleicht läßt er mit sich reden.

Leute kommen uns entgegen. Zwei Mädchengesichter, unfaßbar sorglos im Sonnenlicht. Mein Gott! Meingott! Der alte Platz, den du so gut kennst. Alle gehen ihrem Vergnügen, gehen ihren Geschäften nach, während ich allein, allein, grauenhaft allein. Ein junger Bursche sitzt lässig auf einem Fahrrad neben dem Gehsteig, das eine Bein am Randstein, das andere pendelt dicht über der Straße. Wie ich euch alle beneide!

Einbahn. *Ja, Einbahn für mich ganz allein!*

Wir biegen in die Straße, in der der Standortälteste ...

Um Gottes willen! Ich muß ja mit ihm reden! Grobes, rotes Gesicht von der Seite. Metalleingefaßte Brille. Er dürfte schon älter sein. Wahrscheinlich nur ein Hilfsgendarm. Fleischige Nase, bläulich. Säufer sicher.

»Du!« sage ich heiser. »Ich muß mit dir sprechen. Weißt du, ich war über Nacht bei meinem Mädchen.«

Er sieht mich verwundert an. lächle jetzt! Ganz frei, nicht so verkrampft! »Und weißt du«, fahre ich hastig fort, da er nichts erwidert, »wenn das jetzt auffliegt, bekomme ich ein paar Tage Bau. Und dann ist's aus mit meinem Urlaub. Verstehst du denn das nicht? Du bist doch auch nur ein einfacher ...«

»Ich kann nichts anderes tun, als Sie zum Standortältesten zu bringen!« erwidert er verlegen und scheinbar angewidert. »Der Unteroffizier hat's befohlen.«

Du Hund, du verfluchter! Du sturer Hund du! Auf die Schulter klopfen werden sie dir, dir das KVK verleihen und sagen: Sie haben ihre Sache gut gemacht.

»So hör mich doch an!« versuche ich's noch einmal, voll quälender Ungeduld. Aber er will nichts mehr wissen, sieht geradeaus vor sich hin.

Mein Gott, mein Gott! Wenn ich ihm nur davonlaufen könnte! Aber hier ist's unmöglich. Die Straße zu belebt. Und dieser Hund hat eine Pistole. Niederknallen würde er mich, schon nach den ersten Schritten. Außerdem brauche ich unbedingt mein Soldbuch. Aus der Tasche müßte ich's ihm ziehen. Rausreißen! Weglaufen!

Nein! Überlegen! Kein falsches Wort! Keine falsche Bewegung! Hast ja noch Zeit. Zum Glück weiß ich genau, wo die Dienststelle vom Standortältesten. Vor allem: langsamer gehen!

Meine eiserne Ration Luminal fällt mir ein. Und voll Schwermut meine dunkle, wunderbare Zelle in Leveroi.

Ob er vielleicht bestechlich ist? Unsinn! Gar nicht erst versuchen! Davonlaufen mußt du ihm! Menschen. Straße. Menschen. Menschen: Eiliger, atmender Alltag.

Nur noch eine Gasse weit. Mußt fliehen! Unbedingt fliehen! Nur noch ein Gedanke, Gefühl, Instinkt: Fliehen! Unbedingt fliehen!

Noch eins, drei, vier Häuser. Auf das Soldbuch muß ich eben verzichten. Wenn wir nur in einer Seitengasse wären! Du mußt fliehen! Mußt fliehen!

Nur noch zwei Häuser. Uniformgeschäft. ERSTKLASSIGE MASSARBEIT. Auslagen. Orden, auf schwarzem Samt ausgebreitet. Eine Pistole sollte ich wenigstens haben!

Das letzte Haus! Beine, schwer. Du Hund du! Ich werd dir's geben! Niederschlagen! Niederschlagen!! Meingott! Meingott! Meingott! Meingott!

STANDORTÄLTESTER

Haustor ganz langsam auf. Flur, viel zu hell. Anschlagbrett. Zettel. Schritte auf einer Stiege. Entsetzt bleibe ich stehen, von einer plötzlichen Übelkeit befallen.

Jetzt! Jetzt muß ich!

»Du!« sage ich tonlos, Faust, ganz fest. »Hörst du ...«

Er dreht sich zu mir herüber. Da schlage ich rasend zu, mitten ins Gesicht. Er taumelt, kracht dumpf gegen. Seine Brille pendelt. So fest hätte ich gar nicht —

LAUFEN!!!

Tor. Auf! Hinaus! Drei Sprünge bis zur ... Eine Frau bleibt erschrocken stehen. Und um die Ecke.

Kein Mensch. Das schmale Gäßchen in irrsinniger Hast hinaufgehetzt. Schneller! Ja! Schneller noch! Ja! Jaaa! Gut, daß du keine Stiefel. Lauf! Lauf! Lauf doch! Noch schneller mußt du —

»Nein, HIER, DIESE GASSE IST ER HINAUF!« höre ich eine Frauenstimme hinter mir, heiß vor Entsetzen.

Nicht umdrehen! Laufen! Laufen mußt du! Schneller! Noch schneller! Gleich bist du. Gleich. Glei — Und endlich oben um die Ecke.

Ein paar Schritte hastig gehen. Oh! Oooohh! Und gleich weiter in die nächste Seitengasse weitergehetzt, so rasch du kannst.

Wieder eine Ecke. Straße. Ein Pferdefuhrwerk wartet vor einem Laden. Zwei Frauen auf Rädern kommen mir entgegen. Die eine hat ein Kind im Korbsitz an der Lenkstange. Ein Unteroffizier. Verdammt noch einmal! Zackig grüße ich. Kaum habe ich ihn hinter mir, laufe ich wieder los, biege in die nächste Gasse. Noch einige Haken schlagen. Dann das lange menschenleere Stück geradeaus ...

In der Buxacherstraße wage ich zum ersten Mal einen Blick zurück.

Niemand! Betäubt bleibe ich stehen. Niemand Auffälliger hinter mir, niemand im Umkreis.

Wieso ich nicht schnaufe? Habe ich vergessen darauf? Oder hat sich mein ganzer Organismus umgestellt?

Sofort weiter! Sicher schon alles alarmiert.

Erst auf dem Hügel außerhalb der Stadt atme ich auf.

Wie dicht hinter sorglosem Leben jederzeit der Tod lauert!

Jetzt bist du gerettet. Aber was weiter? Du leichtsinniger Narr! Warum hast du nicht besser aufgepaßt? Bisher ist es dir furchtbar vorgekommen, daß du seit Heidelberg ohne Dienstreiseausweis bist. Jetzt hast du nicht einmal mehr dein Soldbuch.

Ich muß unbedingt weg! Nach Lauterach zurück, mich dort ganz verkriechen, bis ich endlich einmal über die Grenze kann.

Vorsichtig umgehe ich Buxheim, komme an einem Bauernhof vorbei, an dem zwei Kinder in einem Brunnentrog Papierschiffchen segeln lassen, und schlüpfe in den nächsten Wald.

»Jetzt zitterst du erst richtig vor Angst!« sage ich mir, während ich mich ins Unterholz ducke. Aber erwischen ließ ich mich nicht von euch. Der Gendarm. Seine Lippe klaffte wie eine Hasenscharte. Und wie ihm die Brille herunterhing. Wie im Gesicht meines Vaters. Zwischen den Blättern sehe ich einen Karrenweg vor mir, der an einer Heuhütte vorbei durch die Mulde führt. Eine Amsel setzt sich einige Schritte vor mir auf einen Zweig, sieht mich verwundert an und piepst dann eifrig, als wollte sie jemanden auf mich aufmerksam machen.

Der Jugoslawe! Wird wohl gewartet haben mit seinen Zigarettenpäckchen. Nein, in diese Stadt kann ich jetzt nicht mehr zurück! Was für ein gefährliches Ungeheuer sie auf einmal geworden ist!

»*Hier! Diese Gasse ist er hinauf!*« hat dieses Weib geschrien. Die Zähne sollte man ihr einschlagen! Und als ich mir ausmale, wie sich alles beim Standortältesten abgespielt hätte, packt mich wieder lähmendes Entsetzen. Ich muß sofort weiter!

Langsam taste ich mich am Waldrand entlang, überquere rasch eine eingesehene Wiese, schlüpfe in das nächste Wäldchen. Und so, von Wald zu Wald springend, komme ich nach einem weiten Umweg endlich in Dickenreishausen an.

Wengle ist nicht da. Die Kinder starren mich neugierig an. Nachdem seine Frau beide fortgeschickt hat und eben beginnen will, mir Vorwürfe zu machen, daß ich schon so früh gekommen, erzähle ich ihr rasch, was vorgefallen ist. Und merke zum ersten Mal, wie sachlich, wie hilfsbereit diese Frau ist, die ich immer für zaghaft und unselbständig gehalten und mit der ich bisher kaum ein paar Worte gewechselt. Ja, mitten im Gespräch werde ich verwirrt ihrer Brustwarzen gewahr, hart und kräftig unter ihrer hellblauen Kunstseidenbluse. Nicht hinsehen! Ihr Mann ist mein Freund und Helfer.

Wie wohltuend diese kleine, saubere Küche. Glänzende Schöpflöffel. Eine Reihe Vorratsbüchsen: Reis, Gries, Salz, Zucker. Hier bist du sicher. Aber wie lange noch? Sie holt ein Stück Speck aus der Speisekammer, Brot, ein Glas Korn. Ich kann nichts essen. Doch ich muß mich dazu zwingen, gerade jetzt besonders wichtig für mich.

Immer wieder stehe ich auf und gehe ein paar Schritte auf und ab. Vor dem Spiegel bleibe ich stehen. Mein Gesicht, fremd. Mit zaghafter Ironie nickt es mir zu.

Gegen fünf Uhr kommt endlich Wengle heim.

»Eine verdammte Geschichte!« sagt er stirnrunzelnd und zieht eine Zeitung aus der Tasche. »Hier steht heute auch so ein gefährlicher Artikel. Sie scheinen jetzt scharf durchgreifen zu wollen.«

»Ich werde am besten verschwinden von hier«, sage ich.

Er schüttelt den Kopf. »Würde ich nicht riskieren, noch dazu ohne Soldbuch ... Übrigens glaube ich gar nicht, daß Sie es beim Standortältesten abgegeben haben. Was denkst du denn, wie schwer die bestraft werden, wenn sie zu dritt einen einzelnen Mann entwischen lassen. Ich würde an deiner Stelle hierbleiben. Wir kennen in Arlach einen Bauern, der dich in seinem Heuschober verstecken könnte. Es kann ja nicht mehr lange dauern. Der Krieg ist bestimmt bald zu Ende.«

Mein Gott, wie oft wir das schon gesagt haben! Sein Angebot macht mich einen Augenblick unsicher. Doch dann fällt mir wieder die Streife ein und — »Nein!« sage ich entschlossen. »Ich werde doch nach Lauterach zurückfahren!«

»Höre dir zuerst einmal diesen Artikel an. Vielleicht denkst du dann anders.« Er schlägt die Zeitung auf.

FEINDLICHE AGENTEN UND FAHNENFLÜCHTIGE

Das ganze Volk muß bei der Abwehr mitwirken.

»Was sagst du zu dieser Überschrift?«

»Lies!« erwidere ich.

Er rückt seine Lesebrille zurecht. »*Der Feind versucht in letzter Zeit häufig, seine Agenten in deutscher Uniform durch die Linien zu schleusen, um Unruhe im Hinterland zu stiften und demoralisierend auf die Truppe zu wirken. Nicht zuletzt diesem dunklen Einfluß ist es zuzuschreiben, daß vereinzelte asoziale Elemente* ...« Er lacht spöttisch auf, *»sich gerade in kritischen Tagen vorsätzlich ihrer Einsatzpflicht zu entziehen suchen und fahnenflüchtig werden. Es zeugt jedoch für die Festigkeit von Front und Heimat, wenn es sich hier nur um Einzelerscheinungen handelt, denen sowohl die eigentliche Front wie die Bombenangriffe auf die Heimat unbekannt geblieben sind.«*

»Das Gegenteil ist eher richtig«, unterbreche ich ihn.

»... Sie werden sofort und rücksichtslos ausgemerzt.«

»Kann man sich vorstellen!« sage ich grimmig.

Er holt ein Zigarettenpäckchen aus seiner Manteltasche. Und nachdem wir uns jeder eine angeraucht haben, fährt er fort: *»Hierzu bedarf es jedoch nicht nur kriminalpolizeilicher Maßnahmen, sondern vor allem der Mitarbeit der gesamten Bevölkerung.*

Jeder Soldat hat bekanntlich Anspruch auf Betreuung durch die Fürsorgeeinrichtungen der Wehrmacht. Wehrmachtsangehörige haben es daher in keinem Falle nötig, sich wegen Unterkunft und Verpflegung an irgend jemand außerhalb der militärischen Dienststellen zu wenden. Ein Soldat, der diese Einrichtungen nicht aufsucht, hat mit Sicherheit Grund, ihnen aus dem Wege zu gehen. Er ist auch zurückzuweisen, wenn er etwa Fahrkarten oder sonstige Fahrausweise verlangt. Jeder Volksgenosse muß sich darüber klar sein, daß er unter Umständen der Arbeit des feindlichen Geheimdienstes, der Fahnenflucht und der Sabotage deutscher Kriegsmittel Vorschub leistet, wenn er aus falscher Gutmütigkeit einem Soldaten ein Unterkommen gewährt, Nahrung bietet oder ohne entsprechenden Ausweis Lebensmittelkarten überläßt. Jeder um Unterkunft und Verpflegung bittende Soldat ist daher an die nächste Wehrmachtsdienststelle zu verweisen, die sich nach Prüfung der Ausweise seiner entsprechend annehmen wird.«

»Paß auf, jetzt kommt's erst ganz toll!« Sorgsam streift er die langgewordene Asche von seiner Zigarette, bevor er weiterliest.

»Die Mithilfe der Bevölkerung bei der Unschädlichmachung von feindlichen Elementen geht indessen noch weiter. Soldaten, insbesondere ortsfremde, die auffällig lange ‚beurlaubt' sind, ebenso ortsfremde Soldaten, die für längere Zeit ‚dienstlich' ohne ersichtliche Tätigkeit auftauchen, sind der nächsten militärischen Dienststelle oder der nächsten Polizeibehörde zur Prüfung ihrer Ausweise zu melden. Es gibt dabei keinerlei falschverstandene Rücksicht. Einzig bestimmend muß das Ziel sein, jeden zu fassen, der sich seiner Pflicht in diesem Schicksalskampf des deutschen Volkes zu entziehen versucht oder sich als feindlicher Agent der Uniform der deutschen Wehrmacht bedient.«

»Ja ...«, sage ich nach einer Pause. »Das ist tatsächlich ein gefährlicher Artikel. Man muß sich nur vorstellen, daß man in ein Haus kommt, in dem jemand eben diese Zeitung gelesen hat ... Dabei glänzend geschrieben. Raffiniert, das mit der falschen Gutmütigkeit oder mit der Pflicht im Schicksalskampf des deutschen Volkes ... Wäre interessant zu wissen, für welches Blatt dieser Journalist nach dem Krieg schreiben wird.«

Er rät mir noch einmal dringend, zu bleiben. Aber mein Entschluß steht fest.

Da ich meine Aktentasche bei Bachlinger gelassen habe, muß er nach dem Abendessen noch einmal in die Stadt, sie zu holen. Indessen richtet mir seine Frau Proviant für morgen her. Speckbrote, hartgekochte Eier, ein kleines Fläschchen Schnaps und sogar ein Zigarettenpäckchen.

Am Morgen brechen wir auf. Wengle als Vorhut hundert Meter vor mir.

Als er die Anhöhe erreicht hat, winkt er mir energisch ab. Sofort verdrücke ich mich hinter ein Gebüsch. Nach einer Weile gibt er mir ein Zeichen nachzukommen.

»Was ist los?« frage ich außer Atem, als ich neben ihm stehe.

Er deutet zwischen Baumstämmen, an einem Schweizerhaus vorbei, auf die Straße unter uns. Eine Streife stoppt gerade einen Fernlaster. »Die suchen dich anscheinend, diese verdammten Spürhunde!« sagt er leise. »Bleib besser hier oben und geh nur ja nicht auf die Straße runter!«

Rasch, und doch wachsam stapfe ich durch den Wald, der in gleicher Richtung mit der Straße nach Süden zieht. Wieder einmal unterwegs. Doch so gefährlich war es noch nie. Aber vielleicht ist es gut, daß ich endlich zu einer Entscheidung gedrängt wurde.

Der Weg führt durch den Wald wie durch hohe, kühle Arkaden. Von der Seite fallen vereinzelt Sonnenstrahlen schräg durch die Baumwipfel. Einige Male kommt es mir vor, als wäre jemand da, als folge mir jemand, von Baum zu Baum hüpfend und versteckt sich jedesmal, sobald ich mich umdrehe. Bis ich merke, daß es nur die Stämme sind, die sich in meinem Weitergehen aneinander vorbeischieben.

Bei Wohringen steige ich zur Straße hinunter. Niemand Verdächtiger zu sehen. In der Molkerei bitte ich um ein Glas Milch. Motorengesumme. Klatschendes Flattern von Treibriemen. Zentrifugen. Zwei Männer, Lederschürzen umgebunden, lehnen rauchend an einem Stehpult. Der eine von ihnen füllt mir ein großes Glas an, alte Militärmütze über dem linken Ohr, steifes Bein.

Die Milch ist eiskalt. Langsam trinken, schluckweise.

»Warum er das so gemacht hat?« sagt der Mann mit dem steifen Bein und lümmelt sich wieder zu dem anderen. »Er ist eben ein Geschäftsmann. Und *was* für einer!« Nachdrücklich pocht er auf den Rand des Pultes. »Ich ging doch mit ihm zusammen in die Fahrschule. Ich könnte dir Dinge erzählen!«

»Eines ist mir klar!« sagt der andere. »Daß er von den paar lumpigen Mark nicht leben kann.«

»Siehst du, das sage ich schon jahrelang zu meiner Alten. Aber die kümmert sich ja um nichts. Bloß keinen Stunk machen, meint sie immer ...«

Auf der Straße kommt ein Personenwagen angefahren. Rasch trinke ich das Glas leer und laufe winkend hinaus.

Dicht vor mir bleibt er stehen. Kein Personenauto, sondern ein Behelfslieferwagen, in dem ein Soldat sitzt. »Wohin?« fragt er, schräg zu mir heraufblickend.

»Nach Immenstadt. Wenn du mich bitte ...«

»Los steig ein!« Der Fahrer ist auch ein Sanitätsobergefreiter, wie ich. Etwa vierzig Jahre alt. Ob er von der Streife ist, vielleicht mit dem Befehl, die Straße nach mir abzusuchen? Schießt es mir einen Augenblick durch den Kopf, während ich mich neben ihm zurechtsetze.

Kaum haben wir das Dorf hinter uns, zieht er aus einem Fach neben dem Schaltbrett eine Tafel Schokolade heraus. »Da, brich dir ab!« sagt er, den Blick geradeaus auf die Straße gerichtet.

»Wo hast du denn die bloß her?«

Aber er lacht nur, holt dann ein Päckchen Zigaretten hervor und bittet mich, ihm auch eine anzuzünden. Der Wagen zieht herrlich. Wenn es so weitergeht, bin ich in einer Stunde in Immenstadt. Er erzählt mir, daß er in Zivil Kaufmann sei, aus Stuttgart, und schon seit vier Uhr früh nach Obersdorf unterwegs, um seinen Bruder aus dem Lazarett abzuholen.

Wieder die gleiche Strecke, die ich das letzte Mal mit dem Mehlauto gefahren. An viele Stellen erinnere ich mich noch. Andere habe ich vergessen. Einige aber hat mein Gedächtnis inzwischen in ganz andere Landschaften versetzt. So etwa den Gasthof KRONE. Ich hätte schwören können, daß er früher auf der Strecke zwischen Suppingen und Ulm...

Herrlich verschlingen wir Kilometer um Kilometer. Nur wieder fahren! Und die Hauptsache: Dieses verdammte Memmingen liegt endgültig hinter mir!

Am Stadteingang von Kempten steigt die Straße etwas an — und fällt dann —

Eine Streife vor uns.

Etwa hundert Meter. Langsam pendelt ihre rotweiße Winkerkelle auf und ab. Vier Mann mit Gewehr. Voll Entsetzen starre ich ihnen entgegen. Können nur meinetwegen dastehen.

»Das geht jetzt schon die ganze Strecke so. Was da wieder Besonderes los ist?« höre ich verschwommen die Stimme des Fahrers neben mir, während ich unsäglich allein und ohne Ausweg. Wenn ich nur aussteigen könnte, noch bevor wir. Aber ich kann ja unmöglich dem Fahrer etwas sagen. Denn er würde mich ja selbst der Streife ausliefern. Ob er nicht doch bloß beauftragt war, mich bis hierher zu führen, um mich hier zu übergeben?

Wäre ich nur im Wald geblieben!Ich Narr, ich widerlich, leichtsinniger Narr! Jetzt ist es aus, hoffnungslos. Die knallen mich nieder wie einen Hund, wenn ich versuche, ihnen davonzulaufen.

Dicht vor ihnen bleiben wir stehen.

Die drei mit den Gewehren halten sich abseits. Der Obergefreite krabbelt umständlich hinaus. Und während er die Wagenpapiere und sein Soldbuch dem Unteroffizier vorzeigt, setzt sich dieser neben mich, auf den Führersitz, spielt am Schalthebel herum, Starter, Lichtschalter.

Unfähig zu einem Gedanken, geduckt, eine lauernde Spinne, hocke ich neben ihm, verfolge nervös, unerträglich angespannt, jede seiner Bewegungen.

Die nächsten zehn Minuten! Nur diese zehn Minuten! Diese nächsten zehn Minuten! Der Fahrer steckt seine Papiere wieder ein. Und spricht jetzt mit dem Unteroffizier über den Wagen. Wieviele PS, Km, Liter, bietet ihm eine Zigarette an. Den drei Mannschaften auch.

Aber dann muß auch ich meine Papiere vorweisen. Mechanisch knöpfe ich meinen Mantel auf. Unterhalten sich noch immer, also knöpfe ich wieder zu, eine Kälte wie noch nie zuvor, bodenloser Gram in meiner Herzgrube.

Der Unteroffizier stößt mich mit dem Ellenbogen an. »Na, was ist mit deinen Papieren?«

» ... ?«

»Wo du deine Papiere hast, hab ich gefragt.«

»Ich? ... Ich habe kein Soldbuch«, stammle ich heiser.

Er dreht sich verwundert zu mir herüber. »*Was* hast du? ... Kein Soldbuch?«

»Wir haben es abgeben müssen«, höre ich mich sprechen. »Ich bin nämlich ... von der gleichen Einheit wie der Fahrer ...«

»Aber irgendeinen Ausweis mußt du doch haben!«

Rotkreuz-Ausweis! schießt es mir durch den Kopf. Mit zitterndem Eifer hole ich ihn aus meiner Brieftasche und zeige ihn vor.

Er liest ihn, wendet ihn, mit einem leisen Pfiff durch die Zähne. Nicht denken! Nichts mehr! Gar nichts! Gaaaar nichts!

»Is ja doll!« murmelt er. »Fährst da ohne Soldbuch herum!«

»Ich wollte ... ich wollte ihn bloß nach Obersdorf begleiten. Ich hab nämlich ein Weib dort, Herr Unteroffizier.« Zaghaft versuche ich zu lächeln.

»Mensch!« sagt er kopfschüttelnd und gibt mir den Ausweis wieder zurück. »Laß dich bloß nicht nochmal erwischen. Eigentlich sollte ich dich ja ... Na du weißt schon.«

Er sieht mich noch einmal prüfend an und — steigt aus.

Wir fahren an. Ist das möglich? Ist das möglich? frage ich mich, von einer plötzlichen, hysterischen Schwäche befallen. Dieser schwere, lähmende Druck. Meine Augen brennen wie nach einer ungeheueren, körperlichen Anstrengung. Ausgehöhlt. Leergebrannt. Verschüttet.

In einem Höllentempo jagen wir durch die Stadt und ziehen an ihrem Ausgang die weitausholende Kurve bergauf.

Daß der Fahrer nichts dazu gesagt hat? Kein einziges Wort? Auch jetzt nicht? Vielleicht ist auch bei ihm irgendwas nicht in Ordnung. *Eines* ist mir jetzt aber klar: Auf *mich* kann diese Streife nicht gewartet haben, sonst wäre sie ja gleich auf meinen Namen geflogen! Doch diese Erkenntnis kann mich kaum erleichtern.

Im ersten Waldstück halten wir. »Komm!« sagt er und steigt aus.

»Was ist los? ... Was willst du von mir?«

Er sperrt die Türe zum Laderaum auf. »Steig besser hier hinten rein!« Entgeistert starre ich ihn an. Doch dann verstehe ich. Was für ein toller Kerl! Aus einem überströmenden Gefühl möchte ich mich bei ihm bedanken, ihm eine Erklärung abgeben. Aber er wehrt nur kurz ab: »Laß das! Ich will gar nichts hören!«

Kaum habe ich mich im Halbdunkel des kleinen Laderaumes auf einer Kiste zwischen Korbflaschen niedergesetzt, fahren wir schon wieder. Mit zitternden Fingern zünde ich mir eine Zigarette an, drücke sie aber gleich wieder aus.

Was ist bloß los? Hab ich bisher nur so außergewöhnliches Glück gehabt? Oder gibt es jetzt auf einmal mehr Streifen als früher? Und als mir die vier Mann von Kempten einfallen, kriecht es mir wieder über den Rücken. Ich kann mir gar nicht ausmalen, wie es ausgegangen wäre. Abführen durch die Stadt. Fluchtversuch, und dabei erschossen. Oder zunächst kein Fluchtversuch. Dafür aber Kriegsgericht, Verurteilung und Fluchtversuch beim letzten Gang, verzweifelt diese Schergen anspringen.

Grauenhaft! Grau - en - haft!!

Ich muß mich ganz umstellen! Wie konnte ich bisher nur so blind darauf bauen, daß ich nicht erwischt werde! Nach der Geschichte gestern in Memmingen bildete ich mir ein, daß so etwas nicht noch einmal vorkommen könne. Und nach der Streife am Beginn von Kempten dachte ich das gleiche, glaubte wieder, daß die Gefahr nun endgültig vorbei. Dabei hätte ja am Ende der Stadt schon wieder eine Streife lauern können.

Durch die rechteckige Lücke zum Führerhaus sehe ich den breiten Rücken und den Nacken des Fahrers. Etwas abstehende Ohren hat er. Seine adrigen Hände am Lenkrad. Nikotinbraune Finger. Ehering. Wie gut seine barsche Art! Er will nichts von mir wissen. Das heißt doch: Er will mich unter keinen Umständen verraten können.

Eilig gleitet das graue Asphaltband auf uns zu. Bodenwellen. Geschäfte am Straßenrand. Schlaglöcher stoßen. Ich lehne mich zurück. Und nun steht der Gebirgszug wie in einem eingerahmten Bild vor mir.

In Immenstadt setzt er mich direkt vor Höchtls Haus ab, steckt mir beim Aussteigen noch ein Päckchen Zigaretten zu, fährt mit einem Ruck an und biegt gleich rechts um die Ecke.

Zu meiner Überraschung macht mir diesmal Ernstl selbst die Türe auf, abgemagert, blaß, den Arm in Gips und hochgestützt.

»Ernstl!« rufe ich aus. »Wo hat es denn *dich* noch erwischt?«

»Granatsplitter, rechte Schulter!« erwidert er, nicht sehr einladend. Und erzählt mir, daß er auf dem Rückmarsch in Gefangenschaft geraten sei. »Wir hatten Angst, daß die Russen unsere Verwundeten umbringen. So schlug ich mich mit zwei anderen in der Nacht bis zur eigenen Linie durch. Jetzt gehe ich nur noch in ambulatorische Behandlung, da das Lazarett überfüllt ist.«

Wir sitzen im selben Zimmer, in dem seine Mutter damals seufzend gesagt hatte, wie froh sie wäre, wenn ihr Sohn auch desertieren würde. Doch jetzt, da er zu Hause und die Gefahr für ihn vorbei ist, scheint sie ihre damaligen Worte vergessen zu haben. Ja, sie will mich sogar hinauswerfen, nachdem ich von den Streifen in Memmingen und Kempten erzählt habe.

Zum Glück läßt es Ernstl nicht zu. »Die zwei Stunden bis zum Mittagessen kannst du noch hierbleiben!« entscheidet er. »Wir werden uns bis dahin im Hof in die Sonne legen. Übrigens, wegen der Streifen«, fährt er fort, als wir zusammen die Stiege hinuntergehen. »Die hat man nicht deinetwegen aufgestellt. In ganz Deutschland ist jetzt eine Aktion im Gange, um nach Fahnenflüchtigen und Agenten zu fahnden. Sie dauert vom neunzehnten bis zum einundzwanzigsten März. Zu diesem Zweck haben sie alles aufgeboten: Volkssturm, Gendarmerie etc., sogar aus unserem Lazarett hat man einige Streifen zusammengestellt. Ich kann mir auch nur so erklären, daß du in Kempten durchgekommen bist. Eine geschulte Streife hätte dich auf jeden Fall geschnappt.«

Im Hof sperrt er einen kleinen Schuppen auf. Ich hole zwei Liegestühle heraus und stelle sie an der Hauswand auf.

»Drei Tage sagst du?« erwidere ich. »Da wäre also morgen der letzte.« Wenn ich mich nur diese beiden Tage verkriechen könnte! Nicht wieder hinaus müssen in dieses Land voll Menschenfallen. Hier, in diesem Schuppen könnte ich bleiben. Und wenn die Aktion vorbei wäre, sofort abhauen. Wäre doch wirklich nicht so gefährlich für diese Leute. Aber es hat gar keinen Sinn, davon anzufangen.

Märzsonne auf der abgebröckelten Hauswand. Teppichklopfstange. Vier Gemüsebeete. Über uns hängt blauweiß gewürfeltes Bettzeug aus einem offenen Fenster.

»Sag einmal«, beginne ich nach einer verlegenen Pause, »hast du deinen Leuten erzählt, daß ich kein Christ bin?«

»Ja ... ich hab's ihnen gesagt.«

»Dann ist mir ja manches erklärlich.«

Er erwidert nichts. Ich sehe ihn von der Seite an. *Du* könntest mir helfen, denke ich voll Bitterkeit. Wenn schon deine Mutter gegen mich ist, aber du, du bist doch jung wie ich und hast immer behauptet, gegen den Krieg zu sein.

»Was sagst *du* übrigens dazu, daß ich desertiert bin?«

Er schiebt seinen gesunden Arm unter den Kopf, blinzelt in die Sonne. »Was soll ich dazu sagen? Glaubst du, daß du damit irgendwas an der politischen Lage ändern konntest?«

Ich versuche ihm zu erklären, daß man erst im Krieg seinen Pazifismus wirklich beweisen kann. »Im Frieden Kriegsgegner zu sein, ist keine Kunst. Da sind es ja alle. Das Volk, von dem bestimmt neunzig Prozent keinen Krieg will, muß Erst draufkommen, daß es auch in der Lage ist, ihn zu verhindern, indem die Leute einfach nicht kämpfen, sondern davonlaufen. Wenn alle mit mir zugleich Schluß gemacht hätten, oder schon viel früher, wieviel Elend wäre unserm Land erspart geblieben.«

»Aber das sind doch Theorien!« unterbricht er mich. »Illusionen, in die du dich durch deine Lage verbohrt hast.«

»Vielleicht steckst du mehr in Illusionen als ich, obwohl es nicht so scheint«, erwidere ich hitzig. Und wieder ganz in meinem Thema, rede ich auf ihn ein und rauche dabei eine Zigarette nach der andern. »Was ich besonders befürchte«, sage ich unter anderem, »daß man nach diesem Krieg dieselben Blödsinne machen wird, wie nach dem letzten. Sie werden Kriegervereinigungen bilden und den Offizieren Pensionen gewähren, anstatt sie einer anständigen Beschäftigung zuzuführen. Werden wieder behaupten, daß der deutsche Soldat auch in diesem Kriege unbesiegt geblieben, und dem Volk wieder die alte, bornierte Dolchstoßlegende vorlügen, diesmal vielleicht zur Abwechslung eine umgekehrte. Sie werden feststellen, daß die Idee gut war und daß sie nur sabotiert worden sei. Dabei ist doch gerade die Idee das Übel.«

Er lacht auf. »Du tust ja fast, als ob ich ...«

»Ja, ich weiß«, erwidere ich, »entschuldige. Aber vielleicht kannst du dir vorstellen, daß einem manchmal übel wird, wenn man die träge Inkonsequenz des sogenannten ehrlichen deutschen Michels mitansieht. Zur Partei gehen und dabei behaupten, kein Nazi zu sein. Aus der Kirche austreten, obwohl man Christ ist. Als Pazifist hinter einem MG hocken ...«

Über uns klappt ein Fenster auf. »Es ist Zeit zum Essen!« ruft Ernstls Mutter herunter.

»Und noch etwas!« fahre ich fort, während ich die Liegestühle wieder im Schuppen verstaue. »Ich weiß schon jetzt, was meine Bekannten nach dem Krieg zu mir sagen werden: Du bist schlau gewesen, werden sie sagen und dabei denken: feige, du hast die Situation erfaßt. Aber unsere armen Gefangenen ... Dabei werden sie vergessen, daß es auf jedem Gebiet auf jeden Fall leichter ist, in der Herde mitzutrotten, selbst wenn sie dem Abgrund zugeht.«

»Jetzt müssen wir aber hinauf!« sagt Ernstl. »Vielleicht hast du nicht unrecht. Ich sehe auch schon die Zeiten kommen, in denen jeder ein besonderer Held gewesen sein wird. Ich hoffe nur, daß unser Optimismus, mit dem wir auf die Alliierten warten, nicht allzusehr enttäuscht wird. Sonst werden die Deutschen gleich wieder Nazis.«

»Bei ihrem Mangel an Selbstkritik wäre es kein Wunder«, erwidere ich bitter. »Niemals werden sie einsehen, daß sie selbst an ihrem kommenden Nachkriegselend Schuld sind.« Und während wir die Holzstufen hinaufsteigen, wird mir schwer zumute. Weil ich mich wieder hinreißen ließ, mich noch nicht richtig ausdrücken kann und selbst noch nicht im klaren bin. Weil ich mich vor dem gemeinsamen Mittagessen fürchte und dann wieder hinaus muß. Weil der Militarismus noch immer das gute Gewissen auf seiner Seite hat. Weil mir eine dunkle Ahnung sagt, daß dieser Krieg vielleicht doch noch nicht der letzte?

Einen endlosen Panzergraben habt ihr quer durchs Land geschnitten. Quer durch alle Dinge und mein verstörtes Gesicht.

Da wir während des Essens zufällig vom Fenster aus eine Streife durch die Straße patrouillieren sehen, bitte ich Ernstl inständig, mich auf dem Weg aus der Stadt hinauszulotsen, um mir an den Straßenecken rechtzeitig ein Zeichen zu geben, falls er etwas Verdächtiges bemerken sollte.

Mein Gott, wenn ich nur hier bleiben könnte! Ganz verkriechen würde ich mich. Nicht rühren. Nichts essen.

Nachmittag

Ernstl hat mich noch zum Fuße des Kalvarienberges gebracht.

Grußlos ging er an mir vorbei, als er umkehrte. Wird auch froh sein, daß er mich los ist. Wie verschieden doch Gesichter sein können, je nachdem, ob *vor* oder *nach* dem Einweihen.

In ausholenden Serpentinen führt der steinige Kreuzweg bergauf. Die Stadt rutscht immer tiefer in den Bergtrichter. Diesmal haben sie mir nicht einmal Proviant mitgegeben. Dabei wäre mir gerade jetzt jedes Stück Brot wichtig. Wußten sie das nicht? Oder haben sie Angst, daß ich erzählen könnte, wer mir geholfen, falls man mich erwischt? Aber ich brauche euch nicht. Wenn ich sie einteile, wird die Verpflegung reichen, mit der mich Wengles Frau versorgt hat.

Am Ende des Weges eine Kapelle. Dahinter eine weite, sonnige Mulde. Leute liegen im Gras herum. Frauen, Soldaten. Kinder spielen Ball, laufen. Ein Mädchen mit Zöpfen springt Schnur. Und als ich mir eben beruhigt sage, daß jetzt die Gefahr endgültig vorbei, sehe ich auch hier zu meinem Schrecken vier Mann Streife. Etwa fünfzig Meter vor mir. Gut, daß ich sie noch rechtzeitig...

Vorsichtig umgehe ich die Mulde und warte, hinter einem Heureuter kauernd, bis sie hinter der Kapelle verschwunden sind.

Nach oben zu verengt sich die Mulde und geht in einen Hohlweg über. Quatschig nasse Schneeflecken. Von den Anhaltspunkten, die mir Ernstl zur Orientierung angegeben, kann ich keinen entdecken. Auf jeden Fall jetzt links halten. Da finde ich endlich einen schmalen Pfad, der in die Jungwaldmauer hineinführt. Wenn einem hier plötzlich eine Streife entgegenkäme? Aber es kommt niemand.

Der Jungwald geht zu Ende. Graue Rasenflächen. Sorgfältig umgehe ich eine Alm, überquere einen geschotterten Karrenweg. Tief unter mir liegt erfroren der Alpsee. An seinem drüberen Ufer die Straße nach Weiler. Weiter! Weglos auf halber Höhe, an Waldrändern die steilen Südhänge entlang, Gehöfte, Almen, Schneeflecken umgehend. Dazwischen immer wieder laufen. Die Strecke hier oben, mit ihren vielen Umwegen und Steigungen ist wesentlich länger. Wenn ich nur schon in Lauterach wäre!

Da entdecke ich auf der Straße unter mir mit boshaftem Triumph eine Streife: Dunkle, lächerlich kleine Männchen. Und die Wagen, die sie anhalten, sind winzig wie Spielzeug.

»*Mich* werdet ihr nicht erwischen!« sage ich leise. Ich habe alles sauber in meiner Aktentasche beisammen. Meine Schuhe sind verläßlich. Meine Lunge, Herz, meine Beine. Und ich kriege keine Blasen an den Füßen. Auf dieser Hetzjagd wachsam, hellhörig vor jeder Gefahr, spüre ich doch zugleich die wilde Schönheit der Landschaft, an der ich vorübereile, flüchtig erhascht, zusammengedrängt und gleich wieder losgelassen. Spüre das kurze, rauhaarige Gras unter meinen Sohlen, wenn ich über Rasenpölster hinunterrenne, Geröll, kollernde Steine. Mit großen Sätzen springe ich über Gräben, in denen lehmbraune Bäche ins Tal toben, und die Gegenhänge schräg hinaufkeuchend, rieche ich den starken Geruch nach feuchter Erde und Frühling.

Später umgehe ich nicht mehr alle Schneeflecken, sondern stapfe durch sie hindurch, wenn der Umweg zu weit wäre.

Waldränder. Graue Flechten. Moosig feuchte Baumrinde. Die vielen unerwarteten Ausblicke. Der föhnige Wind. Und als ich die erste kurze Zigarettenpause mache, sehe ich tief unter mir ein paffendes Züglein das Tal entlangklappern und höre noch sein seltsam lautes Echo, als es längst hinter einem Felsen verschwunden ist.

In Talkirchdorf warte ich, oberhalb des Gehöftes, in dem ich das letzte Mal Mittagsrast hielt, die Dunkelheit ab.

Dann steil hinunter und übers Bahngleis. An der Straße horche ich — nichts! Also rasch hinüber und ins Haus hinein.

Geblendet trete ich in die helle Küche. Sie kennen mich noch. Ich bin gerade zum Essen zurecht gekommen. Wenn ich nur hier die Nacht und den morgigen Tag über bleiben könnte, denke ich, während sie ihr Tischgebet herunterpoltern. Dann stürzt sich alles über die riesige, schwarze Pfanne und stopft mit großen Löffeln die heißen Brocken in den Mund, wobei ich ihnen von der Streifenaktion erzähle.

»Aus unserem Dorf haben auch ein paar ausrücken müssen«, sagen sie. »Die Berge und die Almen absuchen.«

»Was das noch für einen Sinn hat?« erwidere ich verächtlich. »Nur daß der Krieg noch ein paar Monate länger dauert?«

Sie nicken beifällig. »Deshalb wollen sie jetzt noch alle zusammenfangen, die genug haben!« fahre ich fort. Dann steuere ich das Gespräch den altbewährten Weg, den ich immer einschlage, wenn ich jemanden einweihen möchte: Gemeinsam schimpfen, zuerst noch zaghaft, dann immer offener, solange der andere noch mittut, dabei jederzeit bereit zu widerrufen. Habe ich auf diese Weise herausbekommen, daß der andere in Ordnung ist, hat sich das Gespräch jedes Mal ähnlich entwickelt, wie hier: »Ich kann gut verstehen«, sage ich, »daß da einer nicht mehr mittun will. Sich jetzt noch für diese Lumpen niederknallen lassen! Jeder hat recht, der sich davor drückt! Abhauen sollte man! ... Und ich werde es auch tun. Sie sollen mich noch kennenlernen!«

»Klar!« brummt der Alte und wischt sich mit dem Handrücken über den verklebten Bart. »Ihr solltet alle abhauen, dann wäre dieser ganze Krampf endlich vorbei!«

»Und was würden Sie sagen, wenn *ich* zum Beispiel so ein Deserteur wäre? Da würden Sie bestimmt erschrecken.«

»Wieso? ... Was soll man dazu sagen? Daß Sie recht gehabt haben ... jedenfalls.«

Dann kommt immer mein Geständnis. Und es kommt trotz aller Vorbereitung immer unerwartet. Auch dieses Mal. Aber die Hauptsache ist, ich kann bis übermorgen früh bei ihnen bleiben.

Vor dem Schlafengehen erzählen sie mir noch von einem Soldaten, der einige Monate in einem Bauernhof versteckt gewesen, bis die Gendarmerie draufkam und eines nachts das Haus umstellte. Trotzdem sei es ihm gelungen, so wie er war, im Hemd und barfuß, im letzten Augenblick durchs Fenster in den Schnee hinauszuspringen und in die Dunkelheit zu entwischen.

Dann bringen sie mich hinauf und lassen mir eine Petroleumlampe da. Eine niedrige, mit dunklen Balken verschalte Kammer. Winziges, verhängtes Fenster. Hier *könnte* man gar nicht hinaus. Nur die Schuhe ziehe ich aus und schlüpfe ins kurze Bauernbett. Dicke, schwere Decke. Ach Gott, ach Gott! Dieser Tag! Dieser lange Weg über die Berge! In manchen Augenblicken fühlte ich alle nötigen Eigenschaften in mir vereint: Zähigkeit, Schlauheit, Angst, Vorsicht, Verwegenheit.

Wie ein Fuchs habe ich euch alle überlistet!

Ich fahre aus dem Schlaf und blinzle in eine Petroleumlampe.

Der Alte ist da. Halb vier erst. War *das* ein schwerer Traum! Durch tiefen Schnee bin ich gestapft, viele Gendarmen hinter mir her.

»Sind Sie, wie gesagt, nicht bös, aber es ist uns doch zu gefährlich!« sagt er noch einmal. Unsicher sieht er mich an.

Jaja, weiß schon. Das alte Lied. Eine Bombe mit Zeitzünder, die sich jeder so rasch wie möglich vom Halse schaffen will.

Schlaftrunken, wortlos fahre ich in meine Schuhe und ziehe den Mantel an. Das Koppel. Mütze. Meine Aktentasche umhängen.

Als ich das Haustor öffne, strömt es eisig herein.

Stockfinstere Nacht. Kein Stern zu sehen. Regungslos das Land. Fluchend krabble ich den Berg hinauf, bis mir allmählich warm wird. Dann tappe ich zwei Stunden im Dunkeln nach Westen. Oft stolpern, etliche Male über Zäune. Einmal rutsche ich ein paar Meter ab und schlage hart gegen einen Baumstrunk.

In der ersten Morgenröte steige ich hinunter, umgehe Simmerberg und Weiler südlich und stoße endlich auf die Straße nach Bregenz. Ich habe jetzt das Dreieckstuch ausgepackt und trage den Arm in der Schlinge. Wenn ich einer Volkssturmpatrouille in die Hände laufen sollte, würden sie mir vielleicht glauben. Oder sollte ich es doch mit dem Gipsverband versuchen?

In einem Bauernhof trinke ich ein Glas Milch. Die Frau erzählt mir, daß ihr Mann auch mit dem Volkssturm in den Bergen ...

Sofort aufbrechen! Doch bleibe ich ab hier auf der Straße. Entgegenkommende Leute frage ich, ob sie nicht einer Streife begegnet sind, und füge bei einigen hinzu, daß ich beauftragt sei, die Strecke Weiler-Bregenz zu kontrollieren.

Bis Langen geht es gut. Doch als ich bei der Käserei um die Ecke biegen will — kommen mir zwei Gendarmen mit Gewehr entgegen.

Sofort kehre ich um und versuche, harmlos zu gehen. Schritte hinter mir. Erschreckt werfe ich einen Blick zurück. Sie laufen.

Da jage ich los. Ein kurzes Stück auf der Straße. Beim ersten Gehöft links hinein. Fenster. Gesicht. An einer Jauchepumpe vorbei, mit einem Satz über einen Graben und den Hang hinauf.

Ob ich die Tasche wegwerfen soll? Auf keinen Fall! Schneller laufen mußt du nur! Wenn dieser verdammte Hang bloß nicht so endlos lang und kahl wäre! Atemlos hetze ich hinauf. Als ich mich dazwischen einmal umwende, erfasse ich mit einem einzigen Blick die Lage. Eine Gruppe von Leuten hat sich vor dem Bauernhof angesammelt. Der eine Gendarm krabbelt hinter mir herauf, während der andere, entsetzt sehe ich ihn ein Stück weiter unten, kniend, das Gewehr im Anschlag.

Ssimmm! pfeift es scharf vorbei. Ein Schuß widerhallt von den Bergen. Und als hätte er meine Kräfte verdoppelt, hetze ich das letzte, steil ansteigende Stück im Zickzack hinauf. Durchhalten! Nur bis zum Wald noch! Etwa fünfzig Meter! Immer wieder pfeift es vorbei. Und als ich den Waldrand eben erreiche, spüre ich einen Schlag gegen meinen linken Oberarm. Verdammt, jetzt hat's dich erwischt!

Knorriges Unterholz. Gestrüpp, dornig, widerspenstig. Wütend kämpfe ich mich durch. Hinter dem ersten Baumstamm versteckt, schau ich noch einmal hinunter. Beide laufen jetzt. Mein Vorsprung hat sich überraschend vergrößert. Das hat nur die Angst gemacht. Mein Atem rasselt. Das Herz pocht, daß es schmerzt. Vor meinen Augen beginnt es trüb zu werden.

Auf! Weiter, so rasch du kannst! Der Wald wird dichter. Stellenweise auf allen vieren. Bis ich endlich den ersten Kamm überschreite. Eine verschneite Lichtung.

Im Laufen einen Augenblick überlegen: Entweder durch? Dann halte ich den Abstand, dafür sehen sie meine Spuren. Oder umgehen? Nein, da holen sie mich rascher ein. Sie sind ausgeruht, während ich schon einen anstrengenden Marsch hinter mir ...

Also geradeaus durch! Unvermutet geht es ein Stück bergab.

Nasser, tiefer Schnee. Und plötzlich ist ein Bach vor mir.

»Toll! Wie in einem Wildwestfilm!« keuche ich, unwillkürlich grinsend. Mit deutlichen Spuren stapfe ich schräg nach rechts auf den Bach zu. Steige ins Wasser und wate sofort in entgegengesetzter Richtung, um so rasch wie möglich den Felsen zu erreichen, hinter dem der Bach verschwindet.

Knietief im reißenden Eiswasser. Irrsinnig kalt. Rascher! Rascher noch! Schuhe, Hose klatschnaß, schwer, vollgesaugt. Glitschige Steine. Felsblöcke und Tümpel. Der Wald wird dichter, verschneiter. Es geht bergauf.

Jetzt könnt ihr mich suchen! Sicher werdet ihr glauben, daß ich bachabwärts, in östlicher Richtung, mit der Strömung. Dabei bin ich jetzt schon bestimmt ein ziemliches Stück westlich.

Oder solltet ihr meine Finte durchschauen? In plötzlicher Angst, daß ich beim Rauschen des Baches das Näherkommen der beiden Gendarmen überhören könnte, steige ich in einer steilen, tiefverschneiten Rinne mitten im Wald aus dem Wasser.

Wenn Margot mich jetzt sehen könnte? Auf allen vieren immer wieder abrutschend und tief versinkend, gelingt es mir endlich, mich von Baum zu Baum, lautlos fluchend, durch den schweren Schnee hinaufzuarbeiten. Wald. Schnee. Wald. Wald. Waldrand. Auf einer verschneiten Kuppe vor mir ein dunkelgraues Holzhaus. Geschlossene Fensterläden. Sicher unbewohnt.

Vorsichtshalber umgehe ich es, stapfe einen Alpzaun entlang, dessen verwittertes Lattengeflecht wie ein Gerippe aus einer Wächte ragt. Die Dämmerung verschluckt Konturen. Später auch verstreut bewohnte Gehöfte, Almen, apere Flächen. Doch erst die Südhänge sind endlich ganz schneefrei.

Bei einer kleinen, dunklen Hütte, der Bergstation einer Milchkannenseilbahn, mache ich halt. Die Wunde hat zu brennen begonnen. Suchend betaste ich den Ärmel. Ein Stück aufgerissen. Anscheinend nur ein Streifschuß. Ich breche das letzte Speckbrot in zwei Hälften und esse eine davon. Dann will ich mir eine Zigarette anzünden. Doch ich kann mein Feuerzeug nicht finden. Muß es irgendwo verloren haben. Schade, den ganzen Krieg hat es durchgehalten.

Es ist Nacht geworden. Der Halbmond und kalte Sterne im Schwarz des Himmels. Das langgestreckte Tal unter mir, dunkel, still.

Entsetzlich frierend, Füße wie Eisklumpen, mache ich mich wieder auf den Weg, stapfe im Mondlicht durch die Nacht, die kein Ende nimmt. Und doch: Wenn mir einfällt, wie ich den beiden heute wieder entwischt bin, wird mir ganz übermütig warm.

Diese irrsinnige Treibjagd den langgezogenen Hang hinauf!

Leben! Leben um jeden Preis!

Wie wäre Fritz jetzt gerannt? Oder unser alter Freund Schopenhauer? Was habe ich nicht alles in Büchern über den Tod gelesen, wenn ich daheim im behaglichen Licht unserer Stehlampe saß. Doch jetzt, allein in dieser endlosen Nacht, mit erfrorenen Füßen und einem Schuß im Oberarm, Sterne über mir, jetzt weiß ich nur eines: Ich klebe an diesem Leben wie eine Klette!

Der Mond ist hinter einer schwarzen Kuppe versunken!

Ein Brunnen rauscht fern leise irgendwo vor mir. Quer den dunklen Südhang entlang stapfend, höre ich ihn langsam näherkommen. Bis das Rauschen vor der undeutlichen Kontur eines hohen, finsteren Gehöftes ganz laut, kräftig monoton wird und im Weitergehen hinter mir bleibt, allmählich verklingt.

Bei Sonnenaufgang kauere ich hinter einem Gebüsch auf dem Felsvorsprung hoch über der Straße. Weiße Schotterbänke in der hellgrünen Bregenzer-Ach unter mir. Der Kirchturm von Kennelbach. Am andern Ufer Wolfurt. Obstgärten. Kugelbäume, vielfarbige Felder. Und dort das alte Lauterach. Weit auseinander gezogen bis zur Straßenbrücke, über die ich vor zwei Monaten nachts nach Bregenz gegangen. Dahinter dehnt sich, von flachen Nebelflecken bedeckt, das Ried bis zum Rhein. Und jenseits des Rheins blenden grell morgensonnig die Schweizer Berge. Und gepackt von dem quälendem Wunsch, den Raum überfliegen zu können, hocke ich fast zwei Stunden da oben und kann mich nicht sattsehen.

Allmählich beginnt die Sonne mich zu erwärmen. Ich muß weiter!

Auf der Achbrücke ist von hier aus kein Posten zu sehen. Gott sei Dank, die Streifentage sind zu Ende. Da ich aber ungesehen zum Hause meines Onkels kommen möchte, werde ich beim Pfarrer von Wolfurt vorsprechen. Vielleicht kann ich bis zum Abend bei ihm bleiben. Er wird mir sicher helfen! 1. Österreicher, 2. Katholik. Doch er wirft mich sofort hinaus. Die Leute sind schon zu mißtrauisch geworden. Die Gestapo hat sie all zu oft hineinzulegen versucht, vor allem die Geistlichen.

Da ich aber jetzt nicht mehr umkehren will, stapfe ich geradeaus über die nassen Felder und Äcker nach Lauterach und komme endlich auf einem Feldweg vorsichtig von hinten an den Bauernhof heran.

»Ihr könnt euch gar nicht vorstellen, wie froh ich bin, endlich wieder hier zu sein!« sage ich immer wieder, als ich mit meinem Onkel und meiner Tante beim reichgedeckten Mittagstisch sitze. »Schlimmer als durch Feindesland war dieser Weg von Memmingen bis hierher!«

»Ich hab schon so ein Gefühl gehabt, daß du jetzt bald wieder kommen wirst«, erwidert meine Tante.

»Meinen Brief habt ihr ja erhalten?«

»Jaja, Gott sei Dank! Dabei haben wir diesem Herrn Bachlinger zuerst mißtraut. Es war nämlich so: Knapp nachdem du von hier weg bist, hat die Higa einen Soldaten angeschossen, der den Rhein überschwimmen wollte. Und da man ihn bis heute nicht gefunden hat, vermutet man, daß er ertrunken ist. Wir sind natürlich furchtbar erschrocken, haben geglaubt, daß du es warst, daß du damals doch versucht hast, allein hinüberzukommen. Wir haben gar nicht gewußt, wie wir es deiner Mutter schreiben sollen. Immer wieder haben wir es verschoben. Und es war gut so. Denn dann ist ja dieser Herr aus Memmingen gekommen.«

Als meine Tante in der Küche Geschirr wäscht, erzähle ich dem Onkel von dem Streifschuß, ziehe die Feldbluse aus und kremple den blutverklebten Ärmel hoch. Nur eine Fleischwunde. Aber die Ränder sind etwas entzündet.

»Glaubst du, müssen wir einen Arzt holen?« fragt mein Onkel, mit zusammengezogenen Brauen über meinen Arm gebeugt.

»Ausgeschlossen!« erwidere ich. »Habt ihr nicht irgendeine Wundsalbe da?«

»So, jetzt legst du dich am besten nieder!« sagt er, nachdem er mich verbunden hat. »Du hast ja die ganze letzte Nacht kein Auge zugetan.« Aber ich bin noch zu erregt, um schlafen zu können. Wir besprechen, ob wir im Heuschober ein Versteck für mich bauen sollen. Eine zweite Möglichkeit wäre, auf dem Dachboden ein Bett aufzustellen. Aber dann bleibt es doch dabei, daß ich im selben Zimmer wie das letzte Mal wohnen werde.

Als die beiden Franzosen aus der Fabrik kommen, muß ich die ganze Geschichte noch einmal erzählen. Dabei unterbreche ich mich selbst immer wieder, wenn mir Dinge einfallen, die ich beinahe ausgelassen hätte. Und während ich mit brennenden Wangen berichte, komme ich mir einen Augenblick vor wie ein alter Seebär, der nach einer abenteuerlichen Fahrt an Riffen und Klippen vorbei, als einzig Überlebender. Und bin mir beinahe schmerzhaft der Unmöglichkeit bewußt, je irgend jemandem wirklich beschreiben zu können, was alles an jähem Entsetzen, an Stolz und Triumphen ich in diesen beiden letzten Tagen erlebt.

Auf meinem Zimmer lege ich mich, nachdem ich noch einen Blick aus dem Fenster geworfen, endlich ins herrlich kühle Bett.

Ein Stapel frisch gebügelter Wäsche auf der Kommode. Der Kasten knarrt. Unten geht eine Türe. Und ich höre die Stimme meiner Tante, anders, schärfer, intimer: »Ich hab dir doch schon gesagt, du sollst die blauen nehmen! Die grünen sehen so verwaschen aus.«

Ich muß unbedingt über die Grenze! Wenn der Krieg noch einige Monate dauert, erwischen sie mich schließlich doch.

Erst in der Schweiz wäre ich endgültig in Sicherheit.

Bis elf durchgeschlafen. Dann den ganzen Tag wohlig gefaulenzt. Zum Glück hat mir das Eiswasser nicht geschadet. Auch die Wunde dürfte in Ordnung sein.

Immer wieder hole ich die beiden letzten Briefe meiner Mutter hervor. Wie gut, daß du nicht weißt, *was* hinter mir liegt! Und *was* ich vorhabe!

Nach dem Mittagessen bringt mir die Tante täglich einen Krug Most und ein Glas Schnaps herauf. Gleich darauf höre ich das Haustor zukrachen und sehe durch den Vorhang, wie sie mit der vollen Einkaufstasche über den Platz geht, um den andern das Essen zu bringen. Obwohl ich ohnedies fast immer allein auf meinem Zimmer bin, ist es doch noch einmal so schön, wenn kein Mensch mehr im Hause ist.

Zuerst koste ich einen Schluck vom sauren Most, dann vom Schnaps. Dann schütte ich beides zusammen. Ein unbeschreibliches Gesöff, das einem die Kehle zusammenschnürt. Doch wenn ich es getrunken habe, bin ich berauscht und mächtig. Dann gibt's keine Gefahr mehr, nur noch die Gewißheit, in einigen Tagen in der Schweiz zu sein.

Eines frage ich mich oft: Ob man wirklich die Zeiten aufreibender äußerer Erlebnisse als Flutzeiten bezeichnen soll? Ob es nicht doch eher die Stunden sind, in denen ich allein an meinem Tisch sitze und erregt diese Erlebnisse niederschreibe? Vielleicht kann dich der volle Gehalt deiner Erlebnisse immer erst dann einholen, wenn du eine Weile seßhaft geworden bist.

Von den Büchern, die mein Onkel vom Pfarrer ausgeborgt hat, sind noch einige hier. Aber ich habe nicht die geringste Lust, sie auch nur durchzublättern.

Ich möchte selbst einmal ein Buch schreiben!

Eine Art von herbem, verhaltenem Hymnus an unsere Zeit.

Kein Ausweichen. Keine romantischen Expeditionen in andere Erdteile, Epochen, Milieus, absonderliche Schicksale, sondern an der Stelle, an der du stehst, hinunter graben, so tief du kannst.

Mit wissenschaftlicher Gründlichkeit will ich meine Sinne schärfen und das Handwerk erlernen.

Ich habe noch keine konkrete Vorstellung von diesem Buch. Ich bin nur manchmal berauscht von einer Hoffnung, einer Zuversicht, ein noch unerforschtes Land in mir selbst zu entdecken.

Nachts

Laute Männerstimmen reißen mich aus dem Schlaf.

Stockfinster: Da stelle ich zu meiner Erleichterung fest, daß es Stimmen im Radio sind. Von der Stube unten dröhnen sie durchs Stiegenhaus herauf. Schlaftrunken lange ich zum Nachtkästchen hinüber, knipse das Licht an und sehe auf meine Uhr. Stehengeblieben.

Einen merkwürdigen Traum hatte ich eben.

Irgend jemand kommt zu uns und behauptet, daß mein Bruder gar nicht gefallen, sondern in der Nähe versteckt sei. Wir gehen durch den Wald hinter Buxheim. Auf einer kleinen Lichtung ziehen wir Kurt unter einem Gebüsch hervor. Er sieht sehr schlecht aus. Er erinnert mich ein wenig an Luigi und an Herbert Kersten. Und während mein Begleiter auf ihn einredet, sage ich mir, daß ich nie hätte hierher kommen dürfen, da ich mich selbst in Gefahr bringe. Noch dazu habe ich auf einmal das Gefühl, daß er gar nicht richtig lebt. Aber ich hüte mich, es ihm zu sagen, da es ihn nur noch mehr schwächen könnte.

Verstört setze ich mich auf, zünde mir eine Zigarette an.

Noch immer hallt das Radio durchs Haus. Dumpfe, unverständliche Worte. Ein Störsender gurgelt dazwischen. Bestimmt wieder eine ausländische Station. Warum läßt er es denn so laut laufen? Ob er vielleicht wieder eingeschlafen ist? Er sitzt ja gerne bis in die Nacht am Apparat und nickt dabei manchmal ein.

Ich drücke die Zigarette aus, tappe in den Strümpfen auf den Gang hinaus und vorsichtig die knarrende Stiege hinunter.

Tatsächlich — zuerst leiser einstellen —, es ist tatsächlich so, wie ich vermutet habe. Mein Onkel schläft in seinem breiten Lehnstuhl. Auf dem Tisch vor ihm die kleine Leselampe. Sein Kopf ist vornüber gesunken, die rechte Hand liegt schlaff auf einer Zeitung. Regungslos steht sein Schatten, zu einem drohend geduckten Riesen zusammengeballt, an der Wand hinter ihm.

Doch dann hocke ich selbst vor dem Apparat und suche erregt herum. Morsezeichen ... Gelächter, Applaus. Fetzen verschiedener Sprachen. Klaviermusik, Schumann anscheinend ... Und wieder platzt grell Musik herein. Noch leiser einstellen!

Ja, das sind sie: Die tollen Jazzrhythmen der Amerikaner. Und wenn man weiterdreht, stößt man auf russische Soldatenchöre.

Von beiden Seiten marschieren sie an!

Macht doch schneller! Macht doch schneller!

Macht diesem verdammten Krieg ein Ende!

26. März

Heute vor sechs Monaten bin ich desertiert.

Wenn ich daran denke, wie folgerichtig es seither bergab gegangen: Mein Optimismus in Holland. Dann: Die lange Fahrt mit gefälschtem Dienstreiseausweis. Ab Wien ein wesentlich schlechterer Stempel. Ab Heidelberg kein Dienstreiseausweis mehr. Ab Memmingen kein Soldbuch. Immenstadt, Talkirchdorf hinausgeworfen. Und zu guter Letzt in Langen auch noch angeschossen.

Sonderbar: Diese Kälte, dieser schockartige Verlust jeder Vernunft und Überlegung.

»Hat mir wahrscheinlich das Leben gerettet.«

Ich muß aufhören, mich mit solchen Gedanken zu beschäftigen!

Dicht hinter einer bestimmten Grenze lauert der Wahnsinn. Der Blick in den schwindelerregenden Abgrund. Eine Empfindung, die ich als Kind verspürte, wenn ich mich in einem hohen Stiegenhaus übers wackelige Geländer beugte.

27.

Ich habe jetzt alles ausführlich mit meinem Onkel besprochen. Übermorgen gegen fünf Uhr nachmittag werde ich, in einem Fuhrwerk versteckt, über die Brücke ins Rheindelta nach Höchst geführt. Dann ein paar Stunden Wartezeit bei Leuten, die etwa hundertfünfzig Meter von der Grenze entfernt wohnen. Sie werden mir die Stelle, an der ich über den Rhein muß, genau beschreiben. Erst in der zweiten Nachthälfte soll ich dann allein hinüber.

Die Wettervorhersage ist gut: Regnerische Nacht nach dem Vollmond. Falls es aber doch zu hell sein sollte, muß ich in Höchst bleiben und den Grenzübertritt verschieben.

Am Schluß schenkt er mir ein Schweizer Fünf-Franken-Stück. »Anfangskapital!« sagt er schmunzelnd. »Drüben werden sie dich internieren. Dafür ist dann der Krieg für dich endgültig vorbei, und im Frieden kannst du gleich wieder heim ... Na, der eigentliche Existenzkampf geht ja dann erst richtig los. Ihr habt schon eine armselige Jugendzeit.«

Aber ich kann mich beim besten Willen nicht arm finden.

Nachdem er gegangen ist, krame ich noch einmal den Rucksack durch, den er mir vom Dachboden gebracht. Ich werde ihn wieder hierlassen, ebenso den Großteil meines Geldes.

In Zukunft in allen, selbst in den kleinsten Dingen sparsam sein, für die ungewisse Zeit nach dem Krieg.

Wie gut, daß ich damals nicht in Wien geblieben. Mit Lebensmitteln wären wir zu viert auf drei Karten kaum ausgekommen. Und im Falle einer Belagerung würden wir wahrscheinlich verhungern, da wir vorher keinen Proviant hätten sparen können.

DRÜBEN: 1. Briefe schreiben: Ber und Henk. Lore Bachmann in

Bern. Evt. auch F.S. Goldstein (2316 N.E. Oregon Street, Portland, Oregon, U.S.A.) Wer weiß ob er noch lebt?

2. Gespräche mit dem Gschtudierten nachtragen.

3. Sprachen lernen.

Überhaupt: Lernen, lernen, lernen!

Abendsonne auf meinem blechbeschlagenen Fenstersims.

Wie gut ich dieses Dorf kenne. Durch die Lücken im Vorhang sehe ich Obstbäume, die Schindelwände der beiden Nachbargehöfte, die vier grauen Steinstufen, zwanzig Meter vor mir.

Ich möchte im Sommer barfuß spüren, wie kühl ihr seid, möchte hoch oben auf einem Heuwagen sitzen und langsam, knarrend ins Dorf einfahren. Einen Strohhalm zwischen den Zähnen, möchte ich mich gemächlich strecken.

Unsinn! Denk lieber an heute! Denke daran, daß überall Gefahr lauert. Spitzel, Gendarmerie, Higa, Streifen, Polizei. Und Gewehre und Pistolen und Handschellen, die alle nach deinem Leben trachten.

Bereite dich vor auf die einzig wichtige Nacht!

Heimlich wirst du von Garten zu Garten schleichen, Stacheldrähten ausweichen, regungslos, kaum atmend, über eine Stunde lang in einer Bodenfurche liegen, angespannt in die Dunkelheit starren und horchen ...

Bis du endlich wieder weiterkriechen kannst, unendlich langsam, vorsichtig, lautlos, nachtfeuchte Erde zwischen den klammen Fingern.

29. III. 45

»Ich mache mir Vorwürfe, daß wir dich so weggehen lassen«, sagte meine Tante immer wieder, als sie beide nach dem Essen noch bei mir saßen. »Ob du nicht doch besser hier bleiben solltest?«

Die beiden Franzosen sind auch noch auf einen Sprung heraufgekommen.

Ich bewundere ihre gewandte, präzise Sprache, ihr reiches Land.

Allons, enfants de la patrie,
Le jour de gloire est arrivé!

Unten in der Tenne wartet schon der Wagen.

Höchst am Rhein, 3 h nachts
unmittelbar vor dem Aufbruch

Das Wetter ist günstig: Nicht zu hell, nicht zu dunkel. Es regnet fein.

Wenn ich nur nicht so aufgeregt wäre!

Anton Fuchs